Robert Patrick Martin
herzverlierer

ROBERT PATRICK MARTIN

HERZVERLIERER

ROMAN

Rediroma-Verlag

Bibliografische Information der Deutschen
Nationalbibliothek:
Die Deutsche Nationalbibliothek verzeichnet diese
Publikation in der Deutschen Nationalbibliografie;
detaillierte bibliografische Daten sind im Internet über
http://portal.dnb.de abrufbar.

ISBN 978-3-98527-191-7

Umschlagillustration: Anja Thams
Lektorat: Martina Lilla-Oblong

www.rediroma-verlag.de
14,95 Euro (D)

ÜBER DAS BUCH

Hansi Frost ist Anfang 50, hatte einige Berufe ausprobiert, sich meistens durchgewurschtelt, bis er schließlich nach einem ziemlich erfolglosen ersten Lebensabschnitt und Studienabbruch beim Militär landete. Gerade war sein bisheriges Leben wie so ein alter Kampfjet vom Himmel geschossen worden, doch der Pilot konnte sich retten. Dieser Vorfall löste bei Hansi eine radikale Kehrtwende aus. Er stellte fest, dass die alten Werte verloren sind. Aus die Maus! Gibt es göttliche Fügungen? Mit Erschrecken erkennt er, dass er genauso herzlos geworden ist wie die Menschen um ihn herum. Manchen wünscht er sogar die ewige Kälte. Sein klammes Herz gibt aber keine Ruhe, es will gehört werden, warum auch immer? Ein emotionaler Trip beginnt, ein *Roadmovie* in der Platte, auf dem rissigen Asphalt des Lebens, an dessen Ende die Erkenntnis steht, dass Hansi sich nach Liebe sehnt, Liebe, die er selbst so nie erfahren hat, und die Erkenntnis, dass es manchmal einfach zu spät sein kann. ODER?

ÜBER DEN AUTOR

Robert P. Martin, geboren 1968, das Jahr der Attentate auf J.F.K, Martin L. King und dem Beginn des RAF Terrors, arbeitete in diversen Berufen, mal in einer Teerkolonne, dann als Bauleiter, zwischendrin in der Leergutannahme oder als Kommissionierer und Lagerist, später in der Lebensmittelindustrie. Er studierte Maschinenbau und an der Hochschule der Polizei in Villingen-Schwenningen. 2019 drückte er den Knopf für den Schleudersitz und verließ nach drei Jahrzehnten den Staatsdienst. Seither schreibt er u. a. Romane.

*Für Opa Fritz, den größten
Haudrauf und Halunken,
den ich kannte.*

VORWORT

Dieses Buch ist der Beginn eines Unterganges, eines Neuanfanges und eines unerklärlichen Wunders zugleich. Einem gescheiterten Leben steht der Wille gegenüber, doch noch einen Halt, einen Sinn, eine Aufgabe, einen verlorenen *Pedalstrahler* oder etwas Gutes, einen Komplizen, ein Ziel und einen Ort zu finden. Wenn schon nicht das große Glück, dann das Kleine, etwas, nur ein Stückchen tiefe Zufriedenheit, ankommen, für einen Moment eins sein.

Die Ziellosigkeit unserer Zeit, der wirtschaftliche Abschwung unter dem viele Berufsgruppen leiden, die große Depression der Gesellschaft, verursacht durch den immer stärker um sich greifenden *Lifestyle Inflationismus* und die damit einhergehende Sucht sich zu betäuben sind die neue Wirklichkeit. Keine Parteien, Firmen, NGOs, Kirchen oder Institutionen geben mehr Stabilität, alles wirkt haltlos, ziellos, planlos, gemein – und niemand hat der Agonie, dem Werteverfall noch etwas entgegenzustellen. Das große Hamstern hat längst begonnen. Wir sind zu Wölfen unter Wölfen geworden. Die Gesellschaft steuert auf ihren *Exitus* zu? Der Einzelne verfügt heute über so viele Möglichkeiten sein Leben positiv zu gestalten und trotzdem vereinsamen und verrohen die Menschen immer mehr. Die Gesellschaft ist herzlos und krank. Jeder denkt zuerst an sich und will den ganzen Kuchen. Etwas zurückgeben, kommt nicht in die Plastiktüte. Ein Graben geht durch die breite Masse bis hinunter in die Familien und Paare. Der Motor der kapitalistischen Gesellschaftsform läuft im roten Bereich, er dreht heiß und droht jederzeit zu platzen. Dann ist das

Rennen aus! Hilft nichts mehr, die Menschheitsfamilie vor ihrer bewussten Zerstörung zu bewahren? Gibt es noch einen Zaubertrank oder ist die Gier so stark, die Verblendung zu groß, die Sehnsucht nach dem großen Untergang unser Schicksal?

Hansi, der Protagonist dieser Zeilen, ist raus. Doch das ist auch keine Lösung, denn er ist ein Loser, zumindest bisher bekam er immer die Nieten, und doch versucht er vorsichtig und unverbesserlich optimistisch zu bleiben, weiterzumachen, zu graben wie ein Maulwurf – und wenn es anders kommt, dann war die Zeit bis zum Untergang wenigsten GEIL.

Barth im April 2021   Robert P. Martin

1

Ich war an der Ost-Ostseeküste gestrandet. Hals über Kopf aus der Quadratestadt, meiner Heimat, abgehauen wie ein räudiger Köter, ein Straßenhund, den keiner will, der von jedem geprügelt wird, und wie so oft in meinem Leben war auch diese Flucht total chaotisch und überforderte mich. War's das jetzt, als Schiffbrüchiger? Ich fühlte mich beschissen. Der Sommer war verdammt heiß und ich hauste in so einer *Betonschrott*, echt übelriechenden Plattenbauwohnung. Es stank nach einer Mischung aus süßem Marzipan und geschmolzenem Plastik. *Krem Brülle* im Ghetto. Das Teil lag auch noch im letzten Stockwerk, und es gab keinen verdammten fucking Fahrstuhl. Echt DDR halt. Die Wohnung war mit so billigem Vinyl in Holzoptik ausgelegt. Überall fanden sich Flecken und Kratzer als Hinterlassenschaften der Vormieter.

Gerade hatte meine Tochter einen Tobsuchtsanfall. Sie schreit und heult gleichzeitig, so wie das nur Frauen können. Dabei krachte und knallte es abwechselnd in ihrem Zimmer. Ich fühlte mich unbehaglich. Es lag zu viel Gefühl in der Luft. Ein dunkler Cocktail aus meinen fast 50 Jahren im falschen Leben und einer pubertierenden Göre.

PENG, irgendwas flog gegen die Wand. Was war nur mit ihr los? Am frühen Morgen so ein Aufstand. Meine Nerven sind kaputt. Ich vertrage das nicht, aber ich darf jetzt nicht ungehalten reagieren. Vorsichtig klopfe ich an ihre weiße dünne Pressholz-Zimmertür. Es kommt keine Aufforderung. Langsam öffne ich das Ding und bin überrascht. Das jugendliche Imperium sieht aus wie nach einem Luftangriff, totales Chaos, alles liegt am Boden, der Kampfstern ist zerstört, Scheiße, Schulhefte, ausgerissene Blätter, Bücher, Essen, PET-Flaschen, Tonic Water, Ohrringe, dreckige Socken, ein großes Tohuwabohu. Wie konnte das passieren, was war geschehen? Vorsichtig bewegte ich mich ein Stück in die Höhle hinein. Es war kein Durchkommen. Dann von irgendwo ein Winseln.

»Pappaaaa, kannst du mir helfen?«

»Klar, was gibt es?«, versuchte ich meinen Groll zu unterdrücken und die entgegensetzte Reaktion zu zeigen. Meine Faust wollte zuschlagen, doch das verbat ich ihr.

»Ich suche meine Zeugnismappe.«

So eine Scheiße, dachte ich, das ganze Theater wegen der blöden Mappe. Was ist das? Beflissenheit, Korrektheit, Angst aufzufallen, weil man das Zeugnis auch nach vielfacher Aufforderung nicht rausgesucht hat und dann morgens kurz vor Schulbeginn die Krise kriegt. Scheiß pubertäre Kids, scheiß Handys, scheiß analoges Zeugnis, verdammtes scheiß Leben, was ist nur los mit uns?

»Wo soll die Mappe sein?«, fragte ich harmlos und nüchtern.

Schrill und nervend oder herzzerreißend kam es zurück.

»Da lag sie.« Sie zeigte auf eine Stelle im Chaos, doch genauso gut hätte sie sagen können, Schließfach Nr. 3, Hbf Leipzig oder Umzugskarton braun, Wohnung XY oder 42, wie der Supercomputer Deep Thought. Das ergab alles keinen Sinn. Bullshit, Dinge verschwinden doch nicht? Wahrscheinlicher war eine Supernova und das folgende Schwarze Loch, das alles ansaugt und verglühen lässt. Verdammt, dachte ich, total unordentlich, nix zu tun den ganzen Tag, nur paar Hausaufgaben und gemeinsame Mahlzeiten, und trotzdem läuft es nicht rund. Diese verdammten Nerds, ohne Google sind die sinnfrei unterwegs. Unsere Zukunft!?

»Hast Sie eventuell weggeräumt? Unter deinem Bett oder so?«

»Nein, die lag da und nun ist sie weg, nur da lag die vor kurzem noch«, kam es wieder herzzerreißend zurück, »Ich habe sie nicht weg. So ein Fick. Ich bin erledigt. Heute ist der letzte Tag vor den Ferien, ich muss die abgeben.«

»Seit wann weißt du, dass du das Teil vorlegen sollst?«, fragte ich leutselig. Den verschissenen Termin vom Elternabend hatte sie mir auch nicht rechtzeitig gesagt. Ich erfuhr davon einen Tag nachdem das Ding rum war und versuchte gar nicht, meine Freude zu verbergen und so zu tun, als ob ich ein dienstbeflissenes alleinerziehendes Elternteil wäre. Ein verkackter, strahlender *Scheißhaufen* bin ich, der vorgaukelt, passabel mit dem Leben zurechtzukommen. Was für ein Hohn. In diesem Fall ließ ich meinen Emotionen freien Lauf.

»Pippi, sehr gut, ich hasse Elternabende und bin so froh, dass der Kelch an mir vorbei gegangen ist. Ich gebe aber zu bedenken, dass wir hier neu sind, und dass die Lehrer nun denken könnten, dass wir kein Interesse haben oder schlechte Umgangsformen.« Was wohl am ehesten zutraf. Wir waren so eine Sonneneruption für Barth.

«Es tut mir leid, sorry.«

»Alles tippitoppi«, antworte ich. Früher hätte mich das aus der Fassung gebracht. Heute denke ich, wie geil. An diesem Elternabend wird es nicht hängen, dein Lebensglück und meins schon zweimal nicht.

»Vielleicht gehe ich zum nächsten, wenn es noch mal echte Schule gibt.«

Es war der letzte. Viele Lehrer haben wohl die Hosen gestrichen voll. Sollen sie doch alle entlassen und nur noch Fernunterricht machen mit Siri, den Kids wäre das nur recht. Schlechter kann es nicht mehr werden mit den Volksschulen. So bekloppte Pädagogen wie aktuell hatte ich in meiner Schulzeit nicht, wobei ich auch nicht auf dem Gym war. Da sollen sie eh etwas eingebildet sein. Hochschulstudium und so.

»Deine verdammte Unordnung und Strukturlosigkeit.«, entgegnete ich, »Die Zeugnismappe kann doch nicht so einfach verschwinden, wir haben doch kaum Zeugs und in dem bisschen kannst du keine Ordnung halten?«

Am liebsten wollte ich brüllen, das hatte sie von ihrer verdammten Mutter. So ein unordentliches Miststück. Stattdessen kotzte ich Zuckersirup.

»Schatzi, überlege doch nochmal,«, heuchelte ich, »wo das Teil sein kann. Wie sah die aus? Die kann doch nicht einfach so verschwinden.«

»Eine Papiermappe halt, mit 'nem Wappen vorne drauf. Da lag sie, und nun bin ich erledigt. Scheiße, ich hasse die Schule und den ganzen scheiß Corona Frontalunterricht mit Maske.«

Sie warf sich wieder auf den Boden und flennte, als wäre gerade die Katze vom Bus überfahren oder ihre noch nicht vorhandene erste Liebe hätte Schluss gemacht oder das iPhone wäre ihr ins Klo gefallen, nachdem sie geschissen hat und noch nicht abgezogen. Ich bin überfordert, wie immer die letzten Jahre, und will am liebsten zurück ins Bett oder vom Balkon springen. Gegenüber ist so ein Kindergarten, das gehört sich nicht, ich sollte woanders runter hüpfen. Vielleicht von der St. Marienkirche? Zu weit weg und der Aufstieg über die enge Wendeltreppe ist zu anstrengend. Aber die Kuh muss vom Eis, soviel ist klar. Mir ist übel, scheiße, ich bin ein Ex-Cop, etwa 1.000 Leichen hatte ich bearbeitet und noch mehr erlebt, zum Schluss islamistische Terroristen in *good old Germany* gejagt und meine Tochter, die seit etwa einem Jahr zu mir gezogen ist, bringt mich an den Rand eines Nervenzusammenbruchs. Warum kann ich der nicht gerade meinen Colt vor die Nase halten und sagen: »Ende mit den Fisimatenten, pack dein Zeug, räum das Zimmer auf und erkläre in der Leeranstalt, dass das Ding unauffindbar ist. Hier ist meine P2000, nagelneues Ding, idiotensicher, durchgeladen, und wenn einer Stress macht, dann schenke ihm eine 9-mm-Kupfernadel mit 350 Meter pro Sekunde.« Stattdessen dachte ich, Pfefferspray in dein Gesicht, du verzogene Göre. Undankbares Gesindel. Wer braucht denn schon die beschissenen Zeugnisse, überhaupt Noten? Wir leben doch alle von den anderen und Schulden. Meine Noten waren auch immer schlecht. Fachabitur Notenschnitt von 3,8. Trotzdem studiert und am Ende mit Diplom und 2,5 abgeschnitten. Sowohl da wie dort keine Lust zum Lernen. Studieren ist nicht meine Stärke, aber ich habe viele Interessen und Unterricht macht mir in der Regel Spaß. Es ist wie Theater und oft wie eine tragische Komödie, zumindest wenn ich meine Klassenarbeiten zurückbekam.

»Das ist wegen deiner fehlenden Struktur, seit einem Jahr predige ich dir das. Immer ist dein Zimmer unaufgeräumt. Ich kann darin noch nicht mal saugen. Dir fehlt ein Schema, warum nimmst du nicht eine Sache hier weg und legst sie dahin auch wieder zurück. Alles andere ist doch blanker Unsinn und verrückt. Es kostet zu viel Zeit. Hundert Dinge pro Tag nicht richtig abgelegt sind in zehn Tagen schon tausend. Geh jetzt Zähne putzen und erkläre in der Schule, du hättest es halt nicht gefunden. Was sollen die denn machen? Dich steinigen oder exmatrikulieren? Steh zu deinen Fehltritten.«

Ich hasste Menschen, die wegen ihrer Fehltritte und Handicaps heulten und vor Selbstmitleid zerflossen.

»Nein,« brüllte sie los, »deine Predigten brauche ich nicht. Geh raus ich will das nicht hören und lass mich in Ruhe.«

Meine Worte konnten keine Wende einleiten. Ich war frustriert. Das Leben schien mir sinnlos. Konnte das sein? Wegen einem Pubertier? Aber ich hatte sie doch lieb. Und irgendwie konnte ich nicht den richtigen Abstand einhalten, also auf der Gefühlsebene. Ich versuchte mir das nicht anmerken zu lassen. Es kam mir aber so vor, als triggerte mich das Kind total mit seiner Wut und seinem Zorn und seiner Ohnmacht. Mein gestörtes inneres Kind meldete sich heftig zu Wort. Ich konnte oder wollte mir keinen Reim darauf machen. Sollten sie mich doch alle am Arsch lecken. Wie in dem Traum. *Mein Popo war ein babbisiches Guzel und ihr habt alle daran geleckt.*

Meine belehrenden, von intellektueller Weisheit triefenden Sprüche brauchte Pippi nicht. Ich ging, aber nicht ohne noch einen Marschbefehl rauszuhauen.

»Mir egal, du gehst jetzt Zähne putzen und machst Toilette, dann in die Schule. Geh mir nicht weiter auf die Nerven mit deinem selbst verschuldeten Elend.«

»Hau ab, lass mich in Ruhe!«, schluchzte sie erneut und ging ins Bad.

Vor dem Waschsalon stand in einer Nische noch allerhand Unrat und Müll. Zeugs, das wir bei unserem Umzug noch nicht so richtig unterbringen konnten. Wir hatten nämlich ein großes PROBLEM. Eigentlich war das kein

Umzug, sondern eine FLUCHT. Wie bei Dr. Kimble, es war dramatisch.

Das Kind war plötzlich verdammt ruhig und es dauerte zu lange. Es kam nicht mehr raus aus dem Wellness-Tempel.

»Wie läuft es im Bad?«, ich steckte vorsichtig meinen Kopf rein, »Was hast du da auf dem Boden vor dir?«

»Die Zeugnismappe, du hattest sie mit dem Karton weggeräumt, es war deine Schuld.« Aha, ich wars.

»In die Umzugsbox hatte ich bereits reingeschaut, da war nix drin außer einem Schuhkarton mit Knochen vom Lechweg.«

»Ja, und da drunter waren noch Unterlagen, unter anderem die Mappe.«

»Gut, du hast sie wieder.« ich war mega erleichtert, »Jetzt hör auf zu jammern, trinke deinen Saft und geh.«

»Es ist schon spät, ich komme vielleicht unpünktlich.«

»Dann ist das so, lauf einfach mit stolzer Brust, warum auch immer in das Klassenzimmer und rocke das Ding.«

Das Kind war zerstört. Wieder einmal hatten ihre Unordnung und Zerstreutheit ihr großen Kummer bereitet. Die weisen Worte der Erziehungsberechtigten interessierten nicht und waren bedeutungslos. Arme westliche Wohlstandskinder, ging es mir durch den Kopf! Die Dankbarkeit darüber, in Frieden und Freiheit, wenn auch nicht in eine perfekte, aber in eine trockene, warme Schule gehen zu dürfen, war praktisch nicht vorhanden.

»Tschüss, Kussie…«

Irre total irre, was für ein Morgen. Das Kinderzimmer war verwüstet und der Papa blieb äußerlich recht ruhig. Was sollte ich auch tun? Rumschreien, das brachte meiner Meinung nach nichts. Ich wollte doch für meine beiden Mädchen nur eine bessere Kindheit als ich sie erleben durfte. Eltern, die zuhören, die da sind und sich kümmern. Aber genau das wollten die Kids nicht. Die brauchten nur das Handy. Ein Vater, der präsent ist und Monopoly spielen will, dafür hatten die keine Muße. Minecraft, das ginge noch, aber Mensch ärgere dich nicht? Unvorstellbar! Läuft das richtig mit Pippi? Durfte sie sich so aufregen oder hätte ich Einhalt gebieten sollen. Bin ich ein guter Vater, war ich streng genug oder zu hart? Machte ich das richtig? Was sollte ich tun? Welche Botschaft hatte ich Pippi vermittelt? War ich emphatisch genug? Bin ich liebesfähig? War ich vielleicht ein Weichei, einer von der Sorte Eltern, wo die griechischen Helden machen was sie wollen?

Vom 5. Stockwerk des Plattenbau-Balkons sah ich sie weg radeln. Im Fahrradkorb lag die Schultasche, darin der Umschlag mit den Noten. Es ist kalt, mir fröstelt es im Pyjama und Barfuß auf dem kalten Boden. Hauptsache die Mappe ist da, denke ich. Der Rest läuft irgendwie. »Keinen Kummer«, murmle ich vor mich hin und dann etwas lauter, »alles läuft, mach Dir nicht so viele Sorgen.«

2

Vor etwa zwei Monaten waren wir hier gestrandet. Warum Barth? Keine Ahnung. Der Nordwind hatte uns hierher geweht. Eine andere Erklärung hatte ich nicht. Die Stadt oder besser das 9000 Einwohner große Dorf kannte ich zuvor nicht. Warum auch, es gibt hier fast nichts Erwähnenswertes, und genau darin lag wohl der Reiz. Zu Hause, da wo ich aufgewachsen war, in meiner Heimat, in meiner Geburtsstadt, wurde die Luft immer dicker. Es war nicht mehr zum Aushalten.

Autos überschwemmten wie eine Plage die Boulevards. Die Straßen waren voller Müll und weggeworfenem Zeug. Seit neuestem kamen noch unzählige Masken hinzu. Am schlimmsten fand ich die rosa oder bunt gemusterten oder selbst genähten, geil waren die mit Horrorfratze oder Totenkopf. Auf meiner internen Rangliste der am meisten rumliegenden Sachen sind auf Platz 2 Taschentücher, Kippen Schachteln, dann Hundekot in bunten oder schwarzen Plastiktüten, natürlich unverrottbar und aus feinstem Plastik und nun kommt in der Hitparade der Neueinsteiger die Einwegmaske und landet aus dem Stand ganz oben. Mich stört der ganze beschissene Mist, ich möchte so nicht leben und es ist mir total schleierhaft, warum der Rest, die Mehrheit das so nicht sieht. Dieser *verfickte* Wohlstandsmüll geht mir total auf die Eier. Und die Luft, sie kommt mir in meiner ehemaligen Stadt richtig verpestet vor. So viele Dreckschleudern auf vier Rädern und an jeder zweiten Ecke stinkt es nach Verwesung und Pisse. In vielen Unterführungen oder Nischen finden sich menschliche Exkremente, Neudeutsch »Schitt«, irgendjemand kackt da einfach hin und es bleibt dort. Niemand kümmert sich darum. Es stört nicht! Die Bürger werden leblos. Hundehaufen werden manchmal von ihren Herrchen eingesammelt, dafür scheißen wir jetzt auf's Trottoir. Ist das nicht verrückt, verkehrte Welt?

Irgendwie wird es mir auch *scheißegal*. Niemand braucht nette und anständige Menschen in der aktuellen Lage. Es reicht vollkommen, wenn der Untertan lebt und sich den Rest vorschreiben lässt und Dank dem omnipräsenten Blick auf den leuchtenden Bildschirm seines Mobile Phones gefangen ist wie im Plasma-Jet eines Schwarzen Loches. Dank Corona war mein geliebter Wald, in dem ich tagtäglich unterwegs war und meditierte, plötzlich so voll wie noch nie. Als gäbe es dort einen Schatz zu finden. Überall waren die tumben, ignoranten Städter. Liefen in Strömen durch die Natur, als wäre es die Breite Straße und glotzten wie immer auf ihr Gehirn, ihre Identität in ihren Händen. Wo geht's lang? Wie komme ich wieder zum Karlstern? Wo sind die wilden Tiere? Ist das Löwenzahn? Warum schmeckt der bitter? Gibt es einen McDonald oder Imbiss? Wieso gibt es keine öffentliche Toilette im Wald? Kann man das Wasser am Brunnen trinken? Ist hier in der Natur auch Maskenball angesagt? Wo ist das WLAN? Gibt's nicht, unglaublich, scheiß Waldweb!

Manche waren so schlau und gingen vorher im *Lidl* (lustlos ist dein Leben) einkaufen. Das Zeug landete dann irgendwo hinter einem Baumstamm und gammelte und stank, etwas weg, hinter einem Busch, wird dann die Notdurft verrichtet und mit Tempos gekennzeichnet. Ich selbst sah mich genötigt, meine Müllsammelaktionen auszudehnen. Am schlimmsten war es an der Grillhütte und den Parkplätzen. Wie auf der Friesenheimer Insel, ein großer

Berg Müll. In einer Stunde hob ich während des VERDAMMTEN LOCKDOWNS zwei Plastiktüten voll Müll auf. Die eine Tüte brachte ich von zu Hause mit. Der heilige Förster, er ist ein barmherziger Mann, wusste von meinen Aktionen, und ich durfte ihm den Scheiß bringen. Die 24 Bierpfandflaschen stellte ich als Spende an der Grillhütte auf den Tisch. Mir waren sie zu schwer. Es gibt da einen Typen mit Gitarre, ein ehemaliger Erzieher, der hauste im Wald und ich wusste, dass er regelmäßig Pfandflaschen leerte und sammelte. Außerdem musste ich noch das andere Zeugs schleppen. Eine Bekannte erklärte sich gottlob auch noch bereit, den Wald zu putzen. Sie war mega ausgerüstet mit einem Holzgreifer zum Würstchendrehen. Der wendete jetzt den Abfall in die Tüten. Maria hob sogar Tampons und die Taschentücher auf. Mir war das zu heavy. Rotze und Scheiße brauchte ich nicht, soweit ging meine Opferungsbereitschaft nun auch nicht. Das war das eine, das andere ging mir entschieden zu weit. Aber sie hatte meinen vollen Respekt. Die Leute sind ignorant geworden und die gesellschaftliche Distanz wirkt wie ein Verstärker. Um nicht durchzudrehen, redete ich mir ein, dass ich etwas verändern könnte, indem ich mein Leben vernünftig gestaltete. Unterwegs wurden wir mehrmals von Einheimischen angesprochen, wie toll das doch wäre und sie würden auch ab und zu was mitnehmen. Wahrscheinlich ein Stück Holz zum Dekorieren, hätte ich ihnen gerne entgegengeschleudert. Das Lob nahm ich gern an, das andere schob ich ins Reich der Märchen. Während wir so durch den Wald gingen und anstelle von Pilzen oder Kräutern lieblosen Abfall sammelten, spannen wir die Geschichten hinter diesem Zeug. Ein Sixpack Bier und ein paar Dosen Biermischgetränk, dazu ein paar weggeworfene

Tüten mit Knabbergebäck, eine davon noch randvoll, aber geöffnet. Deutete wohl auf eine gemischte Party hin, an deren Ende niemand mehr so recht Appetit hatte. An der Grillhütte stehen große Müllcontainer. Der Abfall lag aber leider überall verteilt. Es sah aus wie bei einem Stillleben Anitas. Außer einem Totenschädel fanden sich noch zum Teil abgenagte Knochen von der Schweinerippe, Binden, bis zum Karton geraucht Joints, Glasscherben, hautfarbene Kondome, Poppers, Verpackungen von billigstem Grillfleisch, ein türkisfarbenes, vom Regen durchnässtes original NY-Cap, benutzte zerknüllte Servietten und glimmende Grillkohle. Aus Spaß legten wir ein paar Stücke Holz nach, und nach kräftigem Pusten hatten wir ein schönes wärmendes Feuer. Um uns rum lag der ganze Party-Müll, Endzeitstimmung? Wie ein Rätselbild musste das dem lieben Gott erscheinen. Wir sind der Fehler, denn wir waren es nicht. Keiner will's gewesen sein. War den Kram achtlos liegenlassen oder aufheben nicht das gleiche? Der Waldboden an und um den Grillplatz war eine Mischung aus Kronenkorken, Plastikdeckeln, Zigarettenstummeln, dunkler Asche, Konfetti, Mikroplastik und Dosenverschlüssen. Es fiel schwer, durch den jahrzehntelangen Festbetrieb noch *Terra mater* zu erkennen. Das Feuer glomm derweil im demolierten, gemauerten Steingrill.

»Schau mal da«, sagte meine Müll-Partnerin und zeigte auf mehrere fein säuberlich zusammengebundene riesengroße Plastikbeutel. Die Dinger waren voller PET-Flaschen. Hier hatte mal jemand zumindest etwas aufgeräumt, aber die Info, dass es dafür Money gibt, war noch nicht bis zu jedem durchgedrungen.

»Geil!«, erwiderte ich. Das war unser verdienter Preis, wenn auch nur Mindestlohn.

»Das sind mindestens pro Sack zehn bis fünfzehn Euro.«

Ich konnte es nicht fassen, irgendwer hatte bei irgendeinem der vielen Events der letzten Tage einfach alle Einwegpfandflaschen und -dosen hier abgestellt. Warum auch immer. Ich nahm unsere neue Habe an mich und stellte dafür die 20 Bierflaschen auf einen der Holztische für den waldbekannten Gitarristen oder für den nächsten, der hier aufräumt oder es nötig hat, hoffte ich. Mit den vollen Tüten am Rad konnten wir kaum ordentlich fahren. Aber die Gier auf Profit trieb uns voran. Ein paar Tage später erfuhr ich, dass die Grillstelle nun total zerstört wurde. Womöglich suchte einer seine Pfandflaschen und war dann mega angetriggert, und die paar Bierflaschen konnten nicht trösten oder waren schon weg. Der Verein *Die Freunde des Karlsterns* waren logischerweise sehr sauer über diese Anti-Heldentat. Ich machte mir keinen Kopp, denn ich hatte nichts anderes erwartet, das Ding wurde regelmäßig zerlegt und überhaupt störte es mich, dass die Leute hier im Wald totes Fleisch zubereiteten. Das passte nicht in meine Weltanschauung und dieses sinnlose Töten lag mir nicht. Es ging mir total gegen den Strich. Ich hasste die Gesellschaft dafür, und wenn die Idioten hier nicht mehr Krematorium spielen durften, blieb auch der Unrat weg.

Für den Pfandschatz bekamen wir 33 Euro und ein paar Zerquetschte. Wir haben das Geld sofort im Waldlokal *La Locanda* ausgegeben. Alles passte zusammen, wir passten zusammen, und es gab Pizza, ohne Käse und einen großen Salat, zudem noch reichlich trockenen Hausrotwein geschwefelt und direkt aus Italien, der nach Chianti schmeckte, aber mit Sicherheit keiner war. Es war schon dunkel geworden und nur die bunten Lichterketten an den alten Kastanien erhellten etwas die Nacht. Ein Uhu aus dem nahe gelegenen Vogelgefängnis gab seinen Gesang zum Besten. Wir tunkten frisch gebackenes Weißbrot in noch von der Sonne erwärmtes Olivenöl. Ein schöner Tag, Dank Müll, ging so zu Ende.

3

»Wäng, Wäng, Wäng …«, brüllte der Wecker mich an und vibrierte dabei auf dem Vinylboden in schlechter Kiefernoptik. Der Morgen schien unbarmherzig durch die mit einer roten Decke zugehängten Fenster ohne Rollos und tauchte alles in ein schäbiges diffuses Rot. Mein erstes Gefühl war: »Schade, dass meine Ex nicht neben mir liegt, es war so eine Angewohnheit gewesen, dass wir morgens noch vor dem Frühstück und noch bevor wir aufstanden schnellen Sex hatten, stattdessen stieg mir jetzt wieder der Plastik-Marzipan-Geruch in die Nase. In Kombination war das wie in einer billigen Absteige auf der Reeperbahn.

Ein neuer Tag an der schönen Ostsee begann. Zwei Tage waren seit meinem endgültigen Umzug aus der Vergangenheit verstrichen und ich fühlte mich so mies wie selten in meinem Leben. Ich schlief auf einer Matratze am Boden. In meinem Zimmer stand noch eine alte, schwarze, angerostete Tropenkiste aus Metall. Eine Ecke war ganz schön zerstoßen. Irgendein Freak hatte darauf lauter rote Halbmonde in Reih und Glied aufgemalt. Keine sehr korrekten Ausführungen. Sie gehörte einmal einem Verwandten von mir, der Zeit seines Lebens als Missionar in Afrika umhertingelte, in dem Halbmond-Ding hatte er Sachen, die vor Feuchtigkeit geschützt werden mussten. Der Eisenkoffer ist sozusagen ganz schön rumgekommen. Von Mannheim ins heiße, feuchte oder trockene Afrika, der Mann lebte in Kamerun im Grasland. Das Teil ließ sich mit kräftigen, dem Hebelgesetz unterworfenen Klammern luftdicht verschließen. Um den Deckel war eine Dichtung eingelegt. Innen war noch ein Spiegel angebracht, darunter klebte ein goldener Stier und die Aufschrift *London Made*. Meine ganzen Kleider fanden darin Platz. Außer zwei Teilen, einer gelben Regenjacke und einer blauen mit dünnem, aber sensationell warmem Futter, die leider an einem Ärmel gerissen war und von Maria notdürftig mit grauem Panzerband geflickt wurde, damit nicht der ganze Füllstoff rausging. Rollläden gab es nicht und so hatte ich zwei Tücher an die Fenster gehängt. Eines davon war rot mit der Aufschrift *Vapiano*. Es tauchte den Raum in dieses diffuse Pufflicht oder wahlweise wie das Licht in einer chinesischen Opiumhöhle. Von der Straße aus war die Scheibe knallig rot, wie ein Ferrari. Früher waren so dekorierte Fenster auch mal ein geheimes Zeichen. Ein Drogendealer, den ich mal festnahm, stellte immer einen Porzellanhund an die Scheibe, dann wussten die Kunden, er hatte Stoff, oder ein anderer schaltete eine Stehlampe ein, das funktionierte nur nachts und so kamen dann auch die Kunden erst abends. Vermutlich dachte der sich, dann sind alle Katzen grau und es fällt nicht so auf. War aber nicht so. Für mich war es die Dunkelkammer eines Fotolabors oder einfach ein Polaroid. Jeden Morgen wurde das Bild des Tages entwickelt. Bunt, schwarz-weiß, Mann, Frau, verwackelt, alte knorrige Eiche im Wald, Schnappschuss, ein lächelnder Clown, Stimmungstief oder -hoch, das konnte man vorher nie wissen. Mühsam raffte ich mich auf. Ich sollte meine Tochter wecken. Sie musste zur Schule und war immer ganz preußisch. Ich hatte aber noch keinen Bock und drückte beim Handy nochmal auf Schlummern.

Nach neun Minuten ging es wieder los, »Wäääng, Wäääng, Wäääng …«, es wirkte immer nerviger und war zum Kotzen. Ich hasste diesen Klingelton! Morgens war es immer am schlimmsten. Wenn ich es erstmal geschafft hatte aufzustehen und einen Schritt zu tun, dann liefen Automatismen ab. Dann ging es irgendwie, doch der erste Move war extrem schwierig. Der innere Richter zwang mich dazu. Dreckskerl. Ich ging rüber zum Zimmer von Pippi. Leise öffnete ich die Tür, und wie ein Schauspieler wandte ich mich ihr mit bester Miene zu: »Guten Morgen Schatz, aufstehen«, dann strich ich ihr kurz über die Beine, die aus der Decke rauslugten und öffnete eines der Fenster.

»Hmmmm, hm, ohh, näähh ...«, kam unverständlich zurück.

Recht hat sie, dachte ich. Beschissen ist das Aufstehen, wer das erfunden hat? Total irre, wir könnten doch einfach liegen bleiben. Warum sollten wir zwei nicht so in den Tag leben? Es gibt doch Hartz IV. Herr Hartz hatte Firmengelder veruntreut und für tolle Events mit Nutten und Feiern ausgegeben und das gleiche ermöglichte er natürlich auch dem gemeinen Volk mit seinen Hartz-Gesetzen. Nur das Budget hatte er begrenzt, das war nicht ganz fair von ihm.

Wortlos schlich ich rüber zum offenen Wohn- und Essbereich. Aktuell gab es morgens Saft, eine Banane und einen Soja-Joghurt für Pippi. Ich trank nur einen Schluck mit. Gefühlt dauerte es immer eine Ewigkeit, bis sie am Frühstückstisch auftauchte. Endlich kam sie mit vornüber gebeugtem Oberkörper und hängende Armen wie ein Affe, das war der Beweis, den die Evolution schon lange suchte. Die Neandertalerin nahm missmutig Platz. Die ist morgens auch schon echt übel drauf. Typisch Frau. Pubertät, doofer Unterricht, langweilige neue Stadt, Lifestyle-Depression, No Future oder einfach der *Carnevale di Venezia* vermiesten ihr das Leben? Ich versuchte sie aufzuheitern: »Na, gut geschlafen? Hast du was geträumt?«

»Ja, geht so, nö.«

»Was gcht ab heute in der School?«

»Deutsch, Englisch, dann Kunst und am Ende gehen wir mit dem Biolehrer in den Wald und sammeln Müll.«

Auch hier oben an der Küste, geht das schon los. In Mannheim gab es ja auch immer den Tag, wo alle Schulklassen Abfall sammelten. »Hä, wie putz deine Stadt raus.«

Brachte aber nicht viel Nutzen, diese Aktion. Sollten die auf ein Jahr ausdehnen.

»Ja, brauche Handschuhe, am besten so Einwegteile.«

»Habe ich nicht eingepackt, ich gebe dir normale Handschuhe.«

Sie nickte oder waren das nur Kaubewegungen?

Wir schwiegen. Mir schnürte sich die Brust zu, die Luft war stickig hier. Ich stand auf und öffnete eines der bodentiefen Fenster. Kalter Nebel, angenehm duftend drückte herein. Irgendwo hörte man schon die Kraniche. Die Vögel des Glücks zogen von ihren Schlafplätzen im Bodden aus, um tagsüber auf den Feldern den Bauern die Ernte wegzufressen. Meine liebe Tochter war fertig mit frühstücken. Ganz nach ihrer täglichen Morgenroutine holte sie ihr iPhone raus und entfernte den Flugmodus. Erste Verabredungen, wer fährt mit wem zur Schule oder wer ist heute unpässlich, wurden getroffen.

Ich war müde und matt im Kopf, setzte mich in meinen Sessel und hing ab. Es gab eigentlich nicht viel zu tun, aber das wenige schaffte mich. Wir waren, was man landläufig als Minimalisten beschimpfen würde. Moderne Penner! Dafür wurden wir belächelt und abgestempelt, wie Diogenes. Vermutlich sahen die anderen unseren Reichtum nicht. Nicht umsonst heißt es, Besitz raubt Energie, wohl auch Bewusstsein. Ansonsten gab es nur noch zwei harte Stühle, einer weiß, der andere schwarz. Überhaupt waren in unserer riesengroßen »Penthouse«-Wohnung kaum Möbel zu entdecken. Wir besaßen keine Küche und nur einen Tisch. Hier wurde gekocht, gebastelt, geschrieben, getäuscht, gehandelt, geträumt, gelogen, getadelt, gelacht, geschrien, geheult, gewichst und Hausaufgaben gemacht. Das Teil hatte ich aus zwei alten Holzböcken und einer gelben Schaltafel gezimmert. In den Gestellen, die übersät waren mit viel Malerfarbe, gab es noch Ablageflächen auf einfachen Holzbrettern. Ich fand, es war ausreichend. Insgesamt hatten wir so in jedem Teil drei, also zusammen sechs Bretter. Immer von oben nach unten größer werdend.

»Was sagt die Uhr?«, dachte ich plötzlich. Es schien schon viel Zeit vergangen. Das Handy zeigte 7:05 Uhr.

»Papaaa«, schrie es vom Flur, «ich muss los und finde meinen Schlüssel nicht.«

»Moment«, entgegnete ich und ging rüber, »wo hattest du ihn denn zum Schluss?«

»Ich weiß es nicht. Im Rucksack?«

Immer ist was. Warum kann das Leben nicht mal ein Jahr ruhig durchlaufen? Mein Bauch rebellierte heftig, dann kam der Verstand und glättete die Wogen etwas. Ich hasste Unordnung, das wusste Pippi genau. Dinge suchen, weil einer keine Ordnung hält, ist was für Bekloppte. In der Schlüsselsache kannte ich deshalb kein Erbarmen. Ich weigerte mich aktiv zu helfen und tat gelangweilt unbeteiligt.

»Was machst du jetzt?«

Ihre Stimmung verschlechterte sich. Berechtigte bohrende Fragen waren jetzt die Eselsmütze.

»Könnte er noch wo anders liegen?«

Die Zeit rann davon und sie hatte keine Lösung. Erstens kam sie so voraussichtlich nach der *Anpassungsfirma* nicht mehr in die Wohnung und zweitens konnte sie den Fahrradkeller nicht aufschließen. Ein großes Malheur. Ich kostete die Situation aus, denn ich dachte, dass ich in solchen Momenten besonders gut meine erzieherischen Maximen an die Frau, das Kind, das pubertierende Wesen aus einer anderen Welt bringen konnte.

»Ich sage dir immer, halte Ordnung. Wenn du einen Gegenstand irgendwo weggenommen hast, dann lege ihn genau dort wieder ab. So einfach ist das, du Fischkopp.« Das fluchen auf Nordostseedeutsch hatte ich schon drauf. So, das hatte gesessen, ihre Haltung hatte nun etwas extrem Genervtes und Gereiztes.

»Das interessiert mich jetzt nicht. Ich komme zu spät. Alles ist scheiße und unnötig.«

Irgendwie war das wohl die absolute Wahrheit, die Antwort auf alle Fragen. Sie wurde gerade eben von einer fast 15-jährigen, die in einem Betonblock im 5. OG. hauste und deren Gehirnwindungen nicht annähernd vernünftig funktionierten, so nebenbei rausgehauen. Das Dasein ist scheiße und unnütz, es ist das Durchgangsstadium zum Paradies, zur wahren Freude, zur Erlösung usw. blablabla. Das glaubt doch eh keiner.

Es war mir unverständlich, wie man mit so guten Zensuren nicht auf die einzige verbleibende Lösung kommen konnte. Es half nichts, ich musste aktiv werden. Ritterlich sein. Typisch Mann halt.

»Jetzt nimmst du meinen Schlüssel mit runter«, herrschte ich sie an, »dann holste dein Rad raus und bringst mir den Schlüssel wieder. Nein, ich bin noch nicht angezogen und habe auch keine Lust, das zu ändern.« Im Bademantel wollte ich mich nicht blicken lassen. Mürrisch trabte sie die 5 Stockwerke in die Tiefe. Ich ging wieder zum Sessel und versuchte mich zu beruhigen. Wir brauchten ihren Schlüssel, denn das war eine Schließanlage und wir mussten bald wieder ausziehen. Ich kam drauf, dass der Wohnungsschlüssel da sein musste, denn Pippi hatte gestern aufgeschlossen. Sie konnte ihn also unmöglich unterwegs verloren haben.

»Klirrrr«, machte es an der Wohnungstür mit Spion und dann »rumms.«

Sie hatte meinen Schlüsselbund in die Blechdose neben der Tür geworfen und dann zugeknallt, ohne Abschiedsgruß. Sie war sauer, wie meine Freundin immer, aber schlussendlich war ich am meisten schuld. Warum auch nicht? Wer doof ist und nicht mit den anderen Pinguinen geht, kriegt die Minuspunkte verbucht.

Laute Geräusche und negative Emotionen waren mir ein Gräuel, denn mein Körper war ungünstig angespannt. Die positiven oft auch. Lesen war eines der wenigen Dinge, die mich meistens beruhigten. Es kam natürlich auf den Stoff an und die Umstände. Dostojewski und sein Werk *Die Idioten* zum Beispiel konnte einem auch den letzten Funken Verstand rauben.

»Alles ist gut, keine Sorgen«, murmelte ich an meinen inneren Richter hin, »das ist normal, das Kind packt das, deine Verrücktheit wird sie nicht groß beeinflussen, du fährst doch eigentlich ganz gut mit deinem Erziehungsstil, die haben es gerade alle schwer, und die Kinder und Jugendlichen besonders, überlege doch mal, wie du früher warst.«

Das wars, das letzte Argument hatte mich überzeugt. Was war ich für ein Kotzbrocken und hundsgemeiner Typ gewesen. Es gab nur Schwierigkeiten mit mir. Hatte fast überall Hausverbot. Ich lehnte mich im Schwinger zurück, überschlug die Beine und las und korrigierte meinen unveröffentlichten Text *Psychotango mit mir*.

4

»Berlin, Berlin, wir fahren nach Berlin«, rief ich im Auto.
»Ja, ja..«, schallte es zurück und aus dem Radio brüllte
Kummer, »… drei Schüsse in die Luft, bäng, bäng,
bäng …« Im Video läuft der Sänger die ganze Zeit durch
einen Tunnel, zerstört schwarze Luftballons oder zer-
schlägt eine Glotze und regt sich über den Zustand der teil-
nahmslosen Welt auf.

Tatsächlich versuchte ich der Ödnis unseres aktuellen
Daseins etwas Leuchtendes gegenüberzustellen. Wir wollten einen Kaktus in der Wüste pflanzen. Pippi sollte nach
einem Jahr zum zweiten Mal die Hauptstadt sehen. Das
Herz unserer Demokratie, das Ergebnis von tausend Jahren
Klassenkampf, Bürgerrechte und Würde für alle, das Beste,
was die Industrialisierung hervorgebracht hatte, den Mittelpunkt Europas, die Seele bzw. den Spirit der vielen ge-
opferten tapferen Freiheitskämpfer spüren. Das Zentrum
von Meinungsvielfalt, Pluralismus, Kulturhauptstadt und
freier Rede, den Hort von Multi-Kulti, wo das Miteinander
ganz sanft dahingleitet wie der Flug mit einem Segelflie-
ger. Wo jeder seine Bühne hatte, selbst Veganer, Spinner,
Reichsbürger, Stromer, Kampfhundehalter, Hotdog-
Verkäufer, Späties, lesbische Bürgermeister, schwule Bürgermeister, irgendwelche Bürgermeister, Punks, grüne
Kommunisten, schrottige Flughäfen, Korruption, Maskendeals oder Kathoeys und wo alle Meinungen gehört werden
und niemand nur schon deswegen, weil er rote Socken,
sich wie eine Stewardess kleidet, mit Skins redet oder laut
mit sich selbst schimpft und eine Regenbogen-Flagge als
Umhang trägt, ausgegrenzt wird. Dort, wo man die Politi-

ker noch berühren kann, wo unser aller Leben selbstbestimmt ist und mit allergrößter Sorgfalt von ehrlichen, fairen und friedliebenden Politikerinnen, mutigen Ordnungshütern und Staatssekretären behutsam kontrolliert, geregelt und bestimmt wird. Wo parlamentarische Demokratie in den Ausschüssen stattfindet und bestimmte Geschäfte und Personen nie schlafen. Wo es keine Bundesliga-Clubs gibt, dafür das DFB-Pokal-Finale, und schon seit vielen Jahren im Sumpf der Korruption ein erstklassiger Flughafen gebaut wird, der schon vor seiner Eröffnung den Ruhm und die Ingenieurskunst Deutschlands und seiner Politiker und deren Einfallsreichtum, Schlendrian und Einfalt in die ganze Welt trägt. Berlin, diese tolle, friedliche, von *arabischen* Clans durchsetzte Hauptstadt, wo die Polizisten noch mit grünen Uniformen und alten, museumsreifen Fahrzeugen ihren ruhigen Dienst verrichten konnten.

Pippi war schon ganz aufgeregt. Sie liebte diese Stadt. Diesen morbiden *Scharm*. Hier konnte man den Untergang Deutschlands, den Abgesang eines Weltmeisters, die Transformation einer Gesellschaft, die an ihrem eigenen Wohlstand erstickt, die blind geworden ist für das Leid der anderen und ihnen deshalb permanent Bomben serviert, am direktesten beobachten und fühlen. Das letzte Mal war sie hier mit 13 und es gab kein Zeitfenster, ein bisschen rumzulaufen. Damals fuhr sie mit paar jungen Männern dorthin und nahm am *Animal Rights March* teil. Jetzt, nach vielen weiteren Folgen *Berlin - Tag & Nacht,* war es wieder soweit. Wir waren back again!

Wir, das waren Hero, ein Supersportler und Frauenheld, Cookie, ein Künstler mit echtem Revoluzzer-Blut und viel THC in den Venen, Pippi, die schon mit jetzt 15 fast aller Ideale beraubt war, und ich, ein desillusionierter Soldat, der einfach vom Schlachtfeld abgetreten war, bezogen ein schäbiges Quartier in einem blau getünchten Hostel. Den Rest unserer Truppe, da gab es noch einen Krankenpfleger, eine Krankenschwester, einen Altenpfleger usw., kannte ich nicht. Wir waren aber genau zehn. Das blaue Ding war riesengroß, wie ein Wolkenkratzer. Ein *Blue hole*, das Gestrandete, Gescheiterte und Glücksritter wie ein Wasserstrudel auf der Ostsee ansaugte.

Wir bekamen ein Mehrbettzimmer im soundsovielten Stock. Die Toiletten standen in Reihen hinter grauen Trennwänden, waren kaputt oder verkackt, aber es gab Schlimmeres. Zum Beispiel, wenn einem die NATO das Haus und die halbe Familie für den Frieden weggebombt hatte und der andere Teil der Sippe bei der alternativlosen Flucht beim Überqueren des Mittelmeeres ertrank, während die halbe Welt teilnahmslos wegsah.

Die Duschen hatte ich mir erst gar nicht angesehen. Gefühlt hing meine Matratze bis zum Eingang durch. Ich blickte auf irgendein Monument aus Stein und Gras. Jogger liefen dort entlang und vergaßen über ihrer Musik ihre Hunde und suchten sie dann aufgeregt. Die Nacht wurde kurz, denn manche aus unserer Gruppe hatten Spezialaufgaben, von denen ich als Ex-Cop besser nichts wissen wollte. Für meine erste Demo hatte ich mir noch Friedfertigkeit auf die Fahne geschrieben. Ich wollte auch erstmal studieren und sehen. Nach dem Zähneputzen und einer Katzenwäsche mit mir fremden Menschen machten wir uns mit *Maps* auf den Weg. Bis zum Brandenburger Tor, dem Zentrum der Demo, sollten es so zehn Kilometer sein. Am Bertolt-Brecht-Platz war schon dichtes Gedränge. Mit so vielen Teilnehmern hatte ich nicht gerechnet, wobei mir nicht klar war, wie viel Shopper und Schaulustige unter den Personen waren. Wir versuchten, uns Richtung *Unter den Linden* durchzuschlagen, aber der Andrang wurde immer größer. Meine Erfahrung sagte mir: Da stimmt was nicht. Wir waren in Corona-Land, der Hauptstadt der Sklaverei und des Widerstandes, das hier war nicht Santa Fe, und ein zweites Alamo hatte das Universum an diesem Tag nicht vorgesehen. Stattdessen gab es Ölsardinenfeeling. Mindestabstände waren nicht mehr einzuhalten.

»Was ist das hier für eine krasse scheiß Party!«, platzte es aus Hero heraus.

»Mir ist das total suspekt«, pflichtete ich Hero bei, «die lassen die Leute nicht laufen und wir stehen hier deswegen wie die Sardinen.«

»Mir ist das unangenehm«, kam Cookie, unser Künstler, hinterher, »ich will mich ja nicht absichtlich gefährden. Habe das Gefühl, die wollen uns alle zusammenpferchen wie Schafe.«

Und dann abschlachten, kam mir in den Sinn. Das machte mir Angst. Ich wollte eine Lösung finden, gerade weil ich spürte, dass die Lage hier nicht sicher war. Sobald eine Panik oder etwas ähnliches ausbrechen würde, wäre es der denkbar schlechteste Ort in der ganzen maroden Stadt.

»Lasst uns versuchen, schnell durchzubrechen«, war mein Vorschlag. Die Meute folgte mir. Meine erste Demo hatte ich mir angenehmer vorgestellt. Wir wollten doch nur friedlich unsere Meinung kundtun, und die war noch nicht mal weit von der offiziellen entfernt. Es ging um Demokratie und unsere Rechte, Menschenwürde und Grundrechte, die Verfassung. Wir waren alle für harte Regeln in dieser *Virologie*, aber mit Beteiligung des Volkes und des gesamten Parlaments. Nicht nur die drei von der Tankstelle sollten das entscheiden. Stattdessen wurden wir hier jetzt wie

Vieh zusammengehalten. Im Western ging's nie gut aus, wenn die Rinder zusammengetrieben wurden. Günstigstenfalls gab es ein Brandzeichen. Die Politik machte sich uns nicht zu ihren Freunden. Das hatten die drei nicht verstanden, dabei war es doch einmal ein geflügelter Leitspruch gewesen: »Ein Freund, ein guter Freund, das ist das Beste, was es gibt auf der Welt ...« Außer unter den Demonstranten fanden wir an diesem Tag keine Seelenverwandten mehr. Schade! Mein Demokratieverständnis erhielt erste starke Risse.

Kurz vor *Unter den Linden* war kein Durchkommen mehr, alles war abgeriegelt.

»Wie bei George Orwell«, raunte Cookie.

»Es ist heiß«, gab ich zu bedenken, »Scheiße. Wir brauchten sicheres Terrain.« Berlin war ein Moloch, ich kannte mich hier nicht aus. Alle Vorschläge von Google waren gescheitert.

»Ich muss pissen«, sagte jemand. Ich glaube, es war der Altenpfleger.

Das war mein Spezialgebiet. Aussichtslose Lage und ein unüberwindbarer Gegner, der mit unfairen Mitteln kämpft. Wir hatten Durst und waren auf eine Einkesselung nicht vorbereitet. Ich rechnete mit dem Schlimmsten, Wasserwerfern, zersplitternden Holzknüppeln auf unseren Knochen, Pfefferspray, erblindenden Opas, Omas, die straucheln und ihr Hörgerät verlieren, panischen Massen, die über tote Körper stürzen, dreckigen Gummibärchen am Straßenrand, verrutschen Masken, dem Verlust meiner bescheidenen Pension oder einer Ansteckung, aufgrund eines sexuellen Übergriffes in der uniformen Menge, und was wird meine Mutti sagen, was meint die Mutter unserer Tochter, wenn sie erfährt, dass ihr Kind von einem Polizeiknüppel auf einer Demo verletzt wurde? Es war an der Zeit, zu *cheaten*. Ich arbeitete mich zu einem Kollegen vor und gab mich als Ex zu erkennen, machte auf Kumpel und biss auf Granit, er ließ uns nicht durch.

»Scheiße, solche Arschlöcher«, fluchte ich vor mich hin. Wir waren zwischen McDonald, dem fiesen Primark, öffentlichen Toiletten, Straßenmusikern aus Pakistan und allerlei Freaks mit Plakaten wie *Merkel in den Knast*, *Wieler ist Darth Vader* und *Drosten for president auf St. Helena* eingekesselt. Wir gingen erstmal zurück auf Los und überlegten. Ich erinnerte mich an eine Baustelle, die ich am Ende einer Seitenstraße erkannte. Der Bauzaun aus Gitterquadraten in Betonschuhen war etwa zwei Meter hoch. Gegenseitig halfen wir uns rüber. Hero machte den Anfang. Wie eine Gazelle sprang der da rüber.

»Dran, drauf, drüber«, so ein blöder Spruch von meinem Militärdienst kreiste immer wieder in mir. Aber nur so geht es manchmal.

Am besten war es, seine Füße unnatürlich in einen 90-Grad-Winkel zu bringen und so in die Öffnungen der Metallmaschen zu zwängen. Zum Glück waren wir alle ranke und schlanke Veganer. Wir hatten keine Wahl, und kletterten drüber.

»Eijjjja! Was macht ihr da?«, schrie ein Wachsheriff in Schwarz und kam wütend aus einem Rohbau angerannt. »Bleibt stehen!«

Wir konnten gar nicht anders, denn noch waren nicht alle drüber. Ich war stinksauer, mein Fass war voll und so musste ich Druck ablassen. Nach über 50 Jahren wollte ich einfach nur meine gottgegebenen Bürgerrechte wahrnehmen. Das erste Mal auf der anderen Seite, einfach mit Spaß und Freude die Demokratie fördern, und dann kam ich noch nicht mal zur Demo und die Ordnungsmacht setzte die Corona-Regeln außer Kraft, um sich dann hinterher darüber zu beschweren. Ich bekam Déjà-vus und spürte unbändigen Groll. Es ist nicht dein Tag, armer Kollege. Ich tat teilnahmslos, um das Überraschungsmoment zu nutzen. Kurz bevor er uns erreichte, drehte ich mich plötzlich um, griff unter seinen rechten Arm, drehte ihm diesen mit seinem eigenen Schwung auf den Rücken, drückte seinen Oberkörper dank dieser Hebelwirkung leicht nach unten und fegte dem Sheriff die Beine weg. Wenn man sich für den Kampf, für Gewalt entscheidet, dann ist es essenziell, den ersten Schlag zu haben. Das ist schon die halbe Miete. Die andere Hälfte ist dann leicht, nur noch Gewalt, pure Gewalt und immer mehr Gewalt, ganz wie das Gegenüber reagiert, wie beim Tanzen, einer machte einen Schritt vor, der andere zurück. Wenn du den Gewaltexzess abbrichst, ist das dein sicherer Untergang, dein Tod, wenn der andere platt ist, dann kannst du immer noch über sein Leben richten, aber soweit musst du unbedingt gehen oder abhauen. Er fiel kopfüber in den Dreck, dabei riss er die Augen groß auf, jetzt hätte man meinen können, dass er Froschaugen hatte, seine Wut war gewichen, der Kerl hatte jetzt Schiss, er spürte wohl, dass ihm die Situation entglitten war und der Gegner keinen Spaß machte, ich kniete mich auf seinen Rücken und zog ihn an den Haaren hoch, ganz sanft, so wie ich das immer tat, Hero fixierte die Arme, der Altenpfleger die Beine.

»Halt's Maul«, schrie ich ihn an, »das ist ein Notfall, wir laufen jetzt über deine Baustelle und dann sind wir auch schon weg, du Arschloch hast Riesendussel heute. Du darfst uns gerne folgen, aber geh mir nicht auf die Nerven und lass uns in Ruhe.«

Es ist ein freies Land, und wenn ich schon meine Rechte nicht garantiert bekomme, dann nehme ich sie selbst in die Hand. Der Knaller war still wie ein Lamm und die anderen blickten mich entgeistert an. Wahrscheinlich hätte man die Situation auch friedlicher lösen können. Aber wer hat den Frieden zuerst gebrochen? Man sollte nie wütend auf Fremde sein, denn das war ein Risiko. Außerdem war das mein Strickmuster. Ich hatte etwa 30 Jahre gekämpft. War sozusagen ein Robocop, eine Killermaschine mit Notwehr-Routine, ein noch lebloser Ex-Staatsdiener und ein herzloser Soldat. Wir hatten es geschafft, der Ranger folgte uns nicht und reagierte auch nicht nachtragend. Am Brandenburger Tor trafen wir auf weitere tausend Teilnehmer, aber hier konnten wir uns frei bewegen. Nach Castor und Brokdorf war das meine gefühlt größte Demo, an der ich teilnahm und die erste auf der echten, der wahren demokratischen Seite. Es wurde ein geiler Tag, wie ein Rausch, ich traf viele Lehrer, Polizisten aus der ganzen Welt, Junkies, Künstler, Yogis, Kiffer und auch Reichsbürger und Rechte, von denen ich mich aber fernhielt. Das war nicht meine Tasse Tee, genauso wie die Leute, die vor der amerikanischen Botschaft um eine Verfassung bettelten. Mir gefiel die alte ganz gut. Das wichtigste für mich war, dass die Leute mal ihren Arsch von der Couch bekamen und selbst Politik machten oder beeinflussten. Den Sturm auf den Reichstag bekamen wir, obwohl wir direkt davor waren, nur am Rande mit.

Hero traf eine Bekannte und wollte wissen, was los ist. Die Dame war etwas rundlich, lange fettige Haare, Mitte/Ende Dreißig und saß auf einem Betonpoller neben dem Reichstag.

»…alles Pille Palle, Hero«, antwortete die, »solange die Leute sich den nächstgrößeren Flachbild-TV kaufen können, ist alles okay, und niemand will dem Bundestag was. Die denken nicht mehr selbst. Dauer Serie glotzen reicht den meisten.«

Ich hatte das Gefühl, die Lady trifft den Punkt, zu wenige sind bereit, sich selbst zu informieren, selbst zu denken, rauszugehen, mitzumachen, vor Ort informieren, das ist anstrengend, aber essenziell, wie selbst kochen, aber nur so wird das Leben besser. Das wohl größte mediale Ereignis hatten wir verpasst. Wir feierten und tanzten die ganze Nacht vor der Siegessäule, genossen die Musik und die vielen Straßenbands und Darbietungen. Es war so schön, wieder Menschen und Kultur als Teil mitzuerleben. Ab und zu wurde ein Joint geraucht und das Leben schien sich zu wandeln. Es gab jetzt keinen Lockdown mehr oder Beschränkungen der Freiheitsrechte. Am Fuß der *Goldelse* saßen wir auf dem Bordstein und tranken Dosenbier, das irgendjemand rumreichte. Tüten, so lang wie der Speer der Viktoria, kreisten. Es war magisch. Siegessäule, Berlin – Tag &Nacht, Drogen, Party, Friede, Woodstock für Arme. Ich fühlte mich sauwohl, und meine Tochter begann zu verstehen, wie das mit der Demokratie funktionierte. Dann kam die *Bullerei* und räumte mit Gewalt und modernen Plastikschlagstöcken und noch mehr Gewalt. So geht's, genauso! Wenn ein Spiel in diese Phase eingetreten ist, dann gewinnt am Ende der, welcher der Skrupelloseste ist, der, welcher bereit ist, am meisten Terror gegen das eigene Volk zu schleudern.

5

»Mist, verdammter dreckiger Mist«, fluchte ich leise vor mich hin. Ich schob mega Frust. Ein schönes Frühstück wollte ich meiner Tochter und mir in unserer alten Souterrain-Wohnung, die wir liebevoll »Bunker« nannten, kurz vor dem Umzug ans Meer noch machen. Der Bunker war kühl, trist, fast ohne Tageslicht, das Interieur altbacken, 70er Jahre Style, die Eingangstüre verrostet, das Blech zum Teil schon durch, der Garten vorm Haus eine grüne Ödnis für die Insekten, es roch etwas nach Fäkalien, weil die Geruchsverschlüsse nicht mehr ordnungsgemäß funktionierten, die Mischbatterie der Dusche war nicht mehr zu regulieren, total verkalkt und undicht, trotzdem gab es auch Gutes, aber das befand sich außerhalb. Wir wohnten fast direkt am Waldrand.

Das mit dem Waffeln machen klappte nicht. Wir hatten so ein eckiges Waffeleisen. Es war schwarz, ohne Dekor. Der verdammte, verhurte Waffelteig hing im gestörten Waffeleisen fest. Das Drecksteil hatte ich von einer ehemaligen Freundin, mit der ich nur kurz zusammen war. Yvette war einfach viel zu anstrengend und durchgeknallt. Nahm alle möglichen Medikamente wie Ritalin, Aspirin, Testosteron, Codein, gegen die Schmerzen Ibuprofen, ab und zu MDMA in *legal highs* usw., um einigermaßen geradeaus gehen zu können und ihr Sportpensum durchzuhalten. Ein hübsches, nettes, durchtrainiertes, dürres, irres, geiles Ding, aber total fordernd und klammernd. Sie hatte dunkle, fast schwarze Augen, mit Sicherheit nur 5 Prozent Fettanteil, denn man konnte jede Faser erkennen, und einen kalten Blick, aus dem der Wahnsinn und ihre Sexsucht sprühte. Ich schwor mir, das war das letzte Mal, dass ich probierte, mit diesem Drecksteil Waffeln zu zaubern. An mir konnte es nicht liegen, ganz sicher. Ich schwor es beim Universum, denn es war eine hochwertige, biologische vegane Fertigteigmischung.

«Die Masse klebt fest wie Schnellzement«, sagte ich meiner Tochter, die trübselig am Tisch saß. Sie schwieg und blickte auf den gelben Fliesenboden. Überall waren Flecken, denn das war mal eine Werkstatt.

»Hast du gut geschlafen?«, fragte ich sie mit aufheiternder Stimme.

»Ja!«, kam es knapp zurück.

»Nur kein Wort zu viel«, dachte ich, »diese pubertierenden Wohlstandskinder machen mich fertig und der süße Brei auch.«

»Ich habe Hunger!«, schlägt es mir entgegen.

»Probiere es in der Pfanne«, entgegnete ich mürrisch und kochte innerlich über. Wie schäumendes Nudelwasser, das zischend auf die Herdplatte tropft und dann diese hartnäckigen braunen Flecken hinterlässt und so schön nach Toastbrot duftet. Mein Bewusstsein sagt mir ganz entspannt: »Take it easy or leave the scene.«

Zuerst mit einer Gabel, dann mit einem Holzspatel kratzte ich die Reste des Teigs aus dem gestörten Eisen. Es fühlte sich an, als wühlte ich in meinem Leben herum. Es tat weh, weil die Narkose fehlte.

»Was geht ab?«, fragte ich mich. Bruchstücke aus einem alten, längst verschütteten Dasein drangen ans Licht. Die Waffelfetzen waren lecker, aber der Zauberteig löste einen Tsunami aus. Ich hatte mich so über den verfluchten Brei, mein Versagen und meine teilnahmslose Tochter geärgert, dass mir die Emotionen wie ein Tornado um die Ohren flogen. »Alles ist gut«, raunte ich mir mantramäßig vor, »bleib gelassen. Es läuft, sowas passiert, das Leben ist eine Perlenkette voller Probleme und Rückschläge.« Aber es half nicht viel.

Ich wollte zerstören. Irgendwas musste dran glauben. Das Waffeleisen flog aus dem Fenster, ich holte mir einen Hammer, ich könnte auch brüllen – mal so richtig laut bis an die Ostsee – da wüssten die neuen Nachbarn auch, mit wem sie es zu tun bekommen. Nicht umsonst stand auf dem Klingelschild der Name *Frost*. Hinter diesem Namen verbarg sich ein gewissenloser Killer. Ein herzloser Reisender. Es amüsierte mich immer wieder, wenn sich Leute über mich aufregten und nicht wussten, dass hier einer ist, der über Leichen geht, wenn's sein muss. Zwischen uns Kameraden war das schon so eine Art Running Gag: »Die wissen überhaupt nicht, in welcher Gefahr sie schwebten. Sie waren dem Tod so nah wie noch nie.« Aber beim morbiden Psycho-Waffeleisen half das nicht. Es ließ sich nicht beeindrucken.

Ich könnte auch meine Hand grillen, die würde nicht festbacken, oder gewürfelte Zwiebeln. Was hatte dieser kleine Vorfall, eigentlich war er gar nicht so klein, denn es ging gerade um Leben und Tod, ausgelöst? Ich war so kurz vorm Durchdrehen und um mich Schlagen.

»Dein altes verschissenes, versacktes, verbranntes und verkacktes Leben!«, brüllte es in mir, »Das wolltest du doch zurücklassen. Deshalb gehst du doch an die Küste, hast alle Brücken hinter dir abgerissen, mit deinem besten Freund gebrochen und der langjährigen Freundin vor den Koffer gewichst und vielen anderen auch.«

Ich musste gehen, soviel stand fest. Hier wurden wir nicht mehr gebraucht. Unser Dienst an meiner Mutter war beendet worden. Sie hatte uns in einem Narzisstischen Anflug an ihrem 80sten gekündigt.

»Ja, das stimmt wohl«, ging mein innerer Monolog weiter, als ich kniend und keuchend die sehr knusprigen Waffelreste aus dem wahnsinnigen Eisen fummelte, ab und zu eines in den Mund steckte, um mich zu vergewissern, dass es eigentlich gut war, und wie zu oft mit allem unzufrieden war und die Niederlage im Waffelwettbewerb für mich eine persönliche geworden war und ich mein Leben deshalb kacke fand und am liebsten heulen, schreien und töten könnte, richtete sich meine ganze Aufmerksamkeit auf meine Pubertierende. Ich fühlte genau, wie mein innerer Richter sagte, so, die Göre kriegt jetzt den Tornado in die Fresse. Die sitzt nur rum, quälend und quengelnd, wie die Prinzessin auf der Erbse, wie so eine Tochter des Aga Khan, wartet, bis ihr die Täubchen in den Mund fliegen und das Zimmer ist auch wieder eine Müllkippe. Sie hatte ein weißes Metallbett und einen weißen Spind, überall lagen leere Wasserflaschen, Chipstüten, Schulsachen, dreckige Klamotten, Schuhe, bunt bemalte Tierknochen und angetrocknete Teller. Liebe Geschworene, aus diesen Gründen muss ich Ihnen leider mitteilen, dass das kleine Menschenkind Pippi für schuldig im Sinne der Anklage befunden wird und deshalb den Tornado ihres Vaters erdulden muss. Genial einfach, phänomenal, dieser Geniestreich. Danke, hohes Haus!«

Ich schleuderte ihr die abgekratzten Teigreste auf den Teller. Es sah sehr kross aus. Fast wie das Kunstwerk eines Sternekochs.

»Jetzt föhne ich die weg«, holte tief Luft, da kam plötzlich irgendwo aus dem Dunkel meines Geistes, da, wo es ganz *frostig* ist, ein noch stärkeres Gefühl. Eine Emotion wie ein Kanonenschlag.

»Die muss weg«, erklärte der Richter und fügte an, »rausschmeißen, ab ins Heim mit ihr. Die ist doch schwer erziehbar.«

»Jaaa, das ist es!«, dachte ich, obwohl mir das irgendwie vertraut vorkam. Diese Drohung ist uralt, so alt wie mein Leben mindestens, sie hat auch schon so einen kleinen Bauch wie ich, das hörte ich doch auch schon einmal. Ich wurde ganz still, unendliche Traurigkeit überfiel mich. Die ganze schöne Aggressivität war weg, stattdessen fühlte ich mich wie ein Häufchen Elend. Ich bin innerlich erstarrt, zu nichts mehr fähig, mein Herz ist kaputt. Bin schlapp.

Irgendwie kommt mir das wirklich so bekannt vor, als würde Mr. Spock vor mir stehen und seinen Spezialgriff machen, bei dem jeder ohnmächtig wird. Vor meinem Auge tauchen schwarze große Wellen auf, ich treibe im Meer, und da ist ein Ruderboot neben mir. Ein kleines hölzernes Ding. Auf ihm könnte ich den Sturm mit etwas Glück gut überstehen. Ich schwimme rüber zu dem Holzkahn und versuche reinzukommen. Wird wohl kein mega Hexenwerk, sich da hochzuziehen. Meine Hände liegen auf der Reling und suchen einen festen Halt. Gerade als ich meinen Oberkörper ein Stückchen aus dem Wasser hebe und es mir in kleinen Rinnsalen heruntertropft, taucht ein Schatten auf.

»Du Versager«, brüllt so ein doofer Maat auf mich ein, den sah ich gar nicht, »Du bist ein Versager, jawohl, und kommst hier nicht rein, hau ab und geh ins Heim, du kommst ins Heim, Heim, Heim oder Waisenhaus ...« Was redet der für einen Schwachsinn. Ich zieh mich jetzt über die Reling, ich bin sauer, es geht hier um mein Leben, du

Wixer, und boxe ihn weg wie Rocky. Das ist doch nur ein halbes Hemd. »Du darfst mich nicht schlagen!«, weil ich deine Mutter bin und du auf mich angewiesen bist. Mir gefällt es nicht, wie dein Zimmer aussieht und dass du Gefühle zeigst, überhaupt negative, ich will nichts hören, deine Belange interessieren mich nicht, du sollst so sein wie ich, du machst, was ich sage zu 100 Prozent sonst … Kinderheim, du spielst nach meinen Regeln, du bist hässlich, läufst wie eine Ente, man kann deine Adern an den Beinen sehen, du musst zum Arzt deswegen, du hast Karies, hör auf zu jammern, du bekommst Hausarrest und bleibst in deinem Zimmer, ich schließe ab, du isst was ich koche, mehr, nein, ich töte dich, das darf ich, denn ich bin deine Mutter, alle Mütter dürfen das, bleib, du darfst nicht in das Boot steigen, du warst böse und alle deine Spielsachen kommen weg.

»Halts Maul«, schreie ich ihr entgegen, »halt dein verhurtes Maul, du bist nur so ein verdammter Hilfsangestellter auf der scheiß Titanic. Ich bin erwachsen mittlerweile, mein Magen krümmt sich zusammen. Du doofe Ziege, so eine blöde Mama, so ein Glück muss man erstmal haben.«

»…ungezogener Bengel. Du bist doch verrückt, mit dir kann man es nicht aushalten … du bist irre, was redest du, niemand hält es mit dir aus?«

»Fick dich selber, Mama!«, erwidere ich schlagartig ganz ruhig. Das war mein inneres Kind, ich hatte meine Kontenance wieder, eins war klar, damit ist Schluss, meine Eltern haben keine Macht mehr über mich. Ich bin zwar nicht richtig erwachsen und reif, in manchem in der Pubertät hängen geblieben, aber ein Stück weiser geworden, und eins wusste ich: Mein Leben ist meins.

»Einfach mal out of the Box denken und am besten abhauen, wenn man´s nicht verändern kann oder unerwünscht ist.«

Ich holte mir eine alte stumpfe Kneifzange mit roten Plastikgriffen und »Knack, Knack, Klack …«, waren das Kabel und der Stecker an dem gestörten Waffeleisen weg. »Nun bist du defekt und landest auf dem alten Eisen verfluchte Mutti!«

6

Barth im Juli, den soundsovielten 2020.

Liebe Scarlett, ich bin nun ganz offiziell seit 3 Tagen weg. Die Ostseeluft ist mega, der Rest ein Horrortrip. Am Telefon sagtest Du, ich sollte erstmal abwarten, aber das konnte ich nicht. Ich musste selbst etwas lachen, wie verrückt das ist. Ich habe gestern mündlich bei meinem Vermieter gekündigt. Der junge Mitarbeiter der Wohnungs-AG war sichtlich gekränkt und vergaß den guten Ton. Besondere Manieren konnte ich bei ihm sowieso nie feststellen. Als Mieter bist du das letzte Glied in der Kette, also so etwas wie ein Hering für den Rest, und der Rest, das sind die Haie. Auch in der Ostsee gibt es welche, das war mir neu. Heute Morgen schickte ich etwas „tagtlos" die schriftliche Kündigung hinterher.

Die Wohnung gefiel mir überhaupt nicht. Sie ist heiß, wie ein Glutofen, die Ausrichtung Süd-Süd-West, es gibt keine Jalousien, das Treppenhaus ist alt und der gelbe Anstrich verblichen und schmutzig, aber das schlimmste ist der Geruch. Im Treppenhaus riecht es je nach Stockwerk, mal nach Ja-Pizza, Sauerbraten, angebrannten Buletten mit zu viel Brötchen im Teig und Keksen oder Kuchen, dazu ein Spritzer Essigreiniger und Kellermief. Alles wirkt so trist und tumb, aber am schlimmsten ist der Duft meiner Bude. Woher der Geruch nach Mandelcreme und verschmolzenem Plastik kommt, kann ich nicht lokalisieren. Er ist in jedem Zimmer. Das mit dem Treppenhaus könnten wir ja noch verschmerzen, geht man ja nur kurz durch. Die Mieter sind nett, also die, die wir schon kennen.

Bisher hatte ich nicht das Gefühl, dass ich geruchssensibel bin. Die Scheiße meiner Kinder störte meine Frau mehr als mich. Auch der würzige, käsige, in der Nase brennende ultrapenetrante Leichengeruch bei Verwesten, der noch Stunden später in jeder Faser der Kleidung und jeder Pore der Haut hängt, konnte mir nichts anhaben. Aber der Duft dieser »Penthouse-Wohnung« ist zu viel für meine Nerven. Mich überkommt in dieser Atmosphäre eine tiefe Depression, das alte Leben abgerissen von der Brandung wie eine Palme, die zu dicht am Wasser stand und zurück an den Strand einer einsamen Insel gespült worden ist, wie Tom Hanks in Cast Away, nach einem Schiffsunglück, so ein Gefühl von Hoffnungslosigkeit. Aber das sollte nicht passieren! Ein Mensch darf alles verlieren, nur die Hoffnung nicht. Fiel es mir davor schon schwer, einen Sinn hinter allem zu erkennen, so ist mir nun gänzlich ein Ziel, für das es sich lohnt zu leben, abhandengekommen. Ein Dasein im Vakuum, ohne Lebendigkeit. Ich bin ziemlich verzweifelt. Nur Jack und Lesen kann mich aktuell trösten. Oft sitze ich so am großen Fenster und blicke in den Himmel und suche den Horizont. Das ist ein schönes Bild, wenn die Sonne auf- oder untergeht. Sehr witzig sind die vielen Vögel hier, den ganzen Tag ziehen tausende vorbei. Wenn ich es mir recht überlege, dann ist mein Antrieb, mein Lebensmut bei null oder sogar schon im Minus-Bereich. Wie ein Motor, der laut im Leerlauf dreht und der Fahrer sucht verzweifelt den Gang, weil er auf einem Bahnübergang, mitten auf den Gleisen steht und er sich einbildet, das Signal eines Zuges wahrgenommen zu haben.

Da brauchst du noch nicht mal an Suizid denken, denn du bist lebendig schon toter als tot. Hoffentlich rieche ich nicht schon so. La nausée, kann ich da nur sagen. Wie bei

Sartre, vermutlich hätte ich das nicht lesen sollen. Mich überkommt der Ekel, aus allen Ritzen strömt er auf mich zu. Widerlich, wie soll [Mann] so vernünftig leben. Sollte ich meinen Namen ändern? An der Klingelleiste stand doch Frost nicht Roquentin. Egal, das führt auch zu nichts.

Meine liebe Scarlett O'Hara, ich hoffe, es geht Dir gut? Im Oktober komme ich für eine Woche zurück in unsere geliebte, nach Abgasen stinkende Quadratestadt bzw. »Mannheim, Mittelpunkt der Welt«, wie ein Monnemer Autor das in seinem Buch beschreibt. Ich würde mich freuen, wenn wir uns dann sehen könnten. Dass ich komme, ist schon ziemlich sicher, nur Corona oder meine Psyche könnten hier einen Strich durch die Kalkulation machen. Du hattest mir geschrieben, Du würdest gerne mal wieder knutschen. Das kann ich gut verstehen. Es ist schon doof, dass wir in unserem Alter noch nicht angekommen sind. Wie zwei mit Öl beladene Tanker, suchen wir unser Terminal, wo wir die Ladung löschen könnten. Wir sollten schön brennen. Leider wird die Qualität mit der Zeit nicht besser, der Zerfall schreitet voran wie die Sekunden und am Ende steht das letzte Gericht, der finale Tag und die Delete-Taste. Im besten Fall geht es von vorne los und unser Dasein wird nur formatiert und man findet sich als Tintenfisch wieder. Die Oktopusse sind mega schlau, wusstest Du das? Sie gehören zu den intelligentesten Tieren überhaupt. Sie leben auch monogam und sind sehr fürsorglich.

Wir zwei, Liebenden Scarlett, sind auch ein super Paar. Leider schafften wir es nicht, uns wie die Tintenschiffe mit den Tentakeln für immer festzuhalten. Nur unsere Münder verhalten sich ab und zu wie Saugnäpfe. In meinen schlaflosen Nächten hier denke ich immer wieder an Dich. Ich bin so verrückt nach Deinem Tempel, aber das weißt Du ja. Ich will Dich nicht langweilen und auch nicht zu sehr auf Waschlappen machen. Keine Frau mag Heulsusen, überhaupt mag niemand jemanden um sich rum, der immer jammert und klagt. Ich auch nicht. Unser letzter Fick war total irre und er hat sich für immer in mein Gedächtnis gebrannt. Es könnte ein »Traumfick«, ein »Jahrhundertbums«, ein »fünf Sterne Ritt«, ein »Neandertal Kracher« oder sogar ein zweiter »Urknall« gewesen sein, weil ich schon spürte, das ist möglicherweise das letzte Mal, deshalb ließ ich mir auch so viel Zeit und Du fragtest nach einer Stunde Rammelei, was ich bräuchte. Ich hatte keine Ahnung, was ich genau geantwortet habe, irgendwas mit, alles ist gut, ich genieße das gerade oder so. Dann bist du irgendwann durchgedreht und meintest, gib mir deinen Schwanz, gib mir jetzt einfach deinen Schwanz, egal wie. ... Du lagst auf dem Bauch und ich zog ihn raus und kam deshalb zu Dir rum. Wie schön! Jetzt habe ich meinen Ekel ganz vergessen.

Das wird jetzt wohl für lange Zeit oder immer vorbei sein. Unsere Beziehung war toll, aber auch sehr sehr anstrengend. Irgendwie kamen wir nicht in diesen magischen flow, den ich zum Beispiel beim Schreiben erlebe oder manchmal beim Sport oder aktuell beim Schlendern am Strand. Ich konnte es Dir nicht recht machen, das tut mir leid. Aber es ist auch so eine Verantwortungssache. Aktuell in dieser komischen Zeit, wo man nicht weiß, wo der Kutscher hinfährt, ob zu Dracula oder zum Bäcker an der Ecke, kann ich das nicht tragen. Es wiegt zu schwer. Meine Schultern sind dafür zu schwach. Wie auf einem Galeeren-Schiff kommt es mir vor. Nur dank Hark Olufsen und seinem Reisebericht weiß ich, dass man Sklaven früher nach Algier zum großen Bey oder Amerika brachte. Heutzutage braucht man die Menschen gar nicht mehr einfangen, um sie dann fern ihrer Heimat zur Zwangsarbeit zu zwingen. Das funktioniert anders. Die meisten begeben sich freiwillig in die Abhängigkeit der Konzerne und der geltenden Moral. Sie haben drei Ziele: einen Sexualpartner, viel Geld verdienen, um dann grenzenlos egoistisch zu konsumieren, Kinder und Mainstream. Nein, das mit den Kindern müssen wir streichen, Scarlett O'Hara. Sie wollen lieber noch mehr Kröten schlucken, um dann noch mehr zu shoppen. Reflexion Fehlanzeige, dank Netzwerk Größenwahn. Jeden Monat werden die Mattscheiben größer. Bald passen sie nicht mehr an die Wand, weil die Häuser zu klein sind. Das waren noch nie meine Ziele, aber ich habe auch kein anderes gefunden. Wie im Existenzialismus vorgegeben, suche ich noch immer. Ständiger Hedonismus ist mir auch zuwider, aber leider ist es grade nur so zu ertragen. Ich weiß keine Lösung, und das Schlimmste ist, dass das mit uns nicht geklappt hat. Wir hatten mehr als acht Jahre und am Ende hat man das Gefühl, man steht mit leeren Händen da. Mehr noch, ich habe keine Lust mehr auf eine echte, vernünftige, liebevolle Partnerschaft zu einer anderen Frau. Überhaupt fallen mir Beziehungen so schwer. Der Kuss der meisten Schmetterlinge gefällt mir nicht und auch die im Alter verblassten Farben wirken nicht anziehend. Es geht nur um das Bauchgefühl, keine Reflexion, keine Philosophie, tumbe Wesen, die mit wenig Emotionen leben – Nerds mit narzisstischen Störungen, in Unachtsamkeit gefangen, dem Konsumrausch erlegen, verwirrt, unklar, im Nebel stochernd, reflexgetrieben, die falschen Fragen stellend, überhaupt nicht hinter die Kulissen blicken wollend und schweigend, wie Lämmer das Schicksal ertragend, *solange genug Stroh da ist. Das Stroh geht direkt in ihre Köpfe.*

Ja, liebste Scarlett, ich weiß, ich bin Dir immer zu kritisch und zu pessimistisch, hoffentlich liege ich falsch. Aber leider bin ich der Auffassung, und das bestätigt die Entwicklung der Gesellschaft, dass ich die letzten Jahre in diesen Dingen richtig lag. Die Luft wird dicker oder dünner, das dicke-dünne Ende kommt und die großen Knaller werden in den Straßen explodieren. Dann werden viele ihr wahres Gesicht zeigen und manche, die vorher oben waren, sind dann unten und andersrum. Du konntest das immer alles ausblenden und dafür bewunderte ich Dich. Mich drückte das Schicksal dagegen in die Knie. Die Verantwortung für meine Lieben kann ich fast nicht mehr stemmen. An manchen Stellen bleibt mir keine Wahl. Bei uns schnappte ich nach acht Jahren die Freiheit. Das Ende war nicht so nett, es tut mir leid. Ich bin kein Engel und mein Herz ist los!

Liebe Scarlett O'Hara, nun habe ich wieder so viel geschrieben, denke, das ist der Situation hier geschuldet. Wir haben auch noch kein Internet, das kommt erst in 14 Tagen. Ohne ist man irgendwie krank, kein wertvoller Mensch mehr, ausgegrenzt, ein Sonderling und Penner. Nur ein Individuum, das sich nicht mitteilen kann und von dem auch niemand Notiz nimmt. Wenn ich sicher weiß, dass ich in die alte Heimat komme, melde ich mich. Ansonsten bleibt mir nur noch festzustellen, dass ein Tintenfisch drei Herzen hat und er in der Lage ist, sein Erbgut zu verändern. Das ist doch erstaunlich und unglaublich. Er ist dadurch Gott am ähnlichsten. Wenn wir alle Kalmare wären, dann würde unser Zusammenleben viel besser klap-

pen, denn wir könnten uns einfach die Defizite wegbasteln und uns neuen Situationen problemlos anpassen. Also, liebe Scarlett O'Hara, ich glaube, ich wiederhole mich. Ich hoffe, Du kommst gut ohne mich klar. Wenn ich in der alten Quadratestadt bin, melde ich mich. Versprochen. Wenn Du keinen Bock hast, ist das auch in Ordnung. Der Sex mit dem Ex-Partner soll ja angeblich der Beste sein. So ich Ende hier und bin dir immer noch treu verbunden.

Liebste salzige und windige Grüße aus der Vinetastadt Barth

Hansi

PS: Alle kommen mir so kurslos vor in dieser digitalen Maskenphase, als hätten die Menschen ihr Navi nicht richtig kalibriert; oder werden sie betrogen? Sie wissen nicht, wo oben und unten ist. Was wahr oder falsch ist. Stattdessen sind sie wütend und zornig auf den anderen, wenn der nicht schnell genug fährt oder mal seine Maske abnimmt, um Luft zu holen. Das sinnlose Wettrüsten des Kalten Krieges ist bei jedem einzelnen angekommen.

PPS: Es wäre schön, wenn wir nochmal zusammen den Gipfel erklimmen könnten. Ich mache auch alles, was Du verlangst.

7

Ein guter Freund wollte mich unbedingt hier oben an der Küste besuchen. Viele waren mir nicht mehr geblieben, die meisten gingen oder mussten gehen, auch gegen ihren Widerstand. Bei Adolf war ich »gnädig«. Er ließ einfach nicht locker und irgendwo las ich, dass jeder einen irren, durchgeknallten »Alpha Typ« brauchte. Das erweiterte den Horizont, ließ einen nachdenken, kostete Arbeit, brachte einem mit dem eigenen inneren Kind in Kontakt, erhöhte die Frusttoleranz, machte wütend und staunend, war erheiternd, half bei ganz wirren Zuständen, gab unglaubliche Einblicke, ließ einen staunen, rasend werden, wirkte bedrückend, war peinlich und fiel direkt auf einen zurück.

Adolf war eine sehr spezielle Type, eine Schande für mich, doch da war noch was anderes, er hatte dermaßen unverständliche Ansichten, dass einem die Spucke im Mund zusammenklebte und manchmal sogar komplett zusammentrocknete und wegblieb. Das beste war, dass er nur laberte, mit ihm würde die AfD trotz Mehrheit den Kanzler nicht stellen können. Adolf war vom Leben total frustriert. Eigentlich war er nicht dumm, noch einigermaßen gesund und hatte eine gute Anstellung beim Land. Das Elternhaus war, soweit ich das überblickte, auch ganz okay. Trotzdem zog er es irgendwann gleich zum Anfang seiner beruflichen Laufbahn vor. die Reißleine zu ziehen und sich einen sicheren Job zu suchen, der fast keine Anforderungen stellte und ein mageres, aber ausreichendes Salär bot. Es blieb effektiv viel Zeit zum Stillsitzen und Rauchen. Möglicherweise wusste er das zu Beginn nicht. Möglicherweise wurde er auch ausgebremst. Auf alle Fälle pflegte Adolf seine

Mutter bis zum Schluss und zog dann in ihre Eigentums-wohnung. Als ich ihn dort das erst Mal besuchte, war ich platt. Alles roch nach Rauch, es war staubig und die Wände, Tapeten und Vorhänge hatten so ein Gelbbraun. In der Küche kamen zum Gelbton noch Staub und so eine größere Schicht bis zu 30 Jahre altes Bratfett hinzu. Alle Oberflächen fühlten sich wie klebriges Schmirgelpapier an, wie diese Leimrollen, an denen immer viel zu viele Mücken klebten. Ich hatte das Gefühl, als wäre ich in die alte Fritteuse eines Imbisses am Hafen gefallen. Vermutlich war die *Pommesschleuder* auf dem *Kutter Johanna* hier im Hafen ein Paradies gegen dieses Appartement.

«Igitt», dachte ich, beim Anblick packte mich das Grauen und Mitleid, der Frust über so viel Gelassenheit, Bequemlichkeit und Ratlosigkeit, wo das hinführen sollte, erstaunte mich. Solche *Fettbuden* fackeln irgendwann einfach ab, das wusste ich aus meiner Arbeit. In so widerlichen, ekligen Küchen reicht oft eine kleine Initialenergie und schon steht alles lichterloh in Flammen, wie bei einem trockenen Nadelbaum an Weihnachten, als würden mehrere Feuerschlucker gleichzeitig ihre Show abbrennen. Dann hilft nur noch der C–Schlauch der Feuerwehr. Aber mein damals neuer Kamerad Adolf trug das mit Fassung, er hatte nämlich einfach keinen Bock zu imponieren oder anzugeben. Das war ein Pluspunkt für ihn, eitel war er nicht oder, besser ausgedrückt, nur so weit, dass er sich einredete, trotz dieser Umstände eine tolle einladende Butze zu besitzen, eine Design-Oase wie von Beuys. Mit seinem Appartement wollte er nicht glänzen, das hätte ja Arbeit gemacht. Der ordentlichste und aufgeräumteste und modernste Bereich war die Television-Zentrale. Um das Sofa, den niedrigen Couchtisch in glatter beigefarbener Buche und das gleiche

Büfett mit Glaseinlagen türmten sich links und rechts je eine Vitrine mit den üblichen Schätzen darin, grässlich, geschmacklos, einfallslos, hoffnungslos, dazwischen das neueste Flachbild-TV, das ich schon so oder so ähnlich in hunderten von Wohnung ansehen musste, gab es nichts zu mäkeln. Typische Standard-Ausrüstung für Pinguine oder solche, die es mit Sicherheit noch werden wollten. Durchfallrate keine.

Hier in der Verdummungszentrale war's ziemlich staubfrei. Die vollen Aschenbecher und die Unordnung drumherum störten ihn nicht, mich auch nicht. Der Ekel ging mir nur bis zu den Waden und das war gut auszuhalten.

Die Definition des Widerwillens war folgende: *Es gibt Wesen in Menschengestalt, denen spreche ich das Menschliche ab, sie besitzen weder Würde noch echtes Leben in ihrer Hülle. Ihre Persönlichkeit besteht aus einem Eimer, in den seit Anbeginn ihrer Tage Abfall reinkam, so ähnlich wie bei einem Müllschlucker.* Hinten kommt kein GOLD raus, sondern geiler stinkender MIST. So war das hier auch. Der berühmte Satz von Descartes *Ich denke, also bin ich* musste hier zwingend umgeschrieben werden. Er lautete nun: *Es denkt, nur dass es selbst denkt, und deshalb ist es nichts.*

Es kam schon mal vor, dass auf den Boden geascht wurde. Wie damals in meiner Sturm- und Drangzeit, als mich Bekannte zu wildfremden Leuten auf Feten mitnahmen und ich Höhlen sah, welche sich Lebensmittelpunkt schimpften, die den Neandertalern mit Sicherheit wahre Freudenstürme entlockt hätten. Viele meiner Ex-Drogenkumpels waren schon lange leblos geworden, dafür brannten sie zu Lebzeiten ein sehr lebendiges, wahrscheinlich zu mächtiges Feuerwerk ab. A.A. saß in seiner Bude an einem runden Glastisch, der voll mit Kram war, Briefe, Indianergeld vom letzten Einkauf, Notizzettel mit längst überholten Texten, ein angetrockneter Teller mit dem Zipfel einer Bratwurst und Ketchupresten, Büroklammern, alte Rechnungen, BIC-Feuerzeuge in allen Farben und Mustern, Kontoauszüge mit roten Überschriften, längliche weiße Briefkuverts mit Sichtfenster, graue weiße Briefkuverts, Streichholzheftchen mit knalligen Motiven, eine Schale gebrannte Mandeln, Werbeprospekte, unbenutzte Zigarettenhülsen, Militärorden und ein dicker voller Glasaschenbecher. Grauer Qualm aus seiner Lunge bewegte sich auf mich zu und umschloss mich wie die Gaswolken der Milchstraße, als wäre es das Natürlichste der Welt. Adolf regte sich über die Flüchtlinge und die Regierungspolitik auf und dachte mit keiner Faser daran, wie gut er es hat und hatte. Aufräumen, sein Leben ordnen, mal was zurückgeben, das war ganz fremd für ihn. Mit der Zeit bemerkte ich, von seiner Grundeinstellung ist er ein normaler, eher fröhlicher Zeitgenosse, wie bei Hannah Arendt der *Eichmann*, bekommt er aber die Chance, wird er möglicherweise trivial böse. Natürlich war das ziemlich gemein von mir und er würde das nie machen, und würde er das tun, dann nicht böse meinen. Adolf ist auch nicht nachtragend, es wäre schätzungsweise nur Gedankenlosigkeit, wie sein aktuelles Leben. Er hatte nur vergessen, was zum Menschsein dazu gehört.

Außerdem sann er ständig über weitere Einnahmequellen, vertraute hier aber auf Glück, anstatt auf Fleiß. Ich bildete mir immer ein, dass der alte Spruch, zeige mir, wie du wohnst und ich sage dir, wer du bist, voll ins Schwarze trifft, sozusagen Bullseye. Manch ein Psychologe mag hier widersprechen, und es stimmt doch. Seelenklempner haben oft keine Ahnung. Die fummeln an der Psyche von ihren Patienten rum wie der Heizungsmonteur an der Schaltzentrale des Gaskessels. Der Monteur hat keine Ahnung, wo der Fehler hängt, und probiert einfach mal alles durch, so von A bis Z.

Das Zuhause von Adolf war unstrukturiert, planlos, ohne erkennbaren Style. Ein Spiegelbild. Wie er ohne sichtbares Ziel, teilnahmslos, träge, gefühlskalt, ängstlich, mit dreckigen Fingernägeln, Haarbüscheln in den Ohren und ebenso entmenschlicht wie sein Dasein, verbittert über die Politik, voller Hass für Fremde im eigenen Land, nie auf Safari ging, das andere Geschlecht nicht abkonnte und überhaupt alles, was er nicht verstand, ablehnte. Ich zog ihn gerne damit auf, am liebsten war mir hier seine Einstellung zur Damenwelt und dass er ein Frauenhasser sei. Er stritt es dann immer ab und meinte nur lapidar, »… ich weiß halt, wie die ticken.«

Vehement erklärte ich ihm, dass es nicht normal ist, in Frauen nur ein Lustobjekt zu sehen. Sofort nach dem Abspritzen zu gehen und dann in *Silent Treatment* zu verfallen. Zumindest ein Danke oder es war schön, wie geht es dir, wer bist du, was sind deine Hobbies, bis zum nächsten Mal, Auf Wiedersehen, sollte doch wohl drin sein? Er lachte dann immer nur und laberte sexistischen Mist, ohne Sinn und Verstand. Bei der anderen Sache war es ähnlich. Rustikales Schwarzweiß-Denken, nichts von der Sahnetorte abgeben wollen und alles für sich haben, damit kann man weit kommen, aber Gottgefallen geht anders und es macht dick.

Wie er mir das erste Mal sein Reich zeigte, dachte ich noch von außen ein schönes Mehrparteien-Objekt, ordentlich, cooler Balkon mit Blick ins Grüne, top Schnitt, da könnte man was draus machen. In einem Zimmer, das er als Abstellkammer nutzte, die Wohnung war eigentlich zu groß für ihn allein, da standen Berge von LR-Kartons. Das teure Aloe-Zeugs, ich dachte, »Das auch noch!«. Adolf war so ein Charakter, der zu allem ja sagte, gerade bei so *Glücksritter-Mist* und der Aussicht auf reichlich Lohn. Gier frisst Hirn oder besser Verstand? Jetzt saß er auf einem mehrere tausend Euro teuren Haufen Nahrungsergänzungsmitteln zum Verkaufen, für die Show hatte er keinen Bock mehr. Er war überhaupt nicht der Typv der Klinken putzt. Immer ließ er sich von Bekannten etwas aufschwatzen, nur weil große Gewinne versprochen wurden. Adolf war nicht in der Lage, ein Geschäft einzuschätzen. Manche sind auch im hohen Alter noch wie Kinder. Dazu zähle ich mich selbst auch. Das muss nicht falsch sein. Aber es geht ganz in die andere Richtung, wenn man gerne mehr Money hätte und dann immer schlechte Projekte abwickelt, was soll dann passieren? Jeder weiß doch wie es *tut* und wenn nicht sagt es dir das *Huhn*. Maßhalten mit futtern, trinken, bumsen, Konsum, Sport, Arbeit, Hobbies, pennen, wandern, Beurteilungen, Netflix, Schubladendenken, Mineralwasser und so weiter. Neudeutsch Work-life-Balance bzw. Work-Würde-Balance. Tatsächlich ist es Bullenscheiße, so ein dunkelgrüner stinkiger, breiiger, noch dampfender Kuhfladen, wie will man so an die Spitze, an den anderen vorbeiziehen? Also, entweder ich gebe Vollgas und fahre die Maschine im roten Bereich auf die Gefahr hin, den Motor zu ruinieren, bin rücksichtslos oder ich halte mich gesund, wahre das rechte Maß, und dann bin ich zufrieden, aber arm. Zum Glück hatte der damals mich getroffen.

Einmal rief er an und erklärte: »Ich habe jemand Geld geliehen, einem Kollegen, und der kann nicht zurückzahlen und will weiteres.«

Ich fragte: »Für was?«, und er erklärte, »Zum Zocken.«

Natürlich riet ich ihm davon ab. Ein anderes Mal, erhielt er ein Top-Angebot, er sollte in die Vermietung von Schiffscontainern investieren. Es wurden bis zu 10 Prozent Rendite avisiert. Zehntausende sollte er für den Anfang investieren. Ich hatte davon, obwohl ich einige Semester Wirtschaft studiert hatte und mich sehr für Finanzen interessierte, noch nie etwas gehört. Meine Einschätzung war goldrichtig, wie sich später zeigte.

»Adolf«, sagte ich, »das klingt nicht seriös, du kaufst einen Übersee-Container und eine Firma vermietet den dann für dich und du erhältst Ausschüttungen. Klingt toll und plausibel, ist mir aber zu einfach. Die können doch selbst die Teile kaufen und den Rahm abschöpfen.«

Etwa zwei Jahre später war das Geschäftsmodell geplatzt und die *R&P Containervertrieb* insolvent.

Adolf war einfach so ein langweiliger, aber auch herzlicher homo ohne erkennbare plausible Lebensweise und ohne Leidenschaft, ohne Moral, aber mit bestimmten rassistischen Werten. Das störte mich total, seine vielen Fickfreundinnen eher weniger, ich war zum Glück hellbraun und Deutscher und deshalb war er mir auch ein guter Freund. Es war auf ihn zu 65 Prozent Verlass. Der Rest war erfunden, surreal, Blendwerk, Selbsttäuschung oder schlicht gelogen. Damit konnte ich umgehen. Besser ein 65-Prozent-Kamerad als ein Minus-Kumpel. Was sollte man schon erwarten von seinen Freunden, Wunder?

8

Heute war herrliches Kaiserwetter und wir waren schon fast 14 Tage am Baltischen Meer und ich hatte es noch nicht gesehen. Verdammt und zugenäht, so hatte ich mir das nicht vorgestellt. Leider vergingen diese ersten Momente in der neuen Welt nur zäh. Wie Cristoforo Colombo war ich freiwillig und überstürzt aufgebrochen, um ein Abenteuer zu erleben. Viele taten so, als wäre es ein großes Wagnis, dabei hatten die nicht verstanden, dass genau das glücklich leben bedeutet und ihr Dasein Stillstand war, deshalb waren auch viele so unzufrieden. In ihrem Leben passierte nichts Vernünftiges. Trotzdem beneidete mich niemand, das fand ich gut. Ich flog unterm Radar und dafür ist es wichtig, sich keine Neider zuzuziehen, denn die machen am Ende Stress.

In meinem Modell träumte ich von goldenen Zeiten. Mitten in der Natur, in der Wildnis des Weststrandes von Fischland lebte ich sorgenfrei auf feinstem Sandstrand und kam mit mir ins Reine. Barth war mein Haiti. Der Unterschied war, dass ich mich kolonialisieren sollte und dass die Palmen verzauberte Kiefern waren. Das Tagwerk war für mich wie ein Spaziergang durchs Watt, ich kam nicht so richtig vorwärts, der graue Schlamm aus Problemen, Nöten, Sorgen, meinem Wahnsinn und *dem externen Faktor* versuchte mich hinab in das Reich der Watt-Würmer zu ziehen.

Meine Leistungsfähigkeit und -bereitschaft war bei gefühlten 42 Prozent des normalen Zustands angelangt. Womöglich hatte »Deep Thought« das so festgelegt. Manchmal konnte ich mir nur eine Sache am Tag vornehmen, etwa ein Telefonat auf dem Amt.

»Ja, genau. Sie können hier vorbeikommen. Dienstags und donnerstags ist Sprechstunde und sie können sich dann anmelden. Nein, das kostet nichts.«

»Was muss ich mitbringen, bitte?«

»Ihren Ausweis, den persönlichen Roboter oder ihren eigenen Kopf und die Vermieterbescheinigung.«

»Ich habe noch eine Tochter, mitgebracht.«

»Wenn sie einen Ausweis hat, dann bringen sie den mit, er wird dann auch geändert.«

»Vielen Dank, bis Dienstag, auf Wiedersehen.«

»Moin.«

Danach war ich platt und musste erstmal entspannen. »Eine Frau wäre jetzt super.«, sinnierte ich.

Da keine da war, gab´s Porno aus der Handy-Retorte und dann schlief ich ein. Im Traum dachte ich an eine weitere große Niederlage in meinem Leben. Manchmal wachte ich davon schweißgebadet auf. Ein Maschinenbaustudium in Bad Nauheim, dort wo Big E, der King of Rock 'n´ Roll, Elvis the Pelvis, Vibration Valentino, the king, mister dynamite, the king of love stationiert war. Zwischen ihm und mir lag so viel Qualität und Talent wie der Mariannengraben tief war, doch ich lebte noch, zwar als Zombie, aber immerhin.

Eine Sache wusste ich damals schon. Ich hab's einfach nicht drauf. Die anderen können es besser und mein Talent war unbekannt geblieben. Ich hatte sogar mal Leute aus meinem Bekanntenkreis interviewt. Las das in einem Buch über Selbstentwicklung und so. Einer kannte mich sehr gut. Zusammen hatten wir schon viele Schlachten geschlagen. Tonnenweise Drogen sichergestellt, einige Drogenbarone ins Zuchthaus gebracht und dem Staat etwa einige Millionen an Vermögensabschöpfung gesichert.

»Hi, Colt. Haste mal eine Minute?«

»Joo, was liegt an?«

»Sag mal, was findest du, kann ich besonders?«

»Was ist das für eine bescheuerte Frage. Alter?«

»Sorry, ich las da gerade so ein Buch und der Autor meinte, man solle in seiner Stärke leben und viele würden eher die schwachen Seiten an sich beackern.«

Colt war auch so ein Macho Mann, sexistisch bis zum Erbrechen, aber er hatte es auch drauf. Er war einer der besten Soldaten, die ich kannte. Er wusste immer, wo der Feind war und wie wir sicher vorgehen konnten. Mit ihm wurde jede Schlacht zu einem Fest und er war gebildet. Es war kein Hochschulstudium, er konnte etwas viel Besseres vorweisen, er war auf der Schönau geboren, einem der übelsten Stadtteile von Monnem und der ganzen Welt, und dann im zweitübelsten Viertel, der Neckarstadt, aufgewachsen.

Ich musste ein bisschen nachhelfen, Colt konnte bockig sein wie ein Esel.

»Wie in der Partnerschaft, da hacken die auch immer auf den wunden Punkten rum, anstatt dass sie zufrieden wären.«

»Oke, und … gibt´s da was? Erkennst du was bei mir?«

»Lass mich kurz überlegen, hm … also ich finde gut, wie du lebst.«

Es kam nichts mehr. Die Leitung rauschte stumm. Ich musste Colt noch etwas entlocken. Das konnte doch nicht alles sein.

»Welche Talente habe ich?«

»Du bist fleißig, schreibst gute Berichte und halt das mit deiner Lebensweise ist beeindruckend. Nicht dass ich das so nachmachen wollte, aber es ist cool.«

Was sollten das für beschissene Stärken sein? Colt kannte mich so gut wie kein anderer in dieser Zeit und es kam nur Müll. Was soll so Besonderes daran sein. Das ließ sich nicht zu Geld machen.

»Was meinst du genau damit? Dass ich versuchte Minimalist zu werden, viel draußen bin, ein Konsumverweigerer bin oder mein kleiner Garten oder dass es keine Frau bei mir aushält?«

»Nein, du bist ein Freak und dein Ding hat so etwas Monotheistisches.«

Colt war nicht mehr zu entlocken. Fuck! Überhaupt fand ich den germanischen Glauben ganz spannend. Auch die Ägypter hatten viele Götter und die Griechen sogar menschliche, die waren mir am sympathischsten. Und sollte er damit gemeint haben, dass ich nur an mich glaube? Das war Irrsinn, kam aber vielleicht so rüber, weil ich sehr introvertiert wirkte. Ein Ausgeflippter war ich ganz sicher, da kam ich noch selbst drauf.

»Danke, Colt, tschüss, bis morgen, schönen Sonntag noch.«

«Thanks, denk dran, um fünf treffen wir uns bei der alten Fabrik und machen den Plantage-Typ fertig.«

Da betrieb einer eine riesige Indoor-Hanfplantage, bis morgen noch, denn wir schlossen den Laden.

»Comprende …«

Wie gerne hätte ich ein echtes Talent gehört, wie du bist schlau, siehst gut aus, bist sportlich, kannst gut reden, zwei Tüten Chips hintereinander essen, singen oder tanzen, stattdessen so nebulöser Kram. Auch von anderen Freunden kam nichts Besseres.

Höchstwahrscheinlich gab es gar keines. War Talentfreiheit ein Talent? Während des Studiums bestand meine größte Kunst in Dart und Alkohol. Beim Dart verlor ich häufiger. Ich war ziemlich gut, aber nicht konstant genug und manchmal top in Form. Beim Saufen aber, da knallte ich mit den größten Gangstern, bis ich bei einer Burschenschaft einzog, da war es auch mit diesem Talent vorbei. Ich bekam das Zimmer direkt über dem Burgtor. Ein Horror, denn jedes Auto, das in die antike Burganlage über das alte schwarze Basalt-Kopfsteinpflaster schoss, machte einen Höllenlärm. Dafür entschädigte jedoch so manches andere. Wir hatten eine eigene Bar, mit Licher Fassbier. Es war natürlich Freibier, spendiert von den AHs. Dort gab es tatsächlich Typen, die tranken wie schwarze Löcher, alles floss in sie hinein, ich wurde deklassiert, sozusagen von der Bundesliga in die dritte Liga durchgereicht. Zum Gerstensaft gab es dort noch reichlich Drogen, die im eigenen Burggarten gut geschützt hinter meterdicken und haushohen Mauern für gewöhnliche Augen unbemerkt blieben, angebaut wurden. Wir waren Selbstversorger in Sachen Naturdrogen. Hier sammelte ich das notwendige Knowhow für meine spätere Karriere als Drogenfahnder.

So wuchs also die zukünftige Elite auf, wobei der eine oder andere auf der Strecke blieb, wie meistens. Zuviel des Guten schadete so manchem. Irgendwer blieb immer im Drogenrausch stecken und verharrte im Delirium, ein anderer hat das Studium leider nicht überlebt. Ich erinnere mich an einen total netten und sympathischen Bruder, der optisch vor Lebensfreude sprühte. Sowas hatten wir noch nicht als Jungfuchs und damals war ich der Fuchsmajor und durfte ihn ausbilden. Erst sehr spät erfuhr ich von einem Herzfehler, den er hatte, und dass sein Vater unglaublich streng mit ihm war. Ständig gab es Vorhaltungen über die Noten und Drohungen, dass er fliegt. Sein Despot, auch ein Burschenschafter, war ein total emotionsloser, kalter, fehlgeleiteter, karrieregeiler Depp, der seinen Sohn sinnlos quälte und verheizte, anstatt sich an dessen Lebensfreude zu laben. Es kam, wie es kommen musste, wie in einer griechischen Tragödie, mein Zögling starb plötzlich und unerwartet, denn das Herzleiden war für Außenstehende nicht zu erkennen, der Junge war extrem kräftig und wirkte fit. Nach einer wilden Party brach er neben mir im Pissoir leblos zusammen. Das Leben lieben manche, und sie müssen gehen, und andere wollen auschecken und dürfen bleiben. Gemeinsam ist ihnen die Freiheit. »Ein Hoch auf dich, treuer Burschenschafter, so herzlich und lebensfroh warst du! Mancher könnte sich eine Scheibe abschneiden.«

An der Uni sah man mich so gut wie nie. Ich war ein sehr behütetes Kind und zum ersten Mal weg von Mutti. Außerdem plagten mich diffuse Ängste und Störungen, deshalb tat ich, was ich am besten konnte. Schlief lang, spielte dann Dart und soff. Ab und zu einen Joint, ein bisschen Kinderkoks, eine Blubber, wenig Synthetisches und auch keine Horrordrogen wie Crack, allerhöchstens mal, wenn es musste, Eimer rauchen. Hubert, ein Hippie mit schütterem Haar und roten Wangen, hatte sich eine Bong aus alten Kanalgrund-Rohren gebaut. Das war ein mega cooler Typ. Für ihn gab es keine Moral, keine Straßen, keine Vorschriften, Regeln, Begrenzungen und keine Gesetze. Er war Pfälzer und wir nannten ihn Che. Che war sowas von relaxt und krass drauf, ich konnte da oft nur staunen. War ich doch so ein weichgespülter, gut behüteter Jüngling, der bloß nicht auffallen wollte, ohne eigene Interessen, mit einer Aura wie die Tagesschau-Sprecher und einem Knoten im Schwanz. Mit Che freundete ich mich schnell an. Wie ein Hund genoss ich das Leben in seiner Nähe und saugte es ein wie ein Staubsauger die Krümel. Er war total unkompliziert und lebte in einem der beiden Türme. Che war immer fassungslos, dass manche sein Projekt, im Burggraben eine Drogenplantage zu kultivieren, nicht gut fanden. Schließlich hatten wir noch AHs, die das ganze Spektakel und insbesondere das Freibier in unserer Burg-Kneipe finanzierten. Irgendwann siegte die Moralpartei, und wir mussten uns zwischen Freibier und Drogen entscheiden, das war hart. Bier war wohl der ältere Kulturschatz, und so kam es dann auch. Seither durften wir Cannabis wieder illegal auf der Straße kaufen. Ein scheiß Risiko.

Zur Burschenschaft Escobar kam ich wie die Jungfrau Maria zum Kind. Mein Abitur auf dem zweiten Bildungsweg war dermaßen schlecht, dass ich nur in Hessen einen Studienplatz bekam. Überhaupt wollte ich nur studieren, um mich von den anderen abzuheben, weil ich keinen Bock auf die ewige autogene Schweißerei hatte, keinen Funken Weisheit besaß, und um meinen Eltern und der Umwelt zu imponieren. Eigene Vorstellungen hatte ich keine. Selbst würde ich sagen, war ich interessen- und fast motivationslos, wie grüner Wackelpudding, ein Kunstprodukt. Ich hatte so eine Art Vision vom Studienbetrieb und dem Leben, welche mit der Realität nichts gemein hatte. Vom ersten Tag an war ich überfordert. Meine Leistungsspezifikation reichte für ein Studium überhaupt nicht. Erneut bahnte sich eine Tragödie in meinem Leben an. Es ging schon mit der Zimmersuche los. Unterkünfte waren damals Mangelware.

Ich landete bei Tim.

»Ja, du, wir haben noch ein Zimmer.«

»Toll, wo wäre das ungefähr?«

»Wir wohnen in einer Burg, Burg Nauheim, wir sind hier nur Kerle, alle studieren.«

«Was kostet das Zimmer bei Euch? Gibt es ein Bad und eine Küche?«

»Okay, verstehe und Darts.«

Es war wohl so ein besonderes Ding, dass die dort viel Darts spielten. Ich hatte das zuletzt in der Kindheit gemacht.

»Wir sind eigentlich eine ganz normale WG. Nur in der Burg halt. Von dem alten Ding gehört uns aber nur der linke und rechte Turm und alles, was dazwischen ist. Wir haben eine große Küche, ein Bad, Toilette, ein Turmzimmer, einen Festsaal, eine eigene Kneipe, einen Gewölbekeller, einen großen Garten, eine Bibliothek, ein Festzimmer, ein Verließ und paar Parkplätze. Es hat viele Vorteile, wenn du zu uns kommst.«

»Klingt ganz gut, Tim. Was kostet die Wohnung jetzt?« Will es endlich wissen.

»Aktuell 260 Mark, da ist aber alles inklusive.«

»Super, das wäre in Ordnung. Muss ich irgendwas wissen, weil ihr eine Burschenschaft seid, oder muss ich was tun, vielleicht fechten?

«Nein, wir machen das so, du kommst her, ziehst ein, siehst dir alles an und wenn es dir gefällt, bleibst du und wenn nicht, dann suchst du dir in aller Ruhe eine andere Bleibe. Fechten musst du nicht. Nur am Fechtunterricht solltest du teilnehmen. Der findet wöchentlich im Gewölbekeller statt und einmal im Monat kommt ein Fechtmeister aus Österreich der unterrichtet. Aber wie gesagt, wir sind fakultativ schlagend. Überhaupt sind wir liberal.«

»Was meinst du damit, Tim?«

»Wir sind keine Hardcore-Burschenschaft. Bei uns kann jeder mitmachen, nur Frauen nicht. Also wir hatten bis vor kurzem auch einen Ausländer aufgenommen, aber der ist jetzt weg. Hat sein Studium abgebrochen, war ein Inder, sehr nett.«

»Wann könnte ich mir das mal ansehen und wie machen wir das mit dem Mietvertrag. Kaution?«

»Keine Kaution bei uns und du kannst kommen, wann du willst.«

Tim war der damalige Fuchsmajor, ich machte dort steile Karriere und übernahm nach einem und einem halben Jahr sein Amt. Bis zur Aufnahmeprüfung chillte ich mein Leben und genoss das schöne Studentendasein. Das Fechten fiel mir leicht. Ich war ganz gut. Besonders Terz und Haken-quart beherrschte ich meisterhaft. Es kam aufs Handgelenk und lange Arme an, aber das Wichtigste war die Dehnung des Handgelenks, das dauerte Jahre, bis alle Sehnen gelen-kig und schön ausgeleiert waren, damit das Ding diesen unnatürlichen Bewegungsablauf vollführen konnte. Es klappte beim Schlag einfach nach hinten ab und der Degen bog sich durch, bis seine Spitze Richtung Boden zeigte und dann drehte ich es weiter ein dabei kam die Spitze im Idealfall von der rechten Kinnunterseite quer über den Mund, die Nase, das linke Auge und verließ blutig die Au-genbraue, indem der Haaransatz leicht nach oben ge-schleudert wurde. Im Training ging das ohne große Verlet-zungen ab. Morgens ausschlafen, die Tage sinnlos ver-bummeln, fechten wie im Mittelalter und viel revolutionäres Gequatsche. Realität tritt in den Hintergrund und Größenwahn mit einer großen Prise kompletter Selbstüberschätzung machte sich bei mir breit. Ich fühlte mich wie d'Artagnan, der Musketier. Die Prüfung vom Fuchs zum Burschen lief auch ohne Komplikationen. Wir waren sternhagelvoll an diesem Abend und kotzten uns die Seele aus dem Leibe. Das war das Brechhighlight in meinem Leben, es war so geil, und was würde ich dafür geben, es nochmal zu erleben. Kotzen bis zur Ohnmacht.

Im Festzimmer hingen viele hundert Porträts von den Mitgliedern an der braunen Holzvertäfelung, eine große, zehn Meter lange Tafel bot jedem Platz, an einem Ende saßen die Chargierten, am anderen der Fuchsmajor. Der X, der XX und der Waffenmajor trugen weiße Uniformen. An einer Wand standen zwei große eckige Plastikkübel, da kam unsere Galle und alles andere hinein. Gefühlt erbrach ich die Weihnachtsplätzchen von 1968, meinem Geburtsjahr, zumindest die Spuren davon, die noch irgendwo in meinen Darmwindungen festsaßen. Die Meute an diesem Tag erfreute sich köstlich an unserem Schlamassel. Wir bekamen als erste Prüfung die Kleider vom Leibe gerissen, danach wurden wir mit Ruß und Kerzenwachs malträtiert. Wir sahen nun aus wie Waldmenschen. Jetzt bekamen wir von einem speziell bestimmten Mitglied unser Mahl. Es sollte ein Festmahl für die anderen sein, eine Mordsgaudi und für uns eine weitere Prüfung auf dem Weg nach oben, raus aus dem Fuchsenstand. Jeder erhielt einen Bierkrug gefüllt mit Dreck und Essensmüll, abgekochtem Bier, Senf, Ketchup, Tabasco, Marzipan, Kirschlikör, Salzstangen, Salz, Essig, Zucker, Dominosteinen, Sahne, Legal highs, Keksen, Zwiebeln, Hackepeter, Kümmel, Leinöl und einem rohen Hering voller Gräten usw. Allein vom Geruch musste ich mich schon übergeben. Ein Schluck von dem »*Morastgetränk*« und ich kotzte, dann ein Bissen Fisch das gleiche. Alles grölte. So sieht die Männerwelt aus, dachte ich, cool, Neandertal Rules. Meine *Mitfüchse* waren grün wie schimmeliger Toast, und so ein kleiner dünner Kerl aus dem Norden sah aus wie eine weiße Carrara Marmorplatte. Wir mussten ihn stützen, dass er nicht kopfüber in die Zement-Behälter fiel. Er studierte Mathematik und hatte wohl mit diesem Ausgang der Übung nicht gerechnet. Manchmal ist halt 2 mal 2 nicht vier. Der Kerl war wirklich am Ende. Wahrscheinlich wandelte er im Jenseits in diesen Momenten. Unser Mathematikus war ein sehr anständiger Fuchs. Die Tränen liefen mir die Wangen hinunter. Der Hals schmerzte schon vom vielen Würgen. Ich war trotzdem sehr motiviert, das ganze Zeugs zu fressen. Eher wollte ich verrecken, als mir hier in dieser Höhle der Neandertaler, hier, wo mehrere zehntausend Jahre primitivste männliche Triebe zu Tage traten wie sonst noch nie in meinem Dasein und nirgendwo auf der Welt in diesem Moment, außer im Krieg, eine Blöße zu geben. Nur ein Bruchteil dieses Eifers, der Energie eines Kotzschwalls und ich wäre heute Maschinenbauer, hätte aber den gammeligen Rest meiner meistens emotionslos, monoton, scheu und töricht verlaufenden Evolution verpasst. Das Studium war mir egal geworden. Dank Proust weiß ich, dass das andere einen nicht weiterbringt. Erfolg ist die Mutter der Verblendung. Misserfolg die hohe Auszeichnung eines Weisen.

Wir fraßen das ganze Zeug. Pythagoras tat sich am schwersten, obwohl er schon wegen einer Fischallergie nur ein extra großes Marzipanbrot mit Senf, als Fischersatz, runterwürgen durfte. Die schwarzen Speikübel füllten sich

mit einem sauren Brei aus Erbrochenem, Speichel, ein paar
Haaren und salzigen Tränen. Es roch nach Fisch, Bierhefe,
Zigarrenrauch und frischem Schweiß. Die Luft war voller
Hormone und knisterte vor lauter Energie. Wir wurden
frenetisch angefeuert und fertiggemacht. Schummriges
Kerzenlicht von großen Leuchtern machte die Szenerie
erträglicher. Es war eine magische Atmosphäre, es besaß
etwas ziemlich Erniedrigendes, aber genau darin lag der
Reiz, vielleicht war es damals vor tausenden von Jahren
bei den Wikingern oder Germanen ähnlich, möglicherweise machten wir das auch deswegen, es war einfach in unseren Genen so einprogrammiert. Männer verhalten sich wie
Penner, das sollte das elfte Gebot werden. Hatten die Germanen früher dann auch noch geküsst? Dieses Gen war
wohl weg. An jenem Abend folgte noch so mache Prüfung,
es war wie ein Marathon im Saufen und Raufen, doch wir
schafften es alle über die volle Distanz. Pythagoras
schleppten wir mit durch, er war nicht so fix, eher zart be-
saitet, aber das war Ehrensache.

Vom Fuchs wurde ich zum vollwertigen Burschen und
war mächtig stolz auf meine Leistung. So ein richtiger
Kampftrinker war ich nun. Nicht der schnellste Säufer und
auch nicht der stärkste, aber der mit der schönsten Conte-
nance und mit den längsten Haaren. Das missfiel vielen
alten Herren in unserem Verein, aber ich blieb standhaft.
Die Haare blieben lang. Wie gesagt, das Studium war
nichts für mich, es überforderte mich intellektuell, genauso
wie die Burschenschaft. Ich hatte es einfach nicht drauf,
ich konnte immer nur an der Oberfläche schwimmen, ging
es in die Tiefe bekam ich Atemnot und musste aussteigen.
Für mich sorgen oder Verantwortung übernehmen konnte
ich nicht. Aber ich konnte ein Vieh sein. Mutter hatte mich

verkorkst. Überall war ich beliebt, denn ich redete kein wirres Zeug, hatte keine große Meinung oder Überzeugung, trank immer mit und war ein guter Zuhörer, denn ich hatte Schiss, was Falsches zu sagen, und passabler Dart-Spieler obendrein. Nach drei Semestern und einer scharfen Mensur verließ ich Hals über Kopf meine geliebte Festung und kam wie ein reuiger Sünder nach Hause in mein altes Kinderzimmer zurück. »Meine lieben guten Eltern«, dachte ich damals dümmlich, »nahmen mich leidlich gerne wieder auf. Der verlorene Sohn war zurück.«

9

»Heiijjjjj«, schrie der mich gegen den Wind an, ich erschrak ziemlich, es dämmerte schon, »scheiß Touristen.«, dann war er mit seinem alten verbeulten und klappernden Rad quer an mir vorbeigesaust. Wohl noch Modell VEB? Wir wären beinahe kollidiert. Ich kam gerade aus der Hafenkneipe am Ende des Piers, da wo auch das einzige sichtbare Fischerboot von Barth, mit den roten Fähnchen an den Netzen, vertäut war. Noch nie hatte ich das Ding aus- oder einlaufen sehen. Wahrscheinlich war es ein Kunstwerk, das den Touristen vorgaukeln soll, hier wird noch traditionell gefischt. Ein billiger Framing-Trick, wie auf den Milchverpackungen oder in der Autowerbung, wenn der Wagen über leere Küstenstraßen cruist.

Im *Jamobolaya* hatte ich mal wieder versucht runterzukommen. Es war wohl zu viel des Guten, mein Sichtfeld war verengt, die Haltung wackelig, aber meine Reaktion top. Um Haaresbreite hielt ich an und der Einheimische raste an mir vorbei. Er hätte es, so schien es, auf einen Crash ankommen lassen. Mittlerweile ist dieses feindselige Machogehabe, der Frust, Zorn und die Wut der Menschen, dieses intolerante, überzogene, rechthaberische, der Stress und die instrumentalisierte Aggressivität, auch beim Drahtesel angekommen. Selbst erwische ich mich auch dabei, einer macht einen Fehler und dann schnell hin und drauf und *rumgegoscht*, bevor der verschwunden ist. Dem habe ich es gezeigt, ist dann dieses triumphierende Gefühl, den anderen erwischt zu haben. Toll, wenn man jemandem ein Versäumnis vorhalten kann, und noch besser, wenn einer dann Reue zeigt. Wie konnte er nur, ist zu langsam abgebogen oder hat vergessen zu blinken oder überholt nicht schnell genug! Das geschieht ihm recht, die *Huperei* und *Brüllerei* musste sein. Toll, dass die Autos so gut schallisoliert sind. Was manche da für eine Performance ablegen, also pantomimisch, ist mega, wo doch gerade die Theaterbesuche verboten sind. Wo kämen wir auch hin, wenn jeder einfach so Fehler machen dürfte. Es ist sogar eine Tugend, wenn man die Aktionen, äh, Missgeschicke noch bestrahlt, öffentlich macht, postet, damit es dramatischer wirkt und den anderen einschüchtert.

Den Touristen-Schreck schätzte ich auf Anfang 60, schlank, furchiges, kantiges Gesicht, große dünne Nase mit Höcker, graue Hose und braune verblichene Jacke, mit Schiebermütze und einem alten silbernen MIFA-Rad mit Diamant-Rahmen.

»Ich bin aber gar kein Tourist, ich bin Barther«, zog ich mit meinem inneren Richter Bilanz. Ich hatte so einen Impuls, mit meinem E-Bike hinterher zu jagen und ihm dann meinen BPA mit dem neuen Aufkleber vom Amt zu zeigen. Da stand es: Hansi Frost, Erich-Weinert-Straße soundsoviel A, Vinetastadt Barth. »Du Volldepp«, dachte ich, »was ist dein Problem, die Touristen bringen die Kohle.« Die Straße am Hafen war menschenleer und Feuchtigkeit lag über allem. Aktuell war es trocken, aber kühl mit hoher Luftfeuchtigkeit. Das hundertjährige Mädchenstift erstrahlte in diesem gelben Licht, mit dem alle alten Gebäude in Deutschland nachts aufwarten. Mittlerweile war mein einheimischer fast Unfallgegner nicht mehr zu sehen. Etwa zweihundert Meter weiter war er in die Straße, die zum Freilichttheater führte, abgebogen und im Dunkel der Nacht verschwunden. Da hinten hörten irgendwann die alten kantigen DDR-Beton Laternen auf. Es war sein Karma, er wird sich dafür zu verantworten haben. Wahrscheinlich sind Touristen, die einen Verkehrsverstoß raushauen, mit Terroristen für das radelnde Barther Urgestein gleichzusetzten. Vermutlich wollte er nur die DDR und seinen Job als Vopo zurück? Aber war das nicht verrückt? Ich suchte Ruhe und dann durfte ich mich hier in dieser verlassenen Stadt, Ende Oktober, die Sonne war jetzt fast untergegangen, dank Lockdown waren die Straßen wie leergefegt, die Saison war sowieso durch, beleidigen lassen. Egal, der Typ und sein Verhalten waren mir jetzt ziemlich wurscht geworden. Zum Glück ist er aber weitergefahren, denn gerade in der letzten Zeit hatte sich mein Ärger potenziert und oft konnte ich mich nicht beherrschen und es gab mächtig Alarm. Wenn ich mich nur an die Szene im McDonald am Messplatz in Mannheim erinnerte, wurde mir schlecht. Zwei jüngere Männer hatten mich da blöd angemacht. Ich konnte es per tutti schon vor Corona nicht leiden, dass wildfremde Personen mich berührten. Da rastete ich jedes Mal aus, wenn in einer Schlange irgendwer die nötige Sorgfalt außer Acht ließ. Was gibt es beim Anstehen an Kassen auch für Fehler zu machen? Eigentlich, streng genommen gar keine, außer dass man dem Vordermann den Wagen nicht in die Achillessehne drückt oder ihm auf der Pelle hängt, wie die Raser auf der Autobahn mit ihrer Drängelei. Wo müssen denn alle immer so schnell hin? In mir kommt dann dieser Ekel hoch, wenn die Leute zu nah oder gehetzt sind, es ist so widerlich uncool, und der Ekel kommt aus der Magengegend und steigt hoch in meinen Kopf und macht dann dort auf Depression, deshalb muss ich gleich zuschlagen, wenn er hochkriechen will.

Wusste er überhaupt nicht, in welcher Gefahr er geschwebt hatte, hätte er mit mir einen Händel angefangen?

Wäre es zum Zusammenstoß gekommen, dann hätte es Tote gegeben? Mein innerer Vulkan brodelte unaufhörlich und er suchte nur nach einem Ventil, wo er so richtig *abrotzen* konnte, nach einem, der die Kruste unvorsichtigerweise ein Stück anhebt. Der würde dann sein Waterloo bzw. einen Mount St. Helens Ausbruch erleben. Schade, diese Chance war vorbei, das stimmte mich etwas traurig, obwohl mich meine Emotionen auch entsetzten. Ich stand immer noch auf dem Gehweg am alten Hafenspeicher, meine Arme zittern und die Finger hielten die Lenkergriffe fest umschlossen, die Sonne war jetzt über dem Bodden untergegangen und ließ nur einen dünnen Streifen helle Wolken am Horizont, über den Fuchsbergen, zurück. Wie der Abspann eines Kinofilms, man durfte zwar noch sitzenbleiben, aber bald kam die Reinigung und fegte das ganze umgefallene Popcorn auf und verkaufte es erneut.

Feuchte Kälte zog nun vom Hafen schnell meine Beine hoch und flüsterte: »Du Tunichtgut, selbst hier oben haben sie deinen Stellenwert erkannt.«

Meine Hände ließen die Griffe los und ich rieb mir den Schweiß der Innenseite am Stoff meiner schon etwas zerschlissenen Jeans ab. Ich sah zu, dass ich wegkam und radelte schnell heimwärts.

Im Ghettoblock war alles still. Die blauen und grünen Balkone lagen friedlich im Nachthimmel und versuchten zu ruhen, nur die Fenster, erhellt durch das flimmernde Licht der LED-Bildschirme, machten es ihnen nicht leicht. Freizeitbeschäftigung dauerglotzen. Ich hielt mit der einen Hand die Eingangstür auf und schob mit der anderen mein Rad rein, dann ging es über ausgetretene und zersplitterte dunkelrote Platten, vorbei am überfüllten Radraum, rechts an der Wand ein Aushang vom Hausmeister »Achtung Rattenköder ...«, danach eine Tür, die zum Wohnungskeller führte, links lag das schmutzige Treppenhaus, das ab dem fünften ganz passabel war. Mühsam und überall anstoßend ginge ich zum Bretterverschlag. Die Luft war trocken und es roch nach altem Holz, auf dem Boden stand eine schwarze Rattenfalle mit rotem Warnhinweis auf der Oberseite. In meinem Abteil fand ich nach dem Einzug an die hinterste Wand gelehnt ein großes Werbeplakat. Zuerst wollte ich es auf einen Sperrmüllhaufen werfen, aber dann nagelte ich es an meine Kellertüre. Da prangte jetzt für alle gut sichtbar »Stunt Mania Driver Show.« Ein oranges Monster Car fliegt durch die Luft und macht alles platt, was nicht bei vier auf dem Baum ist.

Angekommen im Ghetto Penthouse öffnete ich eine blaue Dose Gin Tonic. Das Trinken hilft nicht viel dagegen, aber etwas.

Pippi ist schon im Bett. Ich setzte mich im riesigen Wohnzimmer auf einen Alu Klapp-Campingstuhl, der mit grünem grobem zerschlissenem Stoff bespannt war. Der einzige »Sessel« hier oben. Das fast bodentiefe Fenster legte den Blick auf ein U frei. Es ist ein schönes Fenster, vier auf zweimeterfünfzig mindestens, weißer glatter Plastikrahmen mit Doppelglas, tiefe schräge Leibung. Das Beste an dem ganzen penetrant riechenden Appartement, obwohl der Ausblick auf eine riesige Platte fiel.

Mein Bunker stand allein und war ein Stockwerk höher als der Rest. Es war Vollmond und das zu meinen Füßen liegende Beton-U strahlte wie gelber Phosphor Slime aus der Dose mit hellen und dunklen Quadraten drin. Viele Fenster waren einfach leblos. Es herrschte großer Leerstand. Wer wollte es den Leuten auch verdenken. Hier wohnten nur die, die durch den Rost der Gesellschaft gefallen waren, wie so ein Fettspritzer einer groben Bratwurst aus Quälfleisch beim Grillen. So wie ich also. In Mannheim hätte ich mir nie vorstellen können so zu hausen. So schnell sinkt das Niveau! Geil. Irre.

77

(54°21'14.6"N 12°43'16.0"E)

Meine Ex-Stadt hatte ganz »famose« Persönlichkeiten hervorgebracht, wie Muhammad Ali von den Benz-Baracken oder den Vater von Steffi Graf, der wegen grenzenloser Gier einfahren durfte, und den dreifachen Mörder von Heiligabend. Die letzten dreißig Jahre war ich hier Soldat, das war mein Frontabschnitt, meistens Einzelkämpfer im Dschungel, genannt Monnemer Sumpf oder die Quadratestadt, seit neuestem auch Metropolregion. Im Urwald gab es besonders herausstechende Sippen, die hausten in den glanzvollen Quartieren in der *Neckarstadt, im Busch, uff de T′Schönau, Hochstätt und um H4.* Trotzdem hatte ich es geschafft, in den ganzen Jahren immer als Sieger vom Platz zu gehen. Manchen meiner lieben Kameraden war das nicht gelungen. Gerne denke ich an einen Kollegen zurück, mit dem ich kurzfristig in einer Sondereinheit war. Es war ein ganz normaler Morgen, wir landeten mit einem Hubschrauber vor einem Anwesen, ein Hausmeister öffnete uns die großen dicken Holztüren, denen etwas Pflege gutgetan hätte, stürmten ausgetretene Stufen in einem vergammelten Treppenhaus in den R Quadraten hoch, alter heruntergekommener Jugendstil aus längst verblühten Zeiten, ein hölzerner Handlauf mit dicken abgegriffenen gedrechselten Staketen, dann, zwischen zwei Treppenabschnitten, ein ebenes Podest mit schwarzweißem Terrazzoboden und zwei Wohnungstüren. Die linke rammten wir mit einem ohrenbetäubenden Lärm bei drei auf, Teile des Mauerwerks flogen raus, alles war voller rötlich grauem Staub der alten Sandsteine und des Mörtels, über hundert Jahre in Staub verwandelt, man sah die Hand vor Augen nicht. In der Wohnung befanden sich mehrere ZP'en, Osteuropäer, sie sollten festgenommen werden. Ich glaube, es ging damals um *Braunes.* Es gab Tumulte. Irgendwo fiel ein einzelner Schuss, dann wurde es still. Alle blickten um sich. Es gab nichts Auffälliges?

»Hör mal, Hansi«, unterbrach John, der wohl vergessen hatte, dass wir uns bei Einsätzen nie mit dem Klarnamen anredeten, »ich glaube, ich bin getroffen.«

Der Staub legte sich, die Verbrecher waren verkabelt und John saß an eine Tapete mit Blumenmotiven gelehnt im Flur und an seiner rechten Seite, direkt da, wo die Schussweste an der Hüfte endet, lief Blut. Ich konnte es zuerst nicht glauben.

Aber es lief, und zwar ziemlich viel, ein kleiner See hatte sich schon neben ihm gebildet und er wurde größer. Nicht das schöne, zart hellrote Blut war es, sondern dieses dunkelrote, fast breiige Zeug, wo du genau weißt, das ist scheiße, da ist nicht nur eine kleine Ader verletzt.

»Hör mal, Hansi, ich glaube, mich hat´s erwischt.«

So oder so ähnlich, das war sein letzter Satz, der Kopf fiel vornüber auf die Brust, er war nicht mehr ansprechbar und wahrscheinlich schon im staubigen Flur mit Sonnenblumen an der Wand und zerknitterten Werbeprospekten unter seinen Füßen gestorben. Die Kugel war ein Querschläger, was das Schlimmste ist, was einem passieren kann, denn dann ist die Flugbahn eine Katastrophe. Es gibt dann nicht die feine kleine Öffnung im Fleisch, die zunächst kreisrund wie ein Rohr in den Körper eindringt und sich aufgrund ihrer enormen Energie wie beim Urknall um ein Vielfaches ausdehnt, bevor sich das Gewebe wieder zusammenzieht und nur ein kleines Loch sichtbar bleibt.

Beim Querschläger, wo das Projektil schon nicht mehr diese feine, spitz zulaufende Form beibehält, sondern durch die Deformation eher wie so ein Meteorit aussieht und auf einer unbestimmten Flugbahn vom Himmel fällt, zerfetzt es dein ganzes Gewebe, als würde dir einer eine kleine Kettensäge durch den Körper treiben, wie die Künstler, wenn sie ihre Skulpturen aus Baumstämmen mit diesen filigranen Holzsägen fertigen, und hinterlassen einen großen Krater, den sich dann später allerhöchsten noch die Meteoritenjäger ansehen. John hinterließ eine Frau und drei kleine Kinder. Wir hatten es gemacht wie immer, die Unverheirateten gingen voraus, aber das half an diesem Tag nichts. Danach wurde unsere Einheit aufgelöst, die Ermittlungen stellten fest, dass John durch friendly fire getroffen wurde. Da war sie wieder, diese Gretchenfrage, die uns bei jedem Einsatz beschäftigte, mit gezogener Waffe rein oder nicht, durchgeladen oder nicht, Gewalt oder lieb tun, Strafzettel schreiben oder echter Cowboy sein, Scheiße, verflixte, verhurte Scheiße. Diesmal ging es schief, davor war es hundertmal gut gegangen. Jeder entschied das selbst für sich, immer wieder, du drehst das Glücksrad und wenn du Pech hast, bekommst du die Niete und dann bist du raus und die anderen reiben sich die Hände. Hier stirbst du und dort wird neues Leben geboren.

Ich hatte die Waffe während der Erstürmung nicht in der Hand.

Also zum Überleben brauchte es auch göttliche Fügung, der Rest war eigentlich nicht schwer. Man musste sich ein bestimmtes *mind setting* zulegen und das Ding sollte im Kopf rennen wie der Maschinencode eines Roboters, wie diese alten Lochkarten. Nur so ein paar Glaubenssätze sollte jeder sich hier parat gelegt haben, sonst ging man unter und wurde hinten rausgetragen, einfach durchgereicht wie bei »From dusk till dawn«. Mein erstes Mantra lautete demzufolge: »Jeden Tag komme ich gesund nach Hause«. Dieses übertrieben positive Denken macht etwas mit einem. Die Realität verschwimmt. Der Größenwahn hält Einzug, aber genau das lässt einen immer nach vorne laufen wie die Bandsäge im Sägewerk, ein Zurück als Alternative ist nicht vorhanden, eher bricht das zähe Blatt, die Fiktion macht die Realität. Angst gibt es nicht mehr, warum auch, wenn immer gewonnen wird. Man lebt irgendwann nach Jahren in Phantasiewelten, in Zwangsvorstellungen, im Größenselbst, in Neptuns Unterwasserschloss, die Traumata werden in Erfolgsgeschichten transformiert, alles, was ich dienstlich mache, wird *Great*.

Das nächste Gebot lautete: »Ich verlasse immer als Sieger den Platz«. Das bedeutet, permanenter *Match Ball*. Klingt doch eigentlich ganz vernünftig? Um das bisher Gesagte auch gut umzusetzen, benötigte man noch eine gewisse *Radikalität* und *Skrupellosigkeit*. Denn zum Schluss erst wird der doppelte Summenstrich gezogen und abgerechnet, deshalb muss jeder wissen, dass auf der Straße das Gesetz des Stärkeren gilt und natürlich *Murphy's Law*. »Wie soll man heutzutage überleben, bei der vielen vorgelebten Gewalt im TV und den respektlosen durchgeknallten narzisstischen Digital Junkies, die einen rücksichtslos angreifen und für die Emotionen nur im Ego Shooter beim Abknipsen der menschlichen Hits vorkommen, wenn das Ziel getroffen zu stöhnen anfängt, wie bei Schloss Wolfenstein?«

Als Überlebenskünstler galt für mich folgendes als oberste Prämisse: »Gewalt, Gewalt, nochmals Gewalt, maximale Gewalt, ich setzte immer eins drauf und am besten potenzierte ich die Gewalt sofort.« Viele verstehen nur diese Sprache. Und das Ganze treibt man auf die Spitze wie ein Sterne-Koch, denn man will doch auch gut in seinem Job sein. Straßenkampf ist wie ein 5-Gänge-Menü, am Ende kommt der Nachtisch und wenn du noch stehst, war es das perfekte Dinner. Ein echter Profikoch halt, Stereotype sind da fehl am Platz. Es braucht Motivation, Stamina, Reputation, Cleverness, etwas Hirn aber mehr Muskeln, Willen, Abgebrühtheit, Durchsetzungsvermögen, Kälte und, ganz wichtig, fehlende Nächstenliebe.

Wenn man auf dem Asphalt als Cowboy überleben will, wenn Mann ein echter Überlebenskünstler und Profi im Beruf sein möchte, dann sollte man so agieren wie ein sensibler, ethischer, Killer, eine Mischung aus Sokrates, Dalai Lama und Dschingis Khan, das meint die Kunst immer Recht zu haben, sehr sehr weise Entscheidungen zu treffen und im Notfall blitzschnell dem Gegenüber die Rübe runter machen und danach sein Herz essen und auf seinen Kadaver urinieren, das macht stark.

Für mich war das immer wie bei dem großen Paul Bocuse und der Nouvelle Cousine. Das Menü, der eine will mehr Salz, der andere mag es spicy, einer betrügt und bringt eine tote Schmeißfliege mit und der nächste will es total blutig, dass es noch spritzt oder so. Klar könnte ich immer alle Gerichte gleich servieren, aber das würde mir keinen Spaß bereiten und ist dem Kunden gegenüber nicht fair und professionell genug. Es ist quasi diese Mischung, die den Berufsalltag so individuell und einzigartig machte. In dreißig Dienstjahren hatte ich keinen wirklichen Widerstand zu beklagen. Andere Kollegen hatten dafür Prozesse um Prozesse und waren als sinnlose »Haudraufs« bekannt. Dafür wollte ich meine kostbare Zeit nicht opfern. Wenn, dann schon lieber für Kolleginnen. Für mich galt immer, wie kann ich mein Gegenüber schnellstmöglich erkennen und dann in meinem Sinne beeinflussen? Wie bei Schopenhauer in seinem Essay. Die Kunst, Recht zu behalten oder eristische Dialektik. Ganz am Ende, wenn sich rausstellte, man wird nicht recht haben, die Argumente sind alle verschossen, der Pfeilköcher leer, da, behauptet Schopenhauer, hilft nur noch beleidigen, übersetzt auf die Straße, Gewalt. Möglicherweise täuschte ich mich auch und es war Sokrates. Auf alle Fälle waren beide sehr schlau und diskutierten gerne und behielten oft die Oberhand. Wahrscheinlich Sokrates mehr als Schopenhauer. Der verbalen und nonverbalen Kommunikation setzte ich deshalb in meiner Dienstzeit ein Denkmal, so wie es Michelangelo mit seinem David machte. Es war mir sehr wichtig, Konflikte und Einsätze mit Sprache und einer bestimmen Aura zu lösen, bei der dem Gegenüber klar wurde, wo das hinführen könnte. Mit der Zeit bekommt man dieses tiefe Gespür für Situationen. Instinktiv wie ein Raubtier handelte man richtig und lieber einmal zu schnell als zu spät zugebissen oder gebrüllt. Lieber lag der andere im Dreck! Meistens war das Ergebnis ganz brauchbar. Dazu war es vonnöten, groß, gewaltig, zu allem entschlossen, rabiat, rücksichtsvoll, höflich, überheblich, anmaßend, freundlich, schnell denkend, bestimmend, schnell handelnd, aristokratisch und oft das letzte Wort habend aufzutreten. In 99 Prozent der Fälle reichte das Androhen von Gewalt und das In-Aussicht-stellen von Repressalien aus. Die Leute haben doch alle mehr Schiss als tatsächliche Werte. Es ist eine Generation von Angsthasen, von uniformem, pinguinähnlichem Verhalten, obwohl wir nicht in der Arktis sind und das Ganze immer wärmer wird.

Für dieses bestimmte Menü, in dem alle Gänge oft gleichzeitig serviert werden und die im *Objekt* gegenüber einen schrecklichen, beängstigenden Bildersturm auslösten, reichte es nicht aus, nett oder adrett gekleidet zu sein. Die Uniform interessierte niemanden mehr. Ganz wichtig ist darum zu erkennen, wenn man auf einen gleich starken

Gegner trifft. Da solche Situationen bei der Schmiere häufig vorkommen, wäre es der sichere Untergang, das nicht zu bemerken. Bei Waffengleichheit muss man den Turbo zünden, Nitro trinken, Fersengeld geben, betrügen, einen Zauberspruch parat haben oder am allerbesten ein *Gentlemen's Agreement* suchen, denn man will doch den geilen Job noch eine weitere Woche ausüben und dann noch eine, und es kommt immer einer dahergelaufen, der schneller zieht, mehr redet, und ständig will sich einer mit dir messen, wenn du einen Ruf zu verlieren hast. Deshalb ist es schlauer, unter dem Radar zu fliegen, wie ein *Stealth Bomber*. Unfassbar krass, aber auch extrem effektiv und zerstörerisch. Ein Image, das einem nicht vorauseilt, hilft. Mich nannten alle nur das Phantom. Die *Pfuis* kannten mich nicht. Sie sahen mich immer zum ersten Mal und waren in ihrer Einschätzung, was hat der drauf, unsicher. Angeblich würde man mich wenig wahrnehmen, auch bei der Arbeit nicht, sagten die Kollegen. Ich machte den Job, was soll's, ich wollte kein Bühnenstar werden und Monnemer Asphalt war nicht der Broadway.

Wenn aber mal, und das kam selten vor, dieser Tipping-Point überschritten war, wo keine Worte mehr halfen und auch martialisches Ghetto-Gehabe nichts mehr brachte, dann kam die letzte Maxime zur Anwendung, Tief einatmen und ausatmen, das Ganze in Millisekunden, und dann flog der komplette Tsunami direkt in die beschissene Hülle des Gegenübers. Es gab keine zweite Chance, es ist nicht wie bei der NATO, und deshalb ist der Erstschlag von so großer Bedeutung. Auf dem Straßenteer bleibt nur der aufrecht stehen, der zuerst den Braten gerochen hat und agierte. Das hörte sich vielleicht kompliziert an, war aber total easy und sexy. Was gibt es Geileres als einen vom Straßenkampf blutenden Krieger? Mann oder Frau hat das einfach drauf oder lässt sich zur Kinderpolizei oder zur Strafzettelabteilung versetzen. Wenn du merkst, aus der Situation gibt es kein Entrinnen und Flitzen geht auch nicht mehr, dann um Himmels Willen hau drauf, ohne Skrupel und stelle dich auf Gegenwehr und Schmerzen ein.

Ein einziges Mal in meinem beschissenen Soldatenleben hatte ich einen verflucht schwarzen Tag. Ein ganz dunkler, düsterer Moment, der mein nahes berufliches Ende vorwegnahm. Wer nachlässt, wer's nicht mehr bringt auf Arbeit, der geht oder wird geflogen, und dann weißt du nicht, wo das Ticket hingeht, Friedhof oder Bahamas? Ich hatte also mega Stress mit meiner Freundin. Die hatte Schluss gemacht, ich konnte überhaupt nicht verstehen warum, hatte Konzentrationsprobleme, denn ich war doch so grandios. Mit meiner erfahrenen Kollegin wurde ich zu einem Einsatz in einem Pizza Hut in Mannheim Downtown gerufen. Vor Ort stellte sich heraus, dass so ein schräger, dünner, schmächtiger, blasser, harmlos und orientierungslos wirkender Junkie mit zerrissener, an den Taschen vom Handschmutz dunkel verfärbter Blue Jeans, ungepflegten langen fettigen Haaren, echt schwarzen Zähnen, die zum Gruseln waren, und Schuhen mit Löchern seine Zeche nicht zahlte. Meine Kollegin palaverte mit dem rum und ich war nicht so richtig bei der Sache, dachte halt an mein verlorenes Baby.

Meine erste Analyse zur Lage war fehlerhaft und der nächste Streich kam sogleich, denn ich war unaufmerksam und mit den Gedanken weit weg, bei der Ex-Pussy. Ich dachte an den tollen Sex, den ich mit ihr hatte und dass es so etwas nun nie mehr geben wird. Mir wurde schlecht, denn Scarlett O´Hara war so willig und aufopferungsvoll im Bett. Sie war die Mutter Theresa in nackt, einfach immer bereit alles zu geben und zu empfangen. Ich blickte durch die blaue Uniform meiner Kollegin hindurch und drehte mich, als ich genug hatte, zu dem Typen um, dann schaute ich wieder zum Streifenhörnchen, das war einfach besser. Was war bei ihr los, sie war attraktiv, sollte ich es bei ihr probieren, es muss ja nicht gleich die große Liebe werden, ihre Brüste waren klein und prall wie grüne Granny Smiths, praktisch wäre es schon Dienst und Privat zu verbinden, dann würde ich wie ein Pornostar dafür bezahlt, ich war ja jetzt Single, alles war erlaubt? Jeder treibt es mit jedem, zumindest, wenn man der Werbung für so manche *Social Media App* glauben konnte. Gut, sie war einen Kopf kleiner als die Ex, dafür aber ziemlich athletisch. Ich betrachtete sie, wie sie so dastand, in der blauen Uniform, der schöne Hintern, lange glatte dunkelbraune Haare und tolle, leider etwas zu schmale Lippen, die sich rot färbten, und markante Gesichtszüge, die sie etwas männlich wirken ließen, aber mir gefiel das, dazu kamen braune kräftige Augen mit diesem gewissen Polizei-Blick, »Mit mir nicht, Freundchen!«, oder wahlweise, »Besorg´s mir richtig arg, schmeiß das Blaulicht an, fahr mich mit Sondersignal, gib Vollgas, rotzt das ganze Magazin raus, nachladen, weiter geht's, schieß schon, geil, du bist verhaftet, silberne Acht für dich, hier kommt das Pfefferspray für deinen Schwanz.«

Tagträume während der Arbeit waren toll, aber grade richtig scheiße.

Plötzlich schoss aus ihrer Nase Blut, und der Schlag hatte es auch in kleinen Dosen in meinem Gesicht verteilt. Es schmeckte gut, nach Eisen, bildete ich mir ein, aber ich konnte es grade nicht wirklich genießen. Der Verrückte hatte meiner Partnerin, eventuell meiner Zukünftigen, mitten ins Gesicht geschlagen. Ansatzlos, ich war eigentlich die Deckung und hatte versagt, dafür wird die mich nicht mehr ranlassen, echt übler Mist.

Sie schrie und ihre Beine klappten ein wie bei einem Campingstuhl! Die uniformierte Dame sank zu Boden. Ohnmacht! Ich war sprachlos und perplex. Wollte aus Reflex meinem Streifenhörnchen helfen, dass sie nicht so unsanft dahinsank, wollte abhauen, denn es wurde gerade peinlich, und bekam dann aber einen Hieb auf den Hinterkopf. »Der Kerl ist fix«, dachte ich und sprang auf ihn und das Hörnchen fiel unsanft darnieder und ihr Kopf schlug polternd auf dem Holzboden auf. Wir Raufbolde fanden uns jetzt auch auf dem harten »Parkett« und das Arschloch fuchtelte mit den Armen wie wild. Der Typ war wie ein Krake, ich brachte die Griffel nicht unter Kontrolle. Das Personal glotzte ungläubig hinter den Kassen hervor und irgendwo nahm ein kleiner, junger Gast das Ganze auf.

Irgendwas fummelte der Idiot und ich konnte es nicht verhindern, der war glitschiger als der von Fett triefende Belag bei Mc, wo die Mitarbeiter hinter den Kassen hin- und herrutschten wie beim Eislaufen. In seiner Hand funkelte etwas Metallenes mit einer länglichen Form. Ziemlich dünn so im Flug.

»Krink, knack, knack ...«, mein ganzer Kopf dröhnte, als hätte man mir einen Presslufthammer an die Schläfe gehalten, wie beim Kälber-schlachten mit dem Bolzenschussapparat, oder? Aber ich war noch nicht reif für die Schlachtbank. Was war nur verflixt und zugenäht heute los, wollte ich damals gerne wissen. Wann kommt endlich die Sendung mit der Maus, wo alles so hübsch erklärt wird?

Der verdammte Kraken-Mensch hatte mir seinen Kugelschreiber knapp unterhalb vom linken Auge in den Kopf gerammt. Auch noch so ein Wegwerfteil. Ich konnte gar nicht mehr richtig sehen, denn die Ansteckfeder war genau in meinem Sichtfeld. Bei mir gingen alle Ampeln auf Rot, mein Limbi schaltete in den Überlebensmodus, und ich war mir sicher, das geht nicht gut aus. Heute ist nicht dein Tag, du brauchst ein Wunder, um hier heil rauszukommen. Ich brauchte Nitro.

»Bist du total irre«, schrie ich rum. Es verhallte ohne Reaktion.

»Schieß, Schieß«, riefen die Gäste, und «nimm deine Waffe.«

Mir fiel nichts besseres mehr ein, der Publikumsjoker hatte es so gewollt.

»Bumm – Bumm, Bumm – Klirr«, dreimal hatte ich auf den Arsch gefeuert. Ein schneller Doppel-Deutschuss und ein dritter, langsamerer hinterher, um sicherzugehen. Zwei Kugeln trafen den Bauch und das dritte Geschoss schlug oberhalb der Kasse in die leuchtenden Bilder einer Pizza Salami, eigentlich hatte ich auf seinen Kopf gezielt. Wahrscheinlich hatte ich das Korn mit dem Klipp vom Kuli oder seinen Kopf in der Aufregung mit der Pizza verwechselt. Naja, das Ergebnis war ganz brauchbar. Deutlich konnte man den Lichtstrahl erkennen, der nun ungehindert die Werbetafel verließ. Der wehrlose Täter krümmte sich am Boden, alles war voller Blut. Dünnes Blut, vermischt mit Mageninhalt lief über meine Hose, und es stank bestialisch. Ich musste seine Eingeweide verletzt haben oder er hatte gekotzt. Es war eklig und ich machte mich los und spürte große Erleichterung, der blaue Plastik-Kugelschreiber klebte noch immer in meinem Gesicht, die entsetzten Blicke zeigten mir den Ernst der Lage und trotzdem hatte ich kein Interesse an Erster-Hilfe. Tatsächlich hatte der Junkie seither einen künstlichen Ausgang, ich eine kleine Narbe und einen billigen Kugelschreiber als Andenken und viel zu viel Aufmerksamkeit. Das Ganze brockte mir noch ein Disziplinar- und Strafverfahren ein. Nun musste Gras über die Sache wachsen, das war ganz wichtig. Die Zeit, und ab und zu ein Wunder, lassen dich überleben.

10

Früher war ich mutiger oder war das Fahrlässigkeit? Auf alle Fälle schlief ich jetzt im fortgesetzten Alter schmutziger. Alle paar Tage war meine grell karierte Pyjamahose steif und reif für die Trommel.

Nachdem ich mein Maschinenbaustudium aus Erfolglosigkeit, Dummheit und Partysucht geschmissen hatte, nahm ich mir noch ein Semester Zeit, um mal so richtig zu chillen, wenn schon aufgeben, dann mit Krach, und um etwas nachzudenken, was denn werden sollte. Darum blieb ich eingeschrieben, bezog weiterhin Bafög, feierte und jobbte etwas nach Gusto. Einer dieser geilen Jobs war bei einem Abrissunternehmen in der Schweiz. Die Bezahlung war mega, alles andere der größte Dreck. Miese Unterkunft, total staubige Arbeit, sehr sehr anstrengend, schweißtreibend, Akkord verdächtig und lange Arbeitstage bis in die Dunkelheit. Das hielt ich nur ein paar Wochen durch, dann suchte ich mir was anderes. Ich kündigte zum Entsetzen meiner Eltern damals, sie machten sich wohl Sorgen, was aus dem Studiumsversager, Exmatrikler bzw. Jobabbrecher werden sollte. Selbst eine Arbeit, die mein Vater über Beziehungen besorgte, schlug ich aus. Ich wollte nicht in meinem ehemaligen Beruf als Heizungsbauer und Klempner arbeiten. Das war mir zu heiß, immer die grelle Schweißerei, die einem die Pupillen verblendete, die Scheiße, die Pisse, die krausen kleinen Schamhaare, festsitzenden Damenbinden, der Geruch der Kloake oder kleine glühende Eisenkugeln, die aus dem Schweißbad springen und wie ein pyroklastischer Strom über dein Gesicht, deinen Hals, deinen Bauch, deine Haut bis in den Schritt rollen und auf ihrem Weg alles verbrennen, auch die Brusthaare, was dir lieb und teuer ist, und dann ständig die bis an dein Lebensende erinnernden Verbrennungen und Narben zurücklassen. Nur den Urinstein in alten KG-Rohren, meistens an den Bögen, mochte ich, denn der erinnerte an baltischen Bernstein oder Weinstein und hätte so manche Geschichte preisgeben können.

Mit Dussel kam dann doch das richtige Angebot zu mir, denn ich kannte eine schon etwas ältere Lady. Damals war ich so Mitte 20 und die Dame so Anfang 40. Zum ersten Mal sah ich sie in einer Kneipe, sie war mittelgroß, blass, sehr dünn und quakte mit ihrer hellen Stimme einst durch das ganze Lokal. Zuerst fielen mir die hellblauen lustigen Augen auf, mit tiefen Lachfalten und rosa Bäckchen, umrahmt von schönem, glattem, blondem, kurzem Haar und weicher Haut in einem Körper, der in der Pubertät aufgehört hatte zu wachsen. Sie wirkte burschikos, aber total nett und anziehend auf mich und auf manch anderen auch, schätzte ich. Niemand wollte sich mit ihr unterhalten, vermutlich, weil sie betrunken wirkte und es nicht klar war, ob sie einem eine Ohrfeige gibt oder doch zu einem normalen Flirt aufgelegt war. Sie war unglücklich über ihre familiäre Situation.

Ich stieg in den Ring und hörte mir ihr leichtes Gelalle an, betrunkene Damen fand ich prima. Da musste ich nicht mehr so aufpassen was ich tat, es war einfach alles lockerer.

Ihre Schwägerin, mit der sie auf einem Grundstück wohnte, würde ihr das Leben zu Hölle machen. Ständig gebe es Krach wegen Hühnerkämpfen. Brav hörte ich mir damals das Märchen an und dachte, ihr zwei habt einfach keinen Bock auf normales, friedliches, harmonisches Leben, stattdessen wollt ihr Intrigen und im Mittelpunkt stehen. Jede will die schönste, die beste, die tollste sein, und das wird hauptsächlich daran gemessen, mit wie vielen Männern man fremdgeht und wie viel Aufmerksamkeit man von der Familie erhält, es sollte halt immer mehr sein als bei der Konkurrentin. Naja, mir sollte es recht sein. Solche Frauen können total anhänglich sein, wenn sie in die Jahre kommen und der Lack so langsam stumpf wird und abplatzt, dann sind sie bereit, viele Werte für das nächste Date zu opfern. Ilse war immer sehr lustig und nett, wenn sie trank, dann potenzierte sie sich. Irgendwann kam dann der Moment, wo sie ihre Besinnung verlor. Nun konnte ich meine Ritterlichkeit ausspielen und ganz auf Gentleman tun. Legte mir ihren Oberkörper auf die rechte Schulter und trug sie wie einen nassen, aber federleichten Sack zum Auto. Kotzen musste Ilse fast nie. Wenn sie dann in meiner Wohnung wieder zu sich kam, sagte sie immer das gleiche: »Komm mal bitte her, mein Hansi. Das war lieb von dir.«

»Klar ... na, was willst du? Einen Schluck Wasser.«

Das lehnte sie immer empört ab, denn sie trank nur Sekt. Ist ja auch fast so ähnlich wie Wasser, der Unterschied im Detail, beides sprudelt, nur bei dem einen ist die Wirkung besser und es entkrampft.

Ilse lag da auf dem Bett, mit ihren blonden, glatten schönen Haaren, kaum fähig sich zu bewegen, ihr Dasein glich so einer Robbe, Wegrennen ging nicht mehr, Drehen vielleicht, nur die Klappe funktionierte noch, zwar verlangsamt, aber es ging noch, wie ein VW Käfer, der nur im ersten Gang gefahren werden kann, weil die Kupplung kaputt ist. Die Klamotten hatte ich ihr schon ausgezogen. Sie hatte eine schöne feste Figur und einen guten Geschmack, meistens trug sie schöne weiße Spitzenunterwäsche auf einer makellosen hellen, fast marmorierten Haut. Ich dachte mir immer, das liegt am vielen Alkohol, denn es wirkte fast wie so ein Wesen in einem Einmachglas in Formaldehyd.

Ihre Füße waren ziemlich überproportioniert, aber schlank, das glich es wieder aus und das gefiel mir. Sie hatte stahlblaue Augen mit dünnen schwarzen Nadelpupillen und schminkte sie recht auffällig in Blautönen, mit einem schwarzen Kajalstrich um den Wimpernkranz, der über die Augenwinkel hinauslief und ihr den Look einer Pharaonin gab. Ihr Blick, sofern er nüchtern war, konnte einen durchbohren, damit löste sie wahre Wunder aus.

Auf was ich noch unbedingt achtete, waren Hände, zumindest wenn ich mit einer Frau mehr als einmal in die Kiste wollte, sollten die Finger passen. Selten konnte ich hier Abstriche machen, wenn ja, dann brauchte sie noch etwas Besonderes, sozusagen als Ausgleich. Ilse aber hatte die perfekten Hände, feingliedrige lange Finger, auf denen sich die Adern dunkelgrün und dick abzeichneten. Das machte mich kochen. Sie benutzte nur farblosen Nagellack. Die Lippen konnte sie im ersten Gang gerade so bewegen und vielleicht in einer sehr großen Willensanstrengung den Body drehen. Die Hand zu heben oder aufzustehen, das war ihr so nicht möglich. Das brauchte Ilse, meine Nofretete, aber auch nicht, wir waren eingespielt und ich wusste genau was kam.

»Du bist sooo lieb. Was würde ich ohne dich machen, mein Hansi, mein Süßer.«, dann im Flüsterton, »Aber gell, vögelst mich bitte noch, sonst kann ich nicht einschlafen.«

Ich lächelte sie an und gab ihr einen ordentlichen Kuss. Sie sabberte und ich bemerkte, dass ihr Speichel schmeckte wie klares Quellwasser. Das kam von dem vielen Sekt, der desinfizierte, und die Mundhöhle ist wie abgezogen, porentief rein. Das mochte ich, bloß keine Frauen, die nach Sprit riechen wie ein *Liquor Store*. Nur eine Sache machte mich wütend, und zwar, wenn die einpennten während ich es mit ihnen trieb. Dösen war okay, ich musste sie aber keuchen hören. Noch lieber war mir *Dirty Talk*, aber dafür reichte es im ersten Gang bei Nofretete heute Nacht wohl nicht mehr.

Eigentlich besorgte ich es ja mir, denn zu einem Höhepunkt war sie nicht mehr fähig. Es war einfach traumhaft, sich mal so richtig austoben zu dürfen und keiner säuselt einem dazwischen oder will auch ein dickes Stück vom Kuchen. Einfach nur machen, Hammer, erster Gang rein, zweiter, dann dritter, mal auskuppeln, vierter Gang, Vollgas oder rollen lassen, bis der Sprit alle ist und Vollbremsung. Geiles Zeug! So stellte ich mir eine ideale Beziehung vor. Auf alle Fälle war für mich damals der Höhepunkt, dass sie mir in meiner Geldnot einen Hiwi-Job in der Firma ihres Mannes ermöglichte. Er war ein sehr netter und fairer Chef. Werksleiter eines großen Lebensmittelunternehmens. Die Firma befand sich am Wasser. Ein altes Hafengebiet, dessen Glanzzeiten schon lange weggeschwommen waren. Eine lebensfeindliche Gegend, die zutiefst unsympathisch wirkte und in die sich normale Menschen nicht verirrten. Es war klar, ich würde mir den Ranzen vollstopfen und für Essen kein zusätzliches Geld aufwenden müssen und anstrengend konnte das nicht sein. Ich würde die feinsten und edelsten Leckereien produzieren und den ganzen Ausschuss fressen.

Hauptsächlich produzierten wir billigste Öle und Margarine mit teuren Labels. Das passte mir, ich hatte immer genug zum Schmieren und hatte konkrete Hoffnung, dass wir auch an die anderen Sachen rankommen könnten.

Mit mir wurden noch viele weitere Aushilfsarbeiter eingestellt. Die Mischung war ziemlich bunt, viele Türken, Araber, Osteuropäer und paar Einheimische. Das Firmengelände befand sich im Mühlenviertel auf der Insel in *Monnem*, wirkte alt, faltig, dreckig, die Luft roch abartig beizend, widerlich penetrant nach altem Öl, durchsetzt mit dem Duft von brackigem, fischigem Altrheinwasser, es fühlte sich an wie die Hauptstadt der Agonie, eine Zeitreise zurück in die Hochphase der Industrialisierung, man konnte die Auflösung der jahrhundertealten Anlagen direkt spüren wie einen Wespenstich am Daumen, nachdem einem etwas Eiskrem dorthin getropft war. Diese Produktionsanlage könnte morgen am anderen Ende der Welt arbeiten und dann würde es halt dort bestialisch stinken. Dagegen war der Duft meiner Ghettowohnung an der Ostsee wie eine frische Brise. Dieser Geruch war irre, hatte auch etwas von altem ranzigen Fett einer Fritteuse, die schon eine Woche durchläuft. Meine neue Firma war direkt hinter dem »Monte Scherbelino« am Bonadieshafen. Alles hier wirkte so schmuddelig und baufällig. Hier sollten die das Superfood produzieren? Ich wurde misstrauisch, konnte es nicht fassen, wie schöne Etikette logen und betrogen. Vermutlich füllen die hier grade das Rheinwasser in Flaschen und verscherbeln das dann teuer, als Delikatess-Öl. Wir wurden durch das alte Gelände, vorbei an baufälligen Gebäuden aus alten roten Klinkern, geführt. Alles strahlte den Charme der längst überwunden geglaubten Industrialisierung aus. Die Wände schrien einem förmlich die Storys ihrer erlebten Sklavenarbeit, der geschundenen Seelen, die hier einst für billigste Löhne bis zum Tode schuften mussten, entgegen. Die ganze verfickte Anlage war voll negativer Energie. Wir trotteten wortlos unserem Führer hinterher, als wir um eine Ecke kamen, tat sich ein riesiger Platz mit einigen großen metallenen Abfallcontainer auf, dahinter stand eine neue, niedrige, in grün gehaltene Produktionshalle, mit einem großen durchsichtigen Rolltor.

Unser Vorarbeiter, ein drahtiger, aufgezogen wirkender Bursche, mit Augen, die immer strahlten und nie stillstanden, ging mit uns durch einen Seiteneingang.

Er trug schöne, eng sitzende weiße Arbeitskleidung, er sah aus wie ein Stricher und erklärte mit piepsigem Ton: »Willkommen in der *Fettschmelz*, das ist die neue Produktionslinie, die Maschine kommt aus Italien und leider ist die Verpackungseinheit nicht fertig geworden.«

Der Lärm von vielen hundert klirrenden Glasflaschen erfüllte die heilige Halle. Das helle Surren der Flaschen und diese metallene Stimme verschlangen sich gegenseitig in Interferenzen. »Dshlb sid ihr hr. Ws de Lnie rushut, dss sollt hr verpcken. Ls gehtsss!«

Keiner sagte etwas, wir waren so zwei Hände voll Frauen und Männer aus unterschiedlichsten Kulturkreisen, mit verschiedenen Sprachen, aber für diese Drecksarbeit brauchte es keine einheitliche Mundart, es reichte der internationale Dialekt. Wir waren so ca. 15 Arbeiter pro Schicht, inklusive drei Festangestellte, plus dem Weißen Mann, unser Massa. Das Verhältnis war 10 Sklaven zu vier in rein weißen Arbeitsklamotten steckenden, weiße Mützen tragenden Festangestellten, die wie eine billige Ausgabe des Ku-Klux-Klans wirkten. Die Stimmung war trotz alledem meistens ausgelassen.

Aufgrund meiner dunklen Haut fand ich mich im Lager der Ausländer und wegen meiner emotionslosen Art, gepaart mit großem Fleiß, war ich schnell beliebt und ein Anführer. Ich weiß nicht genau warum, aber nur zwei Leute in unserer Truppe packten den ersten Job. Ganz vorne, an der Frontlinie, stand man auf Erhöhungen, um in die Transportbänder eingreifen zu können. Hier spuckte der Drache das Öl in Glasflaschen und Metalldosen aus, denn das Teil schlängelte sich durch die längliche Halle wie so ein Echsending und hatte auch überall so grüne Plastik-Plättchen, die mit Draht verbunden waren, eine kleine Straße bildeten und wie bei einer Rolltreppe oben entlang liefen, Zack, wurde das Etikett geklebt, dann mal unten, dann rechts herum, Peng, Deckel drauf und diagonal, und dann fahren sie unterirdisch nicht sichtbar, Qualitätskontrolle, versteckt wie von Geisterhand wieder an ihre erste Position und tauchen erneut auf, genau da, wo auch die Kunden, die Sklaven standen.

Auf alle Fälle war ich in der Hölle angekommen und fummelte am Arsch des Drachen rum. Die Scheiße, die da rauskam, schnappte ich mir und stellte sie in Kartons. Pro Minute kackte er bis zu 120 Dosen oder Flaschen mit gelbem Pflanzenöl aus. Mir gegenüber stand so ein ziemlich durchgeknallter, selbstverliebter Bodybuilder. Wir teilten uns die Arbeit, also 60 für ihn und 60 für mich. Wenn wir nicht schnell genug waren, stoppte die Produktion und ganz Süddeutschland würde kein Salatöl mehr erhalten. Dann kam der schlanke blonde weiße nervöse Mann mit heller Haut, er verließ wohl nie die Halle, und schimpfte. Er kannte keine Gnade und trieb uns an wie die Sklaven auf einer römischen Galeere oder einer Baumwollfarm in Mississippi. Erst später erfuhren wir, dass der weiße Mann und seine Truppe ab einer bestimmten Menge einen Produktionsbonus erhielten. Man musste es so zur Kenntnis nehmen und realisieren. Ich hatte den beschissensten Job in ganz Mannheim, wahrscheinlich auch darüber hinaus im Umkreis von mindestens 100 km.

Meine unterirdische Karriere hatte mich hierhergeführt. Nun durfte ich eines der bekanntesten Fette in Deutschland verpacken, ich war ein kleines Rad im Herstellungsprozess dieses so edlen und wichtigen Produktes. Man konnte noch nicht mal für fünf Minuten weggehen und schiffen. Dafür stand man acht Stunden wie eine Statue von Giacometti auf einem Podest und schnappte sich die Blechdosen. Einen Höllenlärm machte der Drache, als wäre er immer mürrisch. Zack, Zack, Zack-Zack, Zackzack, schnappte ich mir die Blechdinger und knallte sie in meinen Karton, insgesamt gingen da zwölf rein, dann gab ich dem einen kleinen Schubs und er bewegte sich über metallene Rollen zum nächsten Hiwi, der machte einen Deckel drauf, zwei Kleckse Heißkleber, links und rechts, ab und zu hörte ich ein Aua, gefolgt von einem Fluchen, und schob weiter, dann legte sich der braune Karton durch die nächsten Hände geführt auf eine Palette, und immer so weiter, bis sie voll war. Dann kam Schutzfolie drüber und die wurde mit einer Art Flammenwerfer geschrumpft. Fehlte nur noch ein brennendes Kreuz und dass die vier Mitglieder um das Feuer tanzten. Alles war jetzt schön eng eingeschweißt und fest, wie bei einem Bondage Event. Das sollte ich meinem Kumpel Tanner mal vorschlagen:

»Nimm für deinen nächsten BDSM-Event durchsichtige Schrumpffolie von der Lebensmittelindustrie und den Flammenwerfer von hier mit, das wird total irre für die, die darauf stehen. Am besten noch vorher mit Margarine einschmieren, damit du wieder rauskommst.«

Dann kam das Highlight der BDSM Szene, dunkles Umreifungsband, und fertig war die Mischpoke, tausend Liter Öl für den vorausschauenden Kunden. Hiwi Ali fuhr das mit dem Stapler ins Kühlhaus. Er war der einzige mit Stapler-Schein, darum beneidete ich ihn. Ali durfte sitzen und konnte auch mal pinkeln und er konnte die fertige Palette über den Hof fahren. Er sah und spürte das Sonnenlicht. Der Schweiß tropfte mir runter. Es war heiß im Gulag. Das Zählwerk zeigte etwa 33.000 produzierte Einheiten an. Vor meinen Augen flimmerte das Band. Der bunte Aufdruck auf den Blechteilen, das Dröhnen der Kanister, das Klappern der grünen Plastikschuppen klang wie die Spielsteine beim Scrabble, die immer gleichen Bewegungen und stillstehen, ließen mich in eine meditative Episode abgleiten. Die Hölle war nun wie ein bittersüßes Mantra, ich war drin, spürte nichts mehr, mein Bewusstsein war weg, ab und zu schwappte etwas Öl aus fehlerhaft verschlossenen Chargen durch meine Finger flutschten die Blechdosen wie meine Lebenszeit, es ging alles so rasend schnell vorbei.

»Totale mega ultra Erleuchtung in goldenem Öl mit Farbstoff«, ging es mir durch den Kopf, »Fühlten Ölsardinen ähnlich, und was war mit den Sonnenstrahlen, waren die wirklich im Sonnenblumenöl gefangen, wie es auf den Dosen stand?«

»Heijj, psst,« flüsterte Arnold von gegenüber mir zu.

»Was gibt's?«, fragte ich genervt. Holt der mich so brutal aus meiner Meditation. So ein Stoffel.

»Pennst du?«, er blickte mich neugierig an, dann, »Willst du eine, das hält wach?«, meinte er mit vielsagender Mimik.

»Warum?«, wollte ich wissen, »es läuft doch alles prima auf meiner Seite.«

»Klar. Damit läuft's aber noch besser, du Kracher«, gab er zurück, »das Ganze wird bunter und deine Reaktionen fixer. Kommst einfach geil drauf.«

Ich überlegte kurz, dachte dann, auf Arbeit sollte man das nicht tun und kam zum Schluss, dass ich nichts zu verlieren hatte. Ich kam zwar auch so auf einen Endorphin-Flash, aber Probieren geht über Studieren. Gegebenenfalls ließ sich das noch potenzieren.

»Was hast du?«, wollte ich wissen.

»Hofmänner«, kam es zurück.

Gut, dachte ich, Hofmänner 2000 waren mir immer recht, das waren meine Favoriten. Ich konnte also nicht ablehnen. Arnold schwitzte auf der Stirn. Kleine Perlen traten aus seinen Solarium-gebräunten Poren. Er war ein durchtrainierter Kerl, die Fließbandarbeit konnte den kalten Schweiß bei ihm nicht verursachen, er war gutaussehend, mittelgroß, braune glatte kurze Popper Frisur, kein Gramm Fett, fuhr eine Suzuki GSX-R1000 in weiß-blau, 180 PS, Angeber-Typ, und seine Backenmuskeln waren immer erkennbar, das faszinierte mich an ihm. Scheint, als würde er die auch in seinen Trainingsplan einbeziehen. An ihm war wirklich kein Milligramm Fett oder Öl, obwohl es davon hier nur so wimmelte, aber um ihn machte es einen Bogen. Bei mir war das ganz anders.

»Was willst du?«, ich machte mit dem Zeigefinger und Daumen eine unterstützende Geste.

»Fünf«, zeigte er mit seiner gespreizten Hand.

Ich nickte und rief lapidar rüber: »Gib her!«

Arnold hatte einen ganzen Briefmarkenbogen davon. Er reichte mir das Teil über das Band und ich legte es mir auf die Zunge und es dauerte nicht lange, zuerst spürte ich so ein Kribbeln im Mund, dann wurde die Zunge etwas taub und plötzlich ging es straight in meine Schaltzentrale und alles wurde kitschig bunt, Feuerwerk, quietschende, ultra grelle Farben, der Lärm war komplett weg, es gab jetzt Techno, und der Drache erinnerte jetzt an ein Bild von Otto Dix, abgetrennte Gliedmaßen, verkrüppelte Gehirne, verstümmelte irre Menschen, wo man nur hinblickte.

»Flatsch«, machte es und ein großer Schwall gelb eingefärbtes Sonnenblumenöl mit den zugesetzten Vitaminen D und E und gelbem Farbstoff ergoss sich über meine Arbeitskleidung. Es lief mir in die Unterhose und schmierte dort alles gut durch. Wir Hiwis mussten unser eigenes Zeug tragen. Einer der Plastikverschlüsse war nicht richtig eingepresst worden und beim Ranziehen der Dose fiel er ab und die gelbe Soße lief über meinen Schritt. Das war scheiße, das gelbe Zeug ging, wegen dem Kolorit, nicht mehr raus und meine Hände und der Boden waren jetzt glitschig. Zum Saubermachen war keine Zeit, obwohl wir so ein weißes Granulat in Säcken hatten, ähnlich wie Katzenstreu saugte es das Öl auf und hielt es fest. Es kamen immer mehr Dosen ohne und mit fehlerhaftem Deckel raus, wir konnten sie nicht wegnehmen, das Band quoll über und die Teile schepperten und drückten sich wie bei einer Massenpanik, hinten spuckte das Ungetüm immer weiter 120 Dosen die Minute raus, und da guckten wir zu wie nichts mehr ging. Es war Stau, und nun flogen die ersten über die Begrenzung. Es gab kein Halten mehr. »Stopp, Stopp«, schrie Arnold nach vorne zum Schichtführer in Weiß. Die Schweißperlen auf seiner Stirn fielen im Getümmel ab und nahmen, wenn sie Glück hatten, zum Abschied noch ein Wellness-Ölbad.

Es spritzte und platschte wie bei einer Wasserballschlacht. Wir waren nun wie Ölarbeiter auf einer Bohrinsel in der Nordsee, wenn sie zum ersten Mal die Ader getroffen hatten und das schwarze Gold nach oben schießt wie eine Fontäne und aus vollen zugedröhnten Kehlen brüllten: »Abschalten, aus, aus – aus, raus, weg.«

Mir war das jetzt scheißegal, dann hatte Süddeutschland halt kein verdammtes, gepantschtes Öl. Wen kümmerte das, es war eh das letzte Drecksszeugs, ich war high und das war die beschissenste Fabrik in einer Gegend, in der nur die letzten Hiwis noch durchhalten mussten.

Der Kampf mit dem Drachen kostete mich viele T-Shirts, denn die Flecken gingen nicht mehr raus. Aber, und das war mega geil, wir erhielten richtig fett Asche. In meinem Job als Heizungsbauer bekam ich nach der Lehre gerade mal 1.620 Mark. Jetzt, nach dem erfolgreichen Scheitern im Studium und einem Berg voller Bafög-Schulden, erhielt ich 3.800 Mark netto, bar auf die Kralle, wenn ich noch feiertags arbeitete, noch mehr. So kann man sich sanieren. Warum wollte ich studieren und weshalb hatte ich überhaupt einen Beruf gelernt? Heute würde ich gleich nichts tun und mir das bedingungslose Grundeinkommen, also Hartz IV gönnen. Dann hätte ich irre viel Zeit und könnte schreiben und schreiben und schreiben, nur für mich.

Die Fettschmelz hatte den besten Haustarif und der galt auch für die Hiwis. Die Bafög Schulden zahlte ich auf einmal zurück, deshalb wollten die nur die Hälfte. Über ein halbes Jahr konnte ich dort die Aushilfsarbeit machen. Ich war unverzichtbar geworden. Zum ersten Mal entdeckte ich ein Talent in mir. Ich war fähig, 60 Dosen in der Minute zu krallen, zu stapeln und das ganze Programm acht Stunden lang, abzüglich der Pausen. Arnold meinte immer: »Hansi, du bist eine Akkordsau!«

Wahrscheinlich waren die anderen aber auch nur schlauer. Allabendlich wachte ich mit geschwollenen Finger- und Handgelenken auf, wie bei einem Gichtanfall.

An einem Wochenende stand die schlangenartige, mit ihren grünen, fettigen Plastikschuppen gepanzerte, Maschine wieder mal still. Diesmal lag der Fehler beim Etikettier-Teil. Es drückte die Banderole schräg drauf, das konnte der weiße Mann nicht akzeptieren. Der eigentlich total in Ordnung gewesene, aber als Ausschuss deklarierte Kram wurde immer an die Mitarbeiter verramscht oder recycelt.

Für solche Momente gab es ein Notprogramm für uns Aushilfsdeppen. Wir sollten dann in den Hof gehen und den Schrott entsorgen. Dazu gab es zwei unterschiedlich große Metallcontainer. In einen kamen nur die leeren Dosen, der war doppelt so groß wie ein normaler, in den anderen wurden die vollen, aber zu stark fehlerhaften ausgeschüttet. Meistens die, wo der rote Plastikdeckel des nachlässigen Drachen nicht korrekt aufgepresst war. Dann wartete das Öl unter freiem Himmel tagelang auf seine Aufbereitung. Alles war voller Mücken und Ungeziefer. Der Vorarbeiter meinte auf meine Frage: »Doch, das wird wieder, Junge, kommt in die Raffinerie zurück, wird erneut aufbereitet und ist dann wie neu.«

Igitt, dieses Öl kaufte ich seither nie mehr, würde es noch nicht einmal mehr im Supermarkt in ein Regal räumen können. Ich bin traumatisiert von der Fettschmelz. Nachdem wir alles ausgeleert hatten, funktionierte »The machine« immer noch nicht wirklich. So ein armer Bereitschaftsmonteur wurde aus seiner Ruhe gerissen und musste antanzen. Jede Sekunde kostete Geld. Unser Vorarbeiter wurde immer unruhiger, ein gutes Ergebnis war in dieser

Schicht nicht mehr zu erreichen. Er setzte dem Installateur derart zu, dass dieser heulte. Mir tat er leid, denn er gab sein Bestes. Ich kannte mich ja nicht aus, aber ich redete mit Hassan über das Drachenproblem und die erfolglose Fehlersuche, einfach damit er spürte, dass es hier auch noch Menschen gab. In der Zwischenzeit ging ich wieder zu den anderen, Öldosen ausleeren. Wie in einer Sanduhr rieselte das gelbe Zeug ohne Ende ins Nirwana. Nach Adam Riese waren eine nicht produzierte Dose und eine deswegen nicht verkaufte Dose doch schon ein doppelter Verlust. Ganz zu schweigen von den verlorenen Marktanteilen.

Mir schlug das nicht aufs Gemüt. Ich war nur ein unbedeutender Akkord Hiwi und die Welt war sowieso schon verloren. Selbst hier in der Nahrungsmittelproduktion herrschte fiesester industrieller Kapitalismus. Mein Blickwinkel war oft ein anderer, und ich fand trotzdem, dass es ein schöner heißer, sonniger Tag war. Seit kurzem hatten wir Frischfleisch bekommen. Mit dabei war eine richtig hübsche Blondine. Wir kannten uns vom Tanzkurs vor vielen Jahren. So klein war die Welt. Wirklich an sie erinnern konnte ich mich nicht. Das war auch soweit okay, denn ich machte damals den Kurs mit ihrer Freundin und da hatte ich wohl keine Augen für andere. Tatsächlich ärgerte ich mich darüber, denn Blondie war eine richtige Granate, ein Model-Wesen. Alles an ihr war makellos, die Haare waren kräftig, nur leicht gewellt und hatten blonde und braune Strähnen, ihre Haut war gebräunt mit einem gelben Schimmer, als hätte sie in unserem Salatöl gebadet. Sie roch nach Vanille, die Augen waren groß wie bei einem Reh und dunkelbraun, die Lippen voll und kräftig rot. Alles an der Frau war groß, auch ihre Nase, die Brüste, die Zähne, die Hüfte, wie bei Sophia Loren, aber es passte, weil es noch stramm war. Ihr Charakter war ruhig, freundlich, mitteilsam und unaufgeregt. Nur an ihrer individuellen, wie die Schrumpffolie enganliegenden Hippie-Kleidung konnte man erkennen, das kann kein Engel sein.

»Kim, komm wir verdünnisieren uns, ich kenne einen Platz, wo uns keiner vermutet. Da können wir bisschen in der Sonne gammeln.«

Mal abschalten, dachte ich, das tut gut und dort, wo ich mit ihr hinwollte, vermutete uns niemand und keiner konnte uns aufspüren, wenn wir es geschickt anstellten.

»Gerne, Hansi«, antwortete sie, ohne groß zu überlegen.

Wir gingen zurück über den schwarz geteerten Platz zum Container mit den leeren bunten Weißblech-Dosen. Ein Kontrollblick über das Gelände zeigte, dass alle sich irgendwo verkrochen hatten. Fressen und Pissen! Arnold wird sich sehr wahrscheinlich was reinziehen. Mir waren die Hofmänner für die Arbeit doch etwas zu heavy. Die Produktionshalle lag still da wie ein kleiner Weiher, das Rolltor war oben, drinnen wuselten der dünne weiße Mann und sein folgsamer, eingeschüchterter, Sklave Hassan. Ich wünschte es mir für Hassan, aber ich hoffte, dass es noch etwas dauerte.

»Hoooch«, hauchte ich Kim zu, »ich mach dir die Baumleiter und dann springst du in die Dosen.«

Ein prüfender Blick von oben. Meine Hände schmerzten von der scheiß Dosenarbeit und Kims Schuhen.

»Auf jetzt, da passiert nix, lass dich fallen. Ist wie bei Dagobert, wenn er in seinen Geldspeicher springt.«

Kim war kein Leichtgewicht und ihre blauen Dockers zerdrückten mir gehörig die Hände. Endlich war sie drin und dann auch weg, unsichtbar. Dann zog ich mich am

Rand hoch und ließ mich reingleiten. Der Behälter war ziemlich voll und es erinnerte irgendwie an Star Wars, wo die auf ihrer Flucht in einem Müllschlucker landen, der so groß ist wie eine Halle und plötzlich die Seitenwände zu Drücken anfangen. Es klirrte etwas blechern und fühlte sich an wie ein Sprung in Kartons.

»Gar nicht hart oder so«, kam es aus ihr heraus.

»Ja«, erwiderte ich, »ein alter Hase hat mir das beigebracht, er meinte, hier findet dich keiner und du hast deine Ruhe.«

Die Sonne brannte hart und der Himmel war fast wolkenlos, wir hatten durch den Ausschnitt vom Container so einen eckigen Blick auf den Himmel, wie bei einem Bildschirm. Da flog eine Taube vorbei und landete auf einem der alten Dächer. Von da oben blickte sie auf uns herab. Direkt vor ihr ragte aus einer Dachrinne eine kleine Birke mit dunkelgrünen Blättern. Kein guter Platz zum Leben, dachte ich, aber das kann man sich nicht immer aussuchen. Fühlt sich so reingeworfen an, so deplatziert. Wahrscheinlich wird die Birke versuchen, das Beste draus zu machen.

Kim traf ich zwei Jahre später noch mal zufällig in Berlin. Ich war dort als Tourist, spazierte mit meiner Freundin umher, und mitten auf einer Nebenstraße lief sie, sie lebte dort fest und arbeitete als Verkäuferin in einer Boutique. Wieder hatte sie mich erkannt. Zwischen ihr und mir war was, eine Verbindung, aber ich bin nie darauf gekommen, welche Bedeutung es hatte.

»Was glaubst du«, fragte ich Kim, »was die Taube da gerade von uns denkt?«

»Hmm, wahrscheinlich nichts außer, warum sind die da gelandet und fliegen nicht weiter und was machen die zu zweit in dem Müll.«

Ich schmunzelte etwas und streckte mich wie die Übersprungshandlung einer Katze.

Wir lagen eine Weile in den glänzenden Blechdosen, versuchten keine verräterischen Geräusche zu machen und sahen fern, es roch ab und zu nach altem Sonnenblumenöl, leicht ranzig, so ähnlich wie Butter, und es fühlte sich an, als ob die Welt, dieses üble, staubige Fabrikgelände, uns plötzlich ganz vergessen hätte, wir hatten ja nur dieses eckige Motiv, alles war so ruhig und friedlich geworden, selbst die Mauern hörten mit ihren Schreien auf, alles um uns herum war verschwunden.

Mutmaßlich hatte ich einen Flashback. Der Lärm des Drachen, die Kollegen, der flennende Hassan, die ganzen rostigen Rohrleitungen, die fehlerhaften roten Plastikverschlüsse, das geile Gehalt, Arnold, die Hofmänner 2000, Ali, der Stapler Mann, die grünen Plastikplättchen, die Schrumpffolie, der Ku-Klux-Klan, alles war bedeutungslos geworden. Nur der Augenblick schien real. Unser Blick war wie bei einer Lichtinstallation von James Turrell weit in den Himmel gerichtet. Wir lagen eigentlich gar nicht in einem Container, schoss es mir durch den Kopf, es war ein Bett in einem Luxushotel mit Rosenblättern und eine Mitarbeiterin tröpfelte vorsichtig zur Entspannung warmes Öl auf uns. Es wurde heiß in dem Eisenrechteck, die Sonne wollte uns wohl verglühen, sie schien direkt in unsere Augen, die Dosen funkelten und warfen das Licht myriadenfach zurück, als wären wir im Inneren eines Diamanten, es war *High Noon*, und wie beim Fernsehglotzen gab es nichts Gescheites zu sehen, außer dem Eisenrand und einem gratis Blick auf Gott. Diese morbide, transzendierende Atmosphäre machte mich rasend, sollte ich es versuchen? Neben mir lag eine super Sardine in Öl, eine gestrandete Meerjungfrau, ich hatte eine schöne Erektion und drehte meinen Kopf sachte, die Dosen summten beschwingt dazu. Unsere Blicke trafen sich und die Augen erklärten sich gegenseitig ihre Bereitschaft für den nächsten Akt, ihre rechte Hand streichelte meine linke und wir fielen wie Pommes-Frites, zischend und brutzelnd ins heiße ranzige Fett.

11

Der erste, der mich hier oben tatsächlich besuchte, war mein treuer Kamerad Adolf Anders, Szenename *Colabär,* weil er immer so viel braune Limo trank und davon schwarz gezuckerte Lippen hatte.

Keine Ahnung, warum er so schnell sehen wollte, wo ich lebte? Möglicherweise pure Neugierde, Sensationslust, wollte er auch gerne aussteigen oder vermisste er mich auch nur? Gefühle waren nicht meine Stärke und seine schon zweimal nicht. Wahrscheinlich war er tatsächlich auf der Suche nach dem Ausstieg aus dem stressigen Großstadtdschungel und wollte zunächst partizipieren und später dann antizipieren. Anders war wohl der Meinung, ich hätte die gelbe Telefonzelle gefunden, durch die man die Matrix verlassen kann. Fehlanzeige, das eine ist Hollywood, das andere Bollywood, und dazwischen wir!

Herr Anders ist ein echter Freak, von mir aus durfte er ruhig weiter *Copy and Paste* machen, ich würde jeden Freund unterstützen, wo ich kann, und raus aus dem Hamsterrad war das einzig Richtige, denn es ist nicht unsere Kultur und nicht unsere Lebensform, es macht die Menschen krank und tumb und gemein, und was dann kommt, wissen wir alle, es wiederholt sich immer. Es ist so ähnlich wie mit Beziehungen.

Anders kann Frauen nicht leiden, sie sind für ihn nur Mittel zum Zweck und das Leben ist beschissen wegen der anderen. Naja, ich weiß nicht, warum wir überhaupt noch befreundet sind. Er ist ein so total negativer Typ. Viele meiner Bekannten wollten mit mir nichts mehr zu tun haben, als ich den Dienst quittierte und mich häutete wie eine Raupe.

Anders meinte dazu lapidar: »Ohne Job bist du für die ein Penner. Nur ein Penner läuft so rum wie du, mit langem unfrisiertem graumeliertem Haar, Second Hand-Klamotten und dann willst du nicht konsumieren und durch dein Verhalten die Welt retten, aber am übelsten nehmen sie dir dein philosophisches Gequatsche von wegen Achtsamkeit und so. Also ehrlich, was sollen die denn echt vor dir halten? Du verhältst dich ja auch wie ein Außenseiter und ziehst an die See, wie ein Vagabund.«

So gesehen hatte er wohl recht. Ich war ein Clochard, ein Landstreicher, ein Herumtreiber, ein Second Hand-Hippie geworden, oder in den Augen meiner Freunde einfach nur ein Ostsee-Schmarotzer, der am feinen Sandstrand abhängt. Das Schlimmste aber war, dass ich die Wahrheit sagte und hinterfragte. So ähnlich wie ein Prophet, aber das war ich nun wirklich nicht. Meine Weisheit war angelesen und von Google. Die Leute wollten nicht hören, für was sie verantwortlich sind. Millionen von toten Zivilisten weltweit, dank unseren friedensstiftenden NATO-Missionen. Was für ein Hohn! Wer ist der Überzeugung, dass mit Bomben und Gewalt Frieden einhergeht? Sollten sie doch ehrlich sein und sagen: »Wir machen das aus Gier, es geht uns nur um Macht und Geld.« Damit könnte ich besser leben. Demnächst sind Bundestagswahlen und ich wäre für folgenden Wahlspruch bei der *UDC*: »Lasst uns weiterbomben, damit wir uns die Taschen noch voller machen.«

Ich hatte keinen Bock mehr auf schlechte Gespräche, Leute die ständig gestresst sind und alles und alle anderen hassen, die nicht so sind wie sie. Die über ihre schlechten Arbeits- und die sich verschlechternden Lebensbedingungen klagten, aber bei Aldi und KiK einkaufen gingen. Keinen Cent spendeten, noch nicht mal ein bisschen Blut. Die nur eine Handvoll Werte besaßen, wie: *billig, geht mich nichts an, mach du das, es nervt, und mir das meiste.*

Adolf war auch schon raus, hatte ausgecheckt, gedanklich zumindest, die Realität musste noch nachfolgen, aber er ist hartnäckig, bauernschlau, lebenserfahren, und das gereichte ich ihm zur Ehre. Er hielt trotz Ausbuchung, obwohl ich ihn in meinem Leben zu einem Auslaufmodel deklarierte und ihm gehörig die Meinung geigte, Kontakt. So kam es, dass ich mir sagte, okay, der Typ ist richtig bekloppt und irre, sehr wahrscheinlich verrückter als du, weltfremd und macht immer die anderen für seinen Seelenmüll verantwortlich, aber er hat auch etwas Fürsorgliches, Liebenswertes und einen ruhenden Kern. Mit ihm konnte man alles werden, in der Utopie, denn er sagte nie Nein, außer bei Sport und Arbeit. Hemmungen gab es nicht. So ein Typ, mit dem man Ponys stehlen könnte, wenn der keine Angst vor denen hätte, kein Langschläfer wäre oder über den Weidenzaun käme, weil er total unsportlich ist oder Schiss vor den potentiellen Konsequenzen hat. Aber der Wille ist da, wobei das meiste in seinem Kopf eher Wunschdenken und Verblendung ist. Kamerad Anders gehörte nicht zu den Personen, die was machten, ein Ding krass durchzogen, nein, das ginge bei ihm nicht, sondern Adolf war eher der Poet, der die ganze Zeit schwafelte, was er alles Tolles machen könnte, demnächst machen wird, machen will und zu was Unglaublichem er eigentlich fähig und was er für eine dufte Type sei. Oft schrieben wir uns gegen Abend unglaublich irres Zeug. Es war zumindest unterhaltsamer als Television. Oder anders ausgedrückt, A2 war halt eine Labertasche, wie so ein GEZ-Sender spulte er seine Propaganda ab, Qualität durfte man nicht erwarten, aber derben Humor, dabei aber absolut vertrauenswürdig und spontanen Dingen oft abgeneigt. Das Leben war für ihn Schwarz, einfach nur Schwarz und fertig. Texten war ihm oft auch lieber als telefonieren. Auf YouTube sah ich mir gerade eine Folge der NDR-Serie »Mit Mut, Mörtel und ohne Millionen « an, da kam eine Nachricht von ihm rein.

»Feierabend.«

»Hallo Adolf, was geht ab?«

»Hi, gut, selbe Scheiße wie immer.«

»Ich brauche deine Hilfe, habe große Probleme mit einer sehr, sehr netten und eigentlich anständigen Frau.«

»Okay, ich kann dir da mit Sicherheit helfen, aber was ist mit der Borsa los?«

»Es ist vorbei Adolf. Du musst All in gehen
 an der Börse!«

»Wieso?«

»Streeck sagte bei Lanz, es gibt wahrscheinlich keine zweite Welle. Alles wird weiter gelockert werden. Vielleicht auch Fußball, nur Theater und Massen-Orgien nicht.«

»Ok, dann liegen so manche richtig falsch, die noch viel cash horten?«

»Ja, logo! Ich liebe die Frauen, wollte ich nur mal anmerken. Maria und die Degussa Dame, waren total beeindruckt von meinem tollen dicken, harten und glänzenden Goldbarren.«

»Das ist gut. Du hast cash gemacht und hättest Sie ficken müssen. Alle beide«

»Ich ficke nur Gummi Muschi. Ich bin raus in dem Spiel und vegan zudem. Deshalb kann ich meine Goldrute auch nicht in eine lebende Schnecke stecken.«

»Ok, verständlich. Du willst ihr nicht weh tun!«

»Nie mehr echte Fut. Geht nicht mehr. Ich bin ein sanfter Riese.«

»Ja egal. Danach denkt man(n) eh immer, wofür der ganze Aufwand.«

»Ja, fleschlight reicht. Ich bin ein echter Minimalist.«

»Du kannst an der Gummifotze einen Spermatank anbringen.«

»Habe ich schon. Ich will da raus, irgendwann ein Geschäft machen, mit Veganerinnen. Natürliches Bio B12, in sahnig cremiger Konsistenz.«

»Du bist ein Fuchs.«

»Lach Emoji, stecke immer Thunfisch rein, damit es echter riecht.«

»Das ist nicht vegan. Du müsstest Tomatenmark nehmen.«

»Ok, probiere es aus. Dann bin ich ein roter Pirat. Nehme vielleicht noch Räuchertofu.«

»Ja, ist auch gut. Aber ohne Pfeffer oder so.«

»Ja Tofu Natur, eventuell etwas gammelig.«

»Daumen nach oben Emoji«

»Und, wenn genug da ist, ich meine in deinem Spermatank und der zusammen gebolzte Tofu, dann als Sauce Hollandaise, zum Spargel serviert wird, in Luxus Restaurants. Ein tolles Veganer Mahl, mit natürlichem Vitamin B12, der Superdroge Dopamin, Magnesium, Eiweiß, Fructose, Kalium, Zink, Opiate, Testosteron, Enzyme und Fructose. Also du siehst ein wahres Wundermittel und wir können es selbst machen.«

»Yearrr, Superfood.«

»Maria, sieht mich immer so an«

»So geil und lüstern?«

»Jaaa…«

»Sie ist halt rallig.«

»Es tut mir leid. Seufz Emoji.«

»Ja, du darfst in ihr keine Hoffnung wecken.«

»Wir waren noch lange in Frankfurt. Aßen später zusammen und gingen am Main spazieren bis zur EZB.«

»Die Arme. Vermutlich fühlt sie große Kompatibilität.«

»Ich lud sie zum Essen ein, bei Mosh-Mosch, sehr exklusiv dort und ganz Gentleman, bezahlte ich die Rechnung.«

»Kein Gericht kann deine Sahne ersetzen.«

»Stimmt, aber die brauche ich für das Gummiding und mein Business mit den Veganerinnen. Aber mal echt. Ich brauche deine Hilfe!«

»Ich soll sie rannehmen?«

»Ja, bitte. Quick und dirty.«

»Ich helfe, wo ich kann.«

»Ich bin beruhigt. Sie hat einen guten Bums verdient und braucht es auch, glaube ich.«

»Sie wird denken, eine Rüttelmaschine bearbeitet sie.«

»Ja, ein mega Ding von Caterpillar. Du besorgst es ihr und während du abspritzt, rufst du, Gruß von Hansi.«

»Wird gemacht.«

»Was könntest du noch aus Nächstenliebe tun?«

»Werde ihr Komplimente machen«

»Das ist gut. Das glauben sie immer. Welche?«

»Du hast eine schöne nasse, geile gute Fut.«

»Ja klingt gut. Das wird einschlagen wie eine Bombe.

Hast du noch eins? Du könntest sagen, deine Mummu tropft wie ein Kieslaster.«

»Ja oder, ich will eine Kondensmilchdose mit deinen Nippeln öffnen.«

»Geil, das ist mega. Sie wird durchdrehen.«

»Ich weiß, was Frauen hören wollen.«

»Du bist der Mozart von Ladenburg.«

»Ja, Liebesgeflüster der besten Sorte, werde ich ihr schenken. So laut ich kann.«

»Top. Du weißt einfach, wie es geht.«

»Und ich mache das bei offenem Fenster, damit alle Nachbarn wissen wie toll sie ist.«

»Okay. Gute Nacht A. A. Adonis!«

»Gutn8.«

12

»Ja hallo, guten Morgen, hier spricht Herr Frost, ich brauche eine neue Beißschiene.«

»Okay …«, es kam zu einer kurzen, für mich bedrückenden Stille, »Hallo …?«

»Ja, Herr Frost, ich schaue kurz nach, die letzte bekamen Sie im Oktober, die hielt jetzt nur einen Monat.«

»Kann nichts dafür!«, unterbreche ich die schlecht bezahlte Zahnarzthelferin. »Könnte ja auch scheiß Qualität sein.«

»Ich rufe im Labor an, ob die noch die Abdrücke haben, und melde mich dann wieder bei Ihnen.«

»Vielen Dank!«

Diese Zähne brachten mich noch um den Verstand. Was hatte ich nicht schon der weißen Teile wegen Kummer und Sorgen gehabt. Ständig OPs, Karies, Wurzelbehandlungen und gefühlt Millionen von Euros verschwendet. Alle ziehen, Prothese rein, hätte viel erspart, aber die Medizin nicht reich gemacht und mich als Gefangenen gehalten. Ein Mittelklasse-Auto war schon verzahnt, verbohrt, verfüllt, allein meine Schmerzen und die Traumata, Albträume waren Milliarden wert. Andere könnten davon einen Urlaub oder eine Wohnung finanzieren und ich könnte wie Branson eigene Mondraketen bauen. Auf meiner bisherigen Reise hatte ich so viele Menschen kennengelernt, die sorgenfreier lebten als ich. Sie waren intelligenter, schöner, ausgeglichener, ahnungsloser, ärmer, hatten bessere Zähne, manche noch nie eine Wurzelbehandlung hinter sich gebracht, hatten viele Freunde, eine gute Gesundheit, schöne

Haut und stellten nicht so behämmerte Fragen ans Leben. Wieso musste mein Kopf ständig reflektieren?

»Weshalb das verdammte Meer?«, kam es mir in den Sinn. »Ostsee, Barth, Dunkeldeutschland, Vinetastadt, was für ein beschissener Name für eine Ansiedlung. Wieso bin ich hier gelandet? Was hat das mit meinem Leben zu tun? Wo ist die Botschaft? Schätzungsweise gibt es keine. Das Beste wäre, man würde sich an den Strand legen und einschlafen.«

Es gab da diesen Punkt in meinem alten Leben ... plötzlich spürte ich das so deutlich, ich wollte so nicht mehr weitermachen. Dann zwang ich mich nach einer längeren stationären Auszeit, ich nannte es immer Irrenhaus, trotzdem wieder in mein altes Ich zurück. Es klappte nicht, Aktion Wasserschlag, meine Psyche drehte durch, ich fühlte mich kränker denn je, bekam Schüttelfrost, Fieber, Depressionen, Plaque, Falten, schlechte Haut, Prostata-Probleme, Mitesser, Schorf am Arsch, Lust darauf einfach abzuhauen, es fühlte sich an, als ob in mir drin eine große Kraft ist, eine zerstörerische Energie, die freigelassen alles plattwalzt und weiter eingesperrt mich in die Kindheit zurück zieht. Ich hatte keinen Bock mehr auf das ganze alte Zeug. Steinhäuser mit hässlichen Plastikrollläden, unerotischen Frankfurter Einbauküchen, die den Nutzern als letzte Innovation und große Freiheit der Frau angepriesen wurden, jeden Morgen zur Arbeit und zurück, viertel nach acht der Tatort, Verbrecher einfangen, wieder springen lassen, Einsatztraining, sinnlose Vorschriften, zahnlose Staatsanwaltschaften, stinkende Autoabgase beim Radeln, eine Partnerin, die nie zufrieden war, Kinder, die nur am *Mobilen* sind, kurz: ein Leben, das nur unter Drogen auszuhalten war.

Diese Mainstream Scheiße, wo alle das Gleiche machen und alles zum selben Resultat führt, nach immer mehr zu streben. Irre, digitaler Wahnsinn und Raubbau an unserer Gesundheit, obwohl uns die wurscht sein kann. Nein, null Bock, ich wollte erstmal Freizeit zum Nachdenken, zum *resetten* und Liebe machen. Wollte meine Ruhe und die Natur und eine schöne Frau, die nicht viel spricht, keine unvernünftigen Ansprüche stellt, groß ist, dürr oder besser dünn, mit einem schönen Tempel, zeitgemäßen Hängebrüsten, keine Leichenteile frisst, mit mir nachsichtig ist, wenn mich der *Furor teutonicus* überkommt, es sogar geil findet, nicht gleich wegrennt bei einem Stürmchen im Wasserglas, nicht auf der Suche nach dem dauerhaften Glück ist, sich selbst genügt, vom Leben nichts erwartet, für die Liebe nichts bedeutet und die einen treuen, solidarischen untalentierten, melancholischen, pornosüchtigen, Multitoxikologen mit ehemals athletischer Figur will, der töten kann, es aber vorzieht, gerade viel zu reden und zu allem eine Meinung hat, außer zur Urknall-Theorie.

Ich bin ein Moralist, der meistens unmoralisch daherkommt, und keiner merkt es. Ich liebe die Wahrheit, obwohl es sie nicht gibt. Das war schon bei der Bullerei so. Einmal traf ich einen auf der Straße, der wurde mit Haftbefehl gesucht. Von der Szene her kannte ich ihn, es gab nichts auszusetzen, er war so integer, wie man als Heroinabhängiger nur sein kann. Den Haftbefehl erklärte ich ihm, er war überrascht, ich fand es echt, nahm ihn nicht fest und schlug vor, dass er sich darum kümmern sollte. Danach schlenderte ich weiter und der Kerl hatte die Strafe tatsächlich ein paar Tage später anstandslos bezahlt. Warum hätte ich ihn also einsperren sollen? Was ist wichtiger, das Gesetz immer, also kategorisch anzuwenden oder mit dem gesunden Menschenverstand durchs Dasein zu wandeln? Klar, er wusste, ich hätte ihn aus jedem noch so verlassenen und geheimen Loch geholt.

Ein anderes Mal durfte ich Strafzettel schreiben, also die Leute verwarnen wegen Gurtpflicht, so ein Kack. Hauptsächlich »Tschönauer«, die hatten eh so wenig Geld. Später beleidigte uns der total unsympathische Einsatzleiter in der Abschlussbesprechung dermaßen, dass ich die ganzen Dinger in die Abfalltonne kloppte. Von mir erhielt an diesem Tag niemand mehr ein Ticket. Die Leute hatten es schwer genug zu überleben. Manche in den Problemvierteln hangeln sich von Scheck zu Scheck, von Monatserstem zu Monatserstem.

Ein Kumpel von mir, der so ein richtig ekliges, intellektuelles, eloquentes Arschloch sein kann, meinte dann immer: »Selbst schuld, jeder ist seines Glückes Schmied. Wenn du Mercedes fahren willst, dann musst du Gas geben, ansonsten wird es Fiat oder du gehst zu Fuß.«

Der regte mich richtig auf. Nicht jeder erwischt einen guten Start, viele Samen werden in recht trockenem und schlechtem Boden eingegraben, im Laufe der Evolution stehen die dann auch noch im Wind. Was soll aus denen werden? Im Parlament haben sie auch keine gute Meinung von denen. Und überhaupt, in der schmelzenden Mittelschicht ist doch fast auch nur noch Rolltreppe abwärts angesagt. Nur mit Glück kommt man da raus. Die Ebenen sind undurchlässiger geworden. Unten, Mitte, Oben und Top. Es gibt nur noch einen Durchgang, und der ist aus der Mitte nach unten eingestellt, wie bei einer Rückschlagklappe. Im Moment müssen die unten noch den Wohlstand für die oben erwirtschaften, aber das wird irgendwann auch passé sein. Dann sitzen die oben so fest im Sattel, dass sie die unten überhaupt nicht brauchen. Der Robot macht dann die Drecksarbeit. Nach meinem Dafürhalten ist das System gerade jetzt gekippt. Die Masse der Bevölkerung ist uninteressant und uninteressiert, im Ansehen mit den Schweinen gleichgestellt. Viele hausen ja auch wie in der Massentierhaltung, kleine Wohnung im Ghetto, überall liegt der Dreck, große Villa und Luxus, Dreck im Kopf, Plastik und sinnloser Wohlstandsmüll, Lifestyle-Inflationismus, und irgendwann kommt durch Feinstaub oder Corona oder Krieg der Hammer. Wohin sollen diese ganzen beschissenen Gedanken letztendlich führen? Das Dasein ist der Horror. Den wenigsten ist das klar.

Warum hing ich trotzdem so am Leben? Das wäre das Letzte, was ich noch lernen könnte. Abtreten, einfach so, auschecken, an einem x-beliebigen Tag, einfach Würfeln und bei der ersten sechs wegtreten. Da geht's lang. Ab zur Klippe. Alle haben heutzutage Angst vorm Sterben. Warum? Wissen die was, was ich nicht weiß? Sind die irre oder sind es nur die Umstände, die Panik verursachen, warum dann nicht einfach eine Pille und basta. Während meiner Tätigkeit als Sicherheitsagent hatte ich wohl einige hundert Leichen, schätzungsweise sogar eine geringe vierstellige Anzahl, zu Gesicht bekommen. Gefühlt die Hälfte davon waren Suizide. Es gab total witziges Zeug darunter. Manche sind mega kreativ bei ihrem Abgang, andere gemein in den Tod hinein, und wenige rücksichtsvoll. Einer zum Beispiel brachte sich mit Krypton um. Dafür sägte er in einen Tisch ein Loch, stellte die Flasche da rein, schloss seine Tauchermaske daran an, setzte sich auf einen Stuhl und betrachtete sich und sein Endspiel im Spiegel. Davor schrieb er eine Mail, in der er auf die Umstände hinwies und auf die Gefährlichkeit des Gases. Wir mussten erstmal lüften. In der Küche fanden sich fein säuberlich alle benötigten Unterlagen, wie Pässe, Abschiedsbrief, Testament usw. Der Verstorbene war mir richtig sympathisch und mit seiner Schwester hatte ich noch lange Zeit Kontakt. Wir trafen uns mehrmals. Es war so ein Ding, dass die unbedingt mit dem Menschen zusammen sein wollte, der ihren Bruder das letzte Mal sah oder berührte. Es war ein leichtes Opfer, das ich mehrmals bei Witwen zu erbringen hatte. James Bond und ich, das war hier ähnlich, nur andersrum. Ich nutzte meine Stellung aus und James war einfach cool.

Meinen Geburtstag feierte ich schon lange nicht mehr. Es kam mir vor wie eine Totenfeier, wie ein Leichenschmaus, brachte mich doch jedes Jahr dem Ende ein Stück näher. Deshalb versuchte ich mein Alter zu verbergen und zu vergessen, wie Oskar der kleine Trommler. Wahrscheinlich hatte ich auch nur nicht verstanden, dass es bei dem Jahrestag um die Freude ging, noch am Leben zu sein.

Stattdessen sagte ich mir jeden Morgen, danke, es scheint einen neuen Tag zu geben. Vermutlich wird er wie der gestrige. Viele sind total überrascht, wenn das Ende über sie kommt. Für einige kommt es schlagartig. Manche merken es gar nicht, die beneide ich. Das Finale hat im Leben der meisten keinen Platz und deshalb keine Präsenz mehr. Sie sind so sehr mit dem Anhäufen und Konsumieren beschäftigt, dass sie nichts spüren, sogar den nahen Tod nicht. Wie lebende Zombies werden sie zum Geschäft für andere oder, wenn sie durch eine Silberkugel zu Staub zerfallen, betrogen. Dabei ist doch das Sicherste im Leben das Ende, unser Abgesang, mit der eigenen Geburt steht schon fest, dass der Sensenmann gewonnen hat. Bei vielen siegt auch noch der Teufel. Fast so safe wie das Ende ist sonst nur noch die Steuer. Die Todesangst ist bekannt, wird ver-

klärt, transformiert in sinnfreie Tätigkeiten und das Auschecken, ständig weiter nach hinten geschoben. Dabei ist
den meisten im Bewusstsein klar, wie es kommen muss
und wo das alles hinführt. Wenn das Licht angeht, nach der
Filmvorführung im Kino, kann man noch sitzen bleiben,
den Abspann lesen, wenn aber der rote Vorhang die Lein-
wand verhüllt, dann war's das. Jede Minute kommt der
Reinemachmann und jagt dich fort. Scher dich zum Teufel,
wird er sagen.

Die Erde geht den Bach hinunter und ich hinterher. Peter
Scholl-Latour meinte hierzu lapidar: »Der Mensch ist böse,
es steckt tief in ihm drin und deshalb bedarf es der Zucht
und der Ordnung … nicht um ihn gut zu machen, sondern
erträglich.«

Noch keine fünf akzeptablen traf ich bisher. Sie verachte-
ten den Tod so sehr, dass sie sich wie die alten Ägypter
Hieroglyphen und Zaubersprüche zurechtlegten, um ihm
ein Schnippchen zu schlagen und hofften so auf ewiges
Leben. Früher waren es in Stein gemeißelte Symbole und
Riten, heute sind es die Versprechungen der Konsumindus-
trie, der Pharmariesen, pseudo Lebensratgeber und die Medizin. Manche lassen sich einfrieren oder ihr Gehirn in
dünne Scheiben schneiden. Dabei ist doch gar nichts klar.
Selbst Wahrheit ist nirgends zu finden. Wenn überhaupt,
kennen die Menschen nur einfache Weisheiten. Ganz nach
Hegel ist die absolute Wahrheit Gott vorbehalten oder zumindest aber nicht dem einfachen Volke und schon gar
nicht seinen Lenkern. Vor unserer Geburt herrschte dunkle
Ewigkeit und danach höchstwahrscheinlich wieder. Schon
die Griechen meinten, welcher Narr fürchtet sich vor dem
Tod, vielleicht ist er etwas Wunderbares und das Paradies?
Möglicherweise ist das Leben die Hölle und nicht umge-

kehrt, danach schießen wir wie eine Rakete in den Himmel und leben dort wie im Schlaraffenland. Mein Leben ist schon jetzt nichts. Mein Eigenheim, meine Lebensgefährtin, mein Job, meine Motivation, meine Lust, mein Konsum, meine Gegenstände, meine Gefühle, mein Herz, alles ist schon größtenteils weg, verabschiedet und das Wenige, was noch da ist, schaffe ich eventuell auch noch ab. Der große griechische Philosoph, der als Hund beschimpft wurde, weil er so lebte, zeigte, dass es auch so funktioniert. Es gibt keine Hilfe mehr und Trost kann ich nicht akzeptieren, denn das wäre lebensfremd. Das Wichtigste ist vorgezeichnet, wir werden in ein enges Korsett gepresst, echte Freiheit kennt nur ein Reicher, und sich deswegen zu ereifern, scheint mir töricht. Schon Sokrates spielte auf der Laute, als sein bester Freund starb und meinte auf die Vorwürfe, warum er nicht trauere, weise: »Wieso wegen Dingen trauern, die feststehen. Ich bin froh, dass ich ihn kannte.« Könnte auch von Seneca stammen. Der Tod ist wohl das Ende aller Empfindungen, man wird kalt, friert aber nicht mehr, dann ist es die ewige Kälte, die aber jetzt nicht mehr stört.

Deshalb sollte man sein eigenes Leben schon zu Lebzeiten nicht als zu ernst und kostbar erachten und ruhig im tiefsten Winter schon mal rausgehen und barfuß durch den Schnee laufen, denn so wird sich der Tod anfühlen, und so mies ist das gar nicht.

Ich hänge nicht am Leben und bin bereit, abberufen zu werden. Mein Acker ist gefurcht, die Saat eingesetzt, jeden Abend wird gespritzt und die Scheune voller Heu. Das Raumschiff kann landen. Ich bestelle ihn aber auch gerne weiter.

»Ring, ring, ring …«, schepperte mein Handy. Auf dem Display erkannte ich, dass es Dr. Zahn war.

»Hier Frost.«

»Herr Frost, ja leider hat das Labor die Abdrücke schon entsorgt, Sie müssten wohl nochmal bei uns vorbeikommen.«

»Das geht schlecht, ich bin doch an der Ostsee.«

»Ach ja, stimmt, dann gehen Sie doch dort oben zu einem Zahnarzt und lassen sich einfach eine neue Schiene anfertigen. Das kann jeder.«

»Okay, vielen Dank, ich denke darüber nach. Tschüss.«

Digitale Welt, vor einem Monat die Abdrücke mit diesem ekligen rosa Brei, der später fest aushärtet, genommen bekommen und nun alles weggeschmissen. Warum wird das nicht elektronisch in der Wolke festgehalten, ich brauchte doch ständig die Plastik-Dinger? Sehr wahrscheinlich ist das Internet of things, Big Data, KI, Robotaxies, die Cloud, Kauschienen, Gluten, Royal mit Käse vegan, alles nur Science-Fiction. Eine Tüte Chips soll über 1.000 Kalorien haben, wie sollen die da alle reinpassen, wahrscheinlich ist das auch nur Fiktion, genauso wie das Vorurteil, sie wären wegen der Transfettsäuren und so ungesund. Alles gelogen, wie oben. Was wahr ist oder unwahr, wird immer unklarer, allerdings war es das wohl schon immer. Das Falsche wird richtig, oder war es gar nie falsch? Das Korrekte ist verloren, obwohl es nie existierte.

»Life sucks!«, sage ich dazu. Das war ein beliebter Ausspruch von Adolf und er hatte damit wohl so ziemlich ins Schwarze getroffen. Es findet sich keine Richtschnur, an der ich mich entlang hangeln könnte, die Kirchen sind die größten Fake News-Verbreiter seit Anbeginn. Das Leben fühlt sich an wie eine Marionette, man kann sich nicht mehr davon befreien und ist in letzter Konsequenz trotzdem frei, wohl wegen der Gedanken, wobei meine ständig um Sex kreisen müssen, womit ich wieder unfrei und ein Getriebener bin und Jean-Paul Sartre unrecht hat, weshalb die Freiheit nur in der Festlegung des Zeitpunkts des Abtretens besteht, weil ständig kommt irgendwo ein neues Fädchen her und hält einen fixiert, dann zieht einer daran, und schon muss man eine Handlung vornehmen. Scheiße!

Ich sollte erkennen, wie klein ich bin, das geht am besten vom Weltraum aus, in den Bergen oder auf dem Meer und anerkennen, dass ich nichts bin. Ein OSTSEE-PENNER! Ein Flohsandwurm. Ein Stück abgebrochene Buhne am Strand. Nur eine Wassersäule auf zwei Beinen, die ab und zu blubbert wie bei so einem Wasserspender.

Demut, das Schicksal ertragen, hoffen, die richtige Balance zu finden, den mächtigen Tod akzeptieren, verrückt werden, Scheitern, es wird sich nicht lösen lassen. Wie beim Glück, es ist launisch und unbeständig. «Memento mori», meinte neulich der Barmann im *The Grand* zu mir. Er hatte wohl ein paar Semester Philosophie in Leipzig studiert und war nun ebenfalls hier gestrandet, eine bessere Uni als dieses Hotel, und dann noch dort, wo viele die Wahrheit rauslassen, ohne es zu wissen oder zu beabsichtigen, konnte er meines Erachtens nicht finden. Hier würde er Dinge zu hören bekommen wie sonst in keinem Hörsaal. Wenn er Glück hatte, wird er hier oben viel lernen, was er eigentlich nicht braucht, denn die Sinnlosigkeit allen menschlichen Tuns liegt auf der Hand. Die Natur ist wohl mehr Wahrheit als wir wahrhaben wollen, und von ihr sind wir abgerückt. Fünf Minuten Wellen betrachten und alles liegt klar auf der Hand. Es geht immer vor und zurück im Leben, bei der Liebe, bei der Verdauung, beim Sterben, an der Börse und bei dem so wichtigen Akt. Der Bartender und ich sind im Norden gelandet, nicht in dem gleichnamigen Ort, auch nicht Nordsee, sondern an der Ostsee, viel weiter im Westen, dort, wo die große Einsamkeit in den Sibirischen Wäldern beginnt.

»Im Winter soll es hier oben saukalt werden«, meinte er noch, während er mir einen wirklich guten Gin Tonic mit Gurke bastelte. »Solange man es fühlt«, erwiderte ich, »geht es noch.«

13

Eines der wenigen Dinge, die mich erdeten und beruhigten, war das Lesen, aber ich konnte nicht ausreichend und in der Menge lesen, um zur Ruhe zu kommen, dafür hätte ich schätzungsweise den ganzen Tag das Buch nicht aus der Hand legen dürfen und müsste mir die Buchstaben und Texte noch intravenös spritzen, wie bei einem Tropf. Couching extrem.

Ein weiteres Problem war die Art meiner Prosa. Leider konnte ich mir keine triviale Literatur, wie sie immer raumfüllender in den Buchhandlungen ausliegt, reinziehen. Das »Schnulzendasein« hatte sich wie ein Geschwür, wie ein Virus im gesamten Leben der Menschen ausgebreitet. Anstelle eines kritischen Blicks, wie bei der Anstalt, breitet sich über die Menschheitsfamilie, zumindest in der zivilisierten Welt, einer Monsterwelle gleich, die Frage aus: »Was schauen wir heute Abend?«

Ich kenne eine Best Agerin, die lief mir bei einer meiner vielen Kuren in Isny über den Weg, sie verschlang mega ultra viele Buchstaben. So viel, dass sie das ganze Zeug überhaupt nicht aus dem Buchladen tragen konnte. Also nutzte sie so einen unerotischen Reader, ein schwarzes Plastik. Diese Bildschirme sind so geil wie Tütenessen beim ersten Date oder eine Fertigpizza beim Italiener oder Risotto aus normalem Langkornreis oder eine Blumen-Bademütze aus den 70ern.

Das wunderbare Erlebnis, ein Blatt in einem Buch umzublättern, wenn es leise im Buchrücken bricht, weil es ganz neu ist oder geheime Zeichen des Vorlesers und Anmerkungen zu entziffern oder aus Versehen eine Seite einzureißen, eine Ecke abzuknicken oder die Druckerschwärze zu berühren. Viel Gefühl ging verloren. Passt aber top zu unserer emotionslosen Zeit. Versteinerte Gärten sind auch der letzte Schrei. Ich könnte hier brüllen, seid ihr wahnsinnig, total geisteskrank, wir brauchen doch mehr Grün und nicht weniger. Dafür kann doch jeder was machen, Betonplatten raus und Busch rein. Wir aber machen den stromfressenden Bitcoin und Betongold groß. Prima!

Hauptsache Ablenkung, egal was. Im Monat brauchte die Dame aus der Generation Katzengold einen niederen dreistelligen Betrag für Bücher. Da war ich baff. Die ganzen Jahre hatte ich niemanden gefunden, der mir im Verschlingen von Sätzen und Daten ebenbürtig war, bis zur Kur im Allgäu. Wir kamen gleich ins Gespräch, ich brannte darauf, mich endlich mal mit jemand Belesenem über Literatur austauschen zu können.

»Mann, liest du viel, ich bin beeindruckt. Für dreihundert Euro pro Woche«, fuhr es wie ein Blitz voller Vorfreude aus mir heraus, »da rollen die den Teppich im Laden für dich aus, wenn du kommst.«

Die große helle Lobby mit ihren vielen Fenstern im Kurhaus war wie geschaffen zum Chillen und Lesen.

»Ja«, gab sie lächelnd zurück, »aber ich kaufe das immer online, bei *Nozama*.« und streckte sich im orangenen breiten Stoffsessel. Dann schlug sie die Beine übereinander und sah mich durch ihre große dunkle Lesebrille an. Das Kinn lag auf der Brust. Es gab ein paar Falten, aber keine Nachfrage, kein Smalltalk, kein Interesse am Gegenüber? Mir doch egal.

Sie wollte wohl weiterlesen, aber ich war zu neugierig und fragte: »Was liest du gerade?«

Sie hielt mir den Buchrücken hin. Leider falsch herum, aber mit etwas Mühe konnte ich es entziffern: »*Die Liebe kam beim Impfen*. Hmmmm … «, und ein leichtes unsicheres Kopfnicken war das Einzige, was mir einfiel. Das klang nicht nach großer Weltliteratur, aber ich hatte mich schon so oft im Leben geirrt. »Was ziehst du dir sonst noch so rein?«, bohrte ich höflich nach.

»Davor lass ich *Dschungelcamp*, alle Bände, mega spannend«, erklärte sie begeistert, ihre Augen blitzten auf, und sie fuhr schnell fort, »viel besser als die gleichnamige Serie ...«

»Das ist ja bei Büchern oft so«, gab ich schnell zum Besten, weil mir nichts Gescheiteres einfiel und blickte tiefsinnig drein. »... stimmt. *Buxtehude Tag und Nacht* war auch mega spannend und aufregend zu lesen.« Sie versank wieder in ihrem *Plastikglied* und streichelte es sanft mit dem Zeigefinger. Mir war nicht ganz klar, was sie da tat. Möglicherweise war das Gerät wie ein Tamagotchi oder auch Partner-Ersatz.

Ich musste schlucken, das ist also so ein Ding, was sich den Hochglanz-Mist aus den Buchläden fischt, online versteht sich. Das ist wie Müll essen, nur fürs Gehirn. Eine Chance wollte ich ihr noch geben.

»Hast schon mal *Anna Karenina* gelesen oder die *Kunst des Liebens*?«, fragte ich mit leicht bohrendem Ton und treudoofem Hundeblick.

Missmutig löste sie sich nochmal aus ihrer Symbiose mit dem Tamagotchi, es sank in ihren Schoß und leuchtete dort, ihre Augen wirkten lustlos, dabei machte sie so eine wippende, leicht elliptische Kopfbewegung von links nach rechts und zurück, zweimal, mehr war wohl nicht drin. Ich denke es bedeutete no. Mir reichte es, ich betrachtete lieber ihre weißen Sneaker mit silbernen Schuhspitzen und fand, dass sie wie aus dem Laden wirkten.

»Nö«, kam es unerwartet aus ihr, »kenne ich nicht. Ich lese hauptsächlich einfache Sachen. Das ist meine liebste Freizeitbeschäftigung.«

Ich nickte beeindruckt ob der Ehrlichkeit und musste lachen.

»Noch ein Kaffee dazu, ab und zu eine Zigarette«, fuhr sie fort, »und dann bin ich glücklich und kann so Stunden auf der Couch verbringen.«

»Liest dein Partner auch?«, fragte ich ungeniert.

»Nein«, antwortete sie schnippisch, »der hat sich eine jüngere gesucht und ist weg.«

Mutmaßlich war die vom vielen Liegen auch nicht so aus dem Leim gegangen? Der Eindruck drängte sich bedauerlicherweise geradezu auf. Das sah man klar. Sie schob eine ganz schöne Plauze, und die inneren Werte, die sie anhäufte, waren kein Tafelsilber. Es war an der Zeit, die Kurve zu kratzen. Aus die Maus.

«Ich lese auch gerne in der Natur«, offenbarte ich ihr, »dann nehme ich mir eine Kanne heißen Tee mit und spaziere drauf los. An jeder Bank, wo ich vorbeikomme, setze ich mich kurz und lese. So habe ich zwei Fliegen mit einer Klappe geschlagen.«

»Ich habe ein kaputtes Knie«, jammerte sie und blickte danach wieder in ihr Buch.

Das Gespräch schien beendet, irgendwie war es nicht gelungen, das Eis zu brechen. Also da lebte wohl jemand ganz in Groschenromanen, war mein Fazit. Ihre Knie sahen normal aus, zum Speisesaal lief sie eigentlich ganz zügig und immer vorneweg. Ich musterte ihre Brüste und blieb mit dem Blick in ihrem Schritt hängen, dann drehte ich mich langsam um und sagte zum Abschluss: »*Die Kunst des Liebens* könnte dir gefallen.«

Sie nickte nur kurz, hob den Kopf für eine Millisekunde, schaute mich lächelnd an und vertiefte sich wieder mit prüfendem Blick in den schwarzen Plastik-Mülleimer.

»Bis später«, gab ich noch höflich zum Besten, dann trottete ich Richtung Automaten-Café davon. Müll, Müll, Müll, überall auf der Welt fliegt der Müll rum. Auf den Straßen, in unseren Wäldern, in den Meeren, in der Glotze, im Internet, im Essen, in den Buchläden, im Bett und in zu vielen Köpfen. Warum störte das nur mich? Dieser ganze verfickte Abfall, dazu gehörte für mich auch so sinnloses Zeug wie DSDS, der Bachelor, Tüll und Tränen, Shopping Queen, Promi Dinner, Dinner Dates, Germany's Next Topmodel, eine total frauenverachtende Quälorgie junger Dinger, dagegen war Peter Lustig eine Oscar-verdächtige Serie. Du bist, was du konsumierst!

Aber in einer Sache hatten wir etwas gemeinsam. Bücher sind uns eine große Hilfe. Sehr gern hole ich mir die Schmöker aus den öffentlichen Regalen. Hier finde ich immer wieder geile, anspruchsvolle Literatur. Neulich gab's Hesses *Siddhartha*. In einer Studie wurde festgestellt, dass der Standort eines solchen Regals viel über den zu erwartenden Inhalt preisgibt. Das kann ich nur unterschreiben, denn mein bestes Bücherregal befindet sich in einem sehr wohlhabenden Stadtteil im Norden. Hier, direkt vor dem alten, in Fachwerk errichteten Rathaus in Feudenheim, auf einem mit dunklem Basalt-Kopfsteinpflaster ausgelegten mittelgroßen Platz und direkt neben einem alten Sandsteinbrunnen unter einem noch jungen Ahorn, steht es. Es ist übermannshoch, hat transparente Klappen, die nach vorn aufgehen, und befindet sich in einem top Zustand.

Von zwei Seiten kann man dran. Dort sind immer mega klasse Books drin. Man bräuchte nie mehr eine Buchhandlung aufzusuchen. Ich sollte aufhören zu schreiben. Schade, dass das Ding jetzt für mich so weit weg ist. Hier in meiner neuen Heimat gibt es aber auch ein Bücherregal, und das ist ganz witzig gemacht. Eine alte Telefonzelle wurde umgebaut. Sie steht in Barth Süd. Bisschen klein ist sie schon. Bisher war nur Mainstream, Herzschmerz und dieser ganze Krimi-Dreck zu finden. Überhaupt entsteht das Gefühl, als bestehe Deutschland nur noch aus Tatort, Kochen und Krimi, tatsächlich ist doch überhaupt nichts los und die Verbrecher sind ganz plump und nehmen sich einfach, was sie wollen. Das schaffen die einen mit Tricks, wie Schadsoftware, Maskendeals, Abschaltvorrichtungen, Luftbuchungen, Banküberfällen, Regime Change, die anderen ändern bei der WHO die Pandemie-Regeln und wieder welche erfinden einfach Milliarden-Umsätze in exotischen Ländern, die gar nicht vorhanden sind. Dann gehen zum Beispiel die umsatzbezogenen Vergütungen in die Höhe. It's tricky, tricky tricky, da kann man nur machtlos danebenstehen, voller Ehrfurcht über so viel kriminelle Energie staunen und seine eigene Bedeutungslosigkeit ignorieren. Nur die angebl. Partyszene macht ab und zu Lärm. Als ich noch jung war und mit meinen Kumpels um den Block zog, sagten wir uns immer so einen Gassenspruch: »*Klauste was im Supermarkt, kommste in den Superknast. Klauen die ganz oben, bleiben sie trotzdem droben und bekommen das Gehalt noch angehoben.*«
Und heute könnte ich noch ergänzen, dann kommt sogar der Staat und beschützt sie. Die Kanzlerin hält ihre mütterlichen Arme über die Autoindustrie. Feinstaub ist kein Problem, auch die damit verbundenen Hunderttausenden

von Toten. Auch moralisch ist die Autolobby nicht anzu-
tasten. In anderen Fällen behaupten Regierungsorganisa-
tionen, die eigentlich überwachen sollten, einfach das
Gegenteil und lassen eindeutige Hinweise ungeprüft. Die
BaFin ignoriert Verdachtsmeldungen, schlussendlich gehen
sie gegen Autoren und investigative Journalisten juristisch
vor. Dan McCrum gehört eigentlich der Bundesverdienst-
orden und nicht Leuten, die die Verfassung aushebeln,
denn er hat die Deutschen vor weiterem Schaden durch
Wirecard bewahrt. Stattdessen werden solche Menschen
ignoriert, diffamiert und sehen sich haltlosen Vorwürfen
ausgesetzt. Es ist irgendwie wie im alten Rom, den Verrat
liebt man, den Verräter nicht, nur leider will man heute
auch die Botschaft nicht mehr hören. Es wird auf Durchzug
gestellt, bis es nicht mehr geht. Fahr den Wagen, bis er
kaputt ist und liegen bleibt. Die Snowdens, Assanges,
Mannings, Bhakdis, Herbsts, Serpicos, Guillaumes, Felts
oder die weiteren Whistleblowers Markropolus, Hodler,
Silkwood, Tripp unserer Welt sind unbequem und ihre
Botschaften wecken bei der schweigenden Mehrheit kein
Interesse. Früher waren solche mutigen Menschen wie
Kant, Daniel Ellsberg, Bob Woodward oder Carl Bernstein
Nationale Helden. Die stille, konsumierende Mehrheit bewegt sich wie ein Maulwurf im Dunkeln und tut das noch
freiwillig. Wahrscheinlich ist es für die meisten so ange-
nehmer und es schmerzt nicht so sehr. Erkenntnis *is some-
times* erschreckend, und früher beherrschten in der ARD-
Mediathek die meistgesehenen Formate Auslandsjournal,
Tagesthemen, die T-Schau, Dokumentationen und ein
Interview mit Hannah Arendt die Mattscheibe, jetzt ist das
nur noch nichtssagender, bedeutungsloser, sinnfreier, ef-
fekthascherischer, greller Bildersturm, der den staunenden

Konsument permanent neue Synapsen schaltet und sie deshalb mit vollem, aber dennoch leerem Gehirn als 4K-Opfer zurücklässt. Wie bei den Schafen. Die Oberstübchen haben das rationale Arbeiten verlernt. Zurück bleibt ein tumbes, Bedürfnis gesteuertes Wesen. Aber die „Digitale Wolle" hält warm, das Gras ist grüner als früher und der Schäfer lächelt uns nett und charmant zu wie Byden oder *Ping Pong*. Die Welt befindet sich an einem Scheideweg, das ist nichts Neues oder Ungewöhnliches. Es braucht einem auch keine Angst zu machen, denn das geschieht schon seit der Antike immer mal wieder.

Gerade hatte ich Jörg Fausers *Rohstoff* und Erich Kästners *Fabian* gelesen, Kästner war ein Bücherregalfund und mir war zum Kotzen nach der Lektüre, davor las ich *Der Ekel* von Sartre. Mehr bräuchte man eigentlich niemals zu lesen und auch die Schulen wären damit gut bedient. Danach sind alle tippitoppi informiert und wissen, was auf sie zukommen wird. Für alle, die sich dann den Rest geben wollen, sozusagen um den Suizidflow zu verstärken, die sollten von Gesetzes wegen, sozusagen als bindende Vorschrift, die Lektüre *Entweder – Oder* von Kierkegaard vorgetragen bekommen, denn erstens ist das unlesbar und zweitens ist es mit Lesen hier nicht getan. Das Zeug ist so unverständlich formuliert. Aber der gute Kierkegaard gibt jedem, der dranbleibt und hartnäckig seine Werke weiter studiert, den Rest, er erdet, macht naturverbunden, schenkt einem die Vergrößerungsbrille, durch die der Unsinn des Lebens wie der allmorgendliche Blick durch die Klobrille deutlichst vor Augen fliegt, und alle würden dann liebend gerne freiwillig auschecken. Es gehört total viel Mut dazu, diese Werke zu lesen, es ist eines der abenteuerlichsten Dinge, der gefährlichsten Wagnisse, dagegen nimmt sich

die Besteigung des K2 wie ein Spaziergang aus, denn danach wird das persönliche Dasein komplett entfremdet
sein, man steht in Flammen und brennt von oben und unten
gleichzeitig.

14

Von *Entweder – Oder*, hatte ich schon ein Drittel geschafft
und die Verzweiflung stieg, wie die Flut bei *Noah*, doch
ich hatte noch keine Arche. Leichte Panik überkam mich.
Sollte es mir genauso ergehen wie Kierkegaard? Alles deutete darauf hin. Ich kam immer weniger mit den Mitmenschen klar, die Welt lag offen vor mir wie ein Buch, doch
es war kein Liebesroman mit *happy ending*, sondern eher
ein Thriller, ein Endzeit-Science-Fiction, wie *Mad Max,*
und schon bei den ersten Sätzen entlarvte ich den Wahn-
witz ihrer törichten Abhandlungen, und so eine Art Abscheu stieg in mir auf, ein Widerwille, mir diesen Mist
noch länger anhören oder antun zu müssen. Aber ich war
nicht Kierkegaard. Besaß höchstens ein Prozent seines In-
tellektes, war ungebildet, ein Aufschneider, ein Drogist, ein
OSTSEE-PENNER und schrieb nur für den Abfalleimer,
denn die Buchhandlungen waren schon voll und das wirklich klasse Zeugs schon geschrieben. Das machte mir
Hoffnung, dieser Standpunkt war so aussichtslos, darauf
könnte ich aufbauen. Schlimmer war fast nimmer möglich.
Hier oben an der See, in dem bescheidenen Dorf Barth, mit
seinen viel zu vielen Supermärkten, lebte es sich ruhig,
wenn nicht gerade gegenüber die Realschule Hofpause
hatte. Die Kinder kreischten wie eh, es war kein Unterschied zu erkennen, außer dass alle Urlauber hier hochka-
men. Die Touristenmassen waren alle auf der Insel, die
anderen Städte und Gegenden mussten lotterleer sein. Hier
in Süd sah man sie nur vereinzelt. Nach Süd ging niemand
freiwillig. Das war fast so ähnlich wie Monnem Schönau,
asozial.

Kurz vor dem großen Lockdown kamen wir hier an. Was für ein Zufall. Hier droben am Rand spürte man davon recht wenig, aber die Medien waren omnipräsent, und dem modernen *Framing,* der *Propaganda* und dem chinesischen *Bildersturm* konnte man auch hier nicht entrinnen. Außer man hatte wie wir keine Mattscheiben und kein Internet, dann fühlte sich das Leben plötzlich so heiter und leichter an, wie das der Superreichen. Mit dem Anschalttermin von Vodafone kamen die Probleme zurück, digital und übermächtig, durch diese kleine Leitung, unvorstellbar, wie ein Starkregen, wenn die Tropfen daumendick sind und auf einen niederprasseln wie Gewehrsalven. Der Horror war back, aber auch Dokus, *Rigotti* mit seinem Selbstversorgerkanal, Arte, *Sackis* Bushcraft-Abenteuer für Couchnomaden, onvista, *Prof. Spitz* und seine Ernährungstipps, *Ken Jebsen* und seine illustren Talkgästen, Hunde verstehen mit Andreas, Bares für Rares, Daniele Ganser und Wikipedia. Zugegeben, was mein Gehirn erreicht, dafür bin ich oft selbst verantwortlich. Ich lasse mir deshalb nicht gerne vorkauen, außer von meiner Partnerin. Hier oben in diesem verträumten Atlantis traf ich auf ganz wunderbare Menschen. Kontakt war meistens schnell hergestellt.

Eines Abends im kleinen Hafen legte ein DJ zum Sonnenuntergang auf. Es war angenehm warm, nicht zu heiß, in kurzen Hosen hing ich in einem der zu kleinen Liegestühle ab, denn die Strandkörbe waren alle schon belegt, und vom Bodden wehte eine leichte Brise die Stechmücken weg, die nach Aussage der Einheimischen dieses Jahr sehr zahlreich waren. Auf dem großen, mit grauen Pflastersteinen ausgelegten Platz, umsäumt von Trompetenbäumen in Kugelform, zwischen Ost- und Westhafen traf ich Margot, meine Nachbarin aus dem Ghetto-Block, wieder. Sie wohnte zwei Etagen unter mir und war total glücklich mit ihrer Wohnung. Beim Einzug schnappte sie mich mit Umzugskarton im Arm und bugsierte mich in ihr Reich. Sie war voll des Lobes über ihr Appartement. Sie hatte ein Wohnzimmer im Gelsenkirchener Barock, eine Küche mit Esszimmer und Blick auf den Wirbelwind Kindergarten, über dem Herd an der Decke einen großen schwarzen Schimmelfleck. »Kam auf einmal«, sagte sie. Margot vermutete, es kommt vom Mieter darüber, genau über dem dunklen Bewuchs steht bei dem der Geschirrspüler. Der Vermieter, eine große AG, erklärte, es wäre nichts festzustellen. Margot war etwas traurig über den ollen Pilz, er fraß die Tapete und die weiße Umrandung. Es sah übel aus, tellergroß, haarig wie bei einem *Brazilian cut*, aber die Wohnung war top, vollgestopft, bunt, Plastikblumen und echte, alles sehr akkurat und stark überdekoriert, wie bei Ikea aber ordentlich, kein Fitzelchen Staub. Es gab noch den Flur, ein großes, weiß gekacheltes Badezimmer, ohne viel Schnickschnack, was mir am besten gefiel, und ein geräumiges Schlafzimmer, in dem ein viel zu großes Bett mit Tagesdecke stand, an dem nur noch winzige Pfade in Staubsaugerbreite links und rechts vorbeiführten. Beim Vögeln konnte hier wenigstens niemand von der Matratze fallen. Safer Sex auf Ostseedeutsch.

Es wirkte wie aus den Sechzigern, mit einer Prise *famila*, Stolz und einem Hauch Aldi Nord. Ich lobte sie überschwänglich, was sollte ich auch anderes tun. Menschen vor den Kopf zu stoßen, lag mir fern, sofern sie mich nicht anpissten. Wie Margot mir das Allerheiligste zeigte, immer noch die Kiste, die ich zuvor hochtragen wollte, im Arm, hatte das etwas von einer Einladung. Sie war Single, das band sie mir hier auf die Nase. Mutmaßlich lief das in der ehemaligen Zone flotter ab? Der Karton wurde zu meinem Schutzwall vor ihr. Ich hätte zwar eine Entladung dringend nötig gehabt, aber das musste warten, ich hatte Verpflichtungen. Mein Zeitfenster schloss sich, denn ich wollte fertig werden, und k. o. war ich auch, der Sinn stand mir grade nicht nach bumsen. Außerdem kannte ich Margot damals erst seit gefühlten 369 Sekunden. Höflich trat ich den Rückzug an und *workte* weiter.

»Das ist aber schön», sagte ich spontan, »dass ich dich hier treffe.«

»Ich sah dich schon die ganze Zeit«, gab sie zum Besten, »erkannte dich an deinem Rad.« Sie strahlte.

Ich lächelte in ihre schönen hellblauen Augen und meinte: »Bist du jeden Mittwoch hier?«

»Ja, klar, gibt hier nicht so viel gutes Zeug und die Atmosphäre am Hafen ist schon was.«

»Da hast du recht.«, warf ich ein. Richtung Bodden erhob sich schwarz gegen den Sonnenuntergang die Vinetasäule des Künstlers T. Bork mit ihren vielen unterschiedlichen Gesichtern und in der salzigen Luft klang die tiefe Stimme von Kris Kristofferson mit der Trinker Hymne, *sunday morning comming down*.

Wir tranken Bombay mit Tonic und swingten im Takt der vielen Töne und des Geschnatters der Party um uns herum. Es war perfekt, was will man mehr. Dafür lohnt sich das Aufstehen, die ganze Kämpferei und das Durchhalten. Ein junges Mädchen verteilte Flugblätter und gab der interessierten Margot eines. Neugierig waren sie hier alle, zum Teil sogar naseweis.

»Ich kann nichts entziffern«, raunte sie, »hab die Brille nicht dabei. Könntest du es bitte vorlesen, ich will wissen, was da steht.«

Oje, dachte ich, das ganze Ding, ich wollte lieber chillen, was sollte ich tun, ich war seit neuestem zur Freiheit verdammt und wohl auch zur Höflichkeit, ich wollte schließlich bei ihr Eindruck schinden, also tat ich wie befohlen.

»Gut«, legte ich gegen den Wind los und drückte das gelbe Papier auf den Stehtisch, »Schlechter Druck, kann's auch kaum lesen, die Buchstaben sind etwas verwackelt, da steht was von Aktionsbündnis *Weißer Sanddorn* und die Frage *Wem nützt das? Führt oft zur Lösung.*«

Margot ging näher ran und reckte aufmerksam den Kopf über die Tischplatte.

»Jetzt kommt ein Absatz und danach ein längerer Text mit wörtlicher Rede. Ich lese mal vor. Überschrift, Bühnenstück frei nach Franz Kafkas *Der Prozess.*

»Haallooo, aufwachen, bitte! Es wird Zeit.«

»Wer sind Sie, was wollen Sie hier in meinem Haus? Ich rufe die Polizei.«

»Die ist schon da.«, tönte es aus dem dunklen Hinterhalt.

»Gestatten Sie, mein Name ist Kommissar Leisefuß und wir sind nicht mehr bei Ihnen zu Hause. Das war gestern.«

»Was, verarschen Sie mich hier alle? Machen Sie bitte das Licht an.«

»Es gibt aktuell kein Licht.«

»Bitte, liebes Universum, lass mich noch schlafen. Ich muss doch gleich zur Arbeit.«

»Das ist kein Traum, aber möglicherweise sind Sie aufgrund der ganzen Umstände traumatisiert?«

»Wie fühlen Sie sich?«

»Gesund, eigentlich war ich immer gesund.«

»Das ist gut. Es geht gleich los. Sie können auch gerne liegen bleiben, nur wenn das Gericht eintritt, dann müssten Sie kurz aufstehen.«

»Das wird immer verrückter, ich mache einfach die Augen wieder zu.«

»Da kommt das Hohe Haus, stehen Sie um Himmels Willen auf, sonst ist der Vorsitzende beleidigt und Sie werden disqualifiziert und Ihre Sache ist von vorneherein verloren.«

»So langsam macht mir das keinen Spaß mehr. Es fühlt sich auch so echt an. Wieso zerren Sie mich hoch, verdammt.«

»Setzen!«

»Sehr geehrte Damen und Herren, ich habe hier heute den Vorsitz in dieser unglaublichen Angelegenheit. Sehr verscherzter Angeklagter, Ihnen wird vorgehalten, dass Sie in dieser speziellen, das ganze Land in Atem haltenden Sache versagt haben. Ihr Geschäft ist pleite und Ihr Verhalten mysteriös. Was sagen Sie dazu?«

«Halloo, haaallo, die Richterin hat Sie angesprochen, Sie sollten antworten, sonst wird Ihnen das negativ ausgelegt und man nennt Sie einen naiven Leugner oder einen, der mit den anderen am unteren Rand, ganz weit außen paktiert.«

»Liebes Gericht, es stimmt, mit meiner kleinen Firma geht es bergab. Ich musste schon mein ganzes Personal entlassen. Nur ich bin noch da und versuche über die Runden zu kommen. Es ist einfach kein Licht am Horizont zu erkennen. Schwierige Zeiten! Kann nichts dafür. Das Ganze habe ich nicht verschuldet. Ich bin ein Opfer der Umstände.«

»Sooo, Oooopferr haben wir hier selten, nur Versager oder Leute, die sich keine richtige Mühe mit dem Leben geben. Manche behaupten, das System wäre schuld an ihrem Scheitern oder die Pest hätte sie heimgesucht. Plumpe Ausreden. Ich bekomme doch auch monatlich einen Scheck. Die andere Sache ist somit klar. Aus dieser Nummer kommen Sie hier und heute nicht mehr raus. Am besten wir lassen das und versuchen mildernde Umstände bei Ihnen zu entdecken. Ihre Alternativen sind nicht vorhanden. Was tun Sie für die Erde, für das Klima, für ihren Fußabdruck, spenden Sie an Arme und Bedürftige, lieben Sie ihre Mitmenschen?«

»Jetzt wird es hart für uns, natürlich mehr für Sie. Ich bin ja nur Ihr Rechtsbeistand. Sie sind schon so gut wie schuldig gesprochen in der anderen Sache. Das mit Ihrer Firma ist aber auch zu blöd gelaufen. Hätten Sie nicht betrügen können, wie die anderen? Wir brauchen jetzt etwas Positives. Für Ihr Karma und den Prozess.«

»Hohes Gericht, liebe Vorsitzende, ich bin untröstlich wegen dieser anderen Geschichte. Zu meiner Entlastung führe ich an, dass ich neulich beim Spazieren gehen einem Frosch über die Straße geholfen habe, ansonsten brauche ich jeden Cent für mich gerade.«

»Nehmen Sie bitte zu Protokoll, der fast schon Verurteilte, nein, streichen Sie das, das klingt einfach zu befangen. Der höchstwahrscheinlich demnächst Verurteilte Herr Blauäugig, äh, Frost, ist ein Anhänger der Konsumgesellschaft und trägt ungeniert zur Lifestyle-Inflation bei, er neigt zu Impulskäufen, hat keinen Nachwuchs, ist für den Tod von bisher etwa 101 Schweinen und den Ausstoß von 1.000 kg zusätzlichem CO_2 verantwortlich, bemächtigt sich unter Naturschutz stehender Arten, lebt als Single und *schützt sich nicht richtig. Kurzum, er führt ein rastloses Leben und pflegt einen hedonistischen Lebensstil, der uns noch alle umbringen wird. Kurzum, wie ein Penner. Von ihm geht eine große Gefahr für unsere Gesellschaft aus.«*

»Jehova, Jeeehooovaa …«

»Ruhe im Publikum, oder der Saal wird geräumt und die Verhandlung nicht öffentlich weitergeführt. Übrigens kann eine Verunglimpfung der Gerichte [nicht?] folgenlos bleiben.«

»Oje, das sieht nicht gut aus. Die Richterin hat wohl heute nicht richtig gefrühstückt. Sie zittert ein bisschen. Hoffentlich wird sie nicht noch behaupten, Sie wären ein übler Verbrecher und Sadist. Sie fahren doch privat einen Feinstaub SUV? Das steht in Ihrer Akte. Wussten Sie nicht, dass das Super-Spritzer sind, Dreckschleudern, die für tausende von Toten verantwortlich sein sollen?«

»Nein, das will ich gar nicht wissen. Ich will keine Verantwortung übernehmen. Sie müssen mir helfen. Sie sind verpflichtet von Amts wegen. Wir leben doch schließlich in einem Rechtsstaat. Sie …«, eine Pause entsteht, »Sie sind doch mein Verteidiger, oder? Also legen Sie mal ein gutes Wort für mich ein. Bald ist der Spuk hier eh vorbei. Wie heißen Sie überhaupt?«

»Mein Name ist Gesunder Menschenverstand, aber meine Freunde und Geschäftsbeziehungen dürfen auch Gewissen zu mir sagen. Wobei manche auch meinen, ich wäre der innere Richter, wobei das mit Sicherheit nicht stimmen kann, denn der sitzt ja da vorne. Ich selbst fühle mich wie ein kleines Kind.«

»So einen Wahnsinn habe ich noch nie mitgemacht. Das ist zum Durchdrehen, da wird man doch krank. Ich will aufwachen. Aua, selbst zwicken hilft nicht.«

»Hohes Gericht, erlauben Sie mir den Einwand, dass mein Mandant sich noch nie etwas zuschulden hat kommen lassen. Früher war er bei den Pfadfindern und ab und zu besucht er seine Mutter im Pflegeheim, natürlich mit den entsprechenden Vorsichtsmaßnahmen. Dreifünzig Abstand, Panzerglas, doppelte duale permanente Luftabsaugung, blaues UV-Licht zur Keimabtötung, Desinfektionsduschen außen und innen, FFP-200-Maske, vierfach Impfung, Schutzanzug und mit Silberionen versetzte Luft zum Atmen. Kommuniziert wird mit einer Art Telefon mit Anti-Aging-Partikelfilter. Und nicht zu vergessen, mein Mandant besitzt eine zugelaufene Katze mit drei Beinen.«

»Mein untergebener Strafverteidiger, wir kennen uns schon lange und Ihre Worte haben deshalb für mich einiges an Gewicht verloren. Ihr Mandant, der Blauäugige da, hat einen großen Fehler begangen, als er sich in diesen Strudel hat hineinreißen lassen, auch wenn man anerkennen muss, er konnte nichts dafür. Aber das tut nichts zur Sache. Das mit den Pfadfindern wird in unserem Urteil seinen Widerhall finden. Es warten noch einige Prozesse heute auf uns. Es gibt viel zu tun, die Bürger sind ja so uneinsichtig geworden, gerade bestimmte Gruppen. Wir ziehen uns jetzt zurück, werden einen Tee trinken und kommen gestärkt wieder.«

»Wieso geht das hier immer weiter? Das ist doch nur ein Albtraum? Ich war doch gestern noch ein angesehener Bürger meiner Gemeinde. War noch auf dieser Veranstaltung, einer Demo und meldete mich da öffentlich zu Wort. Es war halt eine ganz andere Meinung. Jetzt bin ich in diesem unwirklichen Schauspiel gefangen. Es ist zu dunkel, als dass man viel erkennen könnte. Nur schemenhaft sehe *ich Stühle und ein enges Zimmer. Ist das da drüben ein vergittertes Fenster?«*

»Machen Sie sich um Himmels Willen keine Sorgen, das geht den meisten so wie Ihnen, wenn Sie zum ersten Mal in so eine Situation geraten. Aus meiner langjährigen Erfahrung kann ich Ihnen mitteilen, nichts wird so heiß gekocht, wie hinterher gebraten.« Er lacht.

»Sie haben gut reden. Vielleicht bin ich auch verrückt geworden und in der Klapse gelandet und das ist alles nur Einbildung und ich philosophiere sediert und gefesselt auf einem weißen Metallbett.«

«Pssttt. Sie kommen zurück.«

»Hinsetzen, nein, der Herr Angeklagte bleibt stehen.«

»Im Namen des Volkes ergeht, nach eindeutiger kurzer Prüfung mit immer denselben Sachverständigen und unter Auslassung anderer Erkenntnisse und ohne schlagkräftige Opposition, nach schwierigen Abstimmungen mit einigen wenigen unvollständigen Expertisen, folgendes Urteil. Herr Blauäugig, halten Sie sich fest. Ihr ganzes Verhalten in dieser Sache war idiotisch. Deshalb sind Sie auch an allen Folgen für sich selbst und die anderen verantwortlich, obwohl eine kausale Kette nicht erkennbar ist. Das mit ihrem SUV haben wir heute noch gar nicht in diesen Prozess mit aufgenommen. Die Schwere Ihrer Schuld ist hiermit klar erwiesen. Ihre Taten verstießen auch gegen das geltende Recht, denn das wurde gerade geändert, wenngleich die Menschenwürde auf der Strecke geblieben ist, aber da muss die Verfassung bei Ihnen zurückstehen und mit den Füßen getreten werden. Es geht hier nicht nur um Sie, sondern um das Große und Ganze, nämlich die Eliten dieser Welt. Schuldmindernde Gründe sind nicht erkennbar. Sie verbrauchen wissentlich zu viele Ressour-

cen, was offensichtlich nur ein Verrückter tun würde, der sich selbst den Ast absägt, aber das wird hier auch nicht berücksichtigt. Zum Glück gibt es dieser Tage auch noch einige, sehr wenige, sehr sehr reiche Mitmenschen, die uns helfen und sich dafür bereichern, wo sie nur können. Nehmen Sie sich hier ein Beispiel.«

»Herr Blauäugig, Sie werden deshalb verurteilt, in Zukunft keine sozialen Kontakte mehr pflegen zu dürfen. Ihre bisherigen Anliegen und Aktionen sind »Volksätzend« und die Gemeinschaft störend. Sie sind ein moderner Bio-Terrorist, früher waren sie ein naiver Tourist und Steuerzahler, aber das ist schon lange vorbei. Aus diesem und den bekannten anderen Gründen haben Sie hier und heute die Möglichkeit, noch einmal mit einem blauen Auge davon zu kommen. Eine potenzielle Haftstrafe wird zur Bewärung ausgesetzt. Bedanken Sie sich bei Ihrem Gewissen. Sie werden in Zukunft einen Ganzkörperschutz tragen, um Ihre Mitmenschen zu schützen, das nennen wir Nächstenliebe, die aber an den Staatsgrenzen aufhört, und nur noch einen Freund haben. Alle anderen müssen Sie vergessen. Hier haben Sie eine Liste mit den Namen.«

Der Gerichtsschreiber stand auf und überbrachte dem sprachlosen Vorabgeurteilten den Zettel. »Bitteschööön.«

»Vielen Dank. Ja, bin ich denn wahnsinnig geworden?«, schoss es Herrn Blauäugig durchs Hirn. Er wollte schon aufstehen und rumschreien, was eigentlich nicht seinem Temperament entsprach. Er gehörte eher der schweigenden Mehrheit an. Besser ist es, sich zu fügen. Die Gedanken bleiben doch immer frei. Das reicht doch auch? »Hat das alles seine Richtigkeit, mein lieber Herr, und letzte Hoffnung gesunder Menschenverstand?«

»Natürlich, hier werden keine Fehler gemacht oder zumindest keine eingeräumt, deswegen merkt auch keiner, wenn mal was verrutscht ist. Es wird dann einfach weitergemacht. Kurshalten ist bei Sturm ganz ganz wichtig und immer dasselbe in unzähligen Varianten wiederholen, dann glauben es am Ende alle. Aber es läuft gut für Sie, hätte ich vorhin nicht drauf gewettet. Sie mag Sie! Die Freiheit naht. Sie müssen jetzt nur einen kühlen Kopf bewahren, keine Panik verbreiten, halten Sie an Ihrer Angst fest und lassen Sie sich von ihr besiegen. Ihre Firma wird weg sein, wenn das beendet ist. Sie sind aktuell ohne Arbeit, aber die anderen sorgen weiter für Ihren Unterhalt. Das ist wahre Solidarität. Die hinter der Mauer bekommen Bomben, also freuen Sie sich mal. Machen Sie sich jetzt bitte an die Entscheidung. Entweder – Oder? Sie haben die Wahl. Der nächste Beklagte wartet schon, eine ähnliche Sache.«

»Da stehen ja die Namen aller meiner Freunde, und da soll ich jetzt nur noch einen haben dürfen? Es ist zum Brüllen, aber besser als Knast, und ich will doch meine Freiheit behalten.«

»Wiederhaben«, unterbrach hier das Gewissen und fügte an, »Ein kleiner Pieks hier, ein Schnitt dort, ein Tropfen Medizin auf die Zunge, das geht ja noch an für ein gesundes Auskommen. Verstehen Sie? Ein kleiner Schritt für Sie, aber ein großer für die Menschheit.«

»Andreas«, dachte der klägliche Herr Blauäugig, »der kann weg, zu dem hatte ich schon lange keinen Kontakt mehr, Robert auch, hat so komische Ansichten zu anderen Kulturkreisen, und Detlev ist schwul, den brauche ich auch nicht mehr, die Sabine hört nie richtig zu, also die geht auch, dann der Tom, der ist eigentlich ganz ok, aber er trinkt zu viel und wird dann ordinär, die Gaby ist einfach *nur zickig, die fliegt auch, der Gunther ist arbeitslos und nutzt mich nur aus, er muss raus. Ja, so langsam sind alle weg, bis auf einen, der Ali, zu dem habe ich zwar fast keinen Kontakt, aber er ist ein prima Bursche, glaubhaft und gesittet, der ist fleißiger als so manch einer der anderen und immer total höflich, kein falsches Wort höre ich von dem, und er will immer wissen, wie es mir geht. Geritzt. Im Dunkel des Saales ertönt das Bingo-Lied von der Glücksradshow. Hohes Haus, ich will nur noch Kontakt zu Ali. Ich freue mich, dass mir noch Ali bleibt, eine gute Wahl.«*

Schweigen. Längere, dunkle, lautlose Ratlosigkeit, Getuschel, irgendwo tickt eine Uhr, dann ein lautes Räuspern.

»Das ist komisch. Etwas stimmt nicht«, flüsterte das kleine Kind vorsichtig.

»Hämahhäm, da muss uns wohl ein Missgeschick unterlaufen sein. Das passiert sonst nie, aber Sie sehen, auch wir sind nicht unfehlbar und stehen zu unseren Fehlern. Sie haben die falsche Liste, ja, verstehe, natürlich sind das Ihre besten Freunde, aber hier dürfen Sie nicht auswählen. Die besten Freunde sind ab jetzt tabu. Es ist zu Ihrem eigenen Besten und zum Schutz Ihrer Bekannten. Bitte geben Sie dem Beschuldigten die richtige Liste. Diese ist auch viel kürzer.«

Ungläubig blickt Herr Blauäugig auf das neue Papier, wo ihn leuchtende Namen empfangen. »Ist das denen ihr Ernst?«, fragt er zum Anwalt geneigt mit vorgehaltener Hand. »Das ist doch unmenschlich.«

Der Ggesunde Menschenverstand beugt sich etwas nach unten und antwortet: »Ja stimmt, etwas würdelos ist das schon, aber so ist es halt geworden grade. Denken Sie doch auch mal an die goldenen Zwanziger. Da war auch nicht alles Gold was glänzt, Emanzipation, schrille Outfits,

149

Kriegsversehrte, Individualisierung des Einzelnen, hielt nicht ewig, dann neuer Krieg. Da hatten wir es doch gut. Wir hatten schon ein paar Jahrzehnte. Jetzt ist halt Schluss. Vielleicht gibt es noch ein Wunder und die Party geht weiter. Bleibt doch nur kurz das Neue, wie der Soli. Sie müssen jetzt eine Entscheidung treffen.«

»Hohes Gericht, das sind gar keine echten Freunde, ich möchte Einspruch erheben.«

»Das geht nicht. Das ist so im Prozess nicht vorgesehen. Freie Meinungsäußerung wurde abgeschafft. Es tut mir leid. Das ist Ihre einzige Möglichkeit und auch Chance. Danken Sie Gott dafür.«

Mit den Nerven am Ende und mit der Faust in der Tasche, wählt Blauäugig. »Vielen Dank, lieber Herr, ich nehme dann Alexa.«

»Eine gute Wahl, und Sie werden sehen, ihr zukünftiges Dasein, ganz allein mit Ihnen selbst und ohne Kontakte zu echten Menschen wird viel harmonischer sein als früher, und die Gesellschaft dankt Ihnen schon jetzt und wird so sicherer fortbestehen können. Keine Öko-Terroristen mehr, keine Kriege, keine Diebstähle, keine Straftaten, keine Unfälle, keine KRANKHEITEN, kein Bargeld, weniger Rechte, dank der weisen Entscheidungen des Hohen Hauses. Angeklagter, Sie dürfen sich setzen.

Ihr zukünftiges Dasein wird geprägt sein von grenzenloser Monotonie, die Sie mit Alexa, Ihrer neuen Chefin, und einer digitalen Realität aufhübschen dürfen. Die Sitzung ist geschlossen. Ich wünsche allen eine schöne Heimreise.«

»Sie haben eine gute Entscheidung getroffen, und ich glaube, mit Alexa werden Sie sich bald angefreundet haben. Vielleicht wird ja auch mehr daraus. Die ersten Mandanten von mir haben sich sogar schon mit ihr verlobt. Sie

vermissen ihr altes Leben nicht. Ihr neues Dasein wird viel besser sein als das Echte. Auf Wiedersehen, die Rechnung kommt mit der Post.«

»Vielen Dank, Gewissen, ich fühle mich jetzt auch sehr erleichtert, wann geht das Licht wieder an?«

»Das wird sich noch rausstellen.«

»Hier endet der Text, Margot, unterschrieben ist das Ding mit*: Liebe Grüße eure Barther Freilustbühne. In diesen Zeiten muss die Kultur andere Wege gehen!«*

»Ja ja, die Kultur«, redete Margot los, »hat es nicht leicht gerade, und kostet viel Steuergelder für nix.«

»Denkst du nicht«, werfe ich ein, denn ich würde so manche Kultur sofort einstellen, »dass eine freie Kulturszene für eine Demokratie überlebenswichtig ist? Kunst und Ethik, gebündelt in den Kulturschaffenden sind oft berechtigte und gute Kritik an den Herrschenden.«

»In der DDR«, gibt sie zu bedenken, »hatten wir auch keine starke Kultur, aber im stillen Kämmerlein durfte man alles sagen, man musste nur aufpassen, dass man nicht verraten oder angeschwärzt wurde.«

»Klingt nach Meinungsmanagement«, fügte ich vorsichtig an, »und ist Geschichte geworden.« Mir schießt durch den Kopf, dass noch keine Mauer etwas genützt hat und dass früher oder später alles fällt wie ein Baum.

Der DJ erklärt, dass er jetzt eine kurze Pause macht.

15

Eine Erkältung hatte mich hingerafft. Ich war tags zuvor nach Pramort über die *Sundische Wiese* auf die *Hohe Düne* geradelt. Das letzte Stück musste man zu Fuß gehen. Eigentlich war strahlender Sonnenschein, doch ich hatte mich blenden lassen, denn sie wärmte nicht viel. Der Wind blies wie irre, zumindest für einen Südeuropäer, und ich war viel zu flick angezogen. Turnschuhe im Sturm, durch die der eisige Wind von vorne bis hinten durchpfiff, und Sommerjeans mit kleinen Löchern in den abgewetzten Taschen. Meine Füße waren Eisklötze.

Die Quittung erhielt ich gleich am nächsten Tag. Die Krankheit hatte mich fest im Griff, ich lag auf meiner alten Matratze, die Knochen taten weh, das Bettzeug voller weißer kleiner und großer Schuppen, ab und zu ein graues langes Haar, den süßen Plastikgeruch hatte die laufende Nase überdeckt, starrte an die helle Decke mit ihren leicht grünen Kanten, da wo sich der alte Anstrich durchdrückte und die Sonnenstrahlen den Malpfusch der Vormieter aufdeckten. Schüttelfrost hatte mich erfasst, mein Körper glühte, kalte kristallklare Perlen kamen aus ihm und ich sinnierte in Trance über das nahende Ende meiner Hülle und über die ungerechte Welt.

Naja, ich dachte das Radeln würde warmhalten, aber da hatte ich mich getäuscht. Viel zu oft passte meine Kleidung nicht zum tatsächlichen Anlass oder auch der ganze Rest. Wie bei einem Jugendlichen, leider hatte ich keine Eltern mehr, die mir Ratschläge gaben, auf die ich diesmal sicher gehört hätte. Bei so Charakteren wie mir ist das wohl normal, denn die Realität wurde durch Fantasie ersetzt. Bin ein Schlamper, was das anbelangt. Die *Hohe Düne*, die bunten Steine und die ganze Natur hier oben waren berauschend wie ein LSD-Trip.

Ein dunkelbrauner Seeadler mit weißem Schwanz glitt geräuschlos über meinen Kopf hinweg und sein langer Schatten, der an ein Kreuz erinnerte, querte meinen Weg. Ich wollte fast den Arm ausstrecken, um nach ihm zu greifen. So ist das im Leben, dachte ich, jeder hat sein Kreuz zu tragen, nicht nur Jesus, und manche gehen dabei vor die Hunde. Hilf mir, erlöse mich, zeige mir den Weg, du bist frei, das will ich auch sein, glücklich, weise und ganz oben in der Nahrungskette.

»Nimm bitte die Dornenkrone von mir!«, doch er flog mit seinem weißen Schweif einfach weiter und ignorierte mich und meine Wünsche total.

Trotzdem, ich war noch nie einem Seeadler außerhalb der digitalen Welt begegnet, deshalb war es einer dieser magischen metaphysischen Momente im Leben. War ich vielleicht hierfür hier hochgekommen?

Für ein paar Sekunden konnte ich es spüren, die große Erleuchtung. Ich war einem majestätischen Wesen ganz nah, das mir weit überlegen war, in einem natürlicheren Sinne. Es lebte in seiner eigenen hohen Welt und ich hier unten im Dreck, als Dreckspatz, der Greifvogel war mir moralisch total überlegen, obwohl er vieles nicht wusste, nie würde ich trotzdem sein Level erreichen können, obwohl mein IQ wahrscheinlich etwas höher lag. Während so einem Ausflug geht es mir wie beim Lesen oder Schreiben, ich fühlte mich geerdet, die Gedanken wurden ruhiger, der Kopf kam zur Ruhe, weil die Maschine beschäftigt war, die Hybris stellte sich in die Ecke, die Bilder der Natur, Vögel, Sümpfe, braunes, fast schwarzes Wasser, abgestorbene

Bäume, das Meer, salzige Luft, schnatternde Gänse in der Luft, die in einem V flogen, herumliegende OP-Masken, Zigarettenstummel, zerknüllte Taschentücher, Tierkadaver und die Wellen überfluteten mich, ich realisierte meine Bedeutungslosigkeit und wäre gern so verblieben. Das hielt meistens aber nur eine Radtour lang, mit dem Ausklappen des Seitenständers war der verhasste Alltag wieder da. Der Kopf war so leicht nicht zu übertölpeln, dazu brauchte es schon härteres Zeug.

Der Adler hatte seine Bestimmung, er konnte zu Gott schweben, vermutlich wusste er es sogar. Er war zum Fliegen und Töten geboren. Ein Ende gab es für ihn nicht. Darin könnte der Schlüssel liegen. Denke nicht an das Ende, Hans, du wirst ewig ein Dreckspatz bleiben.

Warum aber strebt die Menschheit nach mehr und immer mehr in kürzerer Zeit? Warum arbeiteten sich so viele, freiwillig und unfreiwillig, zu Wracks? Manche wollten berühmt sein, mich eingeschlossen, oder suchten Macht, Anerkennung in Dingen, Liebe im Internet, gute Ernährung bei KFC, abwechslungsreiche Informationen bei den alten Medien, ein Dasein in Saus und Braus. Napoleon oder Alexander der Große sind unsterblich geworden durch ihre Feldzüge, durch ihre Kriege, das wäre eine Möglichkeit. Eine andere wäre, so weise daherzukommen wie Precht, der neue Online-Philosoph aus dem Elfenbeinturm, oder der Begründer des Minimalismus, Diogenes von Sinope. Oder einfach steinreich zu sein, durch geniale Ideen und übermenschliche Leistungen, wie Bezos, Buffett, Jack Ma, die Aldi-Brüder und der veganer Lewis Hamilton oder ein netter Diktator wie Xi Jinping, Spitzname *Ping-Pong* oder Putin, der Braunbären in die Flucht schlägt.

Tatsächlich bin ich Anfang 50 und auf dem Weg nach oben noch nicht sehr weit gekommen. Alle Projekte brachten bisher nicht den großen Durchbruch oder Erfolg. Und es ist angebracht, eine erste Zwischenrechnung zu machen. Wie an der Kasse beim Supermarkt, wenn man sich nicht sicher ist, ob die Kohle reicht. Vielmehr glaubte ich auch, dass wer nach zwei Dritteln seines Lebens noch nichts Großes vorzuweisen hat, der wird es auch nicht mehr packen. Vielleicht durch einen Lotto-Gewinn? Träumen und die Hoffnung nie aufgeben, das ist das Motto der ewigen Loser. Zynismus, die Blume der Gescheiterten oder Verdammten. Es ist genauso ein sinnloses Geschwätz wie das ständige Gerede, dass wir unsere Natur zerstören. Als könnte die kulturelle Welt, die Menschheitsfamilie, den lieben Gott bzw. unser Ökosystem durch das bisschen Müll, die Ressourcen-Verschleuderung, die Überbevölkerung, die Wasserknappheit, die Klimaerwärmung, die Raketen, den Sandklau, die Ignoranz der Firmen und Perversion so manchen Kirchenmannes und Politikers oder die Abkehr vom Glauben das bewirken, die Wahrheit aushebeln? Lächerlich, die göttliche Natur lässt sich nicht ins Handwerk pfuschen.

Gerade gewann ein Spieler aus Deutschland 70 Millionen und ein anderer sogar 90 Millionen, Wahnsinn, das würde mir auch reichen. Aber berühmt und mächtig wird man mit solchen Peanuts nicht. Boris Becker ist das gelungenste Beispiel dafür, dass 100 Millionen wie nichts sind, wie der Rauch einer Havanna, nach ein paar Minuten riechst du nur noch die Vergangenheit. Überhaupt, nüchtern betrachtet, will jeder und jede Gruppe, ob das Religionen, gemeinsame Interessenvertretungen, Adel, Standeszugehörigkeiten, Hautfarbe, Geschlecht, Staatsangehörigkeit, Elite, Verein

ein großes Stück von der Torte und so wenig wie nötig davon abgeben. Dabei bleibt es aber nicht. Die Achterbahnfahrt geht immer höher hinaus und wird auch immer wilder. Der Einzelne, das klingt so verharmlosend, ist von Natur aus gierig und gefräßig wie eine Python und überrascht seine Opfer am liebsten im Schlaf.

Irgendwann wollen die Raubtiere immer den Rest vom Kuchenkadaver, sie wollen dann alles, die anderen bekommen die Krümel und es bricht zusammen und der Krieg ist da. So endet es meistens oder zumindest in einem Interessenkonflikt, den dann der Stärkere für sich entscheidet. Warum sagt eigentlich nie jemand, eine Hälfte für dich und die andere für mich. Klingt doch fair? Wird aber nicht praktiziert. Ich trage billigste Klamotten, die eine minderjährige Näherin, unter Mindestlohn und unter dem Einsatz ihres Lebens produzierte und fühle mich gut dabei. Das ist normal und es wird immer so sein. Deshalb genieße ich meinen Luxus, die Näherin würde mich ebenso im Sumpf hausen lassen an meiner Stelle. Ist doch in Beziehungen ähnlich, zuerst hatte man noch Freiheiten, alles war ganz jovial, und mit fortschreitender Dauer, wenn die Probezeit bestanden wurde, wirst du immer mehr kontrolliert und beschnitten. Entweder man lässt sich das ein Leben lang gefallen, weil man der Sklaventyp ist, oder es gibt Stress. Amerika will alles bestimmen, deshalb wird auf der ganzen Erde gebombt. Das Gute lässt sich doch nicht im B52 oder durch Uniformen durchsetzen. Gewalt erzeugt Gewalt, Krieg füttert den Krieg und Waffen werden eingesetzt, Zigaretten geraucht, die Ungleichheit und der Kampf halten die Welt im Gange wie eine teure Rolex mit *Montre Perpétuelle*-Aufzug. Fast unmerklich und mit voller Absicht schlittern wir von einem Konflikt in den nächsten, und kaum einer schert sich drum, das ewige Naturgesetz des Stärkeren. Der Mensch ist kein netter Onkel, die Friedensdemos sind lotterleer wie die Gotteshäuser, er ist eher ein Wolf unter Wölfen. Und immer wieder entstehen große Wolfsrudel, die alles aufscheuchen, jagen und wirklich glauben, dass das bei ihnen endlich mal klappt und sie die Geschichte und die Gesetze der Natur bzw. Physik neu schreiben werden. Sie sind der Überzeugung, es sei gut! Und gut gemeint ist relativ oder Fiktion.

Früher waren Rubensfrauen sehr beliebt. Ich mag diesen Typ Frau nicht, obwohl ich ein Rubensmann geworden bin.

Was vielen überhaupt nicht klar ist, das funktionierte noch nie dauerhaft, aber das hält die meisten trotzdem nicht davon ab. Man kriegt nie alles im Leben, immer nur Teile, denn die anderen Brocken sind für die anderen da. Diese beschissene Definition über das Haben, das alles haben wollen, führt in den Untergang. Dinge können einem nichts Tiefes geben. Sie sind nicht fähig, das Herz nachhaltig zu verändern. Der Mensch, diese irre Maschine, seine Konstruktion, dieses Gewirr aus Adern, Sehnen, Muskeln, Knochen, Bakterien, seine Psyche, ist ein Wunder. Er besteht aus Leib und Seele. Per se ist er frei, sogar zur Freiheit verdammt, wie Sartre immer zu sagen pflegte. Er muss entscheiden, welchen Pfad er in seinem Leben einschlagen will. Jederzeit sich ständig neu orientieren und erfinden, nichts und niemand hindert einen daran, außer vielleicht Gegenstände und eine unklare, wenig reife Lebensphilosophie.

»Du bist unter Wölfen, sieh das doch endlich ein«, pflegte einer meiner Dozenten immer zu sagen, wenn er in der Pause Kaffee trank und Fleischkäsebrötchen aß, »und lass es dir gut gehen!«

Schein ist wichtiger als Sein, Glitzer wichtiger als Vernunft, überall liefen diese strahlenden Männer und Frauen umher, sehr sehr selten traf ich auf etwas anderes, leider waren es dann meistens Verrückte, irre Hippies, Glücksritter, Depressive, Penner, echte Verschwörungstheoretiker, die der Sturm soweit abgetrieben hatte, dass mit ihnen auch kein sinnvolles, manchmal aber wenigstens ein unterhaltsames, Gespräch möglich war. Der Gruppe der Rassisten drehte ich überhaupt sofort den Rücken zu, egal, ob es um Kulturen, Lebewesen, Sachen, Gruppen, Bäume, Steine oder um Fußballvereine ging, konnte ich mir dieses empathielose, narzisstische Gehabe nicht reinziehen, denn es verursachte mir Schmerzen und blockierte meine Maschine sofort.

Sätze wie: »Deutschland den Deutschen« oder »Ich esse Tiere, weil sie so gut schmecken«, verursachten mir Erbrechen.

Alles kam dann zum Stehen. Wenn ich eine Sache überhaupt nicht leiden konnte, dann waren es intolerante Vorgesetzte und komplizierte Mitmenschen und stressige Partner. Aber so sehr und so gerne ich mich auch abgrenzen wollte, ich musste anerkennen, ich bin ein Teil dieser Welt und somit auch ein Zahnrad von allem. Dann sollte ich wohl wenigstens als Beispiel vorangehen, aber das überforderte mich. Ich hatte es also bisher zu nichts gebracht, floh aus Scham und war nun an die nur mäßig salzige Ostsee gespült, wo die Versagerdichte riesengroß war. Das war ein Vorteil, denn man fiel nicht gleich auf, solange man die Fresse hielt. Das konnte ich prima, mich bewegen wie ein Phantom. Meine soziale Angststörung hatte mich das gelehrt und mich zu einem Meister darin ausgebildet, und der Militärdienst hatte mir den letzten Schliff beigebracht. Ein Phantomwolf im Wolfsrudel, der nicht groß auffallen wollte und mit seinem strubbeligen und ungepflegten Fell wie ein Penner wirkte, das war ich nun.

Etwas weitaus Wichtigeres lehrte mich das Leben noch, deine Niederlagen kannst du dir nicht raussuchen. Früher wurde das Orakel von Delphi befragt. Heute fragt die Presse Paul die Krake, aber nur über Fußball, bedauerlicherweise trauen sie ihm nicht weiter, obwohl er alle Ergebnisse der WM 2010 richtig orakelte. Damals war alles einfacher. Aktuell hören viele auf das Orakel von Omaha, aber hier geht es um Haben und nicht um Sein. Hunderttausende fahren jedes Jahr zu diesem Guru der Finanzmärkte und hängen an seinen Lippen. Der Uropa weiß zumindest, wie das geht, was ich die ersten Zweidrittel nicht hinbekommen habe.

»Diedidiedidied«, mein Telefon klingelte zu laut, es verursachte mir schlechte Gefühle, normalerweise erreichte mich niemand direkt, es steht fast immer auf lautlos. Ich habe keinen Bock, gleich ranzugehen. Irgendwo auf dem Boden neben der Matratze sollte es doch liegen. Es klingelte weiter und vibrierte leicht. Meine rechte Hand tastete fieberhaft in den Falten des Betttuches mit bunten Herzen drauf, das schon einige kleine Löcher hat, danach. Links war es nicht, jetzt fummelte ich drüben. Da war es, etwas zu weit weggelegt. Mit einiger Mühe konnte ich es greifen. Es war Hermes aus Florenz. Der Mann war ein rüstiger Rentner, mit großer Lebenserfahrung und ein Lebemann, der bodenständig ist, ein Wolf halt, aber mit großem Herz. Er arbeitete zeitlebens bei Agfa, kam in der ganzen Welt herum, denn er betreute die Abzugsautomaten in den Fotogeschäften, und ging just in dem Moment in Ruhestand, wo die ganze analoge Branche den Bach runterging.

»Hi, Hermes, schön dass du mal durchklingelst«, legte ich los, »wie geht´s?«

»Gut, kann nicht klagen, und bei dir?«

»Eine starke Erkältung hat mich erwischt, obwohl ich doch so viel an der Luft bin, hat es mich nicht abgehärtet.«

»Trink mal ne Flasche guten Rotwein, das hilft.«

»Okay, aber das mache ich doch ständig, wie ist das Wetter bei Euch?«

»Sehr angenehm«, antwortete er, «und zum Glück gibt's auch nicht so viele Touristen. Noch nie stand ich vor der gefälschten Statue des David allein auf der Piazza della Signoria.«, er lachte kurz und laut, »Das sage ich dir, es würde dir gefallen, du bist ja so ein menschenscheuer Typ. Wie läuft es bei dir? Hast du schon eine Entscheidung getroffen.«

Hermes war ein Eingeweihter, er wusste um meine prekäre Lage. Wir hatten uns letzten Sommer, während einer Busreise durch die Toskana, angefreundet. Jeden Abend tranken wir in den Hotelbars und zum Abendessen schlechten italienischen Rotwein. Der gute wird wohl exportiert. Dabei griffen wir so manches Weltproblem auf. Klimaerwärmung, Massentierhaltung, das fehlende Einwanderungsgesetz, die Zerstörung halb Afrikas und des Nahen Ostens, die armen Familienmitglieder, die im Mittelmeer ertrinken, unsere unbarmherzige Regierung, die mitgeholfen hat, dass Millionen von Irakern getötet wurden, nur damit ein schnauzbärtiger Diktator in einem Erdloch hausen und der Kampfstern USA seinen Rüstungsmüll ausprobieren durfte, und die Regierungen heuchelten ihren Wählern dann irgendwas von Heilsbringer vor, die eigenen Bürger werden geschützt bis zur Neurose, aber die anderen können zu Hunderttausenden im Meer versinken und ihre

Lehmhütten und Felder werden dem Erdboden gleichgemacht, dann ging es bei uns noch um die Finanztransaktionssteuer für die Privatanleger und dass der aktuelle Finanzminister sein Geld auf dem Sparbuch lässt, er hat wohl genug und kann inflationsbedingte Minderung ignorieren. Wir waren beide gespannt, wann die Stimmung kippt, und ob das der Moment ist, wo das Füllhorn versiegt war. Dann gab es noch die Themen über das zukünftige Imperium, Framing in den Massenmedien, Öffentliche Meinung ist, was veröffentlicht wird, und die marode deutsche Infrastruktur.

Wir waren zwei Flöhe im Pelz der Wölfe auf dem Berggipfel, die die Dinge zufälligerweise klar erkannt hatten und wussten, besser wird's nimmer.

Hermes meinte dazu immer: »Hansi, du hast zwei Möglichkeiten auf der Titanic, schreiend in Panik deine letzten Minuten zubringen oder der Kapelle lauschen und den Sternenhimmel betrachten. Nur eines darfst du nie tun, bedauern, dass du die Reise angetreten hast oder dich beim Schiffseigner beschweren, denn dann landest du in der Klapse.«

Er meinte damit, dass doch jedem klar ist, wo der rauchende Dampfer hingeht und dass es nichts mehr auszurichten gibt.

Italien war wie eine Neugeburt, meine Offenbarung, der ganze Prunk der Medici in Pisa verschlug mir den Atem. Mein Herz stand still, mein Geist wurde ruhiger und mein Horizont ganz weit. Gerade heute gibt es, nach einer Phase der gerechteren Verteilung der Güter, einzelne Individuen, die die Medici-Dynastie in den Schatten stellen und auf eigene Faust zum Mond, zum Mars, durch die Erde oder weiß Gott wohin reisen wollen. Hier fasste ich beim Anblick der Kathedrale Santa Maria den Entschluss, endgültig auszusteigen. Ich wusste nur noch nicht wie und was genau und brauchte noch so eine Initialzündung, so einen Funken wie beim Gasluftgemisch im Verbrenner. Eine Zündkerze musste her. Was die Medici konnten, das konnte ich im Kleinen auch. Getreu meinem Phantom-Status wollte ich mich von nun an durchmogeln. Aus die Maus. Raus, raus, ich musste die bisherige, fast fünf Jahrzehnte dauernde Vorführung trotz, oder gerade, weil es so interessant und gut entlohnt war, vorzeitig verlassen. Das Leben sollte mir mehr bieten, da ist noch was, etwas viel Größeres als das, was ich die ganze Zeit in meiner Truman-Show vorgemacht bekam, ich wollte den heiligen Gral finden oder untergehen. Das ist heroisch, und so sollte ein Mann sein, heldenhaft und ritterlich, von den anderen gab es schon genug. Ich sollte dafür unbedingt meine Scheu verlieren, also den *Reh-Status* ablegen und zum Hirsch mutieren. Trotz meines bisherigen Scheiterns wollte ich doch zumindest die Weisheit erlangen. Das sollte doch gehen, mein Minimalziel fürs Leben. Den schiefen Turm hatte ich zuvor auch gesehen und danach noch den ganzen Rest der geilen Hochglanz-Marmor-Toskana. Selbst auf Elba war ich damals mehrere Tage. Eine beeindruckende Natur. Zwei Sachen wurden mir damals klar. Es gibt keine moralischen Schranken, Gesetze sind dafür da, gebrochen zu werden, sonst haut es nicht hin, und du nimmst dir, was du willst, basta, so einfach geht das. Und ich kann nur sagen, es gelingt immer besser. Und als drittes, nur eine Naturverbundenheit erdet dich und bewahrt vor dem Untergang. Zwar habe ich keinen Wohlstand wie die Medici, aber ich bin raus und lebe seither das Leben eines Bohemien. Leicht war es nicht, aber das war es für Michelangelo auch nicht.

Man sagte, er hätte tagelang am Marmorblock rumgehämmert und gedengelt, ohne sich zu waschen, und er wäre ein einziger weißer Brei gewesen. Ein Besessener, nur so geht es, sonst wäre ich nie rausgekommen. Ich bin besessen auszusteigen, das ist mein David, vielen Dank Michelangelo, und das reichte fürs erste.

»Ja, Hermes«, antwortete ich zögerlich und nochmal »ja, Yes, ja«, damit ich es selbst glaubte, meine Stimme klang gebrochen, wie der Typ, aus dem sie kam, egal, »ich höre auf, wie ein Soldat zu handeln. Ich bin hier fertig, das fühlt sich gut an. Ein Ziel sehe ich nicht, außer dass ich mein Herz zurück möchte. Dieses kalte Marmorherz soll wieder warm werden wie ein Bernsteinamulett auf der Brust einer Frau und in der Ostseesonne funkeln. Scheiß auf den ganzen Mammon. Schmeiße mich ins Universum und ganz ganz sicher wird mich etwas tragen.«

»Das klingt«, erwiderte Hermes, »doch ganz gut. Du hast eine Entscheidung getroffen, und der Glaube daran wird dir helfen. Irgendwas Neues wird kommen und wenn du Glück hast, ist es das, was du wolltest, wenn nicht, probierst du weiter. Unser Dasein ist ein Abenteuer, eine Irrfahrt wie bei Odysseus, nur das vergessen die meisten. Sie leben total langweilig, sind tumb und machen, was Google sagt, keine Selbstverantwortung und bloß nicht auffallen, wenn ich aus dem Heer der Pinguine austrete, dann sehen das ja alle gleich. Total spießig ist das. Aber gut ist, dass es so viele so machen, da können wir uns leise verdrücken, man muss nur clever sein. Nicht zu viel rumposaunen und dann fällt´s gar nicht auf. Wie so viele Tiere in der Natur, wir suchen uns unsere Nische. Sollen doch die anderen blind weitermachen mit ihrem emotionslosen, verblendeten Misthaufen Scheiß, den sie Leben nennen.«

Das saß, da hatte Hermes aber ein Statement gesetzt. Es gab nichts mehr hinzuzufügen. Alles war gesagt.

»Lässt du deine Haare noch wachsen?«

»Ja logo«, erklärte ich, »eigentlich wollte ich sie ja mit meinem Umzug an die Küste abschneiden, aber die Probleme holen dich ein und es gefällt mir, einfach nicht mehr zum Friseur zu gehen seit nun fast drei Jahren. Mein Therapeut meinte, ich würde aussehen wie ein Seebär.«

»Da hat er nicht ganz unrecht«, unterbrach Hermes, »ich sehe deine Bilder im Status, du siehst aus wie ein Pirat oder ein Künstler oder einer, der ein neues Image braucht, weil er gesucht wird.« Er lachte laut auf.

»Yearr, du hast es drauf«, sagte ich, »wenn schon nicht von innen heraus, dann doch zumindest von außen, der Schein zählt, zumindest lassen sich so viele blenden und schätzungsweise habe ich Glück und das Innere wächst nach. Wie bei Samson, Kraft durch lange Haare.«

Lautes Lachen und Prusten am anderen Ende der Leitung.

»Das war tippitoppi«, meinte Hermes noch immer vergnügt, »dafür liebe ich dich. Ich will dich unbedingt mal da oben besuchen. Will sehen, wie du haust in der Wohnung mit deinem ganzen Verzicht und deinen selber gebastelten Möbeln aus Karton. Hast du schon ein Bett?«

»Nö, du«, antwortete ich, »schlafe immer noch auf dem Boden. Aber es war mir zu hart letztens, bin wohl zu schwer grade, habe mir einen Lattenrost besorgt und vier weggeworfene Brettchen von der Straße geholt, darauf liegt der Rost, wegen Durchlüftung, und es ist ein Unterschied wie Tag und Nacht. Also, auf dem Marmorboden pennen wie Mark Aurel ist nichts mehr für mich auf Dauer. Aber ich bin ja auch kein Cäsar. Mit Müh und Not herrsche ich etwas über meine Gedanken. Was sind deine weiteren Pläne, kommst du back nach Alemannia?«

»Ach, weißt du«, fuhr er fort, »in meinem Alter hast du kein Konzept mehr, sondern Ideen, und die sprießen wie das Unkraut. Ich will nur vernünftig leben, jeden weiteren Tag dankbar genießen, ein Schlückchen Vino Tinto und hoffen, dass ich meinen nächsten Geburtstag erleben darf. Du weißt ja, der Mensch fürchtet die Freiheit, deshalb wählt er zur Betäubung den größtmöglichen Lebensgenuss. Bei mir ist das genauso. Ich bin Mitte achtzig und der Hedonismus steht im Vordergrund. Alles andere wäre doch verrückt. Wenn du alt bist, musst du Drogen konsumieren, egal welche.«

Hermes lachte laut und lang. Er war der Meinung, in jungen Jahren sollte jeder Gas geben und zu gegebener Zeit den Riemen runternehmen und genießen, das würde helfen.

»Ja, ich weiß«, antwortete ich, »das hatten wir schon oft durchgekaut. Ich gebe dir ja recht. In den Altersheimen sollten sie den alten Leuten alle Arten von euphorisierenden Drogen verabreichen, so *legal highs*, kost nix und macht irre gut drauf. Wie bei *Einer flog über das Kuckucksnest*. Aber mal im Ernst, ich brauche einen Plan, ein Projekt, oder brauche ich nix? Diese ganze Anhäufung von Reichtümern macht die Leute so lächerlich. Da fahren sie mit ihren großen SUVs rum und denken, sie wären ein Schweizer Käse, dabei sind sie würdelos, voller Löcher und schimmelig geworden. Wir sind eine gottlose Gesellschaft, niemand geht mehr in die Kirche, stattdessen huldigen sie FAANG.« Ich war wütend über so viel Arroganz und Dummheit.

»Ich bin ganz bei dir«, entgegnete Hermes, »aber du darfst dir das nicht so reinziehen. Wir zwei ändern nichts.

Da kannst du auch noch so viele Bücher schreiben, und selbst wenn du ein Bestseller-Autor wirst, durch Buchstaben hat sich noch nie etwas verändert, weil …«

Das wollte ich nicht hören und versuchte abzulenken. »Was ist mit«, warf ich deshalb schnell ein, »Marx, mmh …, das Kapital hat zwei zukünftige Weltmächte hervorgebracht, China und Russland.«

»Das was Marx und Engels meinten«, erklärte Hermes, »ist nicht das, was die anderen draus gemacht haben. Die haben die Thesen missbraucht, denn die nutzen im gelenkten Kommunismus Oligopole. Das hat mit dem ursprünglichen kommunistischen Manifest und den eigentlichen Maximen, es gibt kein Eigentum und das Kapital gehört allen, nichts mehr zu tun. Das beißt sich wie McDonalds und gesunde Nahrung.«

»Da hast du recht«, musste ich einräumen, »die beiden waren sehr schlau und weise und haben gezeigt, was passiert, wenn das Geld zu mächtig wird. Die Industrialisierung hatte sie geprägt.«

»Und wir Industrienationen haben die Industrialisierung und ihre menschenverachtenden Begleitumstände einfach exportiert in die Dritte Welt, die Probleme outgesourct, und wie die damaligen Fabrikbesitzer verschließen wir die Augen und sind kein Deut besser.«

»Das ist die Gier der Wölfe«, fügte ich an, »und der Darwinismus in uns. Wir sind keine netten Geschöpfe, deshalb kommt wohl Gott auch nicht mehr auf die Erde. Aber Luther, der hat die Welt verändert mit nur 99 Thesen.«

»Das ist gelogen, so hatte er das nie vorgebracht, und außerdem hat er die Konflikte zwischen Katholiken und Protestanten ausgelöst, das führte dann zu dreißig Jahren Krieg und Millionen von Opfern, nur damit es am Ende keine

Sieger gab, das Land völlig verwüstet war und alles beim Alten blieb, so mehr oder weniger.«

Hermes war ein wandelndes Lexikon. Ich schätzte ihn sehr wegen seiner nüchternen und weisen Art. Er war gläubig wie ich, ließ sich aber diesen ganzen pseudo Mist nicht einreden, sondern dachte selbst nach.

»Klingt so ähnlich wie wir das heute in Syrien, Libyen, Afghanistan, dem Irak und eigentlich auf der ganzen Welt machen. Mal sind es Kriege für Öl, dann gegen Terroristen, dann gegen Diktatoren, für die Freiheit, dann einfach zum Spaß und viele ohne UNO-Mandat, also illegal. Luther hat übrigens später seine Bauern im Stich gelassen.«

»Ja, Hans, das macht mich alles traurig, was wäre wohl aus der Welt ohne die ganzen Kriege geworden. Möglicherweise wäre sie heute anders.«

Ein Stück Kohle hatte ich noch und ich war mir sicher, hier musste Hermes mir recht geben. Er war ein wahrer Charmeur und sah blendend aus, hatte reichlich Chancen und ich fragte mich, was sein Geheimnis ist, dass er so jung geblieben war.

»Aber es gibt ein Buch, was vieles veränderte«, legte ich triumphierend los, »*Fifty Shades of Grey*. Da steht drin, von einer Frau geschrieben, was Frauen in echt wollen.« Ich hoffte, er würde mir hier Recht geben.

»Was sie wirklich haben müssen, das hätte ich auch sagen können. Dafür braucht es doch kein Buch.«

Er lachte, als wüsste er es wirklich.

»Gut, Hermes, dann schieß mal los«, ich war gespannt.

»Der Mann ist nur optisch stark, tatsächlich finde ich, sind wir schwach. Die Frau kann alles besser, außer Gurkengläser aufmachen. Und Frauen sind total wild und sie werden immer wilder, da kommst du als Mann nicht mehr

167

hinterher. Gibt doch auch die ganzen Flirt-Apps, in Hamburg jobben Studentinnen nebenher auf dem Strich, bringt mehr Geld und geht schneller, die Weiber sind an uns vorbeigezogen, bin gespannt, was die nun die nächsten tausend Jahre mit uns anstellen. Denke, wir kriegen unser Fett zurück.«

»Du hast total recht, mein Gutster«, fügte ich nüchtern an, er wusste einfach alles. »Das Internet ist voll mit Frauen, die alles von sich zeigen. Und so blöde Typen wie wir, die müssen diese gefälschten Gefühle kaufen. Die haben uns an der Angel. Aber seit dem Graubuch weiß ich auch, warum so viele darauf stehen erniedrigt zu werden. Das lieben sie am allermeisten. Komisch, ich hätte das eher für eine Nische gehalten. Zum Glück hat die Erika das sozusagen von Frau zur Welt mal gesagt, dass alle einen Kerl, einen richtigen Macho im Bett wollen und zu Hause der brave Schlipsträger, emanzipiert und mit einem dicken Portmonee angesagt ist. Aber für den geilen Sex halten sie sich an den Oberluden vom Dorf.«

Wir seufzten, denn das war ein jämmerliches und unwürdiges Schicksal. Es schmerzte, wenn man erkennen musste, dass alles anders ist und die letzten tausend Jahre nur männliche Fiktion waren.

Dann sagte ich: »Kann sein, dass uns die Felle davonschwimmen, wie mir zuletzt auf Arbeit die Felle baden gingen, aber wir haben es auch nicht besser verdient, seit der Antike unterdrücken wir die Ladys, beuten sie aus, und selbst heute noch, mit einer Frau als Bundeskanzlerin, sind wir der Puff Europas. Erst mit den goldenen Zwanzigern konnten sie zeigen, wie sie auch sind.«

»Da ist was dran. Nämlich wild und versaut, auch ohne Zwang. Vielleicht sollten wir nochmal probieren wie Bukowski zu sein?«

»Einen Versuch«, antwortete ich, »wär's wert. So viel trinken wie der kann ich aber nicht.«

»Aber du siehst schon fast aus wie er, mit deinen langen fettigen Haaren, deinem leichten Bauch, deiner perversen Schreiberei und dem Dreitagebart.« Er lachte sich schepp und ich gleich mit.

»Du hast recht, Hermes, aber eigentlich will ich gar nichts mehr werden. Ich will meine Ruhe, auch davor.«

Das war meiner Meinung nach auch Hermes' Geheimnis für sein äußerlich jungenhaftes Erscheinungsbild. Er wollte nie was werden, durchschaute das Spiel, begnügte sich und vergaß nicht, rechtzeitig aufzuhören.

16

Seit über zwei Jahren hatte ich angefangen, den ganzen Scheiß von mir abzutippen. Ich wollte das zunächst nur abgerissen haben, um es besser loslassen zu können. Voraussichtlich wollte ich es auch zum Nachlesen festgehalten haben. Für den Fall, wenn das Vergessen einsetzt, wie so oft im Leben, und das Gehirn anfängt, die Dinge zu verklären. Es war eine Qual, denn mein bisheriger Lebensweg war wie ein Ritt durch *Death Valley*, heiß, trocken, von stacheligen Carnegieas begleitet, und langweilig wie die ganze Mainstream-Medienlandschaft, nur ab und zu tauchte mal für kurze Zeit eine grüne zauberhafte Oase auf.

Hier saß ich in meinem Betonsarg und büßte meine Strafzeit ab, dabei hatte ich niemanden gefoult. Zumindest hatte ich es nicht bemerkt. Sorry! Im Plattenbau-Penthouse war es richtig heiß, denn es gab keine Jalousie. Wer konnte so einen Murks planen? Mit zunehmender Hitze wurde der Plaste-Geruch stärker und die Situation unerträglicher. Ich fühlte mich wie die Hähnchenteile bei KFC unter der roten Lampe. »Hot and spicy oder mild?«, fragten die dort immer ihre Kunden. Um das besser zu ertragen, lief ich ohne Panade, scharf war ich auch so schon übernormal, nur in Unterhosen rum, das Dumme war leider, ich schrieb genau an einem breiten bodentiefen Fenster und gegenüber war ein Kindergarten. So band ich mir immer ein Tuch um. Wenn es mir zu heiß wurde, sprang ich schnell in die Dusche, beließ die Tropfen auf der Haut und danach ging es wieder für eine halbe Stunde. Erst ab 18 Uhr verschwand die Sonne um die rechte Blockecke und es wurde erträglich. An manchen Tagen war es nicht auszuhalten. Mein

Skript trug mit schwarzer Tinte notiert den Titel »*Psychotango mit mir*«. Der Klappentext könnte folgendermaßen lauten: »Hier geht es einfach um ein Leben als Soldat, wie Hansi mit einer narzisstisch gestörten Mutter groß wurde, einem Vater, der nie da war, keine Gefühle zeigen durfte, negative Emotionen sofort bestraft wurden, Medusa ihren Hass auf sich und andere an ihm ausließ, ihn verprügelte und er deshalb beim Militär landete, weil sie dort Zombies brauchten und dann irgendwann total am Ende und frustriert die A-Bombe warf.« Möglicherweise etwas zu dick aufgetragen, gerade das Ende mit der Atombombe, aber als Autor musste man provozieren, auffallen.

Gerade rief mich eine sehr gute Freundin aus Mannheim-Wallstadt an, sie war top verheiratet, gehobener Mittelstand würde ich sagen, der Gatte hatte einen sehr lukrativen Job in einem großen landwirtschaftlichen Saatgutunternehmen. Arbeiten brauchte sie nicht und konnte sich darum verwirklichen. Früher klingelte sie mich immer mal wieder zu sich zum Kaffeeplausch, vormittags, wenn der Göttergatte arbeiten war und die Kinder in der Schule. Sie stand gut im Futter, denn sie war leidenschaftliche Köchin, kreativ, blondiert mit riesen zeigefreudigen Brüsten und einem total offenen Wesen.

Bei meinem ersten richtigen Date mit ihr, obwohl ich das tolle Ende, vorher nicht wusste, war ich ziemlich verwundert, Atomic Kitten öffnete das Tor zu ihrem Reich und war noch im Hausdress bzw. Pyjama. Vom nächtlichen Kampf war der Stoff etwas zerknittert, ebenso das Gesicht, im Schritt gab es Stockflecken, durch die Knopfleiste konnte man je nach Winkel mal die eine und dann wieder die andere Brustwarze erspähen. Kerle sehen in solchen Sachen immer Zeichen, zwar keine göttlichen, doch immerhin fiktive, ihrer Einbildungskraft entsprungene magische Aufforderungen. Entweder ist das abwertend für mich, weil sie meinen Besuch überhaupt nicht würdigte, oder positiv, da sie mir sehr schutzlos und offenherzig entgegentrat. Eine innere Stimme, sehr wahrscheinlich das innere Kind, flüsterte lüstern zu mir: »Du darfst ruhig hinlangen. Sie will das so. Spürst du die Einladung nicht?« In solchen Situationen bin ich wie Bukowski oder Jack Nicholson in dem Film *Wenn der Postmann zweimal klingelt* und wähle immer das letztere.

»Hi, meine Süße. Was geht ab bei dir? Brauchst du mich?« Wir drückten herzlich zur Begrüßung unsere Oberkörper zusammen, ich ein bisschen fester, ich spürte durch mein Shirt ihre wackligen Dinger, es fühlte sich an, als würde mir jemand einen XXL-Pfannkuchen auf die Brust legen, wie die Dornen eines Sanddornstrauches piekten mich ihre Nippel oder es waren die großen Knöpfe aus Hornimitat. Wir küssten uns zur Begrüßung brüderlich auf die Wangen, erst rechts, dann links, dabei hielt ich sie an den Schultern. Atomic Kitten strahlte, als wäre ich der Weihnachtsmann. Ihr blondes Haar roch nach Kaffee und Sex, irgendwie würzig. Das gefiel mir, jemand freute sich über mich. Schade, dass sie nicht meine Mutter war. Was sie hingegen an mir fand, war mir schleierhaft, denn mein skrupelloses Geschwätz regte sie oft tagelang auf und manchmal war sie sogar richtig sauer auf meine Einstellungen. Ich glaubte, es war ihr dann einfach zu viel Realität und zu wenig Käseglocke und Hochstapelei. Sie wollte doch nur eine harmonische Affäre, aber ich bildete mir ein, dass genau das für sie das Salz in der Suppe war.

»Ich dachte«, antwortete sie, »bevor ich jetzt lange tippe, rufe ich dich kurz an, um mal deine Stimme in echt zu hören und ganz old school ein bisschen zu quatschen. Könnte dich hier schon mal brauchen.« Sie lachte und ich konnte mir ihr Gesicht deutlich vor Augen führen, die Lachfalten, die großen weißen Zähne, ein leichtes Doppelkinn, das aber auch schnell wieder verschwand. Tatsächlich sah ich in ihr plötzlich die Wiedergeburt von Marilyn Monroe. Atomic Kitten hatte die gleichen großen Augen, volle rote Lippen, ein kreischendes Temperament, sie redete viel schneller als sie dachte, war darüber der vollsten Überzeugung, dass trotzdem alles richtig war und besaß nur etwas mehr Rundungen, also mehr Lebenserfahrungen.

»Klar«, redete ich dazwischen, »mir geht's genauso, freut mich immer, wenn du anrufst Sonnenschein, das weckt Erinnerungen an Kaffeeklatsch mit Sahne in deiner schönen Küche. Ich vermisse das schon. Habe hier oben aber auch schon jemanden gefunden, bei dem ich immer Milchkaffee bekomme.«

»Hast du«, fängt sie erregt an, »immer noch keine eigene Maschine? Und was bedeutet das, eine andere? Wirst du mir untreu?«

Ich seufzte tief: »Nein, mein Schatz, natürlich nicht.« Was immer das jetzt bedeuten sollte. Hoffentlich gab sie sich mit einem einfachen NEIN zufrieden. Hatte Atomic Kitten jetzt Besitzansprüche angemeldet? Manchmal ist im Leben alles so surreal. Sollte ich jetzt sogar schon als Romeo moralisch sein? Wo sollte das denn hinführen, wenn der Hausfreund treu bliebe? Sie hatte doch allerhöchstens alle paar Wochen mal zum Milchkaffe geladen. Sie ist doch nicht die weiße Lady und ich nur, weil ich einen sehr dunklen Teint habe, ihr Bursche?

Als Ermittler würde ich sagen, es gibt außer mir noch weitere Tempelritter, authentisch wäre es, wenn mindestens jeden zweiten Tag ein anderer kommt. Glaubte sie wirklich, ich könnte so lange nur von Corona-freier Luft leben. Was macht ein Soldat, fuhr es mir durch den Kopf, wenn er seine Position verschleiern möchte? Er wirft eine Blendgranate, genau das hatte ich jetzt mit Atomic vor. »Was macht der neue Yakuzi? Ich sehe ständig nur Bilder von eurem Pudel, der darin schwimmt. Gehst du auch mal rein?«

»Das ist mega, Hansi«, erwiderte sie, »an den heißen Tagen war das Gold wert. Überhaupt hatten wir so viel Zeit dank dem Lockdown und alles bezahlt und stell dir vor, mein Göttergatte ist sogar noch zum *Oberboss* befördert worden. Das sage ich nur zu jemandem wie dir. Wir sind wahrlich keine Corona-Verlierer, im Gegenteil.«

Die Rechnung kommt am Ende, dachte ich mir bedrückt, und was nützt ein kurzfristiger Gewinn. Wie will man das genießen, wenn es vielen so schlecht geht.

»Das klingt gut«, lobte ich Atomic Kitten arglistig und fragte nach der Lage, «viele sind ja dadurch total abgehängt. Die meisten merken es nur noch gar nicht. Ich glaubte nicht, dass die Rechnung der Regierung aufgeht. Mir kommt das alles sehr planlos und panisch vor, was die da treiben. Die meiste Angst und Paranoia hat wohl Mutti Merkel selbst. Der Sommer ist rum, sie warnten ja immer davor, dass die zweite Welle kommt und dass der Herbst düster wird. Das war er übrigens schon immer. Aber die Zeit verstrich, ohne vernünftige Maßnahmen zu finden. Ich kann noch nicht einmal erkennen, dass versucht wurde, welche zu finden, denn das Parlament ist ja auch im Maulkorb-Modus gewesen, oder dass Untersuchungen in Auftrag gegeben wurden.«

»Sehe das ähnlich wie du«, erklärte sie sich. »Ich mache mit, halte mich an alles, die meisten auch, warum es dann nicht besser wird, steht in den Sternen. Die verdammte Politik wird uns alle ruinieren. Kein Geld war die letzten Jahre über für Schulen, Brücken, Zukunftstechnologie, immer hieß es, wir müssen sparen, jetzt hauen die das schöne neue Geld für nichts raus, damit die Leute zu Hause bleiben und die Industrie, die alles verdreckt, wird damit am Leben gehalten.«

»Da ist was dran, Liebes«, erwähnte ich nüchtern, es war ein leidiges Thema, »das ist, was ich schon die ganze Zeit meine und warum ich keinen Bock mehr hatte zu dienen. Diese Heuchelei und die Mehrheit macht mit, nur damit sie ihre Ruhe haben und sich den nächstgrößeren Flachbildschirm kaufen können. Weshalb sind die Menschen so tumb geworden? Warum schützt der Staat denn die Risikogruppe in den Altenheimen so unzureichend, wenn ihm doch das Überleben seiner Untertanen so wichtig ist? Die meisten Toten sind wohl dort zu beklagen?«

Ihre Stimme verfinsterte sich, mit Sicherheit hatte sie jetzt diese tiefe Stirnfalte.

»Ich bin echt wütend«, schrie sie, »mein ganzes Leben wählte ich SPD und CDU, aber damit ist Schluss. Ich wähle jetzt die Piraten. Man darf aber bloß nichts sagen, gegen die veröffentlichte Meinung reden, sonst kriegst du einen Shitstorm. Bekam das neulich auf einer Party zu spüren. Es gibt bei den Zaunmedien eine Ideologisierung der Meinung. Dabei ist gute Kritik doch wichtig. Die Lage ist neu und auch die Regierung hat keine Glaskugel.«

»Deshalb«, grätschte ich rein, »wäre es wichtig, sich mit vernünftig vorgetragener Kritik auseinanderzusetzen und sie überhaupt erstmal zuzulassen. Keiner kann die Wahrheit kennen. Aber viele da oben tun so. Es wird einfach zu viel Sinnloses geschwätzt. Jetzt wäre die Zeit gewesen, die Luftfahrt- und Urlaubsindustrie umzukrempeln, abzuwickeln, stattdessen kriegen die Milliarden, die hätten sie besser in unsere Zukunft und in Nachhaltigeres investiert. Aber da siehst du, wie verlogen die sind. Der einzelne sollte mehr Interesse zeigen an unserer Demokratie und den Umweltproblemen.«

Ich machte mal eine Pause, denn allzu oft waren die Leute nach meinen Monologen platt, die Finger bohrten in der Wunde und ihr verstaubtes Gehirn geriet in Schnappatmung. Die Wahrheit liegt offen auf dem Tisch, aber es ist einfacher, nicht genau hinzusehen und sich ein Coke zu geben, denn die macht laut Werbung glücklich.

»Wir brauchen«, fuhr ich fort, »unsere Verbindung zur Natur wieder, das wird uns retten, aber keine Förderung von SUVs. Das ist doch rückwärtsgewandt. Jeder hat doch begriffen, was nötig ist, bei Corona sind angeblich 85 Prozent für die Maßnahmen der Regierung. Die Frage ist, ob sie sich auch daran halten. Viele labern doch nur und sobald du ihnen den Rücken zudrehst, fahren die den gleichen Stiefel weiter. Aber gut, gehen wir davon aus, die halten sich auch alle dolle daran, warum klappt das mit der Klimaerwärmung nicht auch so? Darüber reden wir schon Jahrzehnte und gefühlt gibt es immer mehr Konsum. Die Leute verschwenden die Ressourcen, als wäre die Erderwärmung eine Kinderkrankheit. Dabei müsste sich jeder jeden Tag fragen, wie er Energie und Rohstoffe einsparen könnte. Die Menschen sollten besser erzogen werden, damit mal vernünftiges Handeln im Vordergrund steht. Stattdessen sträuben sie sich wie ein bockiger Esel. Klimaerwärmung, Hunger, Kriege, Rassismus, Beschneidungen,

Kommunismus, totalitäre Regierungen, Armut, zu wenig Radwege, Sextourismus und jetzt noch eine beschissene Pandemie, das ist schätzungsweise ein zu giftiger Cocktail geworden. Aber nur weil sich die Dinge ändern, in Furcht vor dem Neuen zu erstarren ist auch keine Lösung. Die Schwierigkeiten nicht anzugehen, bringt nichts, denn dann schimmeln die irgendwann. Was wir sehr nötig hätten, wären fähige, weise, mutige und glücklich handelnde echte Volksvertreter, keine Masken-Dealer. Es gibt da so eine Theorie, erstens kam die Menschheit immer weiter voran, egal was abging, und zweitens schafft Technologie immer wieder Arbeitsplätze, andere halt, aber es gibt ständig was zu tun. Mit dem neuen digitalen Maschinenzeitalter kommt das diesmal voraussichtlich etwas anders. Fakt ist aber, ein Mensch, der nicht arbeitet, dem seine Daten sind wertlos, denn er kann nicht konsumieren, weil er keinen Lohn bekommt, und deshalb wird den großen Konzernen immer daran gelegen sein, dass die Probanden konsumfähig bleiben. Darum kommt auch bei steigender Arbeitslosigkeit das Grundeinkommen. Es wird nur nicht bedingungslos sein, denn es wird die Auflage geben, dass Ottonormalbürger nicht mehr als einen gewissen Betrag X ansparen darf und der Rest muss ausgegeben werden. Pflichtkonsum, so wie früher bei der Einreise in die DDR der Zwangsumtausch, nur andersrum jetzt.«

»Katharsis«, warf Apolonia mit heller Stimme ein und lachte herzlich und schrill, »wir befinden uns in einer Phase des Umbruchs. Ich pflichte dir bei, bei allem, was du gerade gesagt hast. Du bist so süß, wenn du dich ereiferst. Was ist mit den ganzen neuen Dicken und den westlichen Wohlstands-Krankheiten? Kennt die Gesellschaft nicht die Zusammenhänge zwischen Kalorien, Quälfleisch, der Zuckerlüge, Bewegungsmangel, gesunder Ernährungsweise, digitaler Vergiftung und den negativen Auswirkungen daraus auf den eigenen Lebenswandel?«

»Die haben«, schrie ich voller Zorn und etwas lauter werdend dazwischen, »keinen Bock.« Das verdammte Handtuch rutschte von meinen Hüften. Irgendwann kriegen sie mich wegen Exhibitionismus dran, dabei wollte ich nur die Welt retten mit Atomic zusammen.

»Genau«, blubberte Marylin weiter und unterbrach zum Glück meine grässlichen Gedanken darüber, wie die Polizei meine Wohnung stürmt und brüllt: »Da ist das Schwein, schreibt halbnackt am großen Fenster übelste Schundliteratur, ist das die Möglichkeit. Einen kleinen schlaffen hässlichen Pimmel hat er noch dazu. Festnehmen …«

»Wenn sich alles dreht«, machte sie weiter, »von unten nach oben und von rechts nach links und von der Mitte auch nach links oder diagonal, dann umschreibt das Wort Katastrophe solch einen Zustand. Die Zukunft tritt aber nicht immer ein, in dem Sinne, dass es Dinge gibt, die möglich sind, aber nicht kommen. Nicht jede Knospe reift zur Blüte.«

Klingt sehr weise, das war ich von ihr nicht gewohnt. Sie war eher der Typ Trampel und Bauersfrau, aber mit einem riesengroßen Herzen, das für viele offenstand wie ein Scheunentor. Schlimmstenfalls las Atomic das ab, wie eine Souffleuse.

Schweigen, auf was wollten wir zwei eigentlich hinaus? Mir schwante nichts Gutes. Nicht dass es kracht und wir die Stimmung vergiften. Neue Blendgranate. Ich räusperte mich, mein Hals kratzte, es ging in ein Husten über, erfreulicherweise waren wir nicht ansteckend, ich war es wohl nicht mehr gewohnt so lange zu talken. Ich musste würgen, etwas klebriger, zäher, vermutlich ockerfarbener Schleim erreichte dabei meinen Mund. Ein Gefühl von vertrautem Widerwillen entstand. Ich prüfte den Kleister, indem ich ihn über meine Zunge gleiten ließ und im Mundraum kreiste. Es schien mir einfach nur dickflüssiger Speichel zu sein. Nichts beängstigend Pathologisches. Wahrscheinlich entstanden durch den ganzen Müll, der kurz zuvor meinen Kopf verließ. Worte nahmen Form an. Wie musste das erst bei Politikern sein? Mitleid überkam mich. Ich schluckte es wieder runter, dahin, wo es auch hergekommen war, und das leichte Ekelgefühl war weg.

»Geht's wieder?«, fragte sie höflich.

»Ja, ja … Unkraut vergeht nicht.« Voller Eifer legte ich nach: »Weiß was du meinst, Schatzi, es kommt nicht der vernünftigste Fortschritt, sondern der, der sich am geilsten zu Kohle machen lässt. Das ist genau wie bei uns zweien.«

«Was?«, fragte Atomic Kitten etwas entrüstet, »was meinst du. Ich sage dir, gleich rege ich mich auf.«

Hoffentlich ging mein Versuch nicht nach hinten los.

»Naja«, antwortete ich beruhigend, die Kuh musste jetzt zwingend vom Eis, »das liegt doch klar auf der Hand. Der geilere darf ran.«

»Du bist verrückt«, quiekte sie vergnügt und fand es total witzig. Wenn ich eine Sache klar hatte, dann dass einer Frau überhaupt nichts peinlich ist. Also konnte ich sagen, was ich wollte, die Dinge wurden so gedreht, dass sie passten, Hauptsache man war nett, höflich und taktvoll frivol.

»Ich weiß nicht«, machte sie weiter, »ob du der Geilste bist, aber du machst es geil, das reicht mir.«

»Ich gebe mir Mühe«, reagierte ich verantwortungsvoll, »alles andere ist doch langweilig. Ich habe übrigens angefangen Fotos zu machen. Weiß nicht, wie das kam, aber es ist für mich wie ein drittes Auge. Ich sehe dadurch fokussierter. Was ich mit der Linse einfange, ist für mich ein magischer Moment, wenn's klappt natürlich nur. Kommst du mich mal besuchen?«

»Würde ich gerne«, gibt Kitten freudig zurück, «aber ich brauche dazu eine gute Story, damit er mir das abkauft. Ich könnte versuchen eine Kur zu bekommen.«

»Unbedingt!«, ziehe ich sie etwas auf, »Du bist reif für die Insel, komm zu mir und ich heile dich. Du kommst als neue Frau zurück, frisch aufgebügelt, Wellness pur. Ich schwöre es. Wir machen Klangschalenmassage und Nackt-Yoga am FKK-Strand.« Ich musste laut schmunzeln, es war viel zu voll dort, denn die Touristen lagen nebeneinander wie die Ölsardinen, aber das wusste sie ja nicht.

»Okay«, führte sie an, »das will ich haben alles, in dieser Reihenfolge und dann eine warme Dusche auf dem Zimmer. Gleich muss ich aber erstmal los einkaufen für die Familie. Grauer Alltag. Ich wünsche dir was, schreib mir, wenn's brennt oder auch nur so. Träum süß, ich vermisse dich.«

Das letzte, was ich vernahm, war ein schmatzender Ton, etwas zu laut, denn jetzt klingelte mein Ohr, Atomic Kittens Kuss war da jetzt drin, dann wurde es still. Dem *Fabian* von Kästner, konnte ich mit meinem Verhältnis nicht das Wasser reichen. Aber das ganze moralische Getue der Gesellschaft war doch grotesk. Aktuell war der Tod in das Bewusstsein der Menschen so brachial zurückgekehrt, dass sie ganz panisch waren, er könnte bald vor ihrer Tür stehen. Im Mittelmeer ertranken tausende von Menschen jährlich und im Irak gibt es hunderttausende zivile Opfer, in Libyen, Syrien, Afghanistan, Afrika weitere hunderttausende, es geht in die Millionen, und ein Teil davon zerschossene Kinder, und hier dürfen alte Menschen nicht mehr mit Gottes Segen auffahren. Was ist gerade für eine scheiß Party am Laufen? Das kommt mir vor wie der große Bluff. Sind die anderen Subjekte, die toten Babys, die an die Mittelmeerküste getrieben werden, weniger wert? Warum sieht da kein Institut genau hin? Wo bleibt hier die tagesaktuelle Statistik? Für mich war das keine Maßarbeit, sondern übelster Rassismus und Egoismus in Reinform, genannt der große Maskenball.

Seit ich keine Uniform mehr trug, hatten sich die Dinge verändert. Vor zwanzig Jahren oder auch dreißig oder noch davor, hätte ich genau das getan, was die Staatsmacht, die Ordnungsbehörden, mein Boss, meine Frau, die NATO verlangte. Mein Leben hätte ich dafür geopfert, wie die griechischen Helden, hätte mich gefühlt wie ein Märtyrer und jedes aber auch jedes Individuum wäre, wenn verlangt, durch mich in seine Einzelteile zerlegt worden. Als Soldat ist man kein mitfühlendes Wesen, sonst funktioniert das nicht, außer man ist Blauhelm. Ich hatte die Liebe über Jahrzehnte ausgelöscht und jetzt war ich schon seit etwa zwei Jahren auf der Suche nach ihr. Mein Herz war so kalt wie eine überfahrene Katze am nächsten Tag. Meine letzte Beziehung ging während meines Umzuges an die Küste in die Brüche. Damit hatte ich gerechnet und es auch provoziert. So wie sich das Zusammenleben anfühlte, wollte ich nicht mehr weitermachen. Dann lieber Single und auf den besten Sex der Welt verzichten. Meine Ex, die Scarlett O´Hara, beteuerte mir hoch und heilig, dass sie mich liebte, aber es kam nicht an. Ich spürte es nicht, konnte ihr nicht vertrauen, es gab zu oft Stress, sie trank noch mehr als ich, nahm Drogen, hurte rum, hatte keine großen Interessen, keine Hobbys, sah gerne Telenovelas, gab mir die ganze Schuld an allem, war sexsüchtig – das verband uns – liebte es bekocht zu werden und zu kochen, war total anhänglich, nie zufrieden, wankelmütig, aufbrausend, hatte ein Temperament wie eine wilde Schmusekatze, man wusste nie, wann was falsch war und aus heiterem Himmel kamen die Krallen in mein Fleisch, es tat gut, der Schmerz zwang mich zum Fühlen, sie war selbstbewusst bis zum Umfallen, trotzdem ein Angsthase und starr im Leben, einfach grandios, hatte eine ganz ganz hohe Meinung von ihren Fähigkeiten, die sie immerhin zum *Assi* eines regionalen Fischmarktes brachte, hatte keinen müden Cent auf der hohen Kante und konnte sich fast nichts leisten, weil ihr Lohn so gering war und sie im Umgang mit Geld nicht sehr bewandert daherkam. Scarlett O´Hara war trotzdem sparsam, was aber nicht dazu führte, dass ihre Rücklagen anwuchsen, für was das Monetäre draufging, konnte ich nie herausfinden, ihr Bildungsstand war mäßig, ihre Intelligenz hoch und ihre Lieblingsprogramme waren Frauentausch, Bares für Rares, Shopping Queen, Zwischen Tüll und Tränen und mit Abstand Dinner Dates.

Aber am allerliebsten war Scarlett O´Hara in der Natur vögeln, Hemmungen gab es bei ihr nur selten und vom Leben erwartete sie einen treuen, gut aussehenden, perfekt situierten, sie nicht aufregenden, unterhaltenden, die Urlaube und alles weitere zahlenden Hengst, der nicht immer perfekt gebürstet sein musste, der sie nie nie nie kritisieren, anschreien oder aufregen durfte. Klingt schwierig?

In mir hatte sie dieses Ideal wohl so ziemlich entdeckt, bis, naja, bis ich den Dienst quittierte, dann war es aus. Ich funktionierte nicht mehr auf Arbeit und nicht mehr Daheim. Ich wollte auch mal was Eigenes machen, vögeln in der Toilette vom Reiss-Engelhorn-Museum zum Beispiel, denn machen fühlte sich viel krasser an, wie Couching Extrem. Sie zeigte dann ihre herzlose Seite und hatte dafür kein Verständnis. So verlor ich ihr Herz – schätzungsweise hatte ich es nie. Vermutlich war ich die Jahre über nur so ein kleines Hündchen für sie, die umgangssprachlich als *Fotzenlecker* bezeichnet werden. Ich glaube, das trifft es ganz gut, denn das war auch meine Lieblingsbeschäftigung mit Frauchen.

17

Kurz vor meinem unrühmlichen Ende beim Kommiss schickten die mich nochmal zur Kur ins Allgäu. Zum Dritten, bitte!

Ich ging immer brav hin, denn alles war besser als der Krieg und das Gemetzel im Büro. Nur raus aus dem Haifischbecken, obwohl ich doch so etwas wie der Leitbulle in meinem Bereich war. Bei mir war vorne und das Ende zugleich, aber ich durfte feststellen, dass meine Tage als Alpharüde endlich waren. Die Frage war also, am Ende untergehen oder zwischendrin gehen? Für mich war das klar, meine Glocken würden am Sandstrand läuten.

Sie hatten wohl irgendwo die Hoffnung, dass ich mich nochmal fangen würde. Vielleicht war ich es wert? Auf alle Fälle war es eine total geile Klinik in einem großen mondänen Schloss. Die Ärzte und Therapeuten suggerierten das gleiche, wobei ich immer so tat, als wäre ich total motiviert. So kam ich am besten durch und bekam die meisten Freiheiten. Mein persönlicher Seelenklempner glaubte mir aber nicht, und so bekam ich eine Spezialbehandlung, wohl für besonders schwere Fälle. Sie steckten mich in so eine Horrorsitzung mit lauter Wahnsinnigen.

Dr. Ocean meinte damals lapidar zu mir: »Sie haben die Depressionsgruppe verlassen, das ist okay, wenn Sie das nicht aushalten können. Es gibt da noch was. Aber es ist eine spezielle Sache und wird von zwei externen Experten angeboten. Können Sie sich vorstellen, ein paar Tage im Wald zu verbringen, in einer Hütte und dort an einer Gruppentherapie teilzunehmen? Am Ende gibt es eine Art Ritual in Form eines Feuers unter freiem Himmel und einer selbstgebauten Sauna. Vielen hilft das sehr. Es gibt leider nur viel mehr Bewerber als Plätze.«

»Jawohl«, antwortete ich sofort, »in die *Deprigruppe* gehe ich nicht zurück, das war der Horror, diese irren Geschichten, zu viele Emotionen, das mit dem Wald probiere ich gerne aus.« Alles war mir lieber als zurück zu den Patienten, bei denen ständig Gewitter ist. Mir ging es auch nicht immer tippitoppi, aber ich hatte auch meine guten Momente, gerade beim Sex und wenn ich trank oder am besten, wenn beides zusammenkam.

»Ich versuche Sie da reinzudrücken«, erwiderte Dr. Ocean ruhig, »nachdem Sie wieder zurück sind, gibt es eine große Präsentation mit den Teilnehmern auf einer Bühne.«

Das gefiel mir, denn ich wusste, dass sich dadurch meine Chancen beim anderen Geschlecht potenzieren würden. Viele der Damen wollten unbedingt auch in diese Schwitzhütte, wie sie es offiziell nannten, es war ein geheimes Dauerthema, aber es war nur für echte durchgedrehte Kerle. Wohl wegen der Nacktheit, aber das wusste ich bis dahin nicht, wäre mir auch egal gewesen. Mit Frauen hätten wir es besser gestalten können, wie bei den *Idioten* von Lars von Trier. »Was wünscht du dir zum Geburtstag?«, fragten sie einen der Protagonisten in dem Streifen. Er antwortet schnell und präzise, als wäre es der normalste Wunsch der Welt: »Rudelbumsen …«

Wir waren tatsächlich die ganzen Tage über nackt und bemalten uns lediglich mit Farbe die Haut. Rot wurde meine Farbe, es stand für das viele Blut, das ich schon vergossen hatte bzw. ansehen musste, ganz nach meiner damaligen Stimmung. Mein ICH brannte von allen Seiten wie die menschliche Fackel bei den Fantastic Four, meine Adern leckten wie alte Guss-Heizkörper, das HERZ war ein abgekühlter Brocken, das Bewusstsein eine Trümmerlandschaft. Das ES wollte nichts mehr. Ich hätte gerne Damen dabeigehabt, wirklich, es hätte manches einfacher gemacht.

Zu Beginn des Abenteuers brachten uns mehrere Kleinbusse tief in einen dunklen Wald im Allgäu zu einer alten Holzhütte. Der untere Teil war aus Findlingen gemauert. Verpflegung hatten wir an Bord. Wir wurden dort in Teams eingeteilt, manche kochten, andere putzten oder bauten die Betten auf. Am zweiten Tag bastelten wir aus Haselnussruten eine Art Gestell, wie ein Iglu, darüber kamen hunderte von Decken. Das war die Schwitzhütte, man konnte darin nur auf dem lehmigen Boden kauern. Ein Ritual ist mir ganz besonders in Erinnerung geblieben:

Wir machten im Waldhaus einen Stuhlkreis und jeder durfte seine Geschichte erzählen. Wir saßen wie die Natur uns geschaffen hatte und dreckig und verschmiert auf Stühlen und nacheinander redete jeder los. Einer war da wegen einem Herztumor, der andere hatte seine Firma verloren, ein anderer wurde von seiner Partnerin um sein Vermögen betrogen, einer hatte eine große Erbschaft gemacht, beim nächsten war die Partnerin verstorben, einer wurde auf Arbeit gemobbt, viele kamen einfach nicht mehr zurecht. Das Leben hatte sie mürbe gemacht wie Dörrfleisch, sie hatten ihr Blatt freiwillig überreizt, zu viel Arbeit, zu viel Konsum, zu wenig Natur und Achtsamkeit.

Ein mega cooler Typ, der mit dem *Herztumor*, irre erfolgreich im Beruf und ein super Sportler, las einen handgeschriebenen Brief vor. Das weiße Papier war mehrfach gefaltet und mittlerweile ganz verschmiert. Er zitterte ganz leicht, so ein Dauervibrieren, wie es viele Menschen haben, kein nervöses, wegen Lampenfieber, sondern dieser Dauerstrom, der den Körper durchfließt und ihn nie zur Ruhe kommen lässt. Er hielt die Zeilen jetzt mit beiden Händen fest und stützte die Ellenbogen auf seinen Knien ab. Der Kopf hing nach vorne, der Blick war auf die Blätter konzentriert, das Gesicht war im Schatten der Haare verschwunden. Kerzenlicht vom Holzboden flackert über sein Kinn. Er begann ruhig, mit sanfter Stimme und sehr emotionslos.

»*Lieber geehrter und Heiliger Vater, warum bist du von uns gegangen? Wir hätten dich noch so gut brauchen können. Vielen Dank für deine Leistungen und Verdienste, ohne dich wäre unser Leben nicht so luxuriös verlaufen. Es ist so schade, dass du nicht mehr miterleben konntest, wie ich mein Studium, was mir so schwer gefallen ist, im zweiten Anlauf abschließen konnte. Ich habe deine Rolle hier auf Erden eingenommen und wünschte mir, dass du damit zufrieden bist, wie ich deinen Vater und deine Mutter bis zu ihrem Tod pflegte. Außerdem hoffe ich, dass es in deinem Sinne war, wie ich das Hofgut und die Familiengeschäfte weiterführte. Bisher waren wir sehr erfolgreich, nur das Lebensglück hat sich noch nicht eingestellt. Jede Münze hat immer zwei Seiten, man kann nie beide gleichzeitig sehen oder ihnen dienen, der goldene Mittelweg führt direkt ins Verderben, er ist zu schmal, denn dann sieht man nur den Rand des Groschens. Schwarz oder weiß und Entweder Oder ist die beste Haltung, alles andere zerreibt einen, so musste ich mich schon oft allein entscheiden und konnte dich leider nicht mehr um Rat fragen. So manche Schritte bereue ich, aber das Leben ist wie bei der Ast an einem Baum, es gibt kein Zurück mehr. Manchmal ist es doch auch besser, sein Ziel nie zu erreichen, denn sonst ist der Zauber weg, dieses magische Gebilde, das man im Kopf mit sich herumträgt und das so oft überhaupt nicht der Realität entspricht. Es ist besser überhaupt zu träumen als sich nicht auf den Weg zu machen. Und je länger du deinen Ankerplatz nicht erreichst, umso so größer wird dein Wunsch und umso sehnlicher ist das Gefühl. Eine Frau habe ich noch nicht gefunden, dafür schon so manches verloren, obwohl sich mein Herz so sehnt, aber das Universum ist wohl der Meinung, ich bin noch nicht reif dafür mit meinen 66 Jahren. Gerade das letzte Jahr, wo ich so viel Wohlstand für unsere Familie aufgetürmt habe, fragte ich mich, wohin das in einer endlichen Welt führen soll. Wir können doch nicht grenzenlos wachsen!*

Du bist jetzt etwa 25 Jahre tot und ich bin mir sicher, du würdest die Menschheit nicht wiedererkennen. Ohne Smartphone geht nichts mehr, aber der Produktname täuscht gewaltig. Alles ist sehr schnell und hektisch geworden, niemand hat mehr richtig Zeit für die schönen Dinge, Freundschaften gibt es fast nur noch virtuell und digital, das reale Leben vieler spielt sich in der binären Welt ab. Die meisten meiner Freunde haben keine Zeit mehr, sich mit mir zu treffen, sie verlassen ihre Wohnungen nur noch selten, die neuerdings auch Arbeitsplätze wurden, Menschen sterben alleine, Alte werden alleingelassen, auch der Pfarrer kommt nicht mehr, aber die Konsummonsterwelle rollt weiter, ihr konnte das Virus nichts anhaben. Die Brandung hat Teile der Menschheit voll ergriffen und wirbelt sie durch, so dass sie die Orientierung verlieren und grade noch zusehen können nicht zu ertrinken. Es muss immer größer, schneller, weiter, höher, billiger, schicker und geiler sein.

Viele ehemalige Freunde sind im Dialog Diskurs-verengt, kritische Stimmen sind plötzlich links oder rechts, die großen Intellektuellen wie Roger Willemsen sind ausgestor-

ben, es gibt nur noch eine Wahrheit, und das ist zu oft die publizierte Meinung. Wir befinden uns inmitten des größten, je vorhandenen Wohlstandes in einer geistigen, kulturellen, wissenschaftlichen, philosophischen, journalistischen, religiösen Notlage. Es gibt drei ganz wichtige Probleme, die Welt retten, das neue Maschinenzeitalter menschlich gestalten und die Pandemie managen, denn die wird nie mehr von uns gehen. Die Pest blieb auch mehrere hundert Jahre. Ich erinnere mich, wie wir zusammen das Buch La Peste von Camus lasen. Wieso wiederholen sich in der Geschichte die Dinge? Warum machen die Menschen die gleichen Fehler in anderen Epochen immer wieder? Gerade erleben wir eine physische Zerstörungswelle, ähnlich einem Tsunami, der über die ganze Welt fegt. Hinzu kommt ein sittliches Dilemma, denn es gibt keine Moral mehr. Millionen von Mitgliedern der Menschheitsfamilie werden ausgelöscht und die schweigende Mehrheit interessiert sich dafür nicht. Sie gehen dafür ins Stadion und regen sich über den Schiri auf. Millionen hungern und andere essen ihre Rindswurst und trinken ihr Bier in der Allianz Arena. Millionen sind auf der Flucht und haben alles verloren, weil wir Bomben warfen, besitzen nichts mehr, und andere haben ein Jahresticket ihres Vereins und Prime obendrauf. Warum ist die Nächstenliebe verschwunden?

Es kommt mir so vor, als würde gerade von den Institutionen der Abbau von sittlicher Haltung, Qualität und Werten zugunsten von Show, Luftschlangen aus Papier, Blendgranaten, Gags, schlechten Krimis und Kochsendungen vollzogen. Wir waren doch beide immer der Meinung, bestimmte Sachen müssen am Platz bleiben. Die Verfassung und die Grundrechte sind unantastbar, hast du mir immer beigebracht. Das, was ich dir hier berichte, ist schon lange

189

Norm, neu dazugekommen ist, dass viele keine Kontrolle mehr über ihren Alltag haben. Stell dir vor, Oma hätte alleine sterben müssen. Ihr Tod dauerte mehrere Stunden und in denen wäre sie einsam in ihrem Zimmer im Altenheim gelegen. Du weißt doch, dass dort niemand so richtig Muße hat, weil auch hier der alles bestimmende Maßstab, Geld, regiert. Wie wollen die Verantwortlichen da wieder rauskommen? Mir fällt hierzu Dante Alighieri und sein Karma Buch »Die göttliche Komödie« ein. Wahrscheinlich müssen sie alle im dritten Ring des siebten Kreises schmoren.

Etwas beschäftigt mich sehr. Eine alte Frau meinte zu mir in Dresden vor der Gedächtniskirche, selbst unter Honecker hätte es keine Reisebeschränkungen oder Sperrstunden gegeben, aber das waren auch andere Voraussetzungen und ich weiß nicht, ob das so stimmt. Aber einen kritischen Blick wäre es wert. Was getan werden muss, muss halt getan werden. Die Lage ist ernst. Du würdest wahrscheinlich sagen, dass dich die gegenwärtige Phase an Murphys Gesetz erinnert. Irgendwo im System ist ein Fehler und das rächt sich nun. Weißt du noch im Würz Museum, das Bild von Paul Klee mit dem Angelus Novus? Dieser Bote Gottes will nicht in die Zukunft blicken, stattdessen blickt er in die Vergangenheit und sieht die ganzen Ruinen, den Trümmerhaufen der Geschichte, der immer höher wird, aber der Orkan des Fortschritts reißt ihn mit sich. Es ist so ein tolles Bild, eines der besten von Klee. Mein Leben ist auch ein Haufen und gerade schaue ich drauf und es gefällt mir nicht. Was nützen die viele Arbeit und der ganze Lifestyle-Hype? Ich verschwende mehr Ressourcen als ich benötige und jage ständig dem Geld hinterher. Du weißt ja, ich bin sparsam, also wird der Notgroschen immer größer, während andere noch nicht mal genug zum Überleben haben. Das Ganze löst in mir eine Kognitive Dissonanz aus, die ich nicht mehr aushalten kann. Es fühlt sich an, wie wenn mein Band, das Körper und Psyche zusammenhält, kurz vor dem Zerreißen ist, deshalb bin ich hier bei den Indianern in der Kur gelandet.«

Hier mussten einige lachen, auch einer der Kursleiter und der Sportler. Er besaß Ironie, das fand ich gut, denn er wirkte sehr ernst und ergriffen. Humor darf dir nie flöten gehen, und wenn's der schwarze ist, der bleibt.

»Ich brauche«, las er jetzt nicht mehr so ernst weiter, »einen anderen Pfad, auf dem ich wandeln kann. Sicherlich wüsstest du aus der Ferne, was zu tun ist. Gib mir doch gerade einen kleinen Tipp. Ansonsten freue ich mich, wenn ich in deiner Welt angekommen bin. In dankbarer Liebe, dein Sohn«

Die Indianer schwiegen, auch die Häuptlinge, das war schon etwas pathetisch, wenn wir auch gerade noch wegen der Rothäute, für die er uns wegen der Bemalung hielt, herzhaft lachten. Ich betrachtete die Stuhlbeine. Es gab runde, eckige, welche aus Metall mit glänzendem Chrom und wackelige.

Große Gefühle sind nicht meine Stärke, aber manche wirkten gerade traurig. Einer rieb sich die Augen. Aber das eine war mir auch klar. Die Menschheit ist wie ein Gemälde, gezeichnet mit einem HB Bleistift von Faber, und irgendwo radiert einer rum und hört nicht mehr auf. Zurück bleibt ein weißes leeres Blatt mit verschmiertem Kohlenstaub und vagen Abbildungen. Was Wirklichkeit war, ist verschwunden und eine Rekonstruktion schwierig. Wie Dieter Wieland in seinen Dokumentationen immer zu sagen pflegte: »*Versteinerte Vorgärten sind ein Spiegelbild für versteinerte Herzen.*«

Ich war der letzte, der dran kam. Einer der bunten Häuptlinge, er hatte einen großen Schwanz und der war bis auf die Spitze schwarz angemalt, damit sah er übertrieben groß aus, es wirkte grotesk, wie ein Fremdkörper, und das gefiel mir, und dann noch eine rot–gelb angemalten Eichel, bloß nicht normal, meinte: »Hansi, willst du uns noch deine Biografie erzählen?«

Ich musste schlucken, denn sein verkohlter Penis wackelte und zuckte dabei, eigentlich verspürte ich null Bock, diesen bunt angemalten Hippie-Freaks mit ihren rührenden, aber dennoch oft langweiligen Lebenslinien meine erlebten Gräuel aufzutischen, aber ich wollte nicht aus der Reihe tanzen, bloß nicht auffallen, und fand es mega geil, verrückt, irre, sadistisch und extrovertiert, und so gab ich halt als letzter meinen Senf dazu. Ich lehnte mich zurück und schlug die Beine überkreuz, denn ich war angepisst, und meine Ängste triggerten mich noch dazu, verdammt, dachte ich, rede es dir halt mal von der Seele so gut es geht. Meine Hände legte ich in den Schoß, mein ganzer Körper zitterte, und blickte auf den alten Holzboden.

»Also«, fing ich an, mir geht es so lala und ich habe keinen Bock mehr, »ich bin Soldat beim Militär in so einer Spezialtruppe. Da wurde ich überall eingesetzt. Im Rahmen meiner Tätigkeit musste ich Daten auswerten, viele Daten, oft Millionen von Datensätzen, und diese aufbereiten, analysieren, finden und bewerten. Ich hatte die unterschiedlichsten Daten, Filme, lauter digitales Zeug meistens, Untersuchungen vor Ort an der Front, in Gefangenenlagern, Handys, Aufnahmen, Zeugenbefragungen, Drohnen, spezielle Technik, Analysetools, durfte mir Berge von Leichen ansehen. Da waren Frauen dabei, Kinder, Ältere und ganze Familien. Einmal sah ich in einem großen Loch ein Hochzeitspaar. Es war während der Feier abtransportiert worden, erschossen und in die Grube geworfen. In einem anderen Fall musste ich mit ansehen, wie ein junger gefesselter Mann bei lebendigem Leib von einem Panzer überrollt wurde, einfach zum Spaß der Besatzung. Oder der arme Tropf, der gefesselt am Boden mit Stiefeln und Kalaschnikows von zornigen Männern zu Tode geprügelt wurde und eine Frau, die gesteinigt wurde, weil sie gegen die Sitten verstieß. Ein anderes Mal kam ich zu einem Tatort, wo eine Frau mit einer Eisenstange von ihrem Freier zu Tode geschlagen wurde. Sie starb in der Küche, das Blut spritzte bis hoch zur Decke. Deutlich war an den Blutklecksen das dynamische Geschehen abzulesen. Manchmal, wenn es die Zeit und die Umstände erlaubten, machte ich vor Ort eine Leichenschau. Es kam aber im Getümmel vor, dass das nicht möglich war und wir versuchten die Leiche an einen anderen Ort zu verbringen.

Hier in diesem Fall, gab es Unstimmigkeiten zwischen der toten Frau in der Küche und ihrem Lebensgefährten, und er machte daraufhin kurzen Prozess mit ihr. In seiner Aussage machte der Mörder keinen Hehl aus seiner Tat, Reue Fehlanzeige, im Gegenteil Sie hätte es verdient. Er hätte sie erlöst. Blabla, ich kenne hunderte von Entschuldigungen von Killern. Keine war wirklich gut, einige wenige amüsant. Ich glaube, der Krieg hatte mich gefühllos gemacht. Mein Herz fühlte sich an wie aus Stein, schöner dunkler, harter, kalter Basalt. Insgesamt dürfte ich so tausend Leichen aus der Nähe gesehen haben«, auch Kinderleichen, aber damit verschonte ich die Angemalten. Ich schüttete so lange mein Füllhorn des erlebten und gespeicherten Horrors über sie aus, bis die Mehrheit der Gesichter blasser wurde und der Eindruck entstand, dass bald der erste aufsteht oder kotzt. Nach der Geschichte mit der Massenexekution an einem Fluss auf einem Pier, bei dem jeder mit Kopfschuss Erschossene einfach vornüberfiel, das Wasser sich rötlich färbte, hörte ich auf. Die Stimmung war auf dem Tiefpunkt und ich spürte entgeisterte und verstörende Blicke auf mir. Was ist bei dem verrutscht? Ab jetzt würden die mich mit anderen Augen sehen, denn sie wussten, ich war anders, ein angemalter Psycho, ein potenzieller Killer in Bunt, dem vermutlich nichts mehr helfen wird, denn ich hatte eine zu mächtige Dosis *Nowitschok* abbekommen?

»Die Bilder«, fuhr ich fort, »der ganze Sumpf, das holt mich seit ein paar Jahren ein, ich kann nicht mehr abschalten, wache nachts mehrmals auf. Ich weiß nicht mehr, für was ich stehe, habe keine Moral mehr und die Gesetze interessieren mich nur insoweit, wenn ich erwischt werde. Mein Gefühlsleben ist so prickelnd wie ein Eisbad, ich komme mit Leuten nicht mehr klar und will einfach nur raus und am Strand liegend beim Sonnenuntergang sterben.« Das war etwas dick aufgetragen, aber ich wollte lieber übertreiben.

Einer der drei Häuptlinge, der mit dem schwarzen Ding, das wegen der rotgelben Spitze aussah wie das Leuchtschwert von Darth Vader, ergriff das Wort. Er sprach ruhig und sah mir dabei direkt in die Augen: »Das war eine eindrucksvolle Schilderung, ich kann dich gut verstehen, Hansi, schön, dass du uns hast teilhaben lassen. So etwas kann niemand aushalten. Das hinterlässt Narben. Wir machen hier erstmal eine Pause, Leute, unten in der Stube auf dem alten Eisenherd gibt es einen Tee.«

Im Aufstehen flüsterte mir einer der Teilnehmer zu: »Krieg oder Gewalt ist nie eine Lösung. Zum Glück bist du da raus und tust etwas für dich. Respekt.«

Das sah ich anders, aber ich hielt mein Maul. Die hatten für heute genug und meine Narben brannten lichterloh, es fühlte sich an wie ein heißer hungriger Lavastrom, der direkt aus den Spalten meines Basalbrockens an die Oberfläche kommen wollte und dabei alle Straßen und Gebäude dampfend und brennend unter sich begräbt und verschlingt. Jemand reichte mir Tee und ich trank vorsichtig schlürfend einen Schluck. Mir wurde heiß.

18

»Lass uns heute Abend zum Gottesdienst gehen«, sagte Yvette, mein Kurschatten, am Salatbuffet zu mir. Die Salatbar stand mitten im Raum, die Entfernung von jedem Tisch schien ungefähr gleich. Es war so ein riesiges hölzernes Teil mit Rollen dran. Irgendwo ging ein Kabel zu einer Steckdose im Boden. Über den Salaten in feinen Edelstahlkammern schwebte so ein Dach, an dem unten kaltes Licht rausstrahlte und die Farben der Blätter leuchtender erscheinen ließ und somit die Patienten betrog. Vermutlich sollte das das Grünzeug noch vor Regen schützen oder vor feuchter Aussprache. Die Entwickler glauben mit Sicherheit, es wäre ein tolles Design Feature. Ich fand solche Salatteile zwar praktisch, aber ansonsten potthässlich, so hässlich wie Kunststoffrollläden oder buntes Kaugummi auf dem Boden oder Kacke im Wald am Wegesrand mit Taschentüchern daneben oder Personen, die einem nicht in die Augen schauten. Auf alle Fälle konnte man als großer Typ die Salate nicht richtig sehen, denn die beschissene Bedeckung war im Weg und viele waren so ungeschickt, dass sie beim Rauslöffeln daran hängen blieben und Teile vom Grünfutter überall landeten, so wie bei mir. Kognitiv überforderte mich das, vielleicht war es aber auch ein Teil der Therapie. Schon nach kurzer Zeit war deshalb die Ordnung am Büfett zerstört. Besser wäre gewesen, wie beim Bund früher, eine große Badewanne hinzustellen und alles da reinzuschmeißen. Das hätte wenigstens Stil gehabt. Zum Glück gab´s noch Wichtigeres als das Salatmonster.

Yvette war mein besonderes Heilverfahren. Wir gingen immer zusammen zu den Mahlzeiten und machten mittlerweile keinen Hehl mehr daraus, dass wir ein Liebespaar waren. Gleich am Eingang zum Speisesaal stand ein Desinfektionsgerät für die Hände, dann ging es durch zwei große Flügeltüren in eine riesige Kantine. Immer war es der gleiche Ablauf. Hände desinfizieren, Hallo sagen, umschauen, begafft werden, lächeln, direkt zum Salattresen, größten weißen Teller aus Krankenhaus-Porzellan nehmen, lächeln, wieder Hallo sagen, warten, Löffel nehmen, Salat auftürmen, Salat in den Teller pressen, warten, nächster Behälter, grüne große Blätter, zum Teil hellgelb, anstoßen am Dach, lächeln, kurzer Smalltalk, paar kleingeschnittene Zwiebeln drauf, paar Nüsschen, Teller abstellen, Hi sagen, etwas extra Olivenöl und frischen Pfeffer wählen, Haltung annehmen, lächeln, Hallo sagen, paar Blätter verlieren, Pause, Abstand, was vergessen, überlegen, Hunger, Gier, letzter Blick auf die Bar, alles dabei, Salatsoße drauf, tippitoppi, zufrieden lächeln, umdrehen und vorsichtig mit dem total überladenen Teller ab zum Tisch und Hallo sagen.

Am Anfang stand immer eine, und bei mir oft zwei Schüsseln *insalata*. Ich schüttete meiner Heilerin etwas Joghurtdressing auf den gemischten Blattsalat, hauptsächlich gab es Kopfsalat, dünne Karottenscheiben, Rucola, Eisberg und Batavia, selbst nahm ich zwei randvolle Kellen davon. Es schmeckte immer ziemlich süß. Sie lächelte mir dankbar zu und berührte mich kurz an der Hüfte. Das Universum hatte sie mir geschickt. Nicht dass sie etwas Besonderes war, also natürlich war sie das, hauptsächlich war sie dankbar und wie ich total scharf auf die Gattung Mensch bzw. das jeweils andere Geschlecht, wobei ich persönlich auch viele Spezialitäten gut fand, ganz besonders mochte ich die kreolische und die asiatische Küche. Ich war natürlich auch dankbar, keine Frage, denn ich war ausgehungert wie die Atacama und die würzige Bergluft weckte alte Lebensgeister. Was sollten wir auch tun? Unserer Partner, sie war sogar verheiratet, waren vier bzw. siebeneinhalb Stunden weit weg und für homos, also vernunftbegabte triebgesteuerte Wesen, die mehrmals am Tag ihre Leidenschaft ausleben mussten, sonst bekamen sie einen Nervenzusammenbruch und waren unausstehlich, war die Sache eindeutig, eine Affäre unumgänglich. Wir hatten uns gesucht und in Millisekunden gefunden. Ein Blick reichte, ein kurzer Smalltalk und alles war roger und eingetütet. Unsere Sinnlichkeit war passend, der Rest nicht so, und überhaupt ist so eine Einrichtung von ihrer moralischen Atmosphäre wie die närrische Zeit, ein Swingerclub für Durchgeknallte, der Karneval in Rio unter Wahnsinnigen, ein Hort der verlorenen und gestrandeten Seelen, die sich nach etwas Nähe und Zärtlichkeit sehnen, weil ihnen nicht viel mehr geblieben ist, ein sittenloses Babel im dunklen Herz der Adelegg, das den Segen der Krankenkasse hat, wo jeder als Rechtfertigung so tut als wäre er sterbenskrank, schizophren und müsste deshalb heute noch alles erledigt haben, und das Erledigen der letzten Dinge reduzierte sich dann doch nur auf den hedonistischen Teil und wir frönten unseren Trieben und Launen jeden Tag und die ganze verdammte Zeit.

Manchmal kam ich mir vor wie im alten Rom oder beim Christopher Street Day in Monnem, es herrschte ein unglaublicher Werteverfall, gute Sitten Fehlanzeige, man wurde regelrecht gedrängt, mehrmals klopfte es an der Tür, obwohl das verboten war, aber es gab halt Geschlechterüberschuss, zu wenig Stalagmiten und zu viele Stalaktiten, und ich musste mich aktiv sträuben, um nicht unter die Räder zu kommen und brach ohne Absicht so manches Herz. Ich war doch kein bumsender Samariter, ich war ein kleiner Ganove, der mit seinem Saft haushalten musste, weil er wusste, dass der Feldzug längst verloren war. Und bei Yvette gestaltete es sich ähnlich, sie hatte noch den Trumpf der Schönheit und der totalen Realitätsverschiebung, es war mit ihr wie beim Besuch bei einer Domina, hart, quälend, schmerzhaft, blutig und erniedrigend, ich musste betteln und kämpfen, um nicht komplett fertiggemacht zu werden. Aber zur Abwechslung ging es nun mal um was Anständiges, nämlich den wöchentlichen Kirchgang.

»Gerne«, antwortete ich, »soll ich vorher noch auf einen Sprung bei dir vorbeischauen?«

»Aber bitte«, gab sie kokett und mit einem tiefen Blick aus ihren dunkelbraunen, die Dinge vorausplanenden Augen zurück und ging zu ihrem Tisch im Speisesaal. Ich blickte ihr hinterher, sah ihren grazilen, schlanken, durchtrainierten Körper und konnte über ihrer Schulter den Schwarzen Grat erkennen. Die untergehende Sonne ließ die Bergspitzen wie goldene Hüte erstrahlen. Die Adelegg wurde auch das dunkle Herz des Allgäus genannt, das imponierte mir, hier war ich richtig, wir zwei verstanden uns, mit ihren tiefen Schluchten, Zuckerhüten aus Schnee und düsteren, geheimnisvollen Fichtenwäldern. In den Tälern lag das weiße Koks meterhoch, jeder normale Junkie musste beim Anblick durchdrehen. Übrigens erkannte ich Kokser bei Schneefall immer, sie fangen dann leicht zu zittern an und bewegen die Nasenflügel hektisch, als wollten sie die Schneeflocken einsaugen. Es war eiskalt, aber wir hockten im Warmen, hatten unseren geregelten Tagesablauf, gutes Essen, reichlich Abwechslung durch Filmvorführungen, Vorträge, Bastelevents, Tonarbeiten, Körbe flechten, Schwimmen, Tai-Chi, Yoga, Lesungen, Tanztees, Sauna, Gymnastik, Spieleabende, Ausflüge, Badminton, Kochen, geführte Wanderungen, Malkurse und vieles mehr, ich spielte am liebsten Billard und ging ins Fitnessstudio. In der Einrichtung fühlte man sich wie unter einer Glocke. Es war das ideale Leben, wenn es nicht so verdammt perfekt gewesen wäre, alles drehte sich um einen selbst, die Psyche, das Befinden und Wohlergehen. Das einzig Negative war wohl, dass wir zum schönen Nichtstun verdammt waren. Für alles außer Spazierengehen benötigte der Patient eine Erlaubnis. Fast so wie heutzutage. Natürlich war es sinnvoll, sich als Psycho zu fügen und zu versuchen, mit sich ins Reine zu kommen, die Tassen wieder in den Schrank zu kriegen, für die beschädigten Ersatz zu finden, aber es war schon komisch, denn ich kam aus einem Hamsterrad und fühlte mich wie bei einer Vollbremsung, sonst hatte ich täglichen Output und nun redete ich in meiner Gruppentherapie über die Ungerechtigkeiten in meinem Leben oder hörte mir an, dass andere gemobbt wurden, dass ich mich von meiner Mutter trennen sollte und das enge Band durchschneiden oder dass einige vom Partner geschlagen wurden, andere fremdgingen oder sie in ihrem Beruf einfach nicht mehr klarkamen, sich überschuldet hatten, mit sich unzufrieden waren, übergewichtig und so weiter.

Eine sehr liebe Dame, die bei mir am Tisch saß, wurde sogar von ihrem Lebenspartner um ihr Vermögen gebracht und es kam erst raus, als der *Drecksack* verstarb, jetzt musste die ihr Haus verkaufen und ist mittellos. Bei meiner zweiten Tischnachbarin starb auch der Mann, beim Radeln und dann kam raus, dass er jahrelang fremdging. Der Typ war Busfahrer, da hatte er sich wohl in eine blonde Kontrolleurin verguckt. Die Witwe war so sauer, dass sie nicht mehr mit ihm in ein Grab wollte. Sie ließ ihn sogar nachträglich umbetten. Das nenne ich konsequent und das Blatt überreizt, wobei ihm das wohl alles zu Lebzeiten am Arsch vorbeiging und so wird es ihn auch im Jenseits nicht reuen, aber möglicherweise wurde er belehrt, es wurde ihm vorgehalten, eine Abrechnung sozusagen, die Schlussbilanz, wie beim Auszug-Übergabeprotokoll, folgende Mängel wurden festgestellt und das geht zu ihren Lasten, die alles entscheidende Frage, wirst du zur Rechenschaft gezogen und musst draufzahlen? Ich weiß es natürlich nicht.

Wer wie mein Kumpel Adolf an nichts glaubt und nur lustbetonte Ziele hat, dem kann das alles wurscht sein, ich weiß nur nicht, warum er dann überhaupt malocht und sich an die gängigen Regeln hält. Kann er so kleingeistig sein, dass das für ihn keinen Unterschied macht? Entweder gibt es das Universum und große Zusammenhänge oder nicht, dann kann jeder tun und lassen was er will, es gibt keine Ermahnung am Ende, keine Abrechnung, kein Jüngstes Gericht und dann auch keine Ausgleichszahlung. Mir sind da die Germanen sehr ans Herz gewachsen, je ursprünglicher das Dasein, desto erfüllter, da bin ich mir sicher, ich glaube Kindern und Irren und den Urvölkern mehr, ihr Wesen war reiner, sie waren nicht so abgelenkt und verdorben, deshalb bin ich überzeugt, dass sie einen guten Weg zur Natur und zum Universum gefunden hatten, besser als wenn irgendeine Kirche meint, mit weltlichen Schriften Gott erklären zu wollen. Der Beweis für mich ist, dass Naturreligionen funktionieren und die Christen und viele andere Lehren es in tausenden von Jahren nicht geschafft haben, die Welt zum Positiven zu verändern. Ungeachtet dessen gibt es Zustimmungswürdiges an der Lehre der Christenheit. Eine herausragende Gestalt ist der Begründer Johannes der Täufer, er soll ein Asket gewesen sein und sich von wildem Honig ernährt haben, Überhaut gefällt mir sein Aufruf, zur Besinnung zu kommen und als Ritual in einen Fluss einzutauchen und sich von seinen Sünden reinzuwaschen. Dieses Ritual vollziehe ich bei jedem Sprung ins Wasser, beim Baden in der Ostsee, beim Schwimmen im Gebirgssee und beim allmorgendlichen Duschen. Der Wasserlauf ist ein sinnliches Erlebnis, vergleichbar mit einem Orgasmus, der Geburt, wenn die Einstellung stimmt, und hinterher bin ich rein wie bei der Ankunft vor über 50 Jahren, Johannes sei Dank.

Frisch geduscht und belebt, denn ich hatte gerade noch eine Trockenbürstenmassage, gehe ich durch die Korridore zu Yvette, meiner Königin der Gestörten, meiner zarten Distel. Ihre Störungen lasen sich wie das *Who is Who* der ICD-10-Erkrankungen. In ihrer Menükarte gab es bipolare, NPS, leichte Schizophrenie, manische Schübe, ein innerer Drang, so ähnlich wie eine Stimme, ließ sie fast jeden Mann als potenzielles Sexobjekt betrachten, selbst der Masseur war vor ihr nicht sicher und sie hatte meistens Erfolg, es folgten noch Depression, Magersucht, Borderline, Sportsucht und Panikattacken.

Yvette wohnte in einem speziellen Bereich, der nur für Privatpatienten war, deshalb hatte sie auch ein besonders großes und schönes Zimmer. Das weiße gekachelte Bad war der Hammer, es war ordentlich groß und die Dusche war ebenerdig. Gerade lief ich über die blaue Auslegeware mit kleinen weißen Punkten in regelmäßigem Muster und stand nach wenigen Minuten vor ihrer Appartement-Tür.

»Knock, Knock«, vorsichtig klopfte ich an, denn es war verboten, in der Irrenanstalt jemanden auf dem Zimmer zu besuchen, darauf stand der Rauswurf, das machte es noch prickelnder. Wir hatten ein Klopfzeichen verabredet. Leise öffnete sich die Tür einen Spalt, ich blickte den Flur hoch und runter wie ein Dieb, die Luft war rein, und so huschte ich schnell ins Zimmer.

»Klick, Schlack«, ging die schwere Pforte satt wie die Tür einer E-Klasse hinter mir ins Schloss.

»Hi, Schatz«, sagte ich zu ihr und suchte sie im ganzen Zimmer.

»Hi, Hansi«, gab sie zurück, »ich bin noch im Bad, Mach´s dir bequem, ich komme gleich. Bin noch nicht ganz fertig.«

Eine kleine Couch, maximal für 2 Personen und etwas durchgesessen, nahm mich auf, dann blickte ich im Zimmer umher. Es gab wenig Persönliches, wie sollte es auch in einem Krankenzimmer, aber es war ordentlich und es roch gut. Auf einem Tisch standen ein paar selbstgepflückte Blumen mit etwas Süßgras, daneben war eine Balkontür, alle Möbel im Appartement waren aus Buche, sogar die Eingangstür. Hier war ein großer Einbauschrank für die Wäsche. Die Wände weiß mit Glasfasertapete in Fischgrätmuster tapeziert, auf dem Boden die blaue Auslegeware vom Flur, aber mit gelben Punkten, alles wirkte freundlich und hell, es gab ein Bett an der Wand in einer Ecke und einen Balkon aus dunklem Holz, darunter war eine Rasenfläche, dahinter der Blick ins Grüne und das *Bodenmöser Moor* und am Horizont die gezuckerten Alpengipfel. Ein paar Bücher standen in einem Regal über dem Bett, eines davon *Feuchtgebiete*, ein anderes *Das Delta der Ve-*

nus von Anais Nin, daneben ein Bestseller, die Bibel aller Geistesgestörten, *Anleitung zum Unglücklichsein.*

Yvette kam strahlend aus dem Bad. Sie sah blendend aus, lange, sehr lange athletische Beine, darüber Bluejeans, am dürren Oberkörper trug sie eine weiße Bluse. Sie war groß und ziemlich mager, die Rippen konnte man aus drei Meter Entfernung zählen, ihre Magersucht hatte sie mittlerweile in den Griff bekommen, zum normalen Körpergewicht fehlten noch einige Pfund, aber genau das gefiel mir. Ich war ein Mann der Extreme, Soldat oder Friedensstifter. Wir drückten uns innig, obwohl wir uns nur kurz kannten, waren wir wie ein altes Paar, die Chemie stimmte, sie roch super nach porentiefer Reinheit und Vanille, ich strich über ihr dunkelbraunes glattes vom Fön noch warmes Haar. Yvette hatte so einen komischen Tick, dass sie mir beim Küssen immer in die Lippen biss, das war schmerzhaft, manchmal blutig und der Auftakt für ein stürmisches Crescendo. Heute verbiss ich mir das Aua, es hatte keinen Wert, denn die Zeit drängte.

Mit blutenden Lippen und etwas wackelig auf den Beinen gingen wir untergehakt zur Kirche. Das Gebäude war ein graues Betondreieck, das auf dem Boden lag, es sah aus wie ein Unfall während der Bauarbeiten, auch drinnen gab es nur kalten Zement. Einzig an der Stirnseite war in den grauen Brei eine Szene eingearbeitet, die mir gut gefiel. Es war Jesus am Kreuz, aber beeindruckend fand ich immer aufs Neue den starken Ausdruck der Figuren, ihre Gesichter und wie das mit dem Beton wohl funktionierte. Nur ein paar kantige Linien und solch ein grandioser Effekt. Wie hatten die das so hinbekommen? Ein kleines Meisterwerk! Wie immer war der Pfarrer nicht auf seiner Kanzel. Langsam gewöhnten sich die Augen an das Dunkel und fanden

den mit Turnschuhen unter seinem weißen Gewand beklei-
deten Mann in einer dunklen Ecke sitzend. Vermutlich kam
er direkt vom Tennisplatz. Pfarrer Chibulka war ein Meister der Inszenierungen. Die Holzbänke waren sehr kalt, die
Sitzkissen auch, und durchgesessen wie in jedem Gottes-
haus. Draußen lagen fast zwei Meter Schnee und es
herrschte klirrende Kälte.

Die Orgel verstummte langsam, es war still, ab und zu
hüstelte einer, wohl mehr aus Anspannung, denn die einge-
schworene Gemeinschaft war gespannt auf die heutige
Therapiesitzung, denn nichts anderes war das hier bei Chibulka.

»Liebe Gemeinde«, hallte es durch das Kirchengemäuer,
»wir leben in haltlosen Zeiten. Viele fühlen sich wie in der
tosenden Brandung. Mal werden sie hierhin geschleudert
und dann wieder dorthin gespült und vergeblich suchen sie
den Fels. Die Zeiten sind schnell geworden und immer
mehr übernehmen die Maschinen unsere Aufgaben. Ist der
Mensch bald als Individuum überflüssig?

Dieser Tage meinte ein Gemeindemitglied zu mir: »Ich
habe Angst meine Frau zu verlieren und meinen Arbeitsplatz. Ständig kommen neue Software-Updates und man ist
gezwungen, sich alles während der eigentlichen Tätigkeit
selbst beizubringen. Die Firma erwartet das. Manchmal
erhalte ich über hundert E-mails pro Tag und um mein
Telefon kleben nach 8 Stunden etwa 30 gelbe noch zu er-
ledigende Post-its, dabei versuche ich nicht zu trödeln, esse
am Schreibtisch, nehme mir Projekte mit nach Hause, aber
ich komme nicht rum und mache deshalb viele Überstunden, auch am Wochenende. Gerade hat mich deshalb mein
Boss zu sich gerufen und meinte, oben, ziemlich weit oben
in der Firmen-Hierarchie sind sie damit nicht einverstan-

den. Mein Zeitkonto darf nicht mehr wachsen. So gehe ich Samstag und Sonntag auf Arbeit und schreibe mir die Stunden nicht mehr. Niemand darf das wissen, denn es würde heißen, dass ich trödele und dem Job nicht gewachsen bin. Deshalb lebe ich in großer Sorge und spüre permanenten Stress. Ständig überlege ich, wo und wie ich noch Zeit einsparen könnte. Ich habe mir privat einen großen Datenspeicher zugelegt, damit ich, was eigentlich nicht erlaubt ist, die Daten vom Job mit nach Hause nehmen kann. Dann bin ich wenigsten bei der Familie und die Kinder sehen mich, aber der Termindruck der letzten Jahre, Herr Chibulka, löste in mir eine Depression aus, ich bin unglücklich, es kommen Ängste und Panikattacken, habe an nichts mehr Freude, und kann mich nicht mehr zusammenreißen …«

Irgendwo hustete jemand richtig erbärmlich. Es ist so ein Husten, der durch den Versuch ihn zu kontrollieren nur noch schlimmer wird. Eigentlich hörte es sich an wie offene TB, denn die Lungen rasselten wie eine Fahrradklingel. Warum geht diese Person so in die Kirche? Muss es wohl sehr nötig haben.

Es ist ein herzzerreißender Bericht«, erklärte Chibulka in seinen Turnschuhen weiter, »wie wir ihn hier schon oft mitbekommen haben. Viele der Patienten sind hier, weil sie den Alltag, also das Arbeiten, Haushalt, Partnerschaft und Freizeit nicht mehr geregelt kriegen. Sie sind vom Leben überfordert, denn jeder dieser vier Bereiche will zu viel, ist zu groß geworden. Irgendwie ist alles losgelöst von der Natur, denke ich mir. Früher gab es nur Pferde, keine Zeitmesser und das Leben funktionierte im Einklang mit Mutter Erde, dem Tag und der Nacht. Jetzt ist unser Dasein entkoppelt, eigentlich ist das ein Zaubertrick, der Gott in die Suppe spuckt, und die Quittung nennt sich Fortschritt und die Folge ist der Wahnsinn, und da er so weit verbreitet ist, nimmt ihn keiner mehr richtig wahr. Er ist zur Normalität geworden.«

Ich blickte zu Yvette rüber und sehe, dass sie leise heult. Ihr Dienst hat sie fertig gemacht, sie erkannte sich wieder und wusste genau, wo das hinführen kann. Bei ihr in den Suizid durch Nahrungsverweigerung. So kann man dem ganzen Mist auch entkommen. Ich legte meine linke Hand in ihren Schritt, um ihr beizustehen und sie schmunzelte leicht beim Heulen. Sie drückte meine Hand, mehr Tränen liefen nun aus ihren schwarzen Augen. Trost potenziert die Trauer dadurch dass der andere sich ganz darauf konzentrieren konnte. Sie tat mir leid. Ich spürte einen Kloß im Hals. Ich würde auch gerne weinen, aber mein Herz ist nicht erreichbar. Da fällt ein Kerzenflackern über den Beton-Jesus an der Stirnseite. Ich mag ihn so kalt, da ist er mir ähnlich. Jesus war ein toller Kerl.

»Liebe Anwesende, die moderne Arbeitswelt gleicht heute vielerorts einem Sklavenmarkt. Nur mit dem Unterschied, dass wir nicht mehr in Ketten gelegt werden, die Eisenfesseln legen wir uns freiwillig um und wir werden auch nicht mehr wie Hark Olufs beim Bey von Konstantin auf dem Sklavenmarkt verhökert, nein, das tun wir uns schon selbst an. Wir suchen uns Arbeitsstellen, die uns ausquetschen wie Zitronen und leben das Leben in immer schnellerem Rhythmus. Bis viele von uns krank sind oder tot umfallen. Ein Pferd läuft auch nicht stundenlang Galopp, es braucht Pausen. Jeder von Ihnen kann aufstehen und seine unsichtbaren, oft digitalen Ketten sprengen. Der Schalter dazu befindet sich in Ihren Händen. Wir haben von Gott die Pflicht auferlegt bekommen, ein Leben in

Würde zu führen und ihm zu dienen. Stattdessen haben wir uns abgewandt und leben in gottlosen Zeiten, die Kirchen werden immer leerer und die Mitgliederzahlen bei Netflix immer mehr.

Die Menschen laufen in der Tretmühle, finden sich grandios, sie drehen sich um sich selbst wie bei einem Pferdegöpel und merken nicht, dass sie sich einen goldenen Käfig geschaffen haben. Jetzt sind Sie hier gelandet, krank, depressiv, ausgelaugt, freudlos, am Ende. Viele kommen zu mir, klagen ihr Leid und erklären, dass ihr Dasein einem Scherbenhaufen gleicht. Wie lebende Zombies geistern sie durch den Tag. Die Kirchenmitglieder treten aus. Alibaba oder Apple kann die Beschäftigung mit dem Glauben nicht ersetzen. Wenn Sie merken, ich stehe vor einer Betonwand, dann sollten Sie etwas Neues ausprobieren, sonst erhalten Sie immer wieder den alten Wein. Wechseln Sie mal das Lokal, wenn Ihnen dort das Essen nicht mehr zusagt. Versuchen Sie ein einfacheres Leben zu führen. Die Devise lautet *more for less*. Askese, also der Verzicht macht es reicher, stoppen Sie die Grenzenlosigkeit und reduzieren Sie Ihr Dasein auf das wirklich Wichtige und Nötige. Ebenso wichtig ist es. mit sich ins Reine zu kommen, deshalb arrangieren Sie sich mit dem nicht perfekten Job, der nicht perfekten Ehefrau, Ihrem nicht perfekten Leben und treten Sie aus dem Hamsterradverein aus. Es funktioniert, ich weiß aus eigener Erfahrung, wovon ich spreche.«

Jetzt stand er auf, Chibulka war schätzungsweise zwei Meter groß, schlank mit schütterem Haar und nettem Gesicht ohne erkennbare Falten, er trat zum Altar und die Orgel setzte wieder ein. Die Luft vibrierte und wir sangen »Geh aus, mein Herz, und suche Freud ...«

Bei mir war es eher ein Sprechgesang, so leise, dass mich niemand, der nicht direkt daneben stand, verstehen konnte. Zum Singen war meine Stimme nicht bestimmt. Nach der dritten Strophe war das Lied aus und eine ältere Frau trat vor. Sie ging zum Mikro und las mit gebrochener Stimme aus einem dicken schwarzen Buch.

»Ich wandte mich um und sah, wie es unter der Sonne zugeht, dass zum Laufen nicht hilft schnell zu sein, zum Streit hilft nicht stark sein, zur Nahrung hilft nicht geschickt sein, zum Reichtum hilft nicht klug sein; dass einer angenehm sei, dazu hilft nicht, dass er ein Ding wohl kann; sondern alles liegt an Zeit und Glück. Und Jesus sprach weiter. Unser Leben ist Geschenk Gottes. Die Zeit, die uns zur Verfügung steht, haben wir nicht selbst gemacht, sondern sie ist ein Segen und Geschenk. Mit diesem Segen ist jedoch immer ein Auftrag verbunden, unsere Zeit nicht nur für uns selbst, sondern auch für andere einzusetzen. Das muss nicht im Hauptberuf sein, das muss auch kein Hobby sein, aber an einen jeden von uns ist der Appell gerichtet, auch für andere da zu sein und einen Teil der uns geschenkten Zeit darauf zu verwenden. Amen.«

Die ältere Dame trat die zwei Stufen hinab und setzte sich wieder in die erste Reihe. Die Holzbank knarzte leise. Die Orgel setzte erneut ein, es gab ein paar falsche Töne und wir standen alle auf und sangen das nächste Lied. Ich hatte mich schon immer über die willkürliche Abfolge der Texte und Strophen gewundert. Nach dem Gesang stimmten wir, immer noch stehend, nun den Psalm »Geheimnis des Glaubens« an. Am Ende des Liedes klingelte Chibulka mehrmals mit seinen Glocken und verschwand wieder in der dunklen Ecke. Der nächste Akt begann. Ich legte meine linke Hand wieder auf die Scham von Yvette, nur vulgärer diesmal, dank unserer Mäntel konnte niemand sehen, was hier Unsittliches abgeht. Es fühlte sich warm und ziemlich durchfeuchtet an. Das mochte ich, meine Partnerin war markiert, so machten das auch die Hunde und was konnte daran falsch sein?

Der Pfarrer setzte sich langsam. In seinen Händen hielt er ein aufgeschlagenes, dickes dunkles Buch.

«Ein jegliches hat seine Zeit«, begann er leise, »und alles Vorhaben unter dem Himmel hat seine Stunde, Geboren werden hat seine Zeit, sterben hat seine Zeit, pflanzen hat seine Zeit, ausreißen, was gepflanzt ist, hat seine Zeit, töten hat seine Zeit, heilen hat seine Zeit, abbrechen hat seine Zeit, bauen hat seine Zeit, weinen hat seine Zeit, lachen hat seine Zeit, klagen hat seine Zeit, tanzen hat seine Zeit, Steine wegwerfen hat seine Zeit, Steine sammeln hat seine Zeit, herzen hat seine Zeit, aufhören zu herzen hat seine Zeit, suchen hat seine Zeit, verlieren hat seine Zeit, behalten hat seine Zeit, wegwerfen hat seine Zeit, zerreißen hat seine Zeit, zunähen hat seine Zeit, schweigen hat seine Zeit, reden hat seine Zeit, lieben hat seine Zeit, hassen hat seine Zeit, Streit hat seine Zeit, Friede hat seine Zeit.

Man mühe sich ab, wie man will, so hat man keinen Gewinn davon. Ich sah die Arbeit, die Gott den Menschen gegeben hat, dass sie sich damit plagen. Er hat alles schön gemacht zu seiner Zeit, auch hat er die Ewigkeit in ihr Herz gelegt; nur dass der Mensch nicht ergründen kann das Werk, das Gott tut, weder Anfang noch Ende. Da merkte ich, dass es nichts Besseres dabei gibt als fröhlich sein und sich gütlich tun in seinem Leben. Denn ein Mensch, der da isst und trinkt und hat guten Mut bei all seinem Mühen, das ist eine Gabe Gottes.«

Die Ewigkeit hat er uns also gegeben? Das verstand ich nicht. Das Dasein war doch endlich. Meinte er damit die Wiedergeburt? Ich konnte mir beim besten Willen keinen Reim darauf machen, die Ewigkeit in meinem Herz aus Stein?

So langsam wurde ich müde. Die Luft wurde immer schlechter, dafür aber auch wärmer und nach einem langen Kurtag mit vielen Terminen ging der Akku zur Neige. Die Zeit zum Schlafen und Träumen rückte näher. Yvettes Glaube war stärker als meiner. Sie hing konzentriert an den Lippen des Pfarrers, während ich mir die anderen Damen betrachtete und mit den Fingern meiner linken Hand spielte.

Es war eine kleine Kirche, dafür sehr gut besucht. Was sollten die vielen Patienten auch abends anfangen? Hier in Isny und dann noch oben beim Schloss gab es nicht viele Angebote. Chibulka war einfach ein Magnet, der Mann wusste, wovon er sprach. und seine Reden trafen den Punkt, er legte den Finger in die Wunde. Viele kauften danach für einen Obolus eine Kopie der Rede. Meistens auf buntem Papier. Ich hütete die Dinger wie einen Schatz. Meine linke Hand signalisierte mir, dass es warm und schwül ist, das passte so gar nicht in die klamme Kirche. Ich vergrub die Finger noch ein Stück tiefer und schob sie unter den Po. Yvette blieb ganz cool, sie hatte nichts dagegen, ich glaubte sogar, sie mochte das. In der Kirche sitzen als kleines Sünderlein, während einen sündige Gedanken plagen.

»Pling, Pling, Pling«, ertönten die kleinen hellen Glocken erneut und wir mussten aufstehen. Das Vaterunser stand an. Danach deutete uns Chibulka mit einer Geste, dass wir uns wieder setzen sollten. Er redete nochmal über die Zeit und wie doch alles Multitasking ist. Wichtig wäre es, freie Zeit zu haben und diese zu nutzen, einfach mal nichts zu tun. Auf eine Bank setzen und die Gedanken schweifen lassen.

Am Ende gibt es nochmal großes Kino und er meinte: »Wahrscheinlich ist der Sündenfall der Menschheit nicht der Biss in den Apfel, sondern der Fortschritt und die Entkopplung von der Natur.«

19

Die Ostsee war mein neuer Heimathafen geworden. Der Nordwind hatte uns da, warum auch immer, abgeladen, und hier oben hatten sie mich und meine Tochter bereitwillig aufgenommen. Ganz unkompliziert und geordnet lief das ab. Auf den Ämtern gab es keine Wartezeiten und im Gymnasium waren sie froh um jeden zusätzlichen Schüler. MV war das am dünnsten besiedelte Bundesland, wer konnte, ging.

Es war jetzt Dezember und draußen pfiff der eisige Wind um die Hausecken. Er heulte wie ein altes Schlossgespenst. Die Wetter-App meinte dazu, minus sieben Grad und Windböen von bis zu 75 km/h. Ich empfand das Lüftchen heftiger. Total durchgefroren lief ich am Strand Richtung Darßer Ort. Mein Auto stand in Prerow auf dem großen Parkplatz gegenüber den Dünencampern. Ich brauchte frische Luft und so ein Tag am Meer bringt manchmal Klarheit. So war der erhoffte Plan.

Der Strand war an manchen Stellen mit dunklen Fadenalgen, dem Treibsel, überhäuft. Es roch gegen den Wind wie alte kalte salzige Fischsuppe. Da hinten beim roten, aus Backsteinen errichteten Leuchtturm ging langsam die Sonne unter, ich war spät dran. »Raus bist du!«, schoss es mir immer wieder durch den Kopf. Raus, raus, raus, das hatte ich fein hingekriegt und jetzt langweilte ich mich. Vorher war ich Teil der Pinguinarmee, fleißig, herzlos, willig, rabiat, unantastbar, top alimentiert, begehrt bei Jung und Alt, ging regelmäßig zur Arbeit und verrichtete meinen Dienst, tat, was getan werden musste, leistete meinen Beitrag für die Gesellschaft, hatte traditionsgemäß ein Haus in einer top Gegend, eine hübsche blonde Frau, tolle Kinder und ein neues Auto besessen. Konnte regelmäßig in Urlaub gehen und mir eigentlich alles leisten, zumindest auf Kredit. Die Kreditwürdigkeit war weg und auch der Rest war futsch! Vom top bezahlten Leutnant mutierte ich zum Versager. Früher im Räderwerk, als kleines Zahnrad, war nicht groß Zeit zum Nachdenken und Reflektieren, nun gab es zu viel davon, um zu erkennen, wer ich war und was gerade in der Welt abging. Warum hatte ich das getan? Die Realität schlug mir den ganzen Tag Ohrfeigen ins Gesicht.

Für viele mutete das wohl seltsam an und der eine oder andere wird wohl auch einfach einen Penner in mir erkennen. Mein einziger Trost war, dass Gott die Ungläubigen, die Verbrecher, die Sünder und somit auch mich Penner liebte.

Mein erstes Studium hatte ich nicht geschafft, genauso den Führerschein nicht auf Anhieb, im Fußballverein versagt, im Schachklub, im Judoverein, in der Schule, bei den Mädchen, meine erste Freundin machte mit mir Schluss, weil ich mich nicht getraute sie zu küssen, ich war ein verklemmter Kotzbrocken ohne Rückgrat und Eier in der Hose, der auf dem elterlichen Grundstück rumlief und mit einem Hammer kleine Insekten zerschlug, und das stundenlang. Meine große Tochter meinte deshalb neulich zu mir, ich würde sie an Jeffrey Dahmer erinnern. Ich glaube, sie hat recht. Es grenzt somit nicht an ein Wunder, dass ich als Soldat meine Berufung gefunden hatte.

Meine Eltern waren zeitlebens unzufrieden mit mir, mein Start ins Leben war holprig und es wurde nicht besser, mein Motor lief nicht rund, weil mein Ego auf Erbsengröße stehengeblieben war und gerade meine *Mutti* ließ mich das deutlich spüren, manchmal mit Gewaltausbrüchen, täglich mit neuen kleinen Gemeinheiten, und beruflich schwamm ich immer nur im oberen Mittelfeld. Es fehlte mir meistens der letzte Biss, dass Quäntchen Glück, der *big point*, der Glaube, oder war es am Ende nur Fatalismus? Nur einmal im Leben hatte ich einen großen Lauf, alles lief perfekt damals. Das war die Zeit, als ich noch in meiner Villa mit Pool auf der Gartenstadt lebte. Wie ein Snob führte ich mich auf und das zog viele an. Ich war zwar frischer Single, die Frau war schon mit den Kindern abgehauen, hatte aber immer mal wieder ein Date und ich konnte ein paar Salven abfeuern. Binden wollte ich mich nicht. Aus irgendeinem Grund merkte ich, dass ich super verkaufen konnte. Ich würde sogar behaupten, das war ein Talent von mir. Das erste, das ich entdeckte nach fast 30 Jahren. Dass die Damenwelt auf mich flog wie Motten ins Licht, sehe ich nicht als Talent, sondern eher als Segen, als Ausgleich zu dem ganzen Mist, den ich mitbekommen hatte. Alles, was nicht niet- und nagelfest war, wurde von mir über das Internet vercheckt. Es waren goldene Zeiten, denn die Claims waren noch nicht abgesteckt. Mein Reingewinn, neben meinem Beruf, in manchen Jahren war sechsstellig. Aber ich hatte einen aufwendigen Lebensstil und gab das meiste gleich wieder aus. Gutes Essen, teurer Wein, Technikkram, Motorräder und Luxushotels hatten es mir angetan. Ich erinnerte mich, wie ich mal bei einer Haushaltsauflösung viel zu spät kam. Das ganze Tafelsilber war schon verhökert, die Wiese abgegrast, die Ziegen zogen weiter und hoffnungslos blickte ich in dem Haushalt umher und entdeckte nur noch Müll und verdorrtes Gras. Wie heute auf den Straßen. Es gab nur noch Zeugs, das noch nicht mal der *Fairkauf* nehmen würde. Das Beste war noch das Grundstück und das Haus mit Wintergarten.

Da erblickte ich im Wohnzimmer ein riesiges Bücherregal. Es war voll mit diesen Schinken des Bertelsmann Buchclubs oder ADAC, wobei die Teile vom Automobilclub wenigstens noch optisch ansprechend und lesbar waren. Ich fand einen Schmöker über die Alpen, den nahm ich gratis mit und schenkte ihn einem Kameraden von mir. Der war besessen von den Alps. In dem gleichen Regal, so auf Kopfhöhe, neben den gesammelten Werken von Goethe, entdeckte ich noch eine Enzyklopädie von Brockhaus. 32 dicke, mittelgroße Bücher in Leder eingebunden, mit Lesebändern in rot und mit Goldschnitt als Schutz an den Seitenrändern. Die Teile wirkten edel. Das interessierte mich, sowas kannte ich in diesem Umfang nicht, obwohl es wohl wegen Google und Wikipedia sinnlos schien, sich noch ein Lexikon als Staubfänger ins Regal zu stellen.

Ich zahlte pro Buch einen Euro und verließ mit 5 schweren Kisten das Schlachtfeld. So etwas hatte ich noch nie angeboten. Was es bringen wird, war mir nicht klar. Während der Recherche merkte ich, dass es die aktuelle Ausgabe in einer speziellen Luxusausführung war. Sie war vergriffen und begehrt. Schlussendlich verkaufte ich die Teile an eine Kanzlei in Hamburg für 3.500 Euro. Das war kein schlechtes Geschäft. Ich hatte Glück und den richtigen Riecher gehabt. Irgendwann schwamm ich im Geld und hob ab. Es war mir klar, dass ich es nun gepackt hatte. Ganz oben würde ich landen. Ständig taten sich neue Geschäfte auf. Ein E-Piano von Yamaha kaufte ich für 1.500 und verhökerte es an einen Metzger aus Frankfurt für 25.000 Euro. Es war für seine Tochter. Ein netter Kerl, er spielte kurz darauf und nahm es gleich mit. Doch dann kam ein Schicksalstag für mich. Meine Hütte war längst abbezahlt. Es ging mir prächtig. Im einzigen Fitnessstudio in

Käfertal war ich nach einem Yoga-Kurs noch mit einer Teilnehmerin in die Sauna gegangen und wir kamen uns dabei sehr nahe. Im türkischen Dampfbad rieben wir uns gegenseitig mit Salz und Honig ein. Das Dampfbad war eher klein. Eine beschlagene Glastür hielt den Dampf zurück, die Blicke draußen und innen hatten so sechs Leute Platz. Es gab diese Mosaikfliesen, die zu einer umlaufenden Bank gearbeitet waren, einen Wasserschlauch zum Abspritzen, von der Decke tropfte heißer kondensierter Wasserdampf und verbrühte einem die Haut.

Wie ich den Honig auf Mias großen, festen Brüsten verteilte, bekam ich einen Ständer, der auch im Nebel des Dampfbades nicht zu übersehen war. Peinlich war mir das nicht, eher andersrum und auch Mia kannte keine Hemmungen, sie ging in die Hocke und flüsterte, während irgendwo aus einer Düse ein neuer Schwall heißer Dampf herauszischte: »… will dir einen blasen …«, das fand ich top, das Glas der Tür war jetzt mit vielen kleinen Tropfen überzogen, ab und zu rannte einer der Schwerkraft folgend los, doch mir war das schlagartig zu viel. Wir hätten jederzeit erwischt werden können, Tür auf, peinlich, Erregung öffentlichen Ärgernisses und möglicherweise wären wir aus dem Studio geflogen und das wollte ich nicht, denn es war eine meiner wichtigsten Rekrutierungsmöglichkeiten und mein zweites Zuhause. Ich war zu dieser Zeit sportsüchtig und hatte schon so viele Frauen hier abgeschleppt, das konnte ich nicht aufs Spiel setzen.

Ein Bekannter, auch ein großer Weiberheld erklärte mir mal, dass das Fitnessstudio denkbar ungeeignet zum Flirten wäre. Stephano meinte: »Weißt du, Hansi, die haben da keine Zeit und sind voll mit dem Training beschäftigt.

Außerdem werden die da ständig angegafft und angemacht. Da brauchst du gar nicht erst anfangen.«

Der Stephano hatte vollkommen recht, er vergaß nur eine Sache, der Wellnessbereich war nicht das Studio und hier galten andere Regeln. Die Frau, die hier auftauchte, wollte sich in der Regel zeigen, wollte relaxen, ihren trainierten Body vorführen, einen Smalltalk machen, etwas Wasser trinken, ein paar Früchte naschen, vor einem Publikum eine Show abziehen, bewundert und begehrt werden. Meine Masche war immer der Ruheraum direkt beim runden Kaminfeuer, und nach ein paar Saunadurchgängen, wenn schon der eine oder andere Blickkontakt da war, dann kam das Lächeln und das Eis war gebrochen. Die Atmosphäre der dampfenden, ausgepowerten, zerstörten Körper und Muskeln, die wie bei einem Schmied nach dem Fegefeuer und kräftigen Hammerschlägen, bei denen die Funken nur so sprühten, in zähflüssigem Öl schnell abgekühlt wurden, die feuchte Haut, außen kalt von der abschreckenden Dusche, ein Glas Sekt und der ganze Schweißgeruch taten ihr übriges.

Aber Mia ging mir entschieden zu weit. Nicht dass ich Skrupel hatte, aber der Preis war mir zu teuer. Ich zog sie hoch und wir gingen in eine der Solarium Kabinen, das schien mir noch am sichersten. Mia war eine tolle Frau, zehn Jahre jünger als ich, unkompliziert, und warum sie auf mich stand, schob ich auf einen Vaterkomplex oder sie war ein *Sugarbabe*. Mir war das egal. Sie war ziemlich groß, hatte helle Haut, ganz lange Beine, schmale Lippen, kräftige Oberschenkel, dünne Waden ohne erkennbare Muskulatur, einen flachen runden Hintern, der in Jeans verloren ging, kleine feste Apfelbrüste, keinen Bauch und eine lange, etwas zu raue Zunge ohne erkennbaren Belag. Einen Tempel so eng anliegend wie ein Stützstrumpf.

Sie arbeitete als erfolgreiche Verkäuferin in einem Fertighauscenter in Heidelberg. Auf dem Nachhauseweg vom Fitness Tempel hatte ich dann dieses Pech. Ich fuhr bei regennasser Fahrbahn die marode ABB-Brücke hinunter und kam beim Abbiegen ins Rutschen. In der Fachsprache heißt das nicht angepasste Geschwindigkeit. In meiner Sprache sagte ich, ich war abgelenkt, träumte noch vom Dampfbad und mir war so wohlig und mein Körper war komplett entladen. Das Auto überschlug sich zweimal, eine Tür ging dabei auf und ich wurde sogar aus dem Fahrzeug geschleudert. Leider war ich so cool gewesen, mich nach dem Studio und dem Fick mit Mia nicht anzuschnallen. Überhaupt hatte ich es nicht sehr weit. Nur einen Stadtteil musste ich durchqueren, aber das reichte. Schwerverletzt lag ich auf der Straße und fremde Leute von der Straßenbahnhaltestelle kamen hektisch angelaufen. Sie nervten mit ihren bescheuerten Fragen. Es ging mir nicht gut, alles tat weh und ich blutete an der Hüfte und den Ellenbogen. Zum Glück ich konnte aufstehen, nichts schien gebrochen. Der Asphalt hatte mir lediglich die Haut zerfetzt. Auf alle Fälle hätte mich das damals nachdenklicher machen sollen. Es war ein Zeichen. Tatsächlich ging ich drüber hinweg und machte weiter wie bisher, aber der Erfolg hatte mich verlassen, ab diesem Moment liefen die Dinge schlechter. Ich bemerkte es, aber es drang nicht in mein Bewusstsein.

Es sollte wohl auch so sein. Das launige oder unbeständige Schicksal gab mir einige sehr gute Jahre und dann war Schluss. Es gibt kein Recht sich zu beschweren. Jeder, der schon mal eine gute Phase hatte, und wenn es nur einen Tag oder eine Sekunde andauerte, hat den Joker gehabt und mehr kann man nicht vom Leben verlangen, danach bekommst du wieder den Schwarzen Peter, Dauer Peter, wer das nicht versteht und noch Nachschlag will, der ist einfach ein Idiot, ein dussliger Ignorant, ein Narzisst oder leidet an Borderline und hat es nicht verstanden. Füge dich in dein Schicksal, das Leben hat nicht viel Glamour zu vergeben! Das ist wie an Karneval, wenn die Umzugswagen die süßen Sachen werfen, meistens ist nur Schrott dabei.

Ich hatte meine guten Jahre. Vielen Dank! Jetzt bin ich raus und habe gar keinen Bock mehr, noch etwas aus meinem Leben zu machen. Es kommt nur noch Mief, und den gilt es zu ertragen, am besten im Rausch. Ich will auch gar nichts werden, weil ich nichts kann und sehr wahrscheinlich auch nie was können werde. Was sollte das auch mit Anfang 50 noch bringen, ich war ein gefallener Engel. Was würde irgendwas ändern? Möglicherweise eine noch größere Villa mit einem doppelt so großen Pool, ein eigenes Pferd oder Boot? Das ist alles viel zu klein, zu einfach gedacht, dieses Zeug bringt mich nicht weiter, wenn schon, dann eine Villa auf dem Mond und Herrscher über die Erde. Das wäre was Neues und dafür würde sich all der Aufwand lohnen. So wie bei Musk oder Branson. Ich könnte auch Herrscher über die Viren und Impfstoffe werden wie Bill und der Menschheit erklären, was zu tun ist und was nicht.

Aber bei mir war das hoffnungslos geworden, der verdammte Unfall hatte mich aus der Bahn katapultiert. Es ging alles glimpflich aus, etwas Schorf, paar Narben, natürlich, das war ein Wort, es hätte noch viel schlimmer kommen können. Jawohl! Es ist wie in der Quantenphysik, eben war das Atom noch hier an dieser Stelle und es geschah nichts, außer dass die Zeit relativ voranschreitet, und plötzlich ist das Atom weg und taucht an einer anderen Position wieder auf. Ich war in der Pole-Position, fuhr die verfickte Brücke runter und das Leben, die Zeit, der Takt, Einsteins Relativitätstheorie hatten mich nach hinten durchgereicht. Hätte die Zeit auf dem Gipfel nicht langsamer ablaufen können?

Da wo's stinkt und eklig wird, bin ich nun in meinem Raumschiff gelandet, hatte das Schicksal mich und die Orion platziert. Und es sollte alles noch schlimmer kommen. Es hatte mich auf einer metallenen Stufe abgesetzt. So eine Stufe mit Rillen, die in die nächste greifen, ich stand auf einer Rolltreppe, die ins Untergeschoss fuhr. Unten ist immer der Abfall, dort spielen die Schmuddelkinder. Schön langsam Rolltreppe abwärts, Kamerad. Was dich ganz unten erwartet, davon darfst du *Albträumen*. Jetzt stand ich inmitten dieses brackigen Seetangs, der raue Wind hatte mein Herz noch mehr vereist, und ich stellte mir die Frage aller Fragen: »Bist du unten angekommen, ist das jetzt endlich unten?«

Mir fiel auf alle Fälle nichts Besseres ein, als alles aufzuschreiben, und das war das Letzte, was alle erwartet hätten, der Penner wird Autor, denn ich bin Legastheniker und Buchstaben und Wörter quälen mich noch schlimmer als meine Zähne oder die Psyche, schon mein ganzes Leben. Mia hat auch die Branche gewechselt und vertreibt jetzt sehr erfolgreich LR- Produkte. Leider haben wir, nach vielen vielen Jahren, seit kurzem keinen Kontakt mehr. Sie möchte seriöser werden, heiraten und einen, der ihr mehr Glamour bietet als ich. Das verstehe ich, es ist nur schade, denn sie kam so gut und einfach zum Orgasmus.

20

Hier in Barth gab es nur ein Handvoll Geschäfte. Dank Corona und dem Bevölkerungsschwund wurden es aber immer weniger. Das Café Galerie in der Fischerstraße, in der Nähe des Marktplatzes, hatte es mir angetan. Es gab dort sehr guten Kaffee mit Hafermilch, ein schönes Ambiente mit Kunst, inklusive Fachwerkflair, einen grünen Innenhof, nette junge Damen und kostenloses Internet. Anfangs war ich fast jeden Tag dort, um zu recherchieren und zu schreiben. Eine sehr gute Freundin, mit der ich eine zu 98 Prozent platonische Beziehung führte, besuchte mich im Sommer und wir verabredeten uns im grünen Innenhof des besten Cafés am Ort.

»Du bist jetzt ein Autor?«, sagte Maria.

Sie war einfach zu nett oder meinte sie das ernst?

»Ein scheiß bin ich«, musste ich dazwischen poltern, »ich kann doch noch nicht mal geradeaus schreiben.«

»Das zählt nicht«, erwiderte sie stur höflich, »du hast ein Talent, ich könnte das nicht. Du hast in einem Jahr drei Bücher geschrieben, das ist unglaublich, davor auch eines und jetzt bist du schon am nächsten.«

Eine kleinere zierliche, stark tätowierte Bedienung trat an unseren Tisch und fragte höflich: »Hallo, was darf ich euch bringen?«

Ich orderte zweimal großen Milchkaffee mit Hafermilch. Das Frühstück war hier auch tippitoppi, aber ich war nicht hungrig.

»Weißt du, das Tippen beruhigt mich und ich bekomme dann das Gefühl, ich gehe einer Tätigkeit nach. Es ist mein

Halt in meiner Odyssee, bei der ich mein altes Leben betrachte.«

»Das ist gut, du hast Freude daran und das ist das Wichtigste was zählt. Wenn dein erstes Buch rauskommt, dann bestelle ich mir sofort ein Exemplar.«

Maria ist so lieb. Sie meinte das alles ernst und würde sogar eines kaufen. Mein erstes verkauftes Buch ist schon gebongt, obwohl es noch nicht mal verlegt und gedruckt ist. Das machte mich stolz.

»Das ist total nett von dir. Ich schreibe dir dann eine Widmung rein.« Ich hatte das noch nie getan. Was sollte ich da notieren. Sowas wie: »*Meiner einzigen Leserin vielen Dank und bleiben Sie gesund, denn Sie sollten noch die drei anderen Werke ordern.*«

»Darauf bestehe ich. Ich komme dann hier hoch nur wegen der Widmung. Wie hieß dein erstes Buch?«

»*Psychotango mit mir.*«

»Von was handelt es?«

Das war sehr intim, aber immerhin würde ich es verlegen und dann würde es sowieso die ganze Welt erfahren. Ich bin ein Psycho.

»Von meiner Reise durch die Unterwelt, der menschlichen Psyche im Speziellen. Es ist ein Seelenstripp und ein Aufschrei zugleich. Es zeigt, dass es bei mir so nicht mehr weiterging.«

»Gibt es Lösungen?«

»Ich formuliere es mal so. Es gibt Erklärungen und Weisheiten. Ich benutze hier immer das Bild einer Diskokugel. Unser Dasein ist wie diese Kugeln, die im Rhythmus der Musik vom Licht angestrahlt werden. Eigentlich schön anzusehen.«

»Ja, ich mag die Teile auch. Sie verteilen die Strahlen überall hin und zaubern so schöne Abbilder an die Wand.«

»Das ist aber nur der eine Aspekt. Viele der Steinchen unserer Diskokugel, werden im Laufe der Jahrzehnte trübe und reflektieren das Licht nicht mehr gut.«

»Ah, verstehe, das sind dann unsere Baustellen?«

»Ja genau, aber es ist leider noch etwas komplizierter. Man wird es nie schaffen, alle Steine blankpoliert zu bekommen, denn das Spiel hat einen Haken. Du hast nur etwa 42 Steine von vielleicht 100, und du musst im Leben versuchen, die für dich perfekte in der besten passenden Mischung zu finden.«

»Erkenne dich selbst, sozusagen in der Diskokugel.«.

»Richtig. Alles geht nicht. Das ist die Kunst. Ich erkläre das noch ausführlicher im Buch. Ich suchte ein Modell, das jeder verstehen kann.«

»Ich bin mir sicher, dass es gut ist.«

»Danke, Maria, aber darauf kommt es mir gar nicht an. Es ist Kunst, auf meine Art. Es muss nicht gut sein. Wichtig ist, dass ich mich damit identifiziere. Ich schreibe mit Liebe und großer Motivation und Resignation. Der ganze Prozess beruhigt total, es verändert mich und löst alte Blockaden in mir.«

»Denkst du, es gibt Personen«, bohrte sie nach, »bei denen alle Mosaik-Spiegelchen leuchten?«

»Sicher, aber nur ganz wenige, vielleicht der Dalai Lama und bei Gott.«

Für mich dachte ich, was für ein dummes pseudo Geschwafel. Erzähl doch, dass du einfach nichts anderes anzufangen weißt, und bis die verschissenen inneren Mauern zu deinem Herzen mal eingerissen sind, da musst du wohl noch 100 Bücher verfassen.

»Mir ist überhaupt nicht klar, wie ich darauf gekommen bin, als Legastheniker mit dem Schreiben anzufangen. Jetzt habe ich schon drei Skripte und keines wird jemals verlegt werden.« Wir lachten etwas. Es hatte schon was Tragikomisches, vorher schrieb ich Berichte, die las wenigstens mein Chef, der Staatsanwalt, der Richter und ein paar Anwälte und was weiß ich noch wer und jetzt verfasste ich viel geileres Zeug und es war für die Tonne. Als wäre der Kram VS-Sache wie früher.

Ich kenne Leute aus meiner Schulzeit, die sind Einser-Kandidaten in Deutsch und haben noch nie mehr als zwei DIN A4 Seiten verfasst und die können es nicht glauben, dass ich Hohlbrett Romane bastele. Die schmunzeln einfach, weil das Zeug nicht veröffentlicht wird. Idioten! Darum geht es ja nicht unbedingt, das ist nicht der Punkt, der Prozess ist das Wunder. Es löste etwas bei mir aus. Ein Alien will raus und dank der Buchstaben kann ich ihn vorholen, mir ist nur bange dabei, vermutlich kann ich ihn nicht leiden, vermutlich muss ich ihn dann halt töten, schnell, bevor er mich frisst oder mich mit seiner Säure verätzt – mit der Pumpgun voll in die Fresse wie bei Doom. Es ist etwas, was ich so noch nie spürte, und mir ist es Nebensache, ob das veröffentlicht wird, verkauft wird, angenommen wird, für gut befunden wird oder fehlerfrei ist. Es ist mein Baby, auch wenn es mongoloid ist, und ich bin stolz darauf, dass mir das alles egal ist. Nur für sich zu schreiben, und das jahrelang, und niemand wird es je erfahren oder lesen können. Das ist geil, elitär, irre. In meinen Skripten steckt so viel Zeit. An *Psychotango mit mir* arbeitete ich über vier Jahre, es kostete ungefähr 3.500 Stunden Lebenszeit, ein unbezahlbares Werk, manchmal bin ich an dem Projekt fast verzweifelt, und niemand kann es aktuell kaufen, weil es das Schicksal so will.

Eine weiße Tasse mit einem goldenen Keks auf dem Unterteller schwebte von einer bunten Hand begleitet an meinem Gesicht vorbei vor mir auf den Tisch. Raumschiff *Surprise* ist back.

»Bitte schön, einen Hafermilchkaffee für Sie und für Sie.«

»Danke.«

»Lasst es euch gut schmecken bei dem schönen Wetter.«

»Danke schön«, sagte Maria und blickte der Bedienung hinterher, »Ich verstehe, du machst das für dich und hast gar keine Zeit für was anderes. Vielleicht auch keine Lust?«

Ein Auto holperte zügig über das Kopfsteinpflaster des Marktplatzes und Kinder spielten am Brunnen. Ein anderes großes Auto hielt direkt auf dem Platz und ein Mann in abgetragenen Klamotten baute einen Stand auf. Eine Frau und ein Mann hielten mit ihren Rädern, vollbepackt mit viel zu vielen Taschen, an und sahen sich um.

»Das ist es Maria, ich will schreiben, nur schreiben und nicht verkaufen oder mich um Vermarktung kümmern. Kein Bock darauf, das Schicksal will, dass ich schreibe. Das andere ist nicht meine Baustelle, wenn das Universum so will, dann wird es die Dinge fügen, ansonsten bleibe ich ein total eingebildeter Schriftsteller, der seine Romane nicht veröffentlicht, weil er der Überzeugung ist, dass die Menschheit für den Inhalt noch nicht reif ist oder der Inhalt nicht reif genug ist.«

»Das ist doch ok, solange es dir Freude bereitet, mach einfach weiter.«

»Wie lange bleibst du?«

»Bis Sonntag, dann fahre ich wieder nach Mannheim.«

»Bist du mit deinem Appartement zufrieden?«

»Ja total, es gibt eine kleine Küche, ein Wohnzimmer und ein großes Schlafzimmer. Nur leider keine Parkplätze vor Ort. Ich musste am Hafen parken, auf dem großen Platz da. Aber ich habe freien Blick auf den Bodden.«

»Ja, mit Parkplätzen ist hier manchmal Mangelware. Dafür ist die Supermarktdichte unglaublich. Was ist mit deinem Freund?«

Wie sie so losredete, flüssig und übertrieben kontrolliert, signalisierten ihre Augen Schmerz und liefen voll klares salziges Wasser, wie eine geflutete Sandburg am Zingster Strand.

»Ausgezogen und weggefahren. Er hat es mit mir nicht mehr ausgehalten. Er brauchte seine Ruhe, um Gott zu finden. Ich habe ihn dabei nur gestört.«

Ihr nun Ex war ein komischer Vogel, voller Probleme mit sich und der Welt. An nichts konnte der ein gutes Haar lassen, er war ein Prediger, aber ein scheinheiliger, und permanent auf der Suche nach Gott und der Erleuchtung. So wie ich, nur viel radikaler und wirrer.

»Das ist schade, aber ich glaube, er war schon ziemlich verrückt. Das mit Gott ist eigentlich gut, aber bei ihm ist es zu einem Wahn geworden. Auf der Suche nach dem Erlöser, fand er ihn bisher nirgends auf der Welt, obwohl er schon bis Mittelamerika gekommen war. Das ist so tragisch, dabei trägt ihn doch jeder in sich und in der Natur findest du ihn ganz easy. Hatte er nicht eine Statur bei dir in der Wohnung zerstört?«

»Ja, da war ein Gesicht drauf. Das störte ihn. Er meinte, die Augen würden ihn beobachten. Dann hat er die Figur vor mir mit einem Hammer zertrümmert.«

»Klingt nicht gut. Da ist doch was gewaltig verrutscht. Für mich sieht das nach einer Überschusshandlung von einem Psychopathen aus.«

Das war der wunde Punkt. Ihr Exfreund ein Psychopath und meine Ex genauso. Pech gehabt oder verdiente Strafe? Mir ging dieser bescheuerte Satz im Kopf rum: »Du erhältst den Partner, die Freunde, das life, die Personen, die zu dir in dieser Phase passen.« Die Lösung war genial einfach, nämlich dass es sich um geheime Prüfungen handelte, wie bei Globi auf der *Reise ins Schlaraffenland*. Nach bestandenem Test kam die nächste Aufgabe, immer so weiter, bis dann am Ende das ersehnte Ziel naht. Wichtig war, die Zeichen richtig zu deuten. Wenn man sich darauf einließ und es nicht gleich bemerkte, also die verrückten Handlungen nicht erkannte oder erkennen mochte, dann stimmte bei dir selbst ganz gewaltig was nicht. Diese ganzen Gestörten da draußen wären mächtig einsam, wenn sie nicht ständig neue Unglücksvögel fanden, und die sind selbst schuld. Wenn du nicht merkst, dass du Opfer bist, dann hast du Pech gehabt. Informier dich doch verdammt noch mal.

»Ja, mit ihm stimmte was nicht und ich wollte das nicht sehen.«

Sie hatte sich wieder gefangen, der Stich war wohl abgeklungen, die Sandburg von den Wellen fortgespült. Wieso schützten so viele ihre Seele nicht besser? Sie ist dir anvertraut und braucht deinen Schutz, ohne dich ist sie ganz verletzlich und einsam.

»Kann ich später bei dir schlafen«, fragte ich vorausplanend.

»Ja«, antwortete Maria etwas verlegen und fügte dann noch hinzu, »klar«.

Sie war eine wirklich anständige Frau mit leicht unterdrückten Trieben, aber immer dankbar für Berührungen, und sie las schnell.

»Ich hatte dir doch die ersten 99 Zeilen als Rohfassung geschickt. Wie fandest du es?«

»Gut, lediglich der Anfang ist etwas holprig, später wird es lesbarer, und die Sexszenen finde ich etwas sehr deutlich. Du könntest sie rausnehmen. Welchen Mehrwert bringen sie?«

Was sollte ich jetzt antworten? Sex sells und das einzige, bei dem ich noch etwas spürte, war die Fickerei, leider bin ich auch da total verkrampft, untalentiert und voller Blockaden, aber ich machte alles mit und spürte Lust mitzumachen.

»Also, das gehört für mich einfach dazu«, versuchte ich ihr schonend klarzumachen, »das ist eine der wichtigsten Szenen im Buch, wie der Hans in einer Umkleidekabine mit der Mitpatientin fummelt. That´s life! Das entfaltet diese Dialektik. Der eine ist brav in der Kur, arbeitet motiviert mit, der andere macht so weiter, wie er draußen aufgehört hat. Es geht um Klarheit, Motivation, Heuchelei, denn alle wollen nur das eine und den einen richtigen Lebensstil – La dolce vita!«

21

Eine Blaumeise hing kopfüber mit ihren vier dünnen schwarzen Zehen in der Futterstange. Fiebrig und voller Gier pickte sie mit ihrem dunklen Schnabel immer wieder ruckartig und nervös in den weißen Talg. Samen fielen auf den Boden. Kleine dunkle ausdruckslose Augen blickten wachsam und frech umher, Konkurrenten wurden vertrieben. Gelbe Federn, blaue und weiße Bäckchen, ein schwarzer Ring am Kopf, eine blaue Kippa, dazu ein dunkler kurzer Schnabel und das ganze schrankenlos. Warum wirkte das so perfekt gemacht? Wäre ich mit Federn, als Greifvogel, als Adler, glücklicher oder besser dran?

Von meinem Platz aus konnte ich auf den grün vergitterten Meisenknödel, eingerahmt von Betonplatten, schauen. Fünfzehn Meter über dem Boden, der große metallene Balkonkasten leer, alles staubig und dreckig. An einer Ecke ein großer Haufen frischer Taubenkot. Am Horizont schwebten Menschen an Schirmen in der Morgendämmerung. Die Kindergruppen durften nacheinander raus und stellten sich in Zweierreihen auf, dann ging es um das Gebäude in den großen Garten. Es gab einen grünen Doppelstabmattenzaun als Barriere zur Außenwelt, eine Reihe großer Ahornbäume mit roten Blättern, hunderte von kreischenden Dohlen darin, ein Klettergerüst, den Sandkasten, von hunderttausenden Tritten festgetretene Erde, auf der nur noch Moos und Breitwegerich gediehen, und wilde Karts, die über den gepflasterten Bereich am Kindergarten rasten.

Rollentausch, die Meise blickte mich an, sie analysierte und dachte, »Da sitzt er und drückt mit seinen Fingern hektisch auf Tasten rum. Sitzt ganz ruhig, bewegt nur die Hände, glotzt stur auf ein leuchtendes Rechteck mit einem weißen Apfel auf der Rückseite, selten Denkerpose, und ab und zu schaut er rüber zu mir. Vor der Katze hat er keine Angst. Trägt eine lächerliche, an den Beinen schon zerschlissene, eingerissene rot-blau karierte Hose und ein abgewetztes, hellblaues Langarm Shirt. Die längeren, grau melierten Haare hängen wie Fadenalgen in fettigen Strähnen herab, dunkle und helle Bartstoppeln, große feingliedrige Hände, längere, etwas schmutzige Fingernägel, müdes, vom Leben gezeichnetes Gesicht, furchig, großer kräftiger Körperbau, viele Lachfalten, schmale rote Lippen, leichtes Doppelkinn, Bauchansatz, leuchtend orangene Füße und große türkisfarbene Augen.«

Ich sitze in meinem grauen Ohrensessel und sinniere über die Vergangenheit. Selbst hier oben im Betonwunderland, wo außer ein paar Flechten und Moosen nichts gedeiht, kommt die Schöpfung angeflogen. Draußen am Balkon im 5. Stock hängt an einem alten Haken vom Vormieter dieser Fettknödel in einem Kleid aus grünen über Kreuz verbundenen dünnen Plastikfäden mit Hirse, Sonnenblumenkernen, Saaten und Nüssen. Daneben im leeren, fest mit dem Mauerwerk verbundenen Blumenkasten aus Beton lagen noch zwei Feuerzeuge, etwas angerostet, aber funktionsfähig nach einigem Ausprobieren. Wahrscheinlich waren die, die vor mir hier hausten, Raucher. Früher, als Kind, hatte ich oft Vögel beobachtet. Es war tatsächlich so etwas wie eine Freizeitbeschäftigung. Heute finden viele *Tatort* anziehender. Sicherlich hat man die gefiederten Dinger nur vergessen oder sie sind halt in 4k bei *Discovery Channel* ansehnlicher. Damals als Kind ohne Internet, saß ich am Fenster, blickte in den Garten und freute mich wie ein

Schneekönig, wenn mal ein Grünspecht oder ein Eichelhäher am Vogelhäuschen auftauchte. Auch bei Regen hingen wir an der Scheibe und hofften, dass bald Schluss ist, damit wir wieder raus konnten. Wer will heute noch raus, sogar der Staat verbietet es?

Heute hänge ich schon morgens am Handy wie alle. Es sollte eine App geben mit einem Vogelhaus. Morgens muss man Futter reintun und dann kommen die digitalen gefiederten Freunde und nebenbei erfährt man etwas über sie. Aber eigentlich braucht das niemand. Unser Smartphone gibt uns den Takt vor. Vogelfutter ist ein Ladenhüter, genau wie Feldblumen, was wir brauchen, ist Kredit, Coins, Geld, Schulden, um zu shoppen, und größere Häuser für den Plunder. In Amerika geht der Trend hin zu einer Zweitküche, einem zweiten Sofa, einem soundsovielten Bett, und da der Platz nicht ausreicht, wird das Zeug eingelagert. Das ist geil!

Dank der Pandemie wird endlich die *Modern Money Theorie* umgesetzt und ausprobiert. Wie bei dem Märchen *Sterntaler* der Gebrüder Grimm, nur dass es diesmal goldene Dukaten für alle vom Himmel regnet oder wie beim Goldesel, es hört nicht auf. Taler und Münzen *for everybody*, zumindest für die in den hochentwickelten Industrienationen. Das ist doppelt geil! Früher sammelte ich für meine Mutter Blumen. Heute würde ich ihr lieber eine Handgranate schenken, wo der Stift bereits gezogen ist. Ich war gerade aufgestanden, machte eine kurze Meditation auf meinem Kissen und blickte zum Balkon raus, während ich einen grünen Tee zum Wachwerden trank. Das wenig barmherzige Weihnachten war zum Glück rum. Wieso spendeten so viele am Ende des Jahres erst? Hatte das etwas mit Nächstenliebe zu tun oder diente es nur der Beruhigung des Gewissens, des inneren Richters, der göttlichen Stimme in uns? Wahrscheinlich ist die Lösung ganz banal. Es gab Weihnachtsgeld und an Heiligabend ging man das einzige Mal im Jahr in die Kirche.

Gleich bringe ich meine vielen Pfandflaschen und Dosen weg. Hauptsächlich blaue Gin Tonic Büchsen. Das Zeug konnte man gut trinken, man bekam nicht diese typischen Ausdünstungen von Sprittis und stank auch nicht aus dem Hals wie die Export Trinker. Ich schnappte mir eine große blaue Tasche von Ikea, machte das Pfandzeug da rein und lief die Stufen abwärts. Der Hausflur ist ab dem 4. Stockwerk verschmiert, im 5. ist wohl Aussätzigen Land, da wird nix gemalt, überall ist was hingekritzelt, das meiste unleserliches Zeug. Im 3. steht mit schwarzem Edding ACAB, könnte was dran sein, ich nehme es nicht persönlich, habe ich nicht viel gemacht und getan, hinter dem ich nicht gestanden bin? Kann ein Normalo Aufgaben erfüllen, die er von innen heraus, aufgrund seiner Einstellung, seiner Werte, seiner Erfahrungen, seiner Weisheit, aufgrund eines schlechten Gefühls, ablehnte? Würde Maria Pferdefleisch essen oder ihren Hund als Braten anbieten, wenn es verlangt wird? Vermutlich nicht – und Adolf? Das Universum forderte viel, angeblich, der Job auch, musste das alles mitgemacht werden? Nach meinem Urteil nicht. Trotzdem, ich zog es damals konsequent durch, war ein willfähriger Erfüllungsgehilfe der Macht, der Leute, die das Sagen hatten, und der mächtigen Eliten.

Wenn ich einen Edding dabei gehabt hätte, hätte ich noch daneben geschrieben APAB und APAK Wieso glaubte ich jetzt nicht mehr an das ganze Gerede? Weil es total egal ist und unser Dasein nicht real, reine Fiktion. Die Medien kamen mir vor wie reine Propaganda-Statisten. Im zweiten

Stock treffe ich Margot mit ihrer Nachbarin. Mit beiden bin ich schon um die Häuser gezogen. Sehr nette Frauen mit guten Manieren und Suchende. Dahinter standen die üblichen Geschichten. Es gab keine Treue, Ehrlichkeit, keine offene Kommunikation, ständig guten Sex, Sicherheit, Zuverlässigkeit, gemeinsame Freizeit-Aktivitäten, gleiche Ziele, den Partner als besten Freund schätzen, Toleranz, wie ein Guss durchs Leben gehen, nicht stressen, Fehler übersehen, guten Humor zeigen, Hausarbeit teilen, gleiche finanzielle Belastungen, Selbstverliebtheit, Freiheit, Großzügigkeit, Wahrheit, Weisheit, kompromissbereit sein, überraschen, spontan sein, sich entschuldigen, auch mal nur so, und verzeihen können. Einfach entspannt mit dem Lebenspartner umgehen und ihn schätzen, wie ein neues iPhone. Margot hatte das bitter erfahren müssen, ihr Mann ging fremd, da brach sie alles ab und zog an die Küste. Dabei ist Untreue so normal, wie bei Rot über die Ampel gehen, wie Kaugummi auf den Boden spucken, wie Hausaufgaben nicht machen, jeder tut es. Wer so was von seinem Mitreisenden fordert, von seinem Mannschaftsmitglied, vom Tandemspringer, vom im selben Abteil Sitzenden, vom Yin oder Yang, der hat die Realität verloren.

Margot kam mit den Zurückgebliebenen nicht mehr klar. Ist wohl so ähnlich wie bei mir. Wenn man mal durchblickt, dann ist das wie auf einem hohen Berg, die meisten stehen unten im Tal in einer tiefen Schlucht und sehen nur die Bäume und die steilen Felswände und Sonnenstrahlen über den schroffen moosbedeckten Felsen, an denen das Wasser heruntertropft. Die kommen sich aber nicht vor wie in einer Klamm, weil es überall blitzt und blinkt und Gaukler und Luftschlangen-Werfer sie verblenden.

Dagegen überblickst du schlagartig das Ganze nach einem wirklich lebensgefährlichen Aufstieg und merkst sofort, wie falsch die Meinungen und Hoffnungen da unten sind. Wie sollten sie es auch wissen und wofür gibt es Hochsitze und Ausgucke am Schiff?

Wenn du ihnen barmherzig die Augen öffnen willst, dann glauben sie dir nicht, wie bei Platon und seinem Höhlenmenschen, stattdessen bekommst du einen *Shitstorm Tsunami*. Am besten ist, du hältst deine Fresse, hast die Wahrheit gesehen, aber niemand wird dir glauben, du bist nun auf einer Stufe mit den griechischen Göttern, du folgst Kassandras Schicksal, das echte Licht, behalte es bloß für dich und schummel dich ab jetzt durch, denn das ist noch das Beste, was du treiben kannst, oder werde ein Märtyrer oder ein Prophet wie Johannes der Täufer, der irgendwann sicher geköpft wird, weil es allen guten Propheten so ergeht. Lass sie im finsteren Tal weiterwurschteln, aber bleibe höflich und hilf, wo du kannst. Schenke ihnen deine Liebe und gib ihnen Zaubersaft, wann immer es dir möglich ist. Erkenntnis macht einsam, niemand will die Wahrheit hören und noch weniger erkennen. Noch nicht mal die wahre Liebe wollen die Menschen. Es ist eher so wie mit dem Gesellschaftsvertrag von Kant. Verhalte dich angemessen, lass dich impfen, nimm diese Medizin, mucke nicht auf, dann hast du diese und jene Privilegien. Ich vertraue niemanden mehr. Bin aber total froh, wenn ich jemanden treffe, der auch auf dem Gipfel steht, denn dann kann man sich wenigstens vernünftig unterhalten. Aber Vorsicht, nie den Rücken zudrehen, manche wollen unbedingt allein den schönen Gipfelblick genießen.

»Moin«, rief Margot mir zu, »gehst du an den Strand?«

»Moin, Moin ...«, war mein Gruß, etwas versnobt, aber top, wie ich fand, »nein, nur kurz zum Supermarkt, Pfand abgeben und paar Lebensmittel einkaufen.«

Margots Freundin war alleinerziehend wie ich. Sie war die jüngste von uns dreien und hatte schöne hellblaue Augen, braune kurze Haare, zarte hellbraune makellose Haut, ein liebes Gesicht ohne Falten und war gut beisammen. Sie hatte so einen bestimmten Blick, so eine besondere Ausstrahlung, sie war zwar noch nicht auf dem Gipfel, aber sie ahnte etwas. Beide wirkten immer gut gelaunt.

»Kommst du heute Abend«, fragte Margot, »zum Hafen, da legte der DJ wieder zum Sonnenuntergang auf.«

»Klar.«

Das war eine coole Sache, es gab meistens geile Mucke, erschwingliche Cocktails in Plastikbechern ohne Eis, tolles Hafenflair, paar Touristen und jede Menge blutgeile Stechmücken. Der verdammte Automat im famila wollte meine Wasserflasche nicht annehmen. Der Code sei nicht lesbar. Das passiert immer nur mit den Plastik Wasserflaschen, mit den Gin Dosen geht das prima. Ich sollte einfach nur noch Gin Tonic trinken, da ist auch Wasser drin.

Hemingway und Steinbeck taten das auch. Der Unterschied ist gering, ich bin Autor wie sie, es ist nur diese eine kleine marginale Sache, die waren total erfolgreich und ich hatte keinen Job, als Schriftsteller war ich unbekannt, vegetierte vor mich hin, sah aus wie ein Penner und schrieb Bücher, die niemand verlegte, bildete mir aber ein, einer der größten unentdeckten Autoren der Neuzeit zu sein. Größenwahn in Reinkultur. Aber es ist besser, der Realität zu entfliehen, sich etwas einzubilden, als der Wirklichkeit in die Augen zu schauen.

Naja, auf dem Gipfel war ich ja schon und da funktionierte das andere nicht mehr. Ich konnte mich selbst nicht mehr blenden. Aber möglicherweise konnte ich die anderen blenden. Der Effekt war doch der gleiche. Das Leben ist einfach geil, du solltest nur verrückt genug sein, da es keine wirkliche Freiheit auf der Welt gab, *pisste* sich der Kluge durch.

22

Es war noch nicht so lange her, da führte ich die tollste Beziehung der Welt und wohnte in einem der geilsten Architektenhäuser. Ich war der glücklichste Mann auf Erden, nur bemerkte ich das nicht. Hatte den Jackpot gezogen, aber keiner sagte mir Bescheid, hatte Bingo und vergaß zu schreien.

Es war diese nahezu göttliche Zeit, mein goldenes Zeitalter? Die Tang-Dynastie in Mannheim Gartenstadt. Aber irgendwas in mir drin machte mich fertig. Mein beschissener Psychiater spielte gegen mich. Ich war ausgebrannt wie so eine Rohöltonne in der Bronx, um die die Penner immer rumstehen und sich wärmen, mein Lack war ab und es zeigten sich bereits erste durchgerostete Stellen. Bei ungünstiger Witterung fegte der Wind in die Tonne und die Flammen traten aus den Rostlöchern und verbrannten die Umstehenden.

Gerade kam ich bei der Amtsärztin raus und sie meinte, ich müsse dringend in Kur. Es wäre ganz akut bei mir. Dabei erzählte ich ihr nur einige meiner Ticks und Phobien. Zählen, ständig musste ich Sachen zählen, zum Beispiel die Begrenzungspfosten an der Straße, fast noch beliebter bei mir war das Zählen von Autoreifen oder der Katzenaugen. Ich addierte die dann immer paarweise. Ein Lkw hat in der Regel 10 Reifen. Meistens ist die Hälfte davon abgefahren oder beschädigt, aber das war ein anderes Thema. Wenn es nichts zu zählen gab, dann addierte ich meine Finger oder ich addierte mit einer Geste, beim kleinen Finger angefangen, eins, zwei, drei. Das war mir sehr recht, denn drei war auch meine Lieblingszahl. Vier, fünf und von vorne oder sechs, sieben, acht, neun, zehn, immer so weiter, bis ich die Besinnung verlor. Auch beliebt war der Trick, bestimmte Muster zu finden, zum Beispiel in abgehängten Industriedecken. Ich konnte nichts dagegen machen, das Programm lief selbstständig ab. Eine Routine. Außerdem hatte ich Schlafstörungen, konnte mich nicht mehr konzentrieren und hatte keine rechte Lebensfreude. Der Akku war leer bei mir, der Glühfaden durch, es gab einfach keine Kohle mehr zum Reinschippen in den Heizraum, um die Maschine am Laufen zu halten. Ich erklärte Frau Doktor die Gemengelage, obwohl mir das nicht recht war, denn ich hatte große Angst, dass die mir die Wumme abnehmen.

Zwischendrin murmelte die Ärztin immer: »Das reicht noch nicht.«

Was reicht noch nicht, du dumme Kuh, kam es mir hoch. Muss ich erst ein Massaker mit der MP5 anrichten. Ich redete einfach weiter. Beschrieb ihr meinen Zustand, der einer Depression glich, alles ist so trübe, im Kopf nur Matsch und dass es sich anfühlt als wäre ich schon längst gestorben.

»Das reicht nicht …, nicht.«

»Ich leere jeden Tag mindestens eine Flasche Wein, um mich von allem lösen zu können. Zum Entkrampfen, verstehen Sie?

»Hmm …«, sie blickte wieder in meine Akte, als ob da die Lösung stand, »das ist nicht gut, aber es reicht noch nicht.«

Will die, dass ich gehe und in vierzehn Tagen wiederkomme und sage, so, jetzt saufe ich zwei Flaschen Whisky?

»Ich will gar nicht trinken, aber ich muss, um mal abschalten zu können.«

»Das reicht noch nicht«, sie blickte finster drein. So eine Zicke, dachte ich, was soll dein monotones Gesabber. Sollte ich auf die Knie fallen? Verrecke, du Irre, hängt deine Festplatte?

»Mein Herz rast«, machte ich monoton weiter, obwohl ich sauer war, denn das konnte ich gut, einfach kreativ weiterlabern, mich focht nichts so richtig an, durchdringen konnte man so auch nicht zur mir, »manchmal und ich habe Angstzustände.«

Sie senkte den Kopf und blickte mich über meine Akte gebeugt von unten her an. Als wäre es ihr peinlich, mit mir über dieses Thema zu reden. Dabei war es mir total unangenehm mit ihr, der dünnsten Ärztin der Welt, die noch dazu Kettenraucherin war und aussah wie eine graue Ratte, darüber zu reden.

»Das reicht nicht, noch nicht«, schüttelte sie vorsichtig den Kopf. Ich verspürte Mordlust, aber bemerkte auch diesen Unterton und war bereit alles zu tun. Mittlerweile kam sie mir in ihrem weißen Kittel nicht mehr wie eine seriöse Ärztin, sondern wie eine Person vor, die ihren Körper durch Nahrungsentzug plus Zigaretten und mich als Domina quält. Dir geb' ich's, dachte ich, und wenn ich mich dafür mit dem Stethoskop auspeitschen lassen musste.

»Ich möchte so nicht mehr leben, ich halte das nicht aus, alles überfordert mich und ich bin total unzufrieden. Oft denke ich deshalb über Selbstmord nach. Meine Walther würde mir dabei helfen. Setze sie hier unten an, dann geht der Schuss direkt durch den Kiefer und diagonal durch den Kopf und vorher nehme ich einen Schluck Wasser in den Mund, damit das Geschoss schön aufpilzt.«

Sie wurde blass und rutschte mit ihrem kleinen Po unruhig auf dem Stuhl hin und her. Die Akte wurde mehrfach geblättert. An ihrem Schlüsselbein konnte man neue, bisher unentdeckte Knochen sehen. Ab und zu tauchte eine grüne Ader auf und verschwand dann wieder unter der dünnen Haut. Sie sah mir nicht in die Augen, sondern auf die Brust. Ich studierte ihr Gesicht, es war makellos, schlank und kantig. Die Frau hatte dünne Lippen und schwieg jetzt mit mir. Irgendwas stimmte bei der auch nicht. Ihr Hund stand plötzlich auf und leckte meinen Schritt. Da war ein brauner Klecks, schien ein Schokoladenfleck zu sein. Hunde sind die Spiegelbilder ihrer Besitzer.

Dann brach es aus ihr heraus: »Es reicht, Herr Frost, Sie brauchen dringend Hilfe, so geht das nicht weiter. Ich schicke Sie in eine Einrichtung, da wird man Ihnen mit Sicherheit helfen können.«

Das saß, ich hatte sie geknackt. Eine Zentnerlast fiel von meinen Schultern. Was für ein fight. Ich drückte den Hund weg. Es war unangenehm, und so langsam drang die Feuchtigkeit an meine Haut.

Frau Doktor, früher Domina für besonders schwere Fälle, spürte, dass ich mich immer mehr auflöste. Mein gehemmtes Sexualleben, meine vergammelte Persönlichkeit, meinen nicht vorhandenen Charakter und dass ich auf dem Gipfel stehe und sich der Größenwahn ausbreitete, behielt ich besser für mich, *top secret*. Das war mein letztes Geheimnis. Ich war eine lebensmüde Kampfmaschine, die die Antwort auf die alles entscheidende Frage gefunden hatte, und das birgt ein zu großes Risiko. Immerhin lief ich dienstlich den ganzen Tag mit halbautomatischen Waffen, manchmal sogar mit Kriegswaffen durch die Gegend. Sie schickte mich innerhalb von 14 Tagen in eine stationäre

Klinik im Allgäu, die Dienstwaffe, meinen Waldi, musste ich abgeben. Das stimmte mich traurig, ein Krieger, dem man die Waffen nahm.

Nachdem ich vor das Gebäude getreten war, musste ich erstmal tief Luft holen. Autofahren wollte ich noch nicht, ich brauchte Drogen. Entschied mich für einen Kaffee und etwas Süßes als Kokain Ersatz. Wo in Alt-Käfertal gab es so was? Google riet mir zu einem Fischmarkt auf der Hauptstraße, etwa fünf Minuten zu Fuß entfernt. Es war ein unscheinbarer Markt, draußen prangte ein großes Schild mit orangener Aufschrift »Der Beste Fischmarkt in Monnem«.

Was ich erst heute weiß, dieser Moment, der gleich passierte, wird in genau 10 Jahren mein Leben total auf den Kopf stellen. Aber es brauchte nochmal ca. 3.650 Tage Studium, Scheitern, Schmerz und Schlussstrich. Hätte mir damals einer erklärt, was die nächsten Jahre auf mich zukommt, ich hätte ihn klar ausgelacht oder mit meinem Freund Walther erschossen. Jetzt in dieser Sekunde weiß ich, dass mein Exodus hier begann. Raus bei der einen Domina, rein und so richtig rein bei einer anderen. Heute war *Domina Day*.

Trotzdem, dafür bin ich dankbar. Würde ich wieder diesen »Besten Markt« betreten? Die Antwort ist klar: »ja, unbedingt, schade ist nur, dass es ein Jahrzehnt dauerte, bis ich wieder rauskam.«

Es fühlte sich an, wie wenn einer in den Knast geht, nein, so kann man das nicht beschreiben. Der weiß um den Mist, der jetzt kommt, dass er da so und so lange einsitzt. Ich lief da rein wie die Biene, wenn sie von der Sonnenblume angezogen wird. Weiß sie genau, was sie da tut und wie die Zusammenhänge sind? Es ging mir wie in dem Film *From*

Dusk Till Dawn. Ich hatte keinen Schimmer, was mich erwartete, freudig ging ich ins Verderben, als die Schiebetüren des Bio Marktes für mich leise auseinanderglitten wie die Beine einer Frau beim Akt, wenn sie signalisiert, komm rein, dein Zeitfenster ist gekommen für die Stier-Nummer.

Es war ein kleiner, eher schäbiger Basar, der zu keiner der bekannten Ketten gehörte. Gleich in der Nähe des Einganges war eine alte Theke, an der es Backwaren und Kaffee gab. Etwas weiter im Laden stand eine große lange Fischtheke mit allerhand Meeresgetier auf Eis. Es roch salzig und nach frischem Tod. Ich stellte mich brav in die Reihe, dachte darüber nach, dass ich bald in Kur gehen würde. Fand das irgendwie geil, weil ich mir einbildete, dass dort Sodom und Gomorra herrschten, und schmunzelte voller Erwartung auf die Sahneschnitten und süßen Stückchen vor mich hin. Ich musste das meiner Ex sagen und den Kindern. Was sollte ich als Grund angeben. Könnte bei der Wahrheit bleiben und einfach raushauen, dass ich verrückt bin und damit es wieder besser wird, schicken die mich ins Sanatorium auf den Zauberberg.

Dann sah ich sie, Scarlett. Ihre Stimme war dunkel und rau, fast wie bei einem Kerl. Dann dieser Blick, blonde, zarte, glatte lange Haare, männlich kühle Ausstrahlung, dünne marmorhafte Gestalt und ein breiter Mund, der mich anlächelte und gleichzeitig geheime Botschaften über den Äther sandte, die nur ich sofort dechiffrieren konnte. Zwischen unseren Augen funkte es wie wenn du mit der Schruppscheibe die Schweißnaht sauber machst und zu feste drückst, die Funken sprühten in alle Richtungen, das Eisen glühte, der Laden hätte abbrennen können. Mann sollte vorsichtiger sein, aber so cool war ich nicht. Ich war platt von Frau Doktor und ihrer schrägen mit nichts zufrieden Nummer, der sinnlosen Leckerei und sofort verliebt, Scarlett O'Hara ging es wohl genauso. Wir tauschten Nummern aus, schrieben uns unverfängliche WhatsApp-Texte. Sie forcierte unser Zusammenkommen, ich trat auf die Bremse. Ich kannte sie ja nicht wirklich. Vierzehn Tage später zog die bei mir ein. Totaler Wahnsinn diese Aktion. Überhaupt hatte meine Vampir Lady, damit sie mit mir kuscheln konnte, ihre komplette Familie, Mann und drei Kinder verlassen. Damals hörte ich schon viele mahnende Stimmen. »Das ist nicht normal«, oder »Eine Mutter tut so etwas nicht.« Heute weiß ich, ich bin einer schwarzen Witwe ins Netz gegangen. Der andere war ausgelutscht und die brauchte einfach nur Frischfleisch. Wer bei uns die Biene und wer die Sonnenblume war, ist gar nicht so klar. Sie könnte die Biene sein, die ihr spezielles Programm hat. Sie tut halt, was die Algorithmen ihr sagen, in der unerschütterlichen Überzeugung, es ist gut und richtig.

Vielen Menschen fehlt die Fähigkeit zur Rückschau. Manche reflektieren zu spät, so wie ich erst nach zehn Jahren. Selbst schuld, du Depp, du Riesentrottel. Scarlet zog also bei mir ein, hinterließ eine traumatisierte Familie und begeisterte eine total neue Sippe. Die gemeinsame Zeit mit ihr war wie eine Achterbahnfahrt. Ich hatte meinen besten Sex ever und am Ende der gemeinsamen »Beziehung« war ich für das andere Geschlecht nicht mehr zu gebrauchen. Mein Zustand erinnerte mich an ihren Ex-Mann und die zurückgelassenen Kinder. Ich war ein Stück Trockenfleisch. In mir war kein Gramm Saft mehr. Übrig blieb ein Scherbenhaufen, wenn ich eines der Bruchstücke aufhob und daran leckte, schmeckte es bittersüß, als wäre ein Schokoladentopf kaputtgegangen. Noch heute träume ich regelmäßig von ihrem Körper und den Lobgesängen auf mich. Am Anfang fühlte es sich an wie Albträume, indessen ist es das Einzige, was mir geblieben ist. Mein Therapeut meinte, ich dürfte nicht an sie denken, auch beim Masturbieren nicht, sonst würde ich immer in dieser Abhängigkeit hängen.

Er hatte wohl recht, es fühlte sich an wie eine Fliege, die in einem Netz klebte und verzweifelt mit den Flügeln schlug. Die Schwingungen der Fäden zeigten der Witwe, wann das Opfer erschöpft war. Es ist doch aber egal, denn früher oder später werden wir alle gefressen, und die Erinnerung an Scarlett ist immer noch besser als jede Realität.

23

Zur Kur war ich mehrmals, beim ersten Mal hatte ich noch total Schiss davor, was die Kameraden, die Ärzte, die Patienten, der Postbote, das Küchenpersonal, meine Freunde, mein Friseur, der Zahnarzt, die Nachbarn, meine Frau und die Kinder darüber dachten, aber als sie mich das zweite und dritte Mal in die Klapse steckten, da fühlte ich mich schon dort geborgen und genoss meinen Aufenthalt in vollen Zügen, denn mein Ruf war endgültig zerstört.

Das Leben in einer Irrenanstalt ist wie wenn sie dich nach Atlantis bringen oder in den Zoo. Niemand weiß genau, wo diese sagenumwobene Stadt sich befindet, aber es soll wunderschön sein. Man befindet sich in einer Glocke, in einer irrationalen Blase aus Pastelltönen, das Dasein wird entkoppelt von der Außenwelt. Es fühlt sich leicht an, etwas angespannt vor Erregung, wie Lampenfieber vor einem großen Auftritt, sorglos, leidenschaftlich und auch ziemlich krank. Je eher einer erkennt, wie erschöpft er tatsächlich ist, wie entzündet sein Gehirn ist, wie verrückt, desto besser geht es danach mit ihm voran, aber erstmal sollte er das einsehen. Selbsterkenntnis als Schüssel zu Glück und Erfolg?

So ähnlich machte ich das dann auch. Ich war sehr krank, der Akku war im roten Bereich, eine Depression hatte sich ausgebreitet und besetzte meine Gefühlswelt, darum brauchte ich viel Pflege, Einzelgespräche, Sport, Therapiesitzungen, Bürstenmassage, Schwimmen, normale Massage, Dampfbad, Werken, ich machte Skulpturen, Wandern im Schnee, Yoga, Tanzgruppen, Bastelabende und Erholung. Die erste Kur war mein Erwachen, meine Neugeburt, hier erfuhr ich endlich, dass die von meinen Eltern durchgeführte Erziehung Scheiße hoch drei war, zumindest in vielen Bereichen, zum ersten Mal bekam ich eine theoretische Vorstellung davon, was Liebe sein kann, was Leben bedeutete, dass es etwas außerhalb der AGBs gab. Liebe lässt wachsen und ist wie ein guter Mentor, so etwas hatte ich noch nie erfahren und viele meiner Glaubenssätze waren totaler *trash*. Selbst die Mülltonne stank danach und bekam kleine weiße Würmer. Das ist zu milde ausgedrückt.

Aufgrund der Prügel, die ich oft bekam, der Gewalt, die ich erdulden durfte, würde ich so weit gehen und behaupten, es war ähnlich wie bei *Nightmare on Elm Street*. Eines der wichtigsten Dinge, die ich von meinen Eltern beigebracht bekam, war: wir zeigen keine Emotionen. Selbst am Grab meines Vaters durfte ich mir als erwachsener Mann von meiner Mutter folgendes anhören: »Wir weinen nicht, niemand soll denken, wir wären schwach.«

Außer dem Heulverbot gab es noch die Marotte von ihr, dass ich nicht wahrgenommen wurde, und sie zu den zehn Geboten, an die sie sich nicht hielt, noch ihre eigenen Regeln erfand, die sie jederzeit nach Gutdünken abänderte. Mit den Jahren wurde ich reifer, naseweiser, stärker, frecher, belesener, und merkte, mit Mutterliebe hat das hier nichts am Hut.

Einmal rastete meine *Erzeugerin* aus und versuchte mich windelweich zu prügeln, was ihr aber aufgrund meiner Statur nicht gelang, denn ich war gut durchtrainiert damals, jobbte in einem Getränkeladen und durfte die schweren Bierfässer und Kisten zu den Kunden schleppen. Ohne meine Kuren würde sich mein Brustkorb wohl nicht mehr heben und senken, hätte ich schon längst das Parkticket bezahlt, die Parkuhr auslaufen lassen, den Motor abgestellt und das Ende willkommen geheißen. Adios Amigos!

In den Anstalten taten alle immer sehr bemüht. Meine lieben Psychologen wollten dort immer herausfinden, was ich für Probleme hatte. Wo drückte der Schuh am meisten. Dr. Ocean meinte mal nach vielen Wochen zu mir: »Herr Frost, Ihre Gefühlswelt liegt darnieder. Herz und Kopf sind entkoppelt. Sie sind nicht fähig, Emotionen zu fühlen. Da ist eine Betonwand dazwischen, die müssen wir erst einreißen.«

Da hatte er vollkommen recht, dafür hätte ich aber keine Wochen gebraucht. Ich war zeitlebens Soldat, davor ging auch nix mit Anteilname oder Sinneswahrnehmungen. Mutter bestimmte, was ich spüren durfte. Die Frage war nur, wollte ich das ändern? Als Krieger konnte man sein Herz nicht gut gebrauchen. Es war sogar kontraproduktiv. Es passte so gut wie die Faust aufs Auge, wie ein Hecht in den Karpfenteich, als würde Frau Merkel sagen, das tut mir jetzt aber leid, dass wir im Irak und im ganzen Nahen Osten Millionen von unschuldigen Zivilisten, Frauen, Mütter, Kinder, Großmütter, Brüder, Schwestern, Väter, Kranke und Behinderte getötet haben für den Frieden und die Demokratie.

Jetzt war ich aber kein Soldat mehr. Ich war raus, weil ich es nicht mehr brachte. Aus irgendeinem total beschissenen Grund hatte mein Körper, mein Geist, meine Psyche, mein Stahlbeton-Herz keine Ruhe gegeben und Risse bekommen, wie wenn die Armierungen nicht richtig ausgeführt waren. Hatte da der Eisenbieger, der Betonstahlflechter, geschlampt? Wie beneidete ich meine Kameraden, die einfach weiter ihren Job machen konnten. Ich war jetzt ein stigmatisierter Wahnsinniger, mit einem Herz, das kein kalter Brocken mehr sein wollte, aber überhaupt nicht wusste, wie diese Transformation gelingen könnte und was ein warmes, durchblutetes, liebevolles Herzorgan zu vollbringen hat, und wie ich diesen grauen Klotz in mir umtauschen konnte. Ich möchte eine Reklamation machen und auch gleich eine Proklamation in der ich mich beschweren werde. Wo ist die Kasse? Eine Quittung habe ich nicht mehr, ist schon so lange her.

Eigentlich ist es doch nicht möglich, aus kaltem Stein organisches Leben zu machen. Aber gerade neulich sah ich eine Doku, wo die erklärten, wie mit Hilfe der Sonne auf der Erde aus lauter Steinen und Wasser erstes Leben entstand. Mir erschien das wie ein Zaubertrick und die Story von Eva und Adam glaubwürdiger.

Wenn aber gerade jetzt, wo ich gescheitert bin, mein Kahn beim Darßer Ort auf Grund lief und Mephisto zu mir käme, ich würde es genauso machen wie Heinrich, nur für noch weniger. Ich würde mich verkaufen bis aufs letzte Hemd. Außer meiner Seele bekäme er noch meine Haut, meine Haare, meine Schuppenflechte am Arsch, meine schlechten Zähne, ausgefallene Haare und den Wahnsinn mit dazu. Für eine Sekunde Erfolg, Glück und Herzschmerz.

Zu meinem großen Entsetzen scheint der Plan des Universums ein anderer zu sein. In Kur würde ich auf alle Fälle jederzeit wieder gehen, es ist einfach zu verlockend dort und kommt einem perfekten Dasein schon sehr nahe. Nur auf Dauer ist es zu langweilig. Die Herausforderungen fehlten, auch Konfrontationen, Probleme, Eigenverantwortung oder ein Wagnis. Stattdessen gab es immer Salat-Büfett, Frauenüberschuss, denn Männer kümmern sich wohl nicht so um die Gesundheit.

Mit dem Wohlbefinden sollte es hier an der Küste aufwärts gehen, sagte mein Psychiater. Er hatte seine Räumlichkeiten auf dem alten Waldhof gegenüber dem Sepp Herberger Denkmal, einem wirklich ausgegrenzten, asozialen Ex-Industrieviertel. Beim letzten Termin in seinen Räumlichkeiten wünschte er mir alles Gute und meinte, ich hätte eine gute Entscheidung getroffen. Er könnte sich lebhaft vorstellen, dass ich hier hoch passte, mit meinen langen grauen Haaren würde ich wie ein Kapitän wirken. Wohl eher ein alter gestrandeter, aber er war so höflich, das nicht auszusprechen. Der Schein ist einfach alles. Nicht zu viel nachdenken, nicht auf Miesepeter machen und kein Idiot sein, das ist entscheidend. Womöglich gelingt es der stetigen, fleißigen Brandung, diesen Fels weich zu spülen. Haben nicht alle Menschen das gleiche Herz?

24

Noch ein Tag bis Silvester war übrig geblieben. Fünf Monate lebten wir nun schon an der Küste. Es ertastete sich wie eine Ewigkeit, wenn auch manche Tage zäh wie ein rotes Einmachgummi waren. Von innen heraus glaubte ich, es seien schon paar Jahre. Die Grundstimmung ist nach wie vor mau, aber es macht sich zur Erleichterung so etwas wie Gelassenheit im Untergang breit.

Hier in der Vinetastadt, mit ihrem mittelalterlichen Grundriss, den schmalen Gassen mit kleinen bunten Schifferhäusern vor altem polterndem Findlingspflaster, der riesigen Backsteinkirche, die schon fast 1.000 Jahre über dem Marktplatz thronte, das Kirchenschiff war mit atemberaubenden Wandmalereien aus dem 14. Jh. ausgestattet und der Turm ragte 80 Meter in die Höhe und der Ausblick war phänomenal, weit bis auf Fischland war der Blick, der ganze Bodden lag davor und im Osten tauchte die untergehende Sonne Hiddensee in ein rotes Kleid und ganz ganz weit weg zeigten sich die Kirchturmspitzen der Hansestadt Stralsund, ließ es sich gut nachdenken.

In der Umgebung gab es fast keine Ablenkung und Corona reduzierte das Wenige noch weiter. Auch die Kirche war meistens verschlossen, Gottes Haus seit tausend Jahren zum ersten Mal zugesperrt und die schönste, beste Buchholz Orgel der Welt, mit einem himmlischen Klang, der einen sofort ergriff und das Göttliche über die Ohren direkt in den Kopf drückte, wie bei einer Stopfgans den gelben Maisbrei, war verstummt. Selbst auf der Titanic spielte die Kapelle bis zum Schluss, den sicheren Tod vor Augen. So blieb mir nichts übrig als innezuhalten, eigene Andacht zu machen – und hier meldete sich permanent das innere Kind.

Hermes sagte mal zu mir: »Willst du zur Besinnung kommen, dann musst du für Ruhe sorgen. Aber richtige Stille, dann solltest du auch aufhören zu essen. Nur noch atmen und ganz wenige bewusste Bewegungen, wie beim Fasten.«

Stoisch ertrug ich den ganzen Mist, der aus meinem Lebensrucksack quoll und wie Wellen in dieser rhythmischen Bewegung ständig in mein Bewusstsein schlug, abebbte, sich zurückzog, um dann wiederzukommen. Ab und zu kam ein Brecher, eine große Welle, und schleuderte mir ihre weiße schaumige Gischt direkt frontal in die Fresse, die musste ich dann schlucken, es kam mir vor wie das Ende, aber Gott wollte das noch nicht.

Mein altes Leben schmeckte salzig und schal wie eine kleine Pfütze am Sandstrand, selten süß wie Treibsel zu oft sogar brackig und dreckig wie ein altes Hafenpier, ich wollte es gerade ausspucken, zu viel davon und man bekommt Eiterbeulen, es wird einem übel.

Gestern war ich am Weststrand mit Maria unterwegs, die mittlerweile auch hier hochgezogen war. Noch eine Traumtänzerin. Hier an der Ostseeküste eine gute Wohnung zu finden, war nicht leicht. Es gab meistens nur Plattenbau oder runtergekommenes Jugendstil-Ambiente mit abgeplatztem Putz, der den Blick auf rötlichen Backstein freigab, alten Stuckdecken, stumpfem knarzigem Fischgrät-Parkett und rissigen Wänden, durch die der Nordwind durchpfiff, dazu eine vergammelte Holzeingangstür. Sie wohnte jetzt ebenso in der Platte, aber trotzdem viel besser als ich, die Klötze bei der *Grünen Wiese* sind ein Traum.

Maria hatte Glück, andere Wohnungsgesellschaft, bessere Platte.

Ihren Job in Ludwigshafen als Masseurin hatte sie gekündigt und wollte hier oben etwas Neues versuchen. Wir liefen also jetzt als Glücksritter-Paar, mit dem Sonnenuntergang im Rücken Richtung Leuchtturm. Ich führte einen Stoffbeutel mit und wollte währenddessen Strandgut für Skulpturen sammeln, um mich darüber auszudrücken, wobei ich nie vorher wusste, was es wurde. Tatsächlich sammelte ich hauptsächlich Müll. Maria fand das gut. Wir spülten von jedem Stück *Wohlstandsabfall* den Sand und Dreck ab, damit der hierbleiben konnte. Jedes Sandkorn bekam sein Recht auf einen würdevollen Umgang.

»Überlege mal«, sagte ich derweil, »wir leben im Kapitalismus und der ist nun mal auf Wachstum aufgebaut. Aber heute geht es nicht mehr darum, dass Unternehmen wachsen.«

»Um was«, fragte sie, »geht es dann?«

»Ganz einfach«, antwortete ich, »um Zerstreuung.«

»Das Leben der meisten ist schuften, kaufen und konsumieren. Davor, dazwischen und danach gibt es nichts Wahrhaftiges und 99 Prozent blicken das nicht. Sie denken, das wäre das echte Leben. Erinnert mich immer an die Schafe.«

»Ja, total gutes Bild, eine Schafherde auf dem Deich bei Sonnenuntergang, mega idyllisch, doch das ist ein Leben für den Schlachter und die Fresser, kein echtes Dasein, doch immerhin es geht noch schlechter, aber wer ist der Schäfer, wer zahlt den Schäfer und wer stellt ihn ein? Wem die Tiere gehören, ist schon einfacher zu beantworten.«

»Das kommt von den scheiß korrupten Medien«, schrie Maria aufs Meer hinaus, »die ständige Gier ist gut, Geld ausgeben und permanent Vergnügen und Egoismus ist auch gut, deshalb denken die meisten nicht mehr nach. Sie bekommen alles vorgekaut wie in Kuhmägen. Widerlich!«

Der eisige Wind und ihre Erregung hatten ihre Wangen gerötet. Ihr lockiges Haar lag im Gesicht.

»Ja, du hast recht.«, pflichtete ich ihr bei und ergänzte, »Bald wird den Leuten noch eingeredet, dass Sterben total uncool sei. Krankheiten haben ist normal und gut«, ergänzte ich erregt, »das Leben ist endlich und das ist auch gut so.«

Im Sand liegt etwas Glitzerndes. Ich hielt an und bückte mich. Es schillerte in grünen und orangen Tönen. Meine Knie gaben nach. Ich machte eine Hocke. Vorsichtig grub ich das Teil aus. Sah aus wie ein kleiner Fisch. Es war noch rote Plastikschnur dran und ein rostiger, leicht gebogener Widerhaken. Die blöden Angler sollten doch am besten gleich Plastik fressen, dachte ich mir.

»Der Kapitalismus«, redete ich, während ich das Ding aus dem Sand holte, »spiegelt doch das eigentliche Wesen der Menschen wider. Der Einzelne ist nicht gut. Er ist habgierig und gemein.«

»Und doof«, hängte Maria schnippisch hinten dran. »Wir sitzen in einem Hochgeschwindigkeitszug und rasen auf den Abgrund zu. Und der Shinkansen beschleunigt weiter, anstatt dass wir mal innehalten. Wir verbrauchen immer mehr und immer schneller unsere Ressourcen. Dabei geht es uns doch gut. Glück, ein zufriedenes Leben, hat doch mit Besitz und Erfolg nichts zu tun. Wieso bauen die jungen Leute sich noch Villen? Dreißig Quadratmeter reichen doch locker zum Wohnen.«

»Maria«, sagte ich, den Köder vorsichtig haltend, »ich kenne Leute, die haben sich jetzt wegen Corona, weil sie es nicht eine Saison aushalten und weil sie Geld gespart hatten, einen Pool in den Garten gebaut. Ist das nicht irre? Das sind vernünftige Bürger aus der Mittelschicht, die total Corona-konform denken. Aber dass ihre Rohstoffverschwendung Menschenleben kostet und die Zukunft ihrer Kinder und der Menschheitsfamilie aufs Spiel setzt, das ist ihnen dann egal. Wenn jeder seine Handlungen unter dem Aspekt, ob sie ihm oder den anderen Glück bringen, abwägen würde, das wäre toll.«

»Das hörte ich so ähnlich schon mal von meinem buddhistischen Meister. Er behauptet, dass Glück möglich sei, aber es ist nicht in Gegenständen zu finden. Niemand will aber freiwillig verzichten. Ich würde das die große Heuchelei nennen. Unser Lebensrhythmus ist nicht mehr auf den Menschen zugeschnitten. Wir töten jeden Tag Mitglieder unserer Familie aktiv mit unserem Militär oder passiv durch unseren fehlgeleiteten Konsum, dabei strahlen wir in die Kameras unserer Handys, machen Selfies und behaupten, wir schaffen das.«

Ich könnte kotzen darüber, bei diesem Spiel mitmachen zu müssen, und ich finanzierte das Töten noch durch meine Steuergelder, ich schämte mich.

»Ja, Hans, das ist ein unglaublicher gesellschaftlicher Betrug.«, sagte Maria, »In Indien, nähen die Kinder unsere Sportklamotten zusammen und hier werden die Leute immer dicker, weil das Zeugs nur im Schrank hängt. Ab und zu stürzt dann dort mal ein Firmengebäude ein und dann gibt es einen Aufschrei, Schuld waren dann irgendwelche nicht eingehaltenen Vorschriften und Bauausführungen, halt andere. Dann geloben die Fashion-Unternehmen Besserung, die Medien berichten kurz darüber, der Otto Normalbürger macht ‚Ahhh, Äh, was und Amen' und sobald die Klicks nachlassen, die Toten verscharrt sind, läuft alles weiter wie gehabt? Die meisten interessiert das Leid der anderen nicht länger als bis zum nächsten *Tatort* oder *Grill den Henssler*. Wie damals in den 20ern in den USA, das Schicksal der *Okies*. Die Menschen sind so böse. Ich könnte heulen, wenn ich paar mehr Gefühle hätte. Unsere Lebensführung ist hochgradig inflationär, skrupellos, unbedacht, egoman, unsinnig, kurzatmig und defizitär.« Maria hielt an und schaute zum Horizont. Das Wetter war klar, eine leichte Brise und ab und zu Sonnenschein und ein paar Tränen.

»Beruhige dich!«, versuchte ich Maria zu trösten, »Niemand kann das ändern, denn es ist ein Naturgesetz. Nur einer Handvoll von uns ist es vergönnt, die Dinge klar zu sehen, die Weisheit zu erhalten, erleuchtet zu werden, den Gipfel zu erklimmen. Die anderen werden immer fetter und träger«, erklärte ich belustigt, »rennen zu Mac oder zu Nordsee und haben jetzt Angst vor Covid, weil sie übergewichtig sind. Wir steuern direkt in eine gesellschaftliche mega Krise.«

»Ja, das sehe ich auch so«, meinte meine Strandläuferin, »und die Technologie und die Dummheit der meisten beschleunigt das alles.«

»Sollten wir uns nicht besser neu ordnen«, gab ich zu bedenken, »unsere Maxime überdenken? Mit einem Apfel vom eigenen Baum zufrieden sein.«

Ich redete so naiv, weil ich es gerne so wollte, dabei war mir klar, dass die Natur uns als Killer angelegt hatte, als Massenmörder, dagegen waren so manche Krankheiten wie die Pest eher Kirmesbesuch und das Erbärmlichste, was ich auch immer während meiner Arbeit so wahrnahm, waren Killer, die sich einnässten, wenn ihnen selbst mal der Wind ins Gesicht blies. Einmal stürmten wir die Wohnung eines üblen Vergewaltigers, er hatte seine Schwiegermutter unter einem Vorwand in seine Wohnung gelockt und missbraucht. Wir sprengten morgens um 5 die Türen und fanden ihn im Bett liegend, total erschrocken, und vor lauter Stress und Furcht, hatte er in die Hosen gemacht. Frauen Angst machen konnte er, das war alles, der Rest erbärmlich, ein Eierkopf vor dem Herrn. Wir wurden keine Freunde, denn ich konnte es auf den Tod nicht ausstehen, wenn einer sich an Schwächeren verging, nur weil er selbst ein Jammerlappen war.

»Da schau«, Maria zeigte auf eine Strandburg am Deich, zwei mal zwei Meter mit vielen kleinen und großen Sandtürmen, Miesmuschel-Deko, einem Holzstock mit einer Einwegmaske als Fahne, einem Muschelherz als Wappen, etwas Treibsel als Weide und einem umlaufenden Wassergraben, »da hat sich jemand aus Fundstücken ein wirklich schönes Schloss gebaut.«

»Wohl eher ein mittelalterliches *Tiny House*«, antwortete ich, »und was liegt da? Ist das ein Buch, da auf der Treibselwiese?«

Ich verrenkte mich wie doof, die ganze Eleganz wich aus meinem Körper, weil ich die Burganlage nicht zerstören wollte, und kam gerade so mit den Fingerspitzen an das Objekt.

»Total, nass, als wäre er damit ins Wasser gegangen.«

Nass, aber noch nicht geschimmelt oder in Auflösung, es könnte also von heute sein, möglicherweise nur einige Stunden alt. Ich blickte um mich, aber außer uns war niemand zu sehen.

»Zeig mal das Cover«, forderte Maria.

Ich hielt es ihr hin, während einige Tropfen das Buch verließen und im Sand verschwanden, als hätten sie nie existiert.

»*Fabian* von Kästner. Das passt total, also dass es nass ist und in unsere Zeit. Kennst du es, Maria?«

Wie kam dieses Buch hierher? Wieso fand ich das jetzt gerade. Was, lieber Gott, wolltest du damit sagen und warum? Es wäre nicht notwendig gewesen. Ich weiß es und du auch. Ich bin auf dem Gipfel und in tausend Leben lasse ich mich nicht blenden. Die Wahrheit wollten sie nicht hören, mir würde es ergehen wie deinem Sohn.

»Nein, um was geht's da«, antwortete sie, »der Kästner schreibt doch Kinderkram, so Detektivgeschichten?«

»Ja, richtig, hatte ich auch gelesen. *Emil und die Detektive*. Aber er machte auch super Zeug für Erwachsene. Hier geht es um einen jungen Mann, der mit sich und seiner Zukunft so nichts rechtes anfangen kann oder will. Ein sehr netter junger Bursche, aufrecht und deshalb verloren in einer gottlosen Zeit. Fabian sieht die Dinge recht moralisch, das hat aber zu seiner Epoche, in der der Roman spielt, keine Chance. Kästner erkannte den Untergang der Weimarer Republik und den aufkommenden Krieg und schrieb den *Fabian*. Am Ende springt der arme Fabian in einen Fluss, um ein Kind zu retten und ertrinkt – denn er vergaß ganz, dass er nicht schwimmen konnte.«

»Klingt traurig. Ich nehme es mal mit, wenn's getrocknet ist dann lese ich es. Vielen Dank, Wasserburg. Ich könnte mir gut vorstellen, dass viele Menschen heute genauso fühlen. Die Politik hat keine Visionen mehr für uns und Selbstdenken haben wir verlernt.«

»Bin mal echt auf dein Feedback gespannt. Der Kästner war ein phänomenaler Schriftsteller. Aber nicht nur, dass die Politik ihre Hausaufgaben nicht macht, jetzt macht sie den Leuten Angst. Furcht löst aber keine Probleme, im Gegenteil, du kannst darin erstarren, wirst krank, es verschlimmert alles und das ist Mist. Diese Art zu herrschen verliert auch irgendwann ihre Überzeugung und dann schlägt Angst um in Wut, Zorn und Hass. Die Hälfte der Menschheit hat Panik davor, nicht genug zu essen zu haben, und die andere Hälfte hat jetzt Sorge vor Corona. Es wäre schön, wenn wir alle unsere Angst verlieren könnten und heiter blieben.«

»Ja, und teilten. Einfach alles teilen, auch die Sorgen und Nöte. Dank dem Lockdown haben die Leute so viel Zeit, und das ist so wertvoll, Zeit zu haben zum Nachdenken. Reflexion und Zweifeln macht dich wieder zu einem vernünftigen Menschen.«

»Ja, das sehe ich genauso. Innehalten und Rückschau halten, das ist mein größtes Talent«, weitere Begabungen Fehlanzeige, dachte ich mir. »Manchmal kommt es mir so vor, als ob immer mehr Leute nur noch aus Körper bestehen. Weißt du, was ich damit meine?«

Mein Hals war vom vielen Reden und der salzigen Luft ganz trocken geworden und ich holte aus meinem Rucksack erstmal meine Wasserflasche.

»Willst du einen Schluck?« Ich reichte ihr die schwarze Alu bottle.

Maria trank ein paar winzige Schlucke, wie ein Vögelchen, und gab mir das Teil zurück und legte dann wie frisch geschmiert los: »Ich weiß, was du meinst. Wir haben Körper und Geist, deshalb können wir nachdenken und Schlüsse ziehen und viele meinst du werden ferngelenkt und sind deshalb nur Hülle mit wenig oder gar keinem Geist?«

»Stroh haben viele im Kopf. Wie in dem Kinderlied. Es bräuchte eine neue Zeile. *Die Wissenschaft hat festgestellt, festgestellt, festgestellt, dass immer mehr Menschenköpfe Stroh ent-halten, Stroh ent-halten...* Du bist sehr weise, genauso ist es. Schätzungsweise haben manche im Gehirn nur paar Algorithmen von Google drin. Es kann nämlich auch sein, wenn sie ihr Leben anhalten, dass es einstürzt wie ein Kartenhaus. Also wie bei mir.«

Ich musste laut lachen über so viel Schamlosigkeit und Offenheit, aber ich hatte nichts zu verbergen. Wir waren am Leuchtturm angekommen, die Dämmerung hatte gerade begonnen, die Luft wurde dicker und dunkler, die Sonne ging am Horizont schnell unter, von unten kam nun dieser kalte feuchte Hauch, der einem durch Mark und Bein ging, und in 30 Metern Höhe drehte die Linse sich im Kreis und sendete ihr einzigartiges Signal in die Ferne.

»Der Feind ist in uns«, unterbrach Maria meine Gedanken, über versunkene und in den Untiefen gestrandete Schiffe, »könnte man da auch sagen, Hansi.«

Ich überlegte kurz, konnte das sein, dass wir unser größter Gegner sind? Ein Lichtstrahl ging über mich hinweg.

»Oder«, gab ich zum Besten und blickte die rötlich braunen Backsteine des Leuchtturmes hinauf zum Feuer, »das Paradies, der heilige Gral, ist hier. So viele haben es schon gesucht, manche ihr ganzes Leben, dabei liegt es direkt vor ihren Füßen, aber sie können es nicht sehen.«

Maria seufzte leise. Sei betrachtete eine weiße Herzmuschel in ihrer Hand.

»Die Natur, so wie hier, im weichen, feinen gelben Sand, mit vom Wetter bizarr verformten Kiefern, ein Traum, ein wahrer Garten Eden. Das Göttliche ist somit fast überall, nur nicht in den Betonwänden im Plattenbau, im Supermarkt, bei Amazon, im Tatort, bei Dinner Dates, im RKI, im Vodka, im iPhone, im Royal TS, bei Media Markt und Geiz ist geil, dieser blöde Spruch bricht dir direkt das Rückgrat und du wirst eine Marionette sein, denn Habsucht ist eine Todsünde und dafür gibt es das ewige Höllenfeuer.«

25

Adolf, mein treuer Kamerad, spielte noch immer Monopoly in echt, wollte aber wie ich gerne raus, den Kittel, das Dienstjackett, die hässliche Polizeimütze an den Nagel hängen, den Sheriffstern hinknallen, den Colt abschnallen und aussteigen. Davonreiten, raus in die Prärie und wieder echtes Leben genießen. Das Zeug dazu hatte er, denn er war richtig fertig, hinzu kam starkes Übergewicht, Kettenraucher, einer der Sorte, die nur das billige Zeugs qualmen, mittelgroß, Wegwerfbrille, glatte Haut, Ziegenbart, unsportlich aus Prinzip, biedere Kleidung im Angler Military Look, blaue ab und zu strahlende Augen, zu oft schlechte Laune, überzeugter Aldi-Fleischfresser, wütend auf die ganze Welt, erfolglose berufliche Kariere, rundliches Gesicht, glatte Haut, schütteres Haar, grandioses Verständnis der eigenen Person, witzig, ein Sexist, ein *Hillbilly*, kurzum: ein VOLLPSYCHO. Oft saß er zu Hause rum in seiner Küche und konnte die Wohnung nicht verlassen oder überhaupt irgendwas Sinnvolles anstellen, dann starrte er umher, trank Kaffee und quarzte, guckte dabei aus dem Fenster über die Felder und den Rheinkanal, und wenn er zu viel hatte, dann klingelte er durch, wollte einen Rat, was er tun könnte, wobei er das so direkt nie schilderte. Adolf präsentierte lieber gequält die Fakten.

»Hallo, Adolf, was geht ab?«

»Hans, ich trinke die ganze Zeit Kaffee, rauche eine nach der anderen und glotze fern. Ich weiß nicht, was das ist. Kann mich nicht aufraffen, meine Stimmung ist auch mies, der Kopf so schlammig.«

Das übliche, dachte ich, er hängt in einer Depression fest. Leider wollte er auch partout nicht zum Onkel Doktor oder mal in Psycho-Kur.

»Mach dir doch mal was zu essen!«, fiel mir dazu ein. Ich kannte das ja schon von ihm und versuchte ihn mit einer List abzulenken.

»Hab ich schon, machte mir im Grill ein paar Grobe.«

Das nannte er kochen. Obst und Gemüse waren nicht so seins.

»Toll, was gab´s dazu?«, ich heuchelte etwas, denn ich wollte ihn nicht schon wieder direkt kritisieren. Lieber paar gut gemeinte Ratschläge überbraten. So versteckte Kritik halt.

»Brötchen und Ketchup.«

Was für ein Fraß, dachte ich, aber er ist damit schon Mitte fünfzig geworden, das gab seiner Ernährung recht. Adolf hoffte in solchen dunklen Stunden, dass seine Stimmung am nächsten Tag besser würde oder ein Wunder geschah. Ich versuchte ihn dann regelmäßig aufzubauen, während er mir sein herzergreifendes Schicksal mitteilte. Gefangen in der eigenen Wohnung, ohne Antrieb, ohne Ziele, ohne Gedanken, ohne Corona, einfach ziellos zappen, dahinvegetieren wie ein angeschossenes Wildschwein und still konsumieren. Ich erklärte ihm dann in wiederkehrender Regelmäßigkeit, dass das eine Depression ist. In seinem Bekanntenkreis war ich nicht der Einzige, der das meinte. Adolf fand aber den Weg zum Doktor oder in die Kur nicht. Lieber ließ er zu, dass sein Körper und sein Geist davon zerfressen wurden wie so mancher alte Sockel an einer Sandstein-Fassade. Heute war es soweit, er kam zu Besuch und hatte sogar noch einen weiteren Kameraden dabei.

Weil ich mich für meinen Ghetto-Block mit seinen blau-grünen Balkonen schämte, traf ich mich mit den Jungs am Hafen, beim Kutter Johanna. Hier machten sie die besten Pommes der Stadt, meine Plattenbau-Wohnung konnte ich niemandem zumuten. Allein der Treppenflur erinnerte mich an die Benz-Baracken, den Stadtteil T´Schönau oder die Bayreuther Straße in Ludwigshafen. Dafür besaß ich nicht genug Rückgrat. Adolf und Tanner kamen mit einem Camper. Sie reisten wegen Covid mit dem Wohnmobil an, um flexibler zu sein, außerdem war mindestens einer von beiden in Sachen Liebe unterwegs und da war das Teil einfach mega praktisch.

Mittags besuchte ich die beiden auf dem Kutter, sie saßen Achtern am frisch gestrichenen hellen Holztisch und hatten gerade Matjes und Backfisch gegessen. Tanner, ein Body-builder Typ, gleich groß wie Adolf, aber mit schwarzem Oberlippenbart und längeren Haaren, futterte Fisch auf Vorrat und holte sich nochmal einen Bratmatjes im Kaiser-brötchen. Mir wurde fast schlecht bei dem Geruch. Tanner war ein Frauenversteher, ich wusste nicht, wie er das an-stellte, denn ich fand seine Masche immer zu plump, es ging ihm nie darum zu verstehen oder zuzuhören, sondern darum abzustauben, einen Elfer rausschinden und schnell selbst ausführen, versenken, einlochen, aber er hatte Erfolg und das zählte. Es war bei ihm wie mit der Börse, die hat auch immer recht. Er war schon ein gutaussehender Mit-vierziger, immer wie aus dem Ei gepellt, eine sehr männli-che Ausgabe mit vielen Muskeln und einer riesen Klappe und einem Ego so hoch wie der höchste Mast im Hafen.

»Was habt ihr euch schon angesehen?«, fragte ich.

»Ich lief nur bis zum Marktplatz, Tanner ist noch in die Kirche.«

Das war typisch Adolf, er tat keinen Schritt zu viel. Für ihn wäre es am besten, man dürfte in alle Sehenswürdigkeit direkt mit dem Wagen reinfahren oder bekäme eine *virtuelle Reality Brille* vor Ort. Was geht bei dem ab, fragte ich mich immer. Er kam wohl nur wegen dem Fisch und der guten Luft. Reicht ja auch. Wahrscheinlich würde ihm die Sache mit der Brille sogar besser stehen als die Realität.

»Die Kirche hat mir nicht gefallen«, polterte Tanner los, »das muss ich ehrlich sagen.«

Wie kann einem eine Backsteinkirche nicht gefallen, sind doch alle ähnlich, dachte ich, und die hier war doch einzigartig? Lag vielleicht daran, dass er nicht gläubig war oder dass es nicht genug glitzerte?

Er hatte so eine Marotte und sah sich ständig Gotteshäuser an, wobei er mit Glaubensdingen nichts am Hut hatte und ich sogar meinte, er sei einer der größten Hurensöhne unter der westlichen Sonne, möglicherweise war aber genau das des Pudels Kern. Ich persönlich bin überzeugt davon, dass es ein Tick war, ein Algorithmus, natürlich kein echter oder doch, aber so ein Ding, das er machte, ohne wirkliches Interesse. Psychisch war Tanner genauso am Ende wie wir alle. Sogar von uns dreien der Einzige, der Antis schlucken musste, um den Tag gerockt zu bekommen. Ohne Psychopharmaka war er kein funktionierender Chipsatz oder Teil des Ganzen und mitunter lag er oft auch stundenlang auf der Couch. Er war dann wie abgeschossen, das Bewusstsein, das, was uns als intelligente höhere Wesen auszeichnete, war weg, weggeätzt durch die Drogen, wie die Leiterbahnen eines Motherboards, vielleicht kam so der Kirchen Algorithmus in sein Gehirn. Tanner wirkte eher klein und die vielen dicken Muskeln ließen ihn noch gedrungener erscheinen, er war eigentlich wie Joe Kelly, nur in ihm war mindestens doppelt so viel drin, und er hatte die Gabe, jeder Frau innerhalb kürzester Zeit ihr Sexgeheimnis zu entlocken und sie dann zu gegebener Zeit flachzulegen, wobei er seinem selbst erschaffenen Angebot nicht nachkam und sich die meisten mit einem Fick begnügen mussten, dann war bei ihm die Karussellfahrt schon zu Ende, der Fahrpreis war unverschämt günstig und versetzte die Konkurrenz in Schnappatmung, Schwindel war nicht zu erwarten, dafür wurden aber alle top unterhalten, Finessen oder Bonus ausgeschlossen, und zur Kompensation gab es viel dummes Geschwätz und Prahlerei. Dann trug er außerdem immer noch so eine Gas-Flasche mit Maske mit sich herum. Tanner hatte starke Epileptische Anfälle, aus heiterem Himmel und brauchte dann sofort Lachgas – danach war sein Stimme immer ganz piepsig.

Aber mit dem Ding wirkte er wie *Anton* in dem Film *No Country for Old Men*. Einfach gruselig, passte trotzdem top zu seinem Charakter, und gerade die Machos, die Chauvis, die rücksichtslosen Stiere, die, die das Gegenüber mit ihren Abenteuern und unhaltbarer Angeberei einlullen, sind am beliebtesten.

Ich fand das ganz außergewöhnlich und fabelhaft, dass er so ankam. Seine Storys waren genial, die Naivität und die Fiktionen der weiblichen Welt, sich in die Gosse zu begeben waren Oscarpreis verdächtig, wobei Tanner immer ganz Gentlemen blieb, außer er wurde kritisiert, dann ergoss sich ein narzisstisch gekränkter Tsunami über das arme Ofer, und wer nicht schnell genug weg oder auf eine Palme kam, der konnte auch mal in ein Brett von ihm laufen.

»Lasst uns mit dem Boot fahren?«, sagte Tanner fragend, und kauend, sodass man ihn schlecht verstand.

»Wohin könnten wir gehen, Hansi?«, ergänzte er noch.

Eine Möwe kam angeflogen, setzte sich auf die Reling und beobachtete die Kunden.

»Also, ich schlage Zingst vor, dann laufen wir vom Hafen über die Shopping Meile rüber an den Strand, schwimmen und chillen dort an der Strandbar dem Sonnenuntergang entgegen.«

Tanner stimmte mit vollem Mund, nickend und gestikulierend zu. Adolf machte Einwände geltend. Er hatte keine Lust, auch nur fünf Meter zu gehen, nachdem er schon vom Hafen ca. 200 Meter zum Marktplatz und zurück gegangen war, aber er war überstimmt. Mir war´s wurscht, denn ich wäre auch nur zum *Jamobolaya* gegangen und hätte dort ein paar Cocktails während der happy hour gestürzt. Die Fähre kam pünktlich, nur wir waren leider die letzten, obwohl es vom Kutter keine 100 Meter waren. Die Gangway war gerade hochgezogen, da betraten wir die Bühne und das Personal durfte die kleine weiße Brücke nochmal nur für uns ausfahren. Wie immer in solchen Momenten erhielten wir ein paar diktatorische Sprüche, kalte erzieherische Phrasen, die aber völlig an uns abprallten. Wie auch, wir waren drei Irre, die auf ein Boot wollten. Diese Leute und die Mannschaft, erkannten überhaupt nicht, in welcher Gefahr sie waren. Da kamen drei Killermaschinen verspätet an Bord, die zusammen schon fast 100 Jahre an der Front agiert hatten und noch lebten und somit Überlebenskünstler waren. Das bedeutete zum einen eigentlich nichts, zum anderen aber für alle Sicherheit und für diejenigen, welche sich mit uns anlegen wollten, den sicheren Landgang mit den Füßen voraus.

Wir bekamen die schlechtesten Plätze. Ganz oben auf dem Achterdeck, pralle Sonne und je nach Windlage

Qualm vom Diesel, es war ekelhaft heiß, der brackige grüne Bodden reflektierte das Licht zusätzlich und ständig hatte ich diesen öligen Rußgeruch in der Nase, der mich an Napalm und verstümmelte Körper und verkohltes schwarzes Fleisch erinnerte. Brandleichen waren immer so bizarr, um das Grauen zu verbergen, redete ich mir immer ein, es wären Kunstwerke von Giacometti aus dunkler Bronze. Der Schwerölqualm war ähnlich penetrant wie Leichengeruch. Einmal erlebt und die Synapse ist für alle Ewigkeit geschaltet, festgemauert in deiner Erde, in deinem Chip verankert. Das Traumschiff war strahlend weiß getüncht, alles war sauber und gepflegt. Im unteren Bereich befand sich ein Restaurantbereich mit großen langen Glasfenstern. Das Bordrestaurant bot als Highlight eine Fettstange mit Brot und wahlweise Senf oder Ketchup an. Die Crew war jetzt dazu verdonnert, die Passagiere zu bedienen. Es gab Trinkgeld und Seemannsgarn. Während der Überfahrt kreuzten ständig Kraniche über uns und schrien.

»Habt ihr gewusst«, versuchte ich die Jungs bei Laune zu halten, »dass Kraniche auch die Vögel des Glücks genannt werden?«

Natürlich wussten die das nicht. Ich hatte auch keinen Schimmer davon, nur bei meiner letzten Bootsfahrt hielt der Kapitän einen Monolog über die krächzenden, total mit Farbe übertünchten Bordlautsprecher und pries wie Sauerbier die Attraktionen auf Fischland an. Viel gibt es ja nicht zu sehen, hauptsächlich Natur pur.

Unsere Reise gestaltete sich recht langweilig. Der große Diesel dröhnte und das Metallkorsett vibrierte wie ein auf lautlos gestelltes Mobiltelefon. Tanner war ständig mit seinem Handy beschäftigt, sehr wahrscheinlich checkte er das Angebot und vergab Termine, und Alfons klagte mir sein Leid darüber. Tanner wäre nur hinter den Titten her, durchgehend ginge es bei ihm nur um das eine. Vor lauter Weibern würde keine Zeit für anderes bleiben. Naja, für zehn Sekunden Kirche reichte es noch, dachte ich, für Gott schon nicht mehr. Adolf war schon total gefrustet, den Tränen nahe, sehr zerknirscht, ich hatte ihn so noch nicht erlebt, denn normalerweise ertrug er alles stoisch. So kam es mir vor, und er wollte nie mehr alleine mit Tanner in einem Camper umherreisen. Selbst schuld, dachte ich, musst du halt mal für dich eintreten. Verantwortung übernehmen für das eigene Leben. Das ist schwer, gelingt mir auch nur sporadisch!

Etwa 45 Minuten später legte der Dampfer im Hafen von Zingst, gegenüber der *Großen Kirr*, an. Die Massen kamen auf die Insel. Wir durften jetzt in der Mittagshitze einmal quer über die Insel hoppen. Alfons war die ganze Zeit am Jammern wie wir als Kinder früher beim Wandern mit den Eltern. Die 20 Minuten Spaziergang vorbei an den Touristen waren zu viel für ihn. Leider trug er auch viel zu dicke Sachen. Unterwegs erklärte mir Alfons: »Der ist total irre geworden, ständig vögelt er mit anderen Frauen rum und nach einmal ist schon Schluss, dann braucht er eine andere. Und zu Hause sitzt seine Frau mit den Kindern.«

Das klang wirklich etwas weit weg vom tugendhaften Pfad, schien mir aber nüchtern betrachtet mehr an die Realität angelehnt zu sein als das ganze neue Mediengeheuchel grade und die alten Treueschwüre. An unserer aktuellen Lage hatte sich nichts geändert, nur dass die Lüge und die Täuschung salonfähig geworden waren.

Das war doch okay, die Wahrheit darf immer raus, es ist doch nicht so, dass der Mensch sich verändert hätte. Er ist ein Wolf, und endlich darf ich es auch zeigen. Das ganze

Verlogene ist weg und stattdessen regiert der Hass, die Wut, der Zorn, die Angst, die Gewalt, die List, die Falschmünzerei, und wenn sich die Leute an die Hand nehmen, wird es eine große Welle geben, die alles zerstört? Ich genoss diese Ruhe im Auge des Sturms. Tanner und Adolf war das so nicht klar? Bei ihnen ging es ums Blenden und Tagträumen, wie Bloch es riet.

»Er ist krank und ich beneide ihn nicht, Adolf. Das wird ihn irgendwann alles einholen. Wir sind ja alle keine Kinder von Traurigkeit, aber dieses Tempo bringt dich um. Es verwirrt deinen Geist.«

Die Seebrücke war wie immer gut gefüllt, die vielen Leute erinnerten an einen Ameisenstaat, alles wirkte durcheinander, überall Gewusel, doch es gibt einen Plan, jeder verfolgt ein Ziel für sich. Wir steuerten links daran vorbei an den Strand. Waffel Mike stand wie immer parat und verkaufte seinen Wabenteig in Blumenform, gegenüber gab es leckeren Fisch mit Bratkartoffeln, an einem Stand geräucherten Lachs im Baguette mit grünen Salatblättern, Gurke, einem Streifen Paprika, Zwiebeln und Remoulade. Es duftete nach frisch gebackenem Filet, Bratwürsten und Bratkartoffeln mit Speck. Tanner wurde wie eine Schmeißfliege davon angezogen.

Eine blonde jüngere Bedienung in einem blauen Fischerkleid fragte ihn ahnungslos: »Was darf es sein?«

»Nichts«, antwortete er und flirtete, »leider hatte ich drüben schon gegessen, aber das sieht alles sehr lecker aus. Was ist Ihr Lieblings-Fisch?«

Die Frau hatte keine Zeit für Smalltalk, eigentlich, die Kunden standen Schlange, aber das war jetzt nicht so wichtig. Wir machten Tanner ein Zeichen und gingen schon mal weiter. Adolf konnte es nicht fassen, er schüttelte den Kopf und war sichtlich traumatisiert von Tanners lasterhaftem triebgesteuerten Wesen.

So voll wie in diesem Sommer war der Strand noch nie. Grund waren wohl die ganzen Reisebeschränkungen und die Besinnung vieler Familien. Ein elegant gekleideter Rentner mit dunkelbraunem Teint, kurzer weißer Leinenhose, darauf ein blaues Shirt mit einem roten Anker und verspiegelter Sonnenbrille grinste uns zu. Vermutlich war er nur gut gelaunt oder wir wirkten als Dreier-Team skurril wie die *Stooges*. Einer trug Flipflops, der andere rannte mit dicken Moped-Klamotten über den Strand, schwitzte und jammerte, eine Frau hatte Beine, als hätte sie die Röteln, total zerstochen, sah echt übel aus, nicht aufgepasst, und ich trug zerschlissene grelle Badeshorts mit einem kleinen Loch am Arsch.

Zuerst belegten wir in der Strandbar drei hölzerne Liegestühle im Afri Cola Design, dann kam Tanner mit seiner dritten Portion Protein an, diesmal Lachs. Nachdem er aufgefuttert hatte, was so eine Minute dauerte, gingen wir schwimmen, wobei er so etwas wie einen String trug, in Rot, meine Badeshorts, strahlend blau, nahmen sich dagegen aus wie ein Mannschaftszelt. Die Ostsee war trotz Pandemie voll, sogar voller als sonst, denn alle kamen jetzt hierher. Sie wollten wenigstens ein bisschen Urlaub genießen. Verständlich!

»Ich freue mich schon auf den Winter«, rufe ich zu Tanner hinüber, »wenn die *Terroristen* wieder weg sind.«

Keine Reaktion vom Charmeur, er konzentrierte sich ganz auf das Schwimmen und checkte wohl schon wieder mit seinem Periskop mögliche Ziele ab. Ein gelber Ball flog pfeifend an uns vorbei.

»Das war knapp«, meinte er und schleuderte ihn zurück zu ein paar Jungs, die sich bedankten.

»Wo pennt ihr heute?«, fragte ich ihn im Wasser stehend. Meine Füße gruben sich in den weichen feinen Sand. Er war kalt.

»Am Hafen, wir lassen das Wohnmobil auf dem Parkplatz stehen.«

»Das ist eine gute Idee. Der Parkplatz ist top und ihr seid gleich in der Stadt. Und morgen, wo fahrt ihr noch hin?«

»Wir wollen noch nach Berlin und dann wieder zurück. Adolf muss Montag wieder arbeiten.«

Könnte auch mal *k* machen, der feige Hund. Wieder aus dem Wasser, besorgte ich uns drei neue Gin Tonic im durchsichtigen Plastebecher, mit Plastikröhrchen, zum Glück waren die Eiswürfel echt, dafür war die Mischung ziemlich dünn, wie der Salzgehalt der Ostsee. Mit den Drinks in der Hand machte Tanner erstmal ein paar Selfies von uns und verschickte sie durch das *world wide web*. Jeder wusste jetzt Bescheid. Langsam ging die Sonne unter und die ersten Stechmücken zeigten sich. Zusammen essen oder trinken ist einfach geiler, dachte ich mir. In Gesellschaft machen viele Dinge mehr Spaß. Gerade kam der DJ mit seinem Rad den Strand runter, baute seine Anlage auf und spielte zu Beginn erstmal Pink Floyd, und Adolf erklärte mir nochmal, wie Tanner das mit den Weibern hinbekommt. Es sei ein Wunder.

»Er macht das alles über Finder.«

»Wie geht das genau, Adolf? Ich habe da keine Ahnung, würde es aber gern auch mal ausprobieren. Ich will nicht ewig warten. Mein Euter drückt gewaltig.«

»Das ist ganz easy, du lädtst dir die App runter, gibst paar Daten von dir ein, fertig … ein Tipp, mit Foto bist du viel erfolgreicher und dann bekommst du Vorschläge.«

»Was für Vorschläge?«, wollte ich genau wissen.

»Von Damen, die schicken dir dann Profile und du kannst die liken oder in die Tonne kloppen.«

»Klingt recht einfach, aber auch irgendwie nach Tütensuppe und etwas anstrengend, denn die wollten sich ja treffen, austoben«, in der Wirklichkeit, darauf hatte ich keine Lust. Ich stand seit kurzem nur noch auf Cybersex und *dirty talk* per SMS, aber das musste ich niemandem auf die Nase binden.

»Aber was willst du tun? Durch Corona bist du eher darauf angewiesen.«

Ein Jahr soziale Distanz hatte mich mürbe gemacht. Menschmassen konnte ich nicht leiden. War bisher nur auf einem Konzert gewesen, aber lief gern dran vorbei, und mir taten meine Mitmenschen leid.

»Ja, leider, aber es gäbe ja noch die Möglichkeit, es nur virtuell zu machen. Das schützt auch vor allem Möglichen und Unmöglichen.«

Adolf wandte sich ab. Er schaute zum Strand und dann nach links zum Darßer Ort. Die Sonne stand jetzt genau über dem Leuchtturm. Der Kiefernwald schimmerte dunkelrot und das Glas an der Spitze des Turmes brach das Licht in Spektralfarben und ließ einen kurzzeitig erblinden. Gegenüber gab es großen Familienkrach. Eine Frau und ein Mann im besten Alter waren sich uneins, ein Junge und ein Mädchen waren unsicher, was die Eltern da trieben. Die Kinder leckten Eis. Vater und Mutter tranken Plastikcocktails. Jeder wollte seine verdiente Urlaubsruhe, aber etwas war im Argen.

»Die streiten sogar während der Siesta, deshalb will ich keine Beziehung mehr, es gibt immer Stress.«

Adolf drehte seinen Kopf wieder rum und ich konnte erkennen, dass er Mühe hatte, seine Augen offenzuhalten, als hätte ihn etwas geblendet. Er kniff sie eng zusammen.

»Das kommt vor«, erklärte ich weltmännisch, »gerade in den Ferien, wenn du dich erholen willst, knallt's. Is' halt so.«

Der Junge heulte, das Eis lag im Sand und die Mutter schimpfte jetzt mit seiner Schwester.

»Ich glaube«, sagte ich, »Tanner besitzt was, das unbestritten ein riesiges Talent ist. Eine Gabe.«

Adolfs Augen öffneten sich langsam wieder. Er warf mir einen mehrdeutigen Blick zu, dann lächelte er süffisant und Tanner war die ganze Zeit von seinem Handy besessen. Die Models um uns herum konnte er nicht sehen. Aber sobald er aus irgendeinem Grund hochsah, lief ihm der Sabber runter. Er war reiner Trieb ohne Filter, UV-Schutz, Null. Vermutlich kontaktierte er gerade die Bikini-Dame am Tresen und wusste es gar nicht. Sie sah ganz passabel aus, etwas Bauchspeck, kräftige sehnige Waden, eher untypisch bei Frauen, groß, schlank, fast dünn, etwas überproportionierter Arsch, hart, wenig Cellulite, schöne weiße große Zähne in einem Pferdegebiss. Passend dazu ein breiter Mund mit vollen Lippen, helle Haut, wo an manchen Stellen blaugrüne Adern durchschimmerten, Ferrari-roter Stoff, seitlich geknöpft, ein Nichts, längere glatte brünette Haare, lange Finger und türkisfarbene strahlende Augen. Sie erhielt zweimal Hugo im Plastekelch. Das war's mit ihr. Aus die Maus, schönes Leben noch mit deinem Lover. Adolf wandte sich ab, ich schaute ihr noch eine Weile hinterher und dachte an *Virtuality*. Da könnte man auch mit den Drinks faken und die Rechnung zahlen, einladen war da auch obsolet.

»Hast du dich eingelebt?«, wollte Adolf wissen.

»Geht so. Ich bin unzufrieden mit der Wohnung, weißt du ja, und suche was anderes. Der Rest passt aber. Es ist öde hier oben, aber das hilft beim Schreiben und Runterkommen.«

»Hast du schon einen Verlag gefunden?«

»Nein, ich glaube auch nicht, dass überhaupt irgendwer das lesen will. Es ist einfach zu krasses Zeug, davon möchten die anderen nichts erfahren.«

»Fremdartiges, Neues hat es schwer. Ich würde mir dein Buch bestellen. Gerade auch wegen den Sexszenen.«

Er lachte wie ein wilder Esel. Einen Porno hatte ich nicht geschrieben, das war übertrieben, aber ein Verleger lehnte den Stoff *Psychotango mit mir* wegen der zu intimen Szenen ab. Immerhin, der Publizist hatte sich mit dem Stoff beschäftigt, Adolf noch nicht, er wusste nur ob dieser Handlungen und schloss daraus, dass es lupenreiner Hardcore sei. Warum auch nicht? Ich wäre froh, ich würde gute Erotik verfassen.

Von den meisten Häusern hörte man nie etwas, und der eine meinte noch lapidar in seiner Mail: Sie schreiben gut, Herr Frost. Das bedeutete wohl, es reicht nicht. Aber der kannte mich schlecht. Das interessierte mich einen Dreck. Mittlerweile sendete ich die Skripte niemandem mehr. Ich schrieb exklusiv nur für mich und möglicherweise Maria. Für einen Autor, einen, der aus Buchstaben Fantasien schaffte, Welten auferstehen ließ oder, so wie bei mir, Abscheu hervorrief, wird es nie Erfolg geben, das wusste schon Greene.

»Weißt du, Adolf, vielleicht ergibt sich noch was mit den ganzen Skripten. Bis dahin bleibe ich der Einzige, der nicht ohne mich leben kann. Übrigens bist du schon der zweite Käufer. Maria, die du noch beglücken willst, ist der andere. Vier rohe Bücher und eine Handvoll Euro in Aussicht. Könnte schlechter sein. Ich bin der Überzeugung, weder die Frauen noch die Verleger konnten mich besonders gut leiden, der erste Eindruck top, doch wenn sie mich nach einer gewissen Zeit besser kannten, dann war es ganz aus und ich konnte es ihnen nicht verdenken.«

Feuchte, harte Kälte kroch von unten herauf und kühlte ab. Die Familie hatte sich offensichtlich beruhigt. Vater und Mutter starrten lustlos vor sich auf den Sandboden und der Junge leckte gierig an einem neuen Eis, das aussah wie diese kleinen bunten Plastikkügelchen und mit denen die Jungs rumballern und die dann überall in der Umwelt verstreut leuchten.

»Schreiberlinge«, meinte Adolf, »so wie du, sollten alleine leben. Da könnte was dran sein, denk mal drüber nach.«

Tanner erhob sich, trank seinen Gin Tonic hastig aus und erklärte freudig erregt, strahlend über beide Backen, etwas zu laut: »Ich habe gerade ein Date ausgemacht. Wann müssen wir wieder auf die Fähre?«

»17 Uhr geht die letzte.«

Er sprang schnell in seine Leinenhosen, Flipflops, einmal durch die Haare, fertig. Heute musste das reichen.

»Okay, bis später!«, erklärte Tanner und entfernte sich rennend, die Flipflops in der Hand, damit er schneller vorwärtskam.

»Es kam mir so vor«, sagte ich zu Adolf, »dass er sogar zitterte wie ein Alki vorm Sprit laden.«

»Wo ist hier das Steigenberger?«, fragte Tanner, der nochmal zurückgekommen war, ganz außer Atem.

»Geh einfach so zurück, wie wir gekommen sind. Es ist gleich wenn du den Deich runtergehst rechter Hand. Großer weißer Bau. Viel Erfolg!«

»Schätzungsweise hast du recht«, meinte Adolf, »der ist wie ein Hund vorm Futternapf, in dem Moment, wo du die Dose Chappi mit dem Pull Tab öffnest und es klack macht, dreht er durch.«

Alfons und ich schüttelten die Köpfe und mussten lachen. Typisch, es ging bei ihm nur um das eine. Fremdgesteuert wie ein Torpedo raste der auf sein Ziel zu und wir waren uns sicher, dass so manche Lady doch ziemlich überrascht war, wenn es plötzlich bei ihr einschlug und einen lauten Knall gab.

»Der hat jetzt«, erklärte Adolf, »eine per App klargemacht. «

»Welche App«, fragte ich, »Finder?«

»Nein, also ja, das hat der auch. Außerdem benutzt er noch so eine ziemlich exklusive und nicht ganz billige App. Glaub die heißt LidL, das steht wohl für *Lebe in deiner Lust.*«

»Hmm … also mir wär´s zu viel und immer auf jemand Neues einstellen. Ich war so froh, dass meine Ex richtig zufrieden war und das war jahrelanges Studium«, erklärte ich Adolf.

Mein Gin Tonic war leer und ich hatte noch Durst. Die Kinder standen auf und gingen zum Wasser. Vater und Mutter konnten sich aussöhnen.

»Ich bin ja der Meinung«, sagte Adolf, »jeder ist für seinen eigenen Höhepunkt verantwortlich.«

»Naja, da ist was dran. Eigenverantwortung halt und Selbsterkenntnis.«

Es wurde ruhiger, denn es war Lunchtime in den umliegenden Hotels, wir genossen zusammen den Sonnenuntergang. Tanner mit seinem nervigen Dauerthema war schon gegangen und das war kein großer Verlust, entweder rannte er in irgendwelche Kirchen ohne tieferen Grund oder den Frauen hinterher, auch ohne tiefere Absicht. Sein Gequassel drehte sich dann auch nur um den einen Punkt. Mit der Zeit wurde es immer bizarrer, aber auch interessanter, Fetisch-Partys, Viagra, Analsex, Gang Bang Partys, BDSM, das kannte ich nur aus dem Netz und da durfte es auch bleiben. In einem gewissen Abstand zu mir konnte ich das ertragen und fand es sogar gut. Ich stellte mir das bei ihm immer so vor. Ein Soldat, der so viel Charakter besitzt wie ein aufrechtstehendes Rohr Schultern und der nur einen Drang, ein wirkliches Hobby, eine Leidenschaft besaß.

Aber damit war er nicht allein. Wenn wir die Touristen und Angestellten um uns herum betrachteten, dann fiel mir immer auf, dass sie zu viel schlechtes Zeug aßen und ständig am Daddeln waren. Es gab Paare, die saßen sich gegenüber, schweigend, den Kopf abgesenkt und ins Handy blickend. Ab und zu wird dann dem anderen ein Spaß-Video gezeigt. Im Hotelzimmer folgt dann die Glotze.

»Was ist das für eine«, will ich von Alfons wissen, »krasse Scheiß Fetisch-Party? Wo soll das alles hinführen? Früher mussten die Menschen schuften bis in die Nacht, hatten überhaupt keine freie Zeit und eine geringe Lebenserwartung. Wünschten sich mal etwas Ruhe und Erholung vom Alltag, und heute besitzen wir alle so viel freie Zeit wie noch nie in der Menschheitsgeschichte.«

Adolf konnte man diesen Vorwurf, zu viel am Smartphone zu fummeln oder YouTube hoch und runter zu schauen oder Fratzenbook-süchtig zu sein, nicht machen. Er besaß noch nicht mal ein Profilbild bei WhatsApp, er wusste einfach nicht, wie das ging, und mit dem anderen digitalen Zeug war es genauso. Er konnte den Herd und die Waschmaschine bedienen, das reichte ihm. Das war sein Glück. Sein Handy war ein unerotischer alter Knochen. Er konnte mit Müh und Not eine Textnachricht schreiben, ein Foto aufnehmen und versenden, das überstieg seine Fähigkeiten schon ganz gewaltig.

»Die Zeit der Leute wird geraubt«, antwortete er mir nach längerer Überlegung, »und sie machen das freiwillig mit. Wirken wie ferngesteuert. Sie nutzen dieses Schlau-Ding und merken gar nicht, dass es genau das Gegenteil von Optimierung bringt. Die ganze Wischerei auf dem Teil, das ganze digitale Zeug und was noch alles kommen soll mit den Robotern vereinfacht nichts, es hilft dem einzelnen nicht die Bohne. Es macht nur das Display fettig. Als ob du deine Haare nicht mehr wäschst, dein Leben fängt an vor Fett zu triefen wie eine Portion Pommes und du brauchst dann plötzlicher Fettlöser – das wären dann die tollen Konzerne.«

»Da hast du recht, das alles führt nur in eine Abhängigkeit, früher lief es doch auch einfacher, die Zeit wird gestohlen von den Zeiträubern, wie bei *Momo*, obwohl wir ständig Sekunden, Minuten, Stunden, Tage durch Hilfsprogramme gewinnen sollen. Mails sind eine feine Sache, wenn man nur eine pro Tag bekommen würde, aber dienstlich erhielt ich innerhalb weniger Tage hunderte und privat war das ähnlich. Irgendwann bin ich an den ganzen Mails erstickt, sogar mein Postfach war nach dem Urlaub regelmäßig gesperrt, weil es das zulässige Datenvolumen überschritt. Von zehn Anfragen per Mail wurden neun nicht beantwortet.«

»Das kenne ich, neulich schrieb ich ein paar Ärzte und Therapeuten per Mail an, von niemanden bekam ich eine Antwort. Ich frage mich, warum die das dann auf ihren Homepages anbieten.«

»Was hast du dann gemacht?«, wollte ich wissen.

»Ich bin jetzt bei dem, der keine Homepage hat. Braucht er nicht, sagte er. Netter Typ, recht jung, aber total kritisch dem aktuellen Lifestyle gegenüber.«

»Finde ich gut, dass du endlich was machst.«

Vor uns flammte gerade erneut der Familienstreit auf. Der Mimik nach gab es gegenseitige Vorhaltungen. Um was es ging, war nicht klar, sie hatten uns den Rücken, die Stuhllehnen zugedreht, nur so viel war erkennbar, die Kinder schienen unschuldig. Die Mutter war gut beisammen, der Vater muskulös, aber mit deutlichem Bierbauch. Beide rauchten und trugen billiges Zeug. Er hatte auf dem Oberarm eine Pizza tätowiert und sie über der Brust das Wort Liebe. Das ganze eskalierte so, dass sie ihre Liegestühle aufgaben und wütend gingen. Nur die Kids blieben ruhig. Die letzten Getränke der Eltern wirkten unberührt, lecker, einladend und überhaupt, waren auf den Bechern zwei Euro Pfand drauf. Adolf ging hin und brachte jedem bei näherer Betrachtung einen Tequila Sunrise. Insgesamt hatten wir so acht Euro an Pfand gewonnen, brauchten nicht anstehen und hatten einen geilen Coktail.

»Prost, mein Bester. Weißt du, Brecht meinte dazu einmal, der ganze Wahnsinn wird unsichtbar, wenn er zu große Ausmaße annimmt.«

»Prost! Da kommt unser Rittmeister grinsend und wackelig zurück.«

26

Ich war total froh, wieder allein zu sein. Menschen nervten mich sehr schnell im Moment oder besser gesagt, ab jetzt halt. Dachte ich früher noch, der *homo sapiens* sei von Geburt an gut, so änderte ich diese Einschätzung, aufgrund meiner Erfahrungen, und war nun der felsenfesten Überzeugung, dass der Mensch ein Raubtier ist. Kleine Tigerbabys sind ganz verspielt und kuschelig, nach ein paar Monaten sind es leider brutale, blutrünstige Bestien, die sogar homos fressen.

Ähnlich ist´s bei der Gattung Mensch, die ja auch nur ein Teil der Natur ist und dem darwinistischen Prinzip wie alle Lebewesen folgen muss. Selbst die griechischen Götter waren selbstsüchtig.

Mein Leben hatte sich total verändert. Von *Everybody's Darling* auf Arbeit, vom *Primus inter Pares*, mutierte ich zur *Persona non grata*, wie bei einem Lepra-Kranken mieden mich plötzlich viele. Aus den Augen, aus dem Sinn, es machte mich traurig. Die Erkenntnis, ausgenutzt worden zu sein, Freunde gehabt zu haben, die Schlächter sind, brannte zusätzlich auf meinen Wunden. Nur ein einziger meiner alten Arbeitskollegen wollte wissen, wie es mir nun geht und meinte, dass die Entscheidung richtig war. Als der mich anrief, war ich total erstaunt, und mein Handeln, das ich selbst so hinterfragte, dem ich so kritisch gegenüberstand, zeichnete der in schillernden Farben und stellte es in einen völlig anderen Kontext.

»Hallo, Hans«, sagte der ehemalige Kampfgefährte ruhig ins Telefon, »ich habe das gar nicht mitbekommen, dass du raus bist. Dein Zimmerkollege, Captain Kirk, hatte es mir erzählt. Also ich muss schon sagen, du bist der einzige mit Eiern in der Hose, dass du das durchgezogen hast. Mein Respekt.«

Er war ein guter Mann, sportlich, drahtig, groß, schwarze Brille, unauffällige Kleidung, sparsam, korrekt mit einer superschnellen Auffassungsgabe und unglaublich leistungsfähig und dabei immer nett und ausgeglichen. Aber keiner, der sich blenden ließ, der die Probleme beim Namen nannte und trotzdem war er allseits akzeptiert, denn er hatte diese Gabe, sich dadurch nicht unbeliebt zu machen.

»Danke, Schlaubie, so habe ich das noch nicht erkannt.« Zum ersten Mal sehe ich das von einem anderen Standpunkt aus positiv, könnte was dran sein? Es ist gar kein Versagen bzw. keine Flucht, es ist wie eine gewonnene Schlacht. Wie bei Karl dem Großen, mein Horizont dehnt sich aus. Ich expandiere, meine Ketten sind gesprengt.«

»Ich würde auch am liebsten gehen«, meinte er lapidar, und ich wusste, dass er es total ernst meinte, denn er war einer unter vielen, die die Schnauze voll hatten. Die Fahne hochhalten für diesen maroden, brutalen, kaputten und untergehenden Staat?

»Verstehe ich total, und jeder, der dabeibleibt, hat meinen größten Respekt. Ihr opfert euch alle fürs Vaterland und dafür, dass es nicht schneller noch schlimmer kommt.«

»Ja, danke, aber ich bin grade ziemlich gefrustet. Das ganze System wird immer wahnwitziger, ständig neue Vorschriften, Gesetze, Regelungen, Handlungsanleitungen und Software-Updates, und nichts funktioniert gescheit. Es geht nur noch ums Verwalten und Spuren verwischen, ich habe echt keinen Bock mehr. Die oben werden auch immer blöder.«

»Ja, ich hörte davon. Der Neue soll ehrgeizig sein und sich überall einmischen. Stimmt das?«

»Da ist was dran. Es entsteht so ein Gefühl, dass du auf Schritt und Tritt kontrolliert wirst und es nur noch um die Zahlen geht.«

»So wollen sie dich haben. Ängstlich durch Überwachung. Immer auf der Hut.«

Das kannte ich zu gut, die Qualität nahm mit den Jahren rapide ab. Viele Kolleginnen und Kollegen um mich herum zerbrachen an dem Elend und dem Druck, und nicht an einer Kugel, außer sie kam von ihnen selbst. Niemand kümmerte sich um sie. Die meisten nahmen irgendwelche legalen oder illegalen Drogen. Das Saufen war am beliebtesten.

Ein wirklich ehrenwerter Kamerad erschoss sich in dem Moment, als er leichte Knie-Probleme bekam. Der Kerl war topfit, eitel, eingebildet, immer top gestylt, Single, ein großer Unruhestifter, Narzisst, aber sehr engagiert, und nach der Diagnose hatte er sich zu Hause eine 9 mm Luger von unten durch den Schädel gezogen. Keiner wusste damals genau warum? Starke Emotionen waren bei ihm nicht feststellbar. Das mit dem Knie zerstörte wohl sein Selbstbild und den Eindruck den er hinterlassen auf Fremde und die Welt machen wollte? Egal, er zog die Reißleine und das war sein gutes Recht. Für manche Kollegen gab es Schampus zu dieser Nachricht, sie konnten Rex nicht leiden. Einen Konkurrenten weniger auf der Karriereleiter.

»Das Verbrechen wird gemangt«, erklärte Schlaubie, »statt ordentlich bekämpft, und ständig musst du wegen der Kosten Rechenschaft ablegen. Bald werden sie sagen, für diesen Einsatz, diesen Fall, sind 1.000 Euro vorgesehen, danach ist Schluss, auch wenn der Täter noch nicht ermittelt ist und es noch erfolgversprechende Ansätze gibt. Auch die ganze Ausrüstung, angefangen von den PCs, den Programmen über die Baracken bis hin zu den Waffen, ist anachronistisch. Zum Teil kämpfen wir noch mit dem Zeug des letzten Weltkrieges.«

Schlaubie lachte. »Mit Baracken meinst du die Unterkünfte?«

»Ja.«

»Den Terroristen und Kater Karlo ist das mit Sicherheit sehr recht. Wir haben neulich endlich die neuen kurzen Maschinenpistolen bekommen, als First Response Mittel, damit kannst du eine ganze Kompanie fertigmachen, das Teil ist wirklich der Hammer, würde dir gefallen.«

Naja, ich glaub's zwar, aber bin zum Glück lieber raus, bei der MP 7 hatte er recht, ich liebte schon die MP 5, dagegen war das neue Baby ein echter Kracher, sehr einfache intuitive Bedienung, auch in Stresssituationen, mit nur einer Hand ließ sich alles einstellen und zielen war nicht mehr nötig, wegen des Laservisiers, dazu kam reichlich Action Munition in den großen Magazinen. Ein Hammerteil. Ein Gamechanger. Wir redeten noch lange. Es war eines der besten Telefongespräche in meinem Leben mit einem der besten Fighter, die ich kannte. Schlaubie war ein toller Soldat. Immer treu, immer motiviert, immer höflich, immer tolerant, immer sachlich, hochintelligent, maßvoll, jeder Einsatz funktionierte, eine Perle in Uniform. Leider hielt er außer diesem Gespräch keinen weiteren Kontakt. Wir wollten uns mal treffen, aber bisher hat es nicht geklappt. Wahrscheinlich war alles gesagt.

Überhaupt gab es so eine Diskrepanz in meinen gesellschaftlichen Kontakten. Erst einmal würde ich meinen, dass ich unfähig bin, sozial zu interagieren. Auf einem vernünftigen Niveau. Noch unfähiger bin ich in Sachen Liebe, körperlich wie geistig. Habe keine Ahnung, wie man eine Partnerschaft führt, eine Frau erfüllt, mit Freunden umgeht, sich in einen Freundeskreis integriert, liebt, ein guter Vater ist, sich zum Lebenspartner harmonisch verhält, seinen Verbündeten mit Respekt behandelt, dem Liebsten auf Augenhöhe begegnet usw. Etwas selbstkritisch, so wie ich das halt sein kann, in meiner Situation würde ich mich als sozialen Tiefflieger mit geringem Selbstwertgefühl, der in der Realschule eine sechs nach der anderen in Deutsch bekam, fast deshalb sitzengeblieben ist, aber trotzdem gern Interpretationen bzw. Erörterungen schrieb, und in den anderen Hauptfächern auch nur geringfügig besser war, abstempeln. Das übelste an mir dürfte aber die permanente Paranoia sein.

Vor zwei Jahren hatte ich mir bei diesem göttlichen Einsatz und danach geschworen, so, das war's, du machst das nicht mehr mit. Was kommen wird, wusste und weiß ich bis heute nicht. Außer dass ich erstmal draußen bin, zu Anfang kam ich auf die Ersatzbank, also Kur, jetzt bin ich komplett out und denke auch nur noch *out of the box* und bin draußen in der Natur. Nichts anderes hilft! Was vorher Arbeitszeit war, ist jetzt *bushcraft*. Zeit in und mit der Schöpfung.

Ich kann mich erinnern, wie ich mal bei Castor war, diese Einsätze waren der größte Mist, wie so vieles. Aber ich hatte meinen Eid geleistet und zog auch das durch, obwohl ich gegen Atomkraft war, damals. Heute bin ich für Atomkraftforschung, seit ich das Buch von T. Schulenberg, *Kernschmelze ausgeschlossen*, las, wie übrigens Bill Gates auch. Anyway. Das allerschlimmste waren nicht die festgeketteten Hippies mit ihren Wollpullovern voller Läuse oder Steine werfende Radikale, oder Otto Normalbürger mit Hemd und Bundfaltenhose, der dich bespuckte, oder Familien, die Kiesel auf mich warfen, der Horror war das stundenlange Stehen in Polizeikette ohne PISSEN zu können. Mit den Jahren bekam jeder eine Blase wie ein Luftballon oder wie die Wasserhöcker bei einem Kamel. Ein unmenschlicher Scheiß war das, und dann schlief man noch in riesengroßen Sporthallen ohne Privatsphäre mit hunderten von gutaussehenden Kameradinnen, die oft rochen, als wären sie gerade vom Joggen zurück, auf tarnfarbenen Feldbetten zusammengepfercht. Meistens hielt ich das nicht aus und pennte im grün weißen Sprinter auf einer Rückbank. Da konnte ich auch in Ruhe meine Einsatzstiefel polieren und *wichsen*. Die sanitären Einrichtungen, die Toiletten, waren oft verdreckt, das Essen Fresspakete in weißen Plastiktüten, mit einer Kugel Bierschinken, weißen Brötchen in Kaugummi-Konsistenz, Fanta oder Cola und ein *Nuts*. Das Beste war ab und zu der Apfel und das Wasser, der Rest ein ernährungstechnischer Müll, Landjäger, Schmelzkäse, manchmal vergammelt, Auszugsmehl Mohnschnecken mit Zuckerguss, zerquetscht und schlabberig. Das war die Nahrung der modernen Gladiatoren. Ein Hoch dem Land. Billiger Abfall für die Crusaders der Regierung. Mein Gott, bin ich froh, dass ich diesen Scherbenhaufen nicht mehr mit vertreten brauchte. Nur die GEZ-Gebühr und die Steuern machten mich noch fertig. Mit meinem Geld killen die auf der ganzen Welt und erzählen dann im Fernsehen irgendwelche Heldenmärchen über die Befreiung von Kulturen. Allein die Millionen von zivilen Opfern sprechen jegliche Legitimation ab und an meinen Händen klebte das Blut, weil ich zu blöd war, das zu erkennen. »Vergib mir, himmlischer Vater!«

Die kleine Erleuchtung ist eine der größten Erleichterungen, die sich nach meinem Rückzug einstellte. Meinen König hatte ich verlassen und verraten, aber er war auch kein anständiger, ehrlicher, fairer und aufrichtiger Herrscher mehr. Mein Herr zeigte sich immer stärker als *Idi Amin*, sehr wahrscheinlich war er das schon immer, nur mir *ungenügendem* Schüler fiel das nicht auf. Mit meinem Therapeuten redete ich mal während einer Sitzung über das Thema.

»Wissen Sie, ich bin jetzt unsittlich geworden. Damit meine ich, dass ich keine Moral mehr habe. Ich mache das jetzt auch so.«

»No Moral«, meinte er verständnisvoll, »damit lebt es sich besser?« Seine Stirn bekam leichte Falten.

»Ja, klar«, in dieser Sache war ich selbstbewusst, »das bedeutet ja nicht, dass es unmoralisch wird. Es sind eher Gedankenkonstrukte, so Modelle, die man ablegt oder anlegt … aufbaut. Alles wird leichter. Keine Werte mehr für mich und auch keine Gesetze und den Staat und seine Institutionen respektiere ich nicht mehr, auch sonst niemanden, bis auf den Dalai Lama und Sokrates, der ist aber schon tot.«

»Verstehe, Herr Frost«, behauptete er rücksichtsvoll, »dann können Sie jetzt tun, was Sie wollen, oder?«

Ich musste schmunzeln, das war nicht so leicht zu durchschauen. »Kein Respekt mehr vor der Gesellschaft und überhaupt die Mehrheit ist *falsch* aktuell, da bin ich mir sicher, die meisten wissen nicht mehr, wie es geht oder wie sie es umgesetzt bekommen und da ist es doch logisch, als vernünftiger, gläubiger Naturbursche, diese Regeln nicht mehr zu akzeptieren. Es bedeutet ja nicht, dass ich jetzt Banken überfalle oder immer bei Rot über die Ampel fahre und die GEZ-Gebühr nicht zahle. Es meint, ich bin frei, ich kann alles tun, ich bin urteilsfrei geworden und weiß, dass das Universum das unterstützt, der Gott, den ich sehe und kenne zumindest. Der bringt keine Zivilisten um, egal warum.«

Bei meinem Therapeuten Dr. Sokrates gab es immer einen Tee zu jeder Sitzung. Ich wählte fast immer Kräutertee von *Nein*, es gab halt nichts anderes. Er hätte sich auch ein kleines fünf Liter Bierfass hinstellen können. Für so Gäste wie mich. Einen Euro hätte ich sogar gegeben pro Schoppen. Die Praxisräume lagen in einem ehemaligen alten Proletarier-Stadtteil aus der Frühphase der Industrialisierung. Das Viertel wurde seither nicht aufgewertet, von einer Seite begrenzte es ein riesiger Müllberg und von der anderen eine alte Chemie- und Papierfabrik. Der Backstein-Schornstein der einen Anlage war etwa 100 Meter hoch, und ich hatte es noch nie erlebt, dass er nicht rauchte. Dieses Ding war ein Perpertuum mobile, ein Vulkanschlot mit einem weißen und roten Rand ganz oben an der letzten Ziegelreihe, der noch nicht eine Sekunde lang erloschen war. Den »Neuköllnern« von Mannheim schien das nichts auszumachen. Auch die ganzen, die alten schönen Fassaden verschandelnden und entwürdigenden rostig weißen Satellitenschüsseln kümmerten niemanden. Es waren dunkle, dreckige Straßen, mit heruntergekommenen Sandsteingebäuden aus der Gründerzeit, an den Fassaden baumelten weiße staubige Kabel, die Steinsockel von der Hundepisse der Jahrhunderte weggeätzt, häufchenweise bildete sich feines rotes körniges Pulver, man hätte es glatt als Paprika Edelsüß anbieten können, wie bei einer Sanduhr lief die Zeit für die Gebäude ab, nur dass niemand die Sanduhr drehen wird, dort in Monnem Neukölln begann keine Zukunft, dafür wurde das Alte hochgeschätzt, manchmal lag dort so viel Sperrmüll, dass selbst mit dem Rad kaum ein Durchkommen war, aber ich kam gern hierher. Die Gosse liebte mich, sie war immer gut zu mir und nahm mich bereitwillig auf. Niemand würde mich hier vermuten, ein Stadtteil, in den die Polizei so gut wie nie gerufen wird, weil hier die großen Jungs abhängen, nicht die buntesten Paradiesvögel, sondern die gefährlichen Strippenzieher aus dem Hintergrund, wie der, der weiß, wo du einen neuen Pass bekommst und wann, solche Ratten, beschmutzten nicht ihr eigenes Nest.

Die Praxis musste mal ein Ladengeschäft gewesen sein, denn das Fenster zur Straße war riesengroß wie ein Schaufenster. Damit die Irren dahinter nicht begafft werden konnten, war es mit einer mattierten Folie beklebt, überhaupt war die Einrichtung auf niedrigem Fairkauf Niveau, passte also top zum Viertel, er brauchte sowieso nicht zu investieren, denn die Patienten standen auch so Schlange. Die Leute drehen halt immer mehr durch, und das nicht erst seit dem Lockdown. In einer Ecke des großen Raumes stand eine Yucca Palme, rechts an der Wand befanden sich drei alte Sideboards aus dunklem Holz, die von einem schrecklich unfähigen Maler rosa, gelb und blau angemalt waren, darin befanden sich viele Bücher, auch eines meiner Lieblingsbücher, *Rohstoff* von Jörg Fauser. Schätzungsweise einer der besten deutschsprachigen Underground-Autoren. Ein Mann, der das System – als ein Alptraumhaftes Terrorregime entlarvte und von seinen Tigern gefressen wurde. Ich saß auf einem alten, viel zu kleinen, blauen Sofa, auf dem ein weißer verkrumpelter Überwurf lag. Das Zimmer wirkte ziemlich vollgestopft, mit einem Flipchart, auf dem ich immer die letzten Aufzeichnungen von Patienten las, einem Schachbrett, das für Aufstellungen herhalten dufte, links in der Ecke ein Stapel Stühle, auf dem kleinen runden Tee-Tischchen zwischen uns eine Dose voll mit Buntstiften, eine Taschentücher-Box für die Tränen und Spielzeug. An der Wand hing ein schwarz-weißes Bild von M.C. Escher, mit dem Titel *Relativity*. Für mich sah das aus wie ein Labyrinth aus Stufen in einem zum Teil offenen Gebäude und Menschen, die auf dem Kopf standen, Treppen, die nirgendwohin führten. Am besten gefiel mir, dass die Personen keine Gesichter hatten. Sie wirkten auf mich wie Mumien.

Ich mochte die Atmosphäre, und ganz besonders gefiel mir der große braune Wasserfleck an der Decke. Es war ein Altbau, also mindestens 3,80 Meter über uns schwebte der kreisrunde, an den Rändern braune Makel und das Ding schien sich zu verändern. Wir sprachen jedes Mal darüber. Der Vermieter wollte mal nachsehen lassen, aber das war vor Wochen.

»Das finde ich prima, Herr Frost. Gott ist groß und das Leben lässt Sie nicht fallen. Lassen Sie sich nicht unterkriegen und überhaupt, Sie machen das bestens. Was glauben Sie, was ich für Kundschaft habe. Viele kriegen rein Nullkommanull auf die Reihe. Sie sind einer meiner erfolgreichsten Patienten, denn Sie handeln. Sie werden Ihren Weg gehen, da bin ich mir sicher.«

Er war sich sicher! Einer seiner erfolgreichsten? Ist der auch irre? Endlich bekam ich mal Anerkennung, er musste es ja wissen. Gut, ich glaubte ihm, unter den paranoiden Soldaten mit eigenem Seelenklempner war ich tippitoppi. *I am your number one*. Wie viele Patienten hatte er wohl, 20 oder auch 30? Ich ging meinen Weg, aber wohin?

Ich hatte mir eigentlich mit manchem im Leben große Mühe gegeben. Gerade bei Beziehungen und der Liebe studierte ich so viele Jahrzehnte, besuchte Vorträge, machte Sitzungen, online Kurse und Paartherapien. Es gab Zeiten, gerade während der letzten mit Scarlett, da war ich mir todsicher, dass ich es nun gefunden hatte, die Lösung, das Patentrezept, wie es geht, eine gute Liebes Connexion zu leiten und dann würde auch der Rest vom Leben nachwachsen, aber der Absturz kam mit schöner Regelmäßigkeit zurück. Es war ein Schweinezyklus. Und nach der letzten Trennung ist was kaputtgegangen, irgendeine Schüssel in mir ist gerissen, ein Henkel ist ab, der halbe Korken hängt noch in der Flasche, ein Spiegelsteinchen ist aus meiner Discokugel gefallen und mein Herz signalisiert mir, du lässt es besser bleiben und meine Psyche meint, du hast es nicht drauf, und der Körper ist sich sicher, bleibe beim Handbetrieb.

Selbst sollte ich mir deshalb eingestehen, »ich weiß nichts über das Leben und bin in allem ein Laie geblieben, ein Ziel besitze ich nicht, der Gesellschaft liege ich auf der Tasche, will nichts mehr werden, und das klingt sehr nach Versager, du PENNER!«

27

Als die mich rausgeschmissen haben, fühlte ich mich aussortiert. So als könnte man mich nicht mehr gebrauchen. Ich kam mir vor wie ein alter Hochofen, der aus rationalen Gründen, wie Kostendruck, zu alter Technik oder wegen Umweltauflagen abgestellt wird.

Meine Person war aus der Zeit gefallen. Das Leben stand plötzlich still. Das Hamsterrad lief ohne mich weiter, ich stand einfach daneben, nur meine Ex-Kameraden sah ich noch drin rennen. Niemand kam, um mich bei der Hand zu nehmen. Da saß ich und konnte nicht fassen, was passiert war.

»Hans, du bist raus! Hans, du bist raus, du bist raus, raus, raus, rausgeflogen, Abflug gemacht, rote Karte – Psycho Foul, zu viele Punkte in Flensburg, einfach raus, Flasche leer, aus die Maus«, und immer wieder kam mir dieser Satz in allen Variationen hoch, aber ich fand es nicht so geil. Tatsächlich wurde ich von vielen gemieden. Ich hatte aufgehört ein Werkzeug zu sein, deshalb war ich für bestimmte Personen uninteressant geworden. Ein Anachronismus auf zwei Beinen, ohne echte Ziele oder Überzeugungen. Meine ehemaligen Nachbarn in Mannheim begannen mich zu schneiden, seitdem ich raus war, Dr. Sokrates meinte, dass sie neidisch wären. Sie waren eifersüchtig darauf, dass ich nicht mehr für das System brannte. Sie spürten, da ist einer, mit dem stimmt was nicht. Trotzdem wirkte er zufrieden. Warum taten sie es mir nicht nach?

Es ist ein Unrechtssystem. Jeder, der blind mitmacht, macht sich schuldig. Bestenfalls hatte sich nach dem Ende des ersten und zweiten Weltkrieges nicht viel getan. Die

Kriegsschauplätze wurden nur verlagert. Mit den modernen Waffen wird das Töten wieder industrialisiert. Massentierhaltung, Massenkonsum, Massenwahn, Massenvergewaltigung, Massenerkrankung, Massensterben ... die Menschheit hat schon lange einen Punkt überschritten, der nicht gut war. Spätestens bei der Massenvernichtung zeigte sich, dass das menschliche Herz böse ist, aber das ist auch ungerecht, so negativ, dabei ist doch seine Natur das Reißen von Schwächeren oder von Stärkeren, dann in einer Gruppe, wie bei den Wölfen. Warum störte nur mich der ganze *trash,* den wir produzierten und der rumlag. Sah nur ich den Untergang? Ein Leben ist ein langsamer, qualvoller Abgesang, nicht wie bei der Titanic, sondern eher wie bei einer Wurzelbehandlung von Dr. Szell.

Mein Leben ist eine *Aneinanderkopplung* von Misserfolgen und Tiefschlägen, von geistigem Chaos und einem dreißigjährigen Aufenthalt auf dem Zauberberg. So lange bin ich schon in Behandlungen und viel hat sich nicht getan, und trotzdem ist es phantastisch und ich stürzte mich wie Odysseus in ein neues Wagnis, denn das Abenteuer ist die andere Natur des Menschen, und was Vernünftigeres fiel mir nicht ein.

28

Am Ende meines erfolglosen Maschinenbaustudiums brauchte ich dringend Bares, denn ich war abgebrannt. Das schöne hedonistische Studentenleben hatte ein großes Loch in meinem Geldbeutel hinterlassen, es herrschte Ebbe auf dem Sparkassen-Konto. Deshalb suchte ich mir schon weit vor den Semesterferien einen Job. Über eine Bekannte kam ich zur MWM, riesengroßer alter Backsteinbau, Carl-Benz-Straße 1 in Mannheim Neckarstadt, einem schon damals ziemlich heruntergekommenen Stadtteil, wobei Neckarstadt Ost noch ging, aber mein Arbeitsplatz lag in West.

»Wann könnten Sie anfangen?«, wollte der Personalchef wissen.

»Sofort.«, entgegnete ich, denn ich brauchte das Geld.

»Gut«, sagte er, »kommen Sie morgen wieder. Seien Sie um acht Uhr hier, der Werkstattmeister nimmt Sie dann mit. Arbeitskleidung brauchen Sie bei dem Job nicht unbedingt, den Rest erhalten Sie von den Motorenwerken.«

Welchen Rest meinte er? Personaler sind meistens desillusionierte Leute mit einem götterähnlichen Auftreten, weil sie wissen, dass sie dich in der Hand haben. Egal wie groß und stark ich war, der hier hatte mich in seiner Tasche. Ich war sein Baby. Dieser hier war schlank, mit kleinem Bauch, schütterem Haar, trug eine schwarze quadratische Brille und steckte in einem grauen älteren Anzug. Das Sakko hatte er ausgezogen, so viel Etikette war ich ihm nicht wert. Eine silberne Uhr mit analogem Ziffernblatt und zerkratzten Panzergliedern hing eng am linken Arm. Wer war ich auch? Ein Bettelstudent, der seinen Platz noch nicht gefunden hatte und dringend Arbeit, nein, Geld brauchte.

Am nächsten Tag zeigte ich der Drehtür meinen neuen Arbeitsausweis und nach einem lauten Klacken und Knacken, indem das Teil mit seinen vielen Armen wie bei einem Tintenfisch die Tentakeln kurz zuckte, konnte ich hindurch in die Arbeitshölle. Mein Rad stand schön trocken unter einem großen Fahrradständer mit Wellblechdach. Hier war ich nun in der Geburtsstätte der Mobilität, dem Silikon Valley des Motorenuniversums, dem Beginn des Feinstaubskandals, angelangt, hier wurde der heilige Gral der Mobilität vor etwa 100 Jahren entdeckt und entwickelt. Von hier aus begann der Siegeszug des Kraftfahrzeugs und schätzungsweise nicht meiner.

Das Areal war riesig und die alten Backsteingebäude wirkten runtergekommen. Ich fand ein Schild, auf dem stand Logistikzentrum, Warenausgabe, Anlieferung, hier sollte ich mich melden. Es war eine große langgezogene Halle aus verwitterten roten, von Ablagerungen schwarzen Ziegeln. Das Dach hatte diese typische Sägezahnstruktur, damit viel indirektes Licht eingefangen wurde. Mein Verdienst dürfte mittelmäßig ausfallen, nicht so wie bei der Fettschmelz, aber das war mir egal, dafür sollte es diesmal nicht besonders schwer oder anspruchsvoll sein. Durch eine unverschlossene grüne Feuerschutztür betrat ich das Gebäude, dann ging ich durch einen schäbigen Gang, der mit rissigem und löchrigem Linoleum ausgelegt war, auf das Licht am Ende zu. Es öffnete sich ein großer und hoher Raum, den hunderte von *Neons* erhellten. Es fühlte sich an wie wenn ein Höhlentaucher am Ende eines Tunnels auf eine große Halle trifft. Das Warenlager war kolossal, ein Superlativ, endlos lange Reihen von turmhohen grünen

Regalen. Die hintersten Regalfächer ganz oben waren nicht zu erspähen, solche Ausmaße kannte ich nur von der Milchstraße. Rechts befanden sich ein paar Büros mit dreckigen gelben Fenstern, da saß wohl die Leitung drin. Ich meldete mich gegenüber in einem Aufenthaltsraum.

»Guten Morgen«, brüllte ich laut durch Zigarettenqualm in die laute Runde, »ich soll hier heute anfangen.«

Etwa zehn Personen saßen um mehrere Holzbänke herum. Tassen und braune Bäckertüten lagen verteilt umher. Das Interesse an mir war gering. Es wurde gefuttert, geschwatzt und getrunken. Kaum einer grüßte zurück und nur einer wandte sich mir zu.

»Du bist die neue Aushilfe«, entgegnete ein rundlicher Kerl in den Fünfzigern. Er hatte schwarze ungepflegte fettige schüttere Haare und trug ein rot-schwarz kariertes Holzfällerhemd in ölig schmutzigen Jeans, die ihm mindestens zwei Nummern zu groß waren, ein alter schwarzer Gürtel mit ausgefransten Löchern hielt sie am Platz, »setz dich, ich erkläre dir später alles, wenn der Rest von euch Neuen da ist. Ich bin der Vorarbeiter hier. Kaffeeee?«

Nach einigen Tassen oxidiertem Filterkaffee, der schon so eine trübe braune und in Regenbogenfarben schillernde Haut besaß, mit etwas Milch und sinnlosen Gesprächen über Haben, stieg Kurt, so nannten sie den Kapo, auf und alle taten es ihm gleich. Wie bei einem Vogelschwarm, einer macht den Anfang und alle anderen wussten, was zu tun war. Es hatte sich ein Arbeitstreck formiert. Ein Zug aus schmutzigen, ausgedienten, stinkenden Kleidern, die die letzten Jahre kein anderes Flair mehr bekamen und wie in dem Film *Und täglich grüßt das Murmeltier* den immer gleichen beschissenen Tag erlebten, oxidierte Brühe, dreckige Filtermaschine, Tassen mit braunen dicken Rändern,

Männerwitze, schlecht rasierte Gesichter, alter Schweiß auf Baumwolle, blasse Haut, Stirnfalten, Kondensmilch aus Plastikbehältern, müde Blicke, Zuckerwürfel, zerkratzte Edelstahl Teelöffel, blaues Putzpapier, Bretzeln, dreißig Jahre alter Kühlschrank von AEG, Exportbier, Proletarier Sprüche, Diebstahl, Ficus mit trockener Erde, Staub in den Ecken, Pausenglocke, Feierabend, Metallspind, *Klack* und Dunkelheit.

Ich wartete geduldig, bis ich an die Reihe kam. Mit mir hatte noch ein Student mit blonden zotteligen Haaren und eine junge, eher kleine Frau mit strammer Figur, die sich in ihre viel zu engen Blue Jeans mit der Zange reingezwängt haben musste, angefangen. Mir war nicht klar, wie die sich bücken wollte, um ein Teil, das ihr runtergefallen war, aufzuheben. Sehr wahrscheinlich würde sie um Hilfe bitten und ich wäre nicht abgeneigt. Ich stellte mir bei solchen Damen immer vor, wie die sich morgens mit einem Schussgerät in ihre Hosen ballerten. Wie der KanonenMann im Zirkus, nur dass am Ende des Rohres noch die Hose schwebte und mit einem Päng, Flutsch und Knall hängst du in der Jeans und die Arschritze ist für alle sichtbar wie der Grand Canyon.

   Kurt schwor uns drei ein, ermahnte uns, nichts zu klauen, an den Drucker, wo die Aufträge rauskommen, geht nur einer ran, er erklärte, dass das hier das Herz der Mannheimer Motorenwerke, ein modernes Hochregallager sei und die Stapler auf Schienen fuhren. Wir hatten zwei Joysticks pro *Hubby,* einen Schein hatte keiner von uns Hiwis und es war verboten, oben im 20. Stock aus den Wagen zu klettern und auf den Gabelzinken zu stehen. Das wäre lebensgefährlich. Ach nee! Wir bekamen seitenlange Listen auf zweifarbigem Nadeldruckpapier mit perforierten Lochstrei fen an beiden Seiten zum Abtrennen und los ging's. Wie ein Diesel nagelten die Stifte im Drucker und spuckten Auftrag um Auftrag raus. Die Geschäfte schienen gut zu laufen. Ich durfte mich nun glücklich schätzen, bei Benz zu arbeiten. Hier lag die Wiege des Maschinenzeitalters, das Betlehem der Mobilität, der Wohlstand von Deutschland und die Sklaverei der unteren Klassen. Die Straße war deshalb extra nach dem großen Erfinder Carl-Benz-Straße getauft. Kurt hielt stolz einen Auftrag zum Bau eines 40 Tonnen schweren Dieselmotors in der Hand. »Kommt in ein U-Boot rein, das Ding. Ihr seid jetzt ein Teil der Verteidigung dieses Landes.« Damals dachte noch keiner, dass die Dinger bis zum Hindukusch schwimmen würden. Auftrag für Thyssen Krupp stand auf dem Papier. Ich hätte kotzen können, jetzt war ich dafür verantwortlich, so ein Scheiß Unterwasser Schiff zu kommissionieren. Ich bekam schon beim Richten der Teile Platzangst. Schlimmstenfalls kriegt es der kleine irre Diktator.

Es mussten hunderte von Blättern mit tausenden von Materialnummern sein. Fieberhaft malte ich mir aus, wie ich etwas sabotieren könnte, aber ich wollte auch niemanden gefährden. Das Einsammeln der Teile war denkbar einfach. Wir teilten die Liste. Auf den Laufzetteln stand Regalreihe und Fach und wie viel davon drauf. Auf dem Boden waren in Gelb nochmal die Reihen aufgemalt und an den grünen Schwerlastregalen standen links und rechts Ziffern. Wie bei Ikea, und wir nahmen aus jedem Abteil so viele Artikel wie gewünscht und legten sie in die Gitterbox. Zum Beispiel gab es Zylinder, die waren so groß wie ich. So ein Schiffsdiesel brauchte davon schon mal 10 bis 20 Einheiten. Schon nach kurzer Zeit wurde es ein öder Job. Wir hatten bald den Dreh raus. Der andere Student hieß Klaus, alias DJ Cosmic. Er legte nebenher im Studio Five auf, manchmal auch im Punkt oder im MS Connexion. Das letzte war ein runtergekommener Laden in einem alten Fabrikgelände. Sehr verwinkelt, schmutzig, dunkel, laut, mit schlechter Luft, wirklich riesig mit Bereichen, die nicht jedem offenstanden. Während des laufenden Discobetriebs wurden dort Schwulen Pornos gedreht. Niemand störte sich daran. Die Gäste waren eine Mischung aus Homos, Heteros, Lesben, Exhibitionisten, Transvestiten, Rockern, Crossdressern, Barflys, Jugendlichen und Schaulustigen, die sich noch nicht entschieden hatten, wo es bei ihnen geschlechtertechnisch hinging. Es gab dort einfach keine AGBs, keine Regeln, regelmäßig gab es Schlägereien in der Leder Bar mit Rockern vom Gremium, wahrscheinlich war es deshalb mein liebster Laden. In den 80ern war ich dort Stammkunde, oft hatte ich nur imaginäres Kopfschütteln für einige der Paradiesvögel dort übrig. Jetzt würden diese Leute wohl über mich den Kopf schütteln und mit dem Finger zu mir zeigen und gegen den Lärm der Bässe brüllen: »Penner, du! Keinen Job, keinen Antrieb und lange dunkle Haare mit grauen Strähnen. Was ist aus dir bloß geworden. Früher warst du der John Travolta der Gartenstadt.«

Mit DJ Cosmic traf ich mich immer weit hinten und ganz oben im Regallager. Dazu drückten wir einfach beide Hebel des Staplers nach vorne und das Ding ging wie Schmidts Katze ab und gleichzeitig in die Höhe, dabei surrte der E-Motor leise wie ein Bienenschwarm. Bis zum Anschlag, zum Not-Aus, sozusagen dem Ende der Regalwelt, fuhren wir und stiegen dann oben verbotswidrig über das Schutzgitter, liefen auf den Zinken zum Regal und setzten uns einfach rein und quasselten. Hier oben in unserem Versteck war es wie im Vakuum, die Zigarettenlänge war gefühlt 15 Minuten, denn wir rauchten immer gleich zwei und das ganze Logistikding war verschwunden. Der Raum unter und über uns war begrenzt, und links und rechts sahen wir Artikel, die wir nicht zuordnen konnten, von oben fiel das helle Licht durch schmutziges Drahtglas und der Rauch unserer Tüten wand sich in den Strahlen der Herbstsonne wie ein Vampir, mit dem es zu Ende geht. Klaus und ich wurden gute Vertraute in der heiligen MWM. Ab und zu gingen wir auch nach dem Nachtdienst noch um die Häuser. Einmal kam Blondie mit und sie war irgendwie nicht wählerisch. Von Beruf war sie Heizungsbauerin und sehr umgänglich. Mit rauen und derben Kerlen wurde sie spielend fertig. Sie rauchte Schwarze Hand, selbstgedreht und achtete auf ein billiges Aussehen. Blondierte Haare, grelle Lippen, rundliches Gesicht mit 2 cm dick Schminke, rote lange Nägel, gepuschte Brüste und ein freundliches Wesen waren ihr eigen. Jeder hatte sie gerne. An diesem Abend flirtete sie nur mit mir und wollte unbedingt, dass ich sie heimbringe. Sie malte mir aus, dass ich bei ihr pennen könnte und wir morgens zusammen zur Arbeit fahren. Sie pries ihr gutes Frühstück an, Rühreier mit Speck. Wir tranken reichlich Alkohol, zogen ein paar Joints durch und ich merkte, wie mir die Lichter ausgingen. Aus fadenscheinigen Gründen verspürte ich kein Interesse, sie war mir eine Spur zu ordinär und kräftig. Heute bereue ich das. Da ich am nächsten Tag wieder pünktlich bei meinem Rüstungsjob sein wollte, ging ich als erster. DJ Cosmic wechselte nun in die Opferrolle. Zur Arbeit erschien er erst einen Tag später wieder, dazwischen war er krank.

»Lass uns hoch gehen«, tat er geheimnisvoll, »ich muss dir dringend was erzählen.«

Ich nickte und blickte mich um. Schien so als ob uns niemand beobachtete. Mit langen Kommissionslisten bestiegen wir pseudomäßig unsere Hubbys.

Wir trafen uns zum Quatschen ganz oben, weit weg von den Aufsehern in der Mitte des letzten Regalbodens. Das Raumschiff Orion hob ab, die Technik war etwas veraltet, und wenige Sekunden später waren wir in dieser anderen Galaxy, wo uns Kurt nichts anhaben konnte, dachten wir.

»Was war los, Cosmic?«

Er schluckte und blickte mich verschieden an.

»Stell dir vor, Hans, diese Sau!«, rief Klaus angewidert und zornig.

»Was ist passiert?«, wollte ich nun unbedingt wissen, »Ließ sie dich nicht ran?« Schien doch eine klare Sache an dem Abend, ein guter Deal. Von drei Menschen, die sich flüchtig kannten, pfiff bei zweien der Wasserkessel. Gegenpolige Geschlechter, Pastelltöne dank der Pillen, alles passte, ein toller Hit, *Bull's eye*. Was konnte da noch schiefgehen?

»Wir fummelten in meinem Wagen und es war eigentlich ganz gut, zumindest was ich noch so mitbekam. Wir hatten jeder noch eine Mitsubishi eingeworfen. Alles prima soweit. Bis ich merkte, die hatte ihre Tage. Das gibt's doch nicht. Sie hat nichts gesagt.«

»Ohhh …«, kam es ruhig aus mir heraus. Da hatte ich doch Glück gehabt, DJ Cosmic den Vortritt zu lassen. Wobei ich dieses Etepetete-Getue beim Sex nicht verstand. War nicht alles ein Wunder, was unser Körper produzierte? Ich sah die Dinge eher wie der Dalai Lama und der meinte in solchen Situationen, immer positiv bleiben, die negativen Gefühle aus deinem Mund oder in deinem Bewusstsein sind sofort deine eigenen und machen krank. Sie vergiften deine Seele.

Wenn zwei Menschen sich liebten, liebten sie dann nur die guten Seiten. glatte Haut, Cremes, lackierte Nägel, Lippenstift, Wonderbra, Tätowierungen, frisierte Haare, Zungenpiercing, gebleichte Zähne, guter Atem, einladen, das durfte sein, aber was war mit Pickeln, Haaren in den Ohren, Mitessern, Falten, Karies, kaputten Kniegelenken, Haarausfall, Brillen, Heuschnupfen, Muttermalen, Blut im Stuhl, Pipi, Doppelkinn, kleinem Penis, Hängebrüsten, Anal-bleaching und Hardware-Problemen.

Für mich waren Regelblutungen nie ein Hinderungsgrund, auch nicht Migräne, eine Erkältung, Zigaretten, Drogenkonsum, eine Erkältung, schlechte Hygiene, Drogen oder Untergewicht. Vielleicht war sie so breit und sein Ding so hart, dass er der Auslöser für dieses Naturschauspiel war. Dieser Dualismus ist doch gerade das Salz in der Suppe, und was gibt es Leidenschaftlicheres, als Körpersäfte zu kosten und zu tauschen wie Briefmarken. Das ist animalisch, und so wild ist es am geilsten. Moral und die guten Sitten abschalten, dann knallt's richtig. Aber Staplerfahrer Klaus sah das wohl anders. Ich hatte keine Lust, ihm meine Version darzulegen, denn ich war mir sicher, er würde es nicht verstehen und schätzungsweise würde ich mir ein paar Minuspunkte einbuchen. Also heuchelte ich, was ich nur sehr ungern tat, aber ohne die Notlüge geht nichts im Leben.

»Bist du jetzt sauer auf sie?«

»Schon, so eine Drecksau, meine Sitze haben jetzt Flecken. Ich hab's erst gemerkt, wie ich ihn vorsichtig rausziehe und ihr gleich ein Zewa auf die Pussy drücke, damit der Blubber nicht unkontrolliert rausläuft, da sehe ich den Scheiß.«

»Sind die Flecken hinten?«

»Ja, Rückbank, nur an einer Stelle, alles in die Naht gelaufen, so zehn Zentimeter lang und ein kleiner kreisrunder da, wo´s halt hinlief.«

»Was meinte Blondie dazu?«, wollte ich noch wissen.

»Ach, die tat ganz erstaunt und meinte, es tue ihr leid und das geht mit Sicherheit raus. Ich glaube ihr das nicht. Die war einfach nur geil.«

»Shit happens und zumindest hattet ihr Spaß.«

»Bäääng … Däng … krrr …«, vorne knallte eine Gitterbox auf den Boden.

»Hmm, versuch es mal mit Wasserstoffperoxid. Komm, wir müssen weiter machen. Die warten auf ihr Zeugs«, um damit noch mehr Blut zu vergießen, aber das behielt ich für mich.

Klaus hatte die Kontenance verloren, das kann passieren. Kaum waren wir mit unseren Raumschiffen gelandet, da durften wir beim Chef des Lagers antreten, Kurt hatte sich über uns beschwert. Wir würden zu viel bummeln. Ich war total irritiert, denn wir beide lieferten gute Arbeit ab, das Schwätzchen ab und zu war locker drin. Wenn die erst gewusst hätten, was aus dem Lager alles illegal verschwand. Allabendlich gab es eine regelrechte Karawane zu den hinteren Zäunen, dort wurde das Material abgelegt und später von der anderen, der sicheren Seite, von Ost nach West, nach Feierabend, wo es keinen Werkschutz gab, wieder aufgenommen. Kurt war ein riesen Arschloch, eine Petze, ein Rohrkrepierer in kariert, aber wir ließen die Standpauke über uns ergehen und gelobten Besserung. Wir waren entwürdigt, aber das war mir schon oft passiert. Ich glaube, deshalb wars mir egal, die anderen wollten meine Würde haben, sie merkten nur nicht, dass der Eimer schon längst leer ist. Das was sie da griffen, war nur gammeliger Seelenmüll und damit verstopften sie ihren eigenen Kopf. Was tut man nicht alles, um seinen miesen kleinen Job zu behalten, um sich den Lebensunterhalt zu verdienen, Lebensmittel zum Überleben kaufen zu können und für die verdammte Kohle und ab und zu einen Fick!

29

Es war noch früh morgens, ich hatte meine Pippi zur Schule begleitet. Sie kannte die Wege noch nicht zur Gänze. Danach radelte ich immer an den Hafen. So kurz vor acht Uhr morgens setzte ich mich dann dort in einen Strandkorb, wobei legen die Sache eher trifft. Es war still, das Leben hatte noch nicht richtig begonnen. Ich war noch müde und so schob ich das hölzerne Fußbänkchen aus dem dunkelblauen Korb und fläzte mich der Länge nach hin. Außer mir war immer noch ein junger Mann in legerer Kleidung einen Steinwurf entfernt am Pier, er saß direkt auf den Holzbrettern und seine Beine baumelten über dem Wasser, er trank einen Kaffee und drehte sich eine Zigarette, wahrscheinlich war das sein Morgenritual vor der Arbeit.

Vom Eismann wusste ich, dass es hier noch einen Soldaten aus Heidelberg geben sollte. Leider kannte mein Kumpel der Eismacher den Namen nicht. Er wäre aber immer mit einem großen weißen Hund unterwegs. Bisher sind wir uns noch nicht über den Weg gelaufen. Bestenfalls kannten wir uns, denn so viele waren wir in Heidelberg und Mannheim nicht. Etwas frisch war es noch und ich lag so im Strandkorb, die Jacke bis oben zugezogen, blickte über die Marina, die Boote, sah die Bewegungen der weißen Maste, auf und nieder durch leichten Wellengang, die Taue schlugen dagegen, die Windfähnchen wehten, irgendwo verließ jemand sein Schiff, um Brötchen zu holen, eine Gittertür am Pier wurde aufgesperrt, kurze Zeit darauf ging die Person mit einer weißen Tüte erneut hindurch und verschwand im Schiff, der erste Radler auf dem Ostsee-

Radweg huschte vollbepackt wie ein Kamel vorbei und die Sonne ging langsam über dem großen, alten, roten Speichergebäude auf. Zuerst erstrahlte die St. Marienkirche golden, von der Turmspitze arbeitete sich das Morgenlicht nach unten, wie ein Theatervorhang, der heruntergelassen wird. Nach der Kirche erstrahlten weitere Schornsteine und Firste und bald war ganz Barth eine goldene Stadt. Das waren schöne Momente der Ruhe, alles wirkte friedlich und morgens schien die Welt noch in Ordnung. Ich döste so vor mich hin. Es gab nichts zu tun. Mein Tagesablauf war immer gleich. Einkaufen, Kochen, Schreiben, Chillen, Trinken, Schlafen und Aufstehen.

»Schlupp, Schlapp, hasch«, kam es mir in den Sinn, danach wurde es feucht. In meinen Träumen stellte ich mir Scarlett vor, wie sie mir einen grandiosen Zungenkuss gab. Ihr Mund war größer geworden und der Schleckmuskel länger.

»Hansi«, brüllte einer in den Strandkorb, »bist du das?«

Ich schlug erschrocken die Augen auf und vor mir türmte sich eine riesengroße weiße, flauschige Welle auf. Ein richtig großer Köter schnupperte in meinem Gesicht und schleckte es ab wie ein Zehner-Wassereies, als wäre es das normalste der Welt. »Wer will das wissen?«, brachte ich leise heraus und mir schwante so manches, «Ich bin raus, a. D., nehme keine Kommandos mehr an, nur noch das Himmelfahrtskommando.«

»Du verdammter PENNER«, schrie der weiter, »heb deinen Arsch hoch oder mein Hund hört nicht auf und frisst dich noch.«

Das wäre nicht der erste, der mich auffressen will, überkam es mich, denn vor kurzem biss mich ein Boxer in den rechten Arm. Das war bei den Fuchsbergen, ich war auf einem Spaziergang und die Besitzerin, eine ältere Dame, meinte ganz aufgeregt, das tut er sonst nie, er wollte mich nur verteidigen. Gegen wen? Ich wollte der Lady nichts tun, selbst meine Gedanken waren rein, denn sie war nicht mein Typ. Ich richtete mich auf und wischte mein Gesicht am Polster ab.

»Hab schon gehört«, fuhr ich ihn an, »dass sich hier noch ein Ex-Soldat rumtreiben soll. Wie geht's dir, Rambo?«

Rambo war sein Nickname, denn eigentlich lagen zwischen ihm und dem echte Rambo Galaxien, aber er war mutig und ein echter Draufgänger.

»Mir geht's ganz prima«, antwortete er, »außer mein Knie, aber was machst du hier? Hast du kein Zuhause mehr oder observierst du die Möwen am Pier?«

Es gab eine Pause. Ich überlegte, was ich antworten sollte. Ich rieb mir die Augen, zwinkerte in die Sonne und versuchte mein Gesicht zu glätten, der Hundesabber hing mir wie Morgentau noch immer auf der Haut. Hartnäckiges Zeugs, wie Eichelquark. Zum Glück ist es antiseptisch.

»Urlaub?«, fragte er ungeduldig.

Es wäre das einfachste. Ich könnte sagen, es gab kein Zimmer mehr und der Strandkorb war das letzte, was noch zu haben war, oder weißt du, das ist wegen Corona, man darf jetzt nur noch im Freien übernachten. Die Wahrheit kommt eh raus sagte mein Über-Ich zu mir.

»Viele kommen jetzt hierher, ist wegen Reisebeschränkungen und weil sie Schiss haben. Das letzte Mal sahen wir uns beim Sprengkurs.«

Er war mein Sprengmeister gewesen und brachte mir alles bei, was man darüber als Soldat wissen musste. Damals fuhren sie uns, das waren angeblich ein paar handverlesene Jungs, an einen entlegenen Ort im Wald, irgendwo bei

Baumholder. Tatsächlich glaube ich, die dachten, wir sind so Doofies und machen halt alles mit. Wer will schon freiwillig in die Luft fliegen. Ist wie beim Islamischen Staat. Natürlich erzählten sie dir immer, das wäre der Hauptgewinn, stattdessen war es wohl eher der Blindgänger. Als wir an den Platz kamen, war da von den ganzen Explosionen schon ein gleichmäßiges Loch im Boden, so groß wie ein Fußballfeld. Alles war mit einer weißgräulichen Schicht überzogen, in Kombination mit der hellbraunen Erde, wirkte es wie eine riesige Waffel mit Puderzucker. Am Rand der malträtierten Erde standen lange Fichten, die auf der dem Feld zugewandten Seite ebenfalls weiß bepudert waren. Die ganze Szenerie hatte etwas furchtbar Trostloses, solche Bilder sah ich sonst nur im Auslandsjournal.

Wir wurden in Gruppen eingeteilt. Unser Trupp sollte damals eine Eisenbahnschiene, einen Baum, eine Betonschwelle und eine tote Sau in die Luft jagen. Rambo erklärte, wie man das am besten macht. Zum Warmwerden warfen wir aber erstmal ein paar Eierhandgranaten aus einer geschützten Deckung so weit nach vorne, wie es ging. Dazu machten wir so eine ausladende halbkreisförmige Bewegung wie ein Diskuswerfer und schleuderten die ovalen Dinger über unsere Stellung hinweg. Es rumste granatenmäßig und aus kleinen Trichtern, rieselte weißgräuliche Erde auf unsere Helme wie Asche nach einem Vulkanausbruch, wir bekamen Patina. Dann machten wir Zielwürfe mit den Krachern, dabei sollte man die DM 51 in ein Loch werfen, darin waren allerhand zerbeulte Metalleimer, Töpfe, eine Waschmaschine, Bretter, ein alter Autoreifen, zwei Schaufensterpuppen ohne Kopf, ein Kanaldeckel Passavant DIN 4292, ein Doppel-T-Träger, stark angerostet, leere Bierdosen, eine total demolierte Zündapp, ein Capri Stuhl, ein grünes Klapprad von Bauer, eine Motorhaube, ein alter Wok, ein gelbes Ortschild von Berlin usw. Ein verdammter Schrottplatz war das und die Kügelchen schlugen scheppernd hunderte von kleinen Löchern in das Eisenblech rein oder verschmolzen damit wie beim Punktschweißen. Ich traf das verdammte Loch nie und deshalb schlugen die ganzen Splitter immer in unserer Betondeckung und in die Baumstämme ein. Rambo fand das nicht so toll.

»Mann, Junge«, brauste er auf, »hast du kein Zielwasser getrunken? Du schmeißt die Dinger wie eine Schwuchtel. Mach mal bissel Fett auf die Kette und Licht an.«

Er zeigte es mir nochmal und ich glaubte, seine Augen waren dabei geschlossen. Bei Rambo wirkte das wie Meditation, als würde ein buddhistischer Mönch den Zen-Garten rechen, den Pfeil abschießen, unaufgeregt und präzise. Sein Ei landete im Wok, danach war der ein Abtropfsieb und wäre gut zur Beregnung der Moosflächen gewesen.

»Rambo, ich glaube, wer gut im Handball war, war auch gut im Eierhandgranaten werfen«, warf ein Kamerad ein.

»Zumindest«, antwortete er nicht nachtragend, »das sollte kein Nachteil sein.«

Ich konnte gut Eierschaukeln oder Taschenbilliard, dafür gab es aber keinen Blumentopf oder Orden. Später dann bei den gezielten Sprengungen war Kreativität gefragt und das lag mir mehr. Wir bohrten in den Baumstamm ein Loch. Genau bis zur Mitte.

»Massives Holz kriegt ihr am besten von innen klein«, erklärte Rambo. »Wenn ihr das TNT außen anbringt, dann kratzt ihr nur an der Oberfläche rum oder braucht viel mehr von dem Zeug.«

Rambos Kampfanzug saß wie eine Eins. Er war der einzige mit Bügelfalte in der Feldhose. Ich bin der Meinung, er war der bestgekleidete Berufssoldat. Der George Clooney von Baumholder, zumindest was die Garderobe, das Auftreten und den Kaffeekonsum betraf. Er war ziemlich dünn, markantes Gesicht mit tiefen Lachfalten um die Augen und über der Stirn, dunkle gebräunte Haut, schmale Lippen, sehnige Hände, südländisches Aussehen, dunkle kurze Haare mit grauen Strähnen, mittelgroß, starker Raucher mit Oberlippenbart und perfekt geputzten und geschnürten Knobelbechern.

»Bei der Betonschwelle«, fuhr er fort, »legen wir mit dem TNT eine schöne Linie, einmal komplett außen rum. Das wird das Teil einfach durchknallen.«

Obwohl er von meinen Fähigkeiten als Soldat nicht so begeistert war, wurde ich seiner Kompanie neu zugeteilt. Er mochte, dass ich meistens den Mund hielt, solidarisch war und wenn ich was sagte, dann war das ohne Effekthascherei. Einmal während einer Übung, hatte ich ihn vor einem großen Fehltritt bewahrt. Er ließ auf allen Panzern die falsche Farbkennung aufziehen. In unserem Fall hätte das bedeutet, wir sind der Feind, damals Warschauer Pakt, und werden bombardiert. Man hätte uns einfach ausgelöscht, im *friendly fire*. Dafür hätten sie Rambo mit Sicherheit gerügt.

»NAATOOO ... Pause, es gibt Futter«, schrie einer über den Übungsplatz.

Ein tarnfarbener MAN-Laster der Feldküche kam angedüst und holperte über die ausgefahrenen Waldwege auf uns zu. Der Fahrer versuchte in den Spurrillen zu bleiben, die ähnlich einem Pflug tiefe Furchen in den sandigen Boden gezogen hatten. Auf dem Beifahrersitz saß unser trinkfreudiger, sehr gut *beisammener* Spieß mit Kaiser Wilhelm

Bart. Gebräunte Haut traf auf ein Gesicht wie bei einem Faltenhund, der kurz vor der Pension stand.

Die Bremsen quietschten und das grobe Profil der mächtigen Reifen kam langsam zum Stehen. Ein kleiner Schlenker noch und der Wagen stand in Wurfnähe. Ein explosives Ei und das Mittagessen würde heute ausfallen oder mit etwas Glück in kleinen Portionen vom Himmel regnen. Der Kaiser öffnete die Tür und kletterte über die Trittbretter schwerfällig nach unten. Er war ein lieber Kerl, der jeder Diskussion mit Brüllen und autoritärem Gehabe aus dem Weg ging. Für den war die ganze Armeezeit ein einziges Fest. Von der Pritsche luden sie das in grünen Benzinkanistern verstaute Essen aus. Der Fahrer warf die grüne Plane zurück, hangelte sich hoch und reichte die Behälter nach unten. Es gab Bananen, Klöße, die durch die wilde Fahrerei nur noch tischtennisballgroß waren, dafür war das heiße Kloßwasser jetzt ein zäher Brei, der aussah wie Tapetenkleister und Sauerbraten. Ein schrecklicher Fraß, gekocht ohne Inspiration und Talent. Nach dem »Großen Fressen« machten wir träge weiter, wir wendeten uns der massiven rostigen Eisenbahnschiene zu. Wie sollte man die bloß kleinkriegen.

»Also, Kameraden«, fing Rambo an, »hier macht ihr aus dem Plastiksprengstoff eine halbe Kugel, etwa so groß wie ein Tennisball.«

Das erinnerte mich an das Plätzchenbacken mit meiner Mutter. Das Semtex war auch in der Konsistenz wie Teig, wie ein Marzipanbrot. Ob wir es zur Not auch essen konnten? Von unten in die halbe Kugel kam noch eine Münze, ein Glückspfennig sozusagen, und wurde fest eingedrückt.

»Das Teil kleben wir jetzt oben auf die Schiene. Zack, sieht aus wie ein Maulwurfshügel in beige.«

Rambo schnappte sich noch eine silberne Zündkapsel, drückte ein Stück weiße Kunststoff Zündschnur rein und den Sprengzünder seitlich in das weiche Semtex, das ihn an Knetmasse erinnerte. Dann lief er rückwärts, rollte die Schnur ab bis zu unserer Deckung und zündete sich eine Zigarette an. Wir taten es ihm gleich. Wir waren alle Anfänger in diesem Zirkus und die Anspannung stieg. Rambo gab uns ein Zeichen und wir kauerten uns alle hinter die Deckung, hielten uns die Ohren zu und öffneten die Münder leicht, damit die Trommelfelle durch die Druckwelle nicht rissen. Er zündete nacheinander unsere vier Reihen. Zischend brannte das Pulver in der weißen Schnur und schmolz sie zusammen. Wie wenn eine kleine Dampflok durch die nur einige Millimeter starken Zündleitungen fahren würde und dabei ihren Kohlenstaub nach draußen schnaubte, so bewegten sich vier Loks unaufhaltsam in Richtung der Ziele. Viermal gab es einen ohrenbetäubenden Lärm, der Boden bebte, eine Druckwelle flog über uns hinweg und Erdklumpen, kleine Steine, weißes verbranntes Marzipan und winzige blutige Gewebeklumpen prasselten wie die Streusel auf einem Kuchen auf unsere olivgrünen Uniformen. Wir warfen einander vielsagende Blicke zu. Es war faszinierend eklig. Das war doch der totale Irrsinn und nur etwas für Feuerteufel und Narzissten. Ich hatte genug erlebt, einen echten Krieg brauchte ich eigentlich nicht mehr. Mir gingen die vielen Erzählungen meiner Großeltern durch den Kopf. Geschichten aus dem ersten und zweiten Weltkrieg. Ich bildete mir ein, nun etwas mitreden zu können. *No War*, aber was dann, Friede ist doch auch öde?

Die Luft roch wie wenn eine Tankstelle explodiert wäre oder der Grillmeister die Kohle mit Spiritus entzündete, heller Dunst lag in dem Waldloch, die Vögel waren verstummt, es kam mir jetzt wie der Eingang zur Hölle vor. Genau hier ging es hinunter und die göttliche Komödie nimmt ihren Lauf. Wir hatten den beschriebenen Eingang in die Unterwelt freigelegt. Zuerst liefen wir aber mal zum Baumstamm. Ein Teil steckte noch fest im Boden, das andere lag einige Meter weiter. Die Bruchstelle war total zerfasert wie nach einem Blitzschlag.

»Saubere Arbeit«, erklärte Mister Dynamite alias Rambo.

Bei der Betonschwelle sah es aus, als hätte ein großer Betonmeißel das Teil in zwei Stücke gekloppt. Die Enden der Moniereisen waren durchtrennt und ragten in den Himmel, wie Finger, die anklagend zum lieben Gott zeigten und sagen wollten, was soll das? Das eine Ende hatte sich in den Sand gedrückt.

»Schaut, Jungs, die Münze hat die Schiene wie Butter durchgeschnitten. Die Kugelform erzeugt einen Unterdruck und dann wird die Münze wie das Schwert von Achilles zur gnadenlosen, göttlichen Waffe.«

Die Schiene war makellos durchtrennt, an den Schnittkanten leicht nach oben gebogen, hier und da etwas bläulich angelaufen, wegen der großen Hitze. Als hätte ein Chirurg mit seinem Skalpell gearbeitet. Es hätte auch gut als *piece of art* in die Kunstmeile der Augustaanlage meiner Geburtsstadt gepasst. Wir waren beeindruckt und liefen zum Schwein.

»Wo ist diese Sau?«, schrie einer der Kameraden und die anderen kreischten. Das Borstenvieh war verschwunden. Wir konnten es nirgends entdecken. Auch keine größeren Teile davon. Es war schlichtweg pulverisiert worden. Wir fanden kein einziges größeres Stück. Es schien, als hätten wir es in seine kleinsten Moleküle zurückverwandelt. Als hätte es nicht existiert. Man musste nur vergessen, dass es kurz nach der Detonation blutige Schweine-Krümel geregnet hatte.

Die Morgensonne schien mir jetzt direkt ins Gesicht und ich kniff die Augen zu, um überhaupt noch etwas sehen zu können.

»Was ist mit deinem Knie?«, wollte ich wissen.

»Ich bin grade nicht so fit«, meinte Rambo, »wurde am Knorpel operiert und soll mich noch mindestens drei Wochen schonen. Wie geht das jetzt, dass es dich nach hier oben und dann nach Barth verschlägt? Du hast überhaupt nichts erwähnt. Normalerweise kommt hier keiner her. Den Fleck kennt niemand.«

Also raus mit der Wahrheit, dachte ich. Ich hatte nichts zu verlieren und am besten kommen die Personen an, die authentisch bleiben.

»Das ist eigentlich«, antwortete ich schnell, »rasch erklärt, mein altes Leben fraß mich auf. Hatte einfach keinen Bock mehr auf den ganzen Stress, ständig Termine und keine Zeit für nichts und das Töten, Rambo, das ständige Töten, ich glaube, mein Leichenfass ist voll. Ich bin auf alle Fälle raus. Dauerurlaub, habe einen Volltreffer.«

Er sah mich erstaunt an. Man konnte sehen, wie seine grauen Zellen versuchten, das zu verarbeiten. Seine Stirn kräuselte sich. Ich legte noch etwas nach, so wie bei der Ärztin.

»Ich konnte nicht mehr so weitermachen. Stattdessen wollte ich selbst bestimmen, was abgeht. Wieder mehr im Augenblick leben.«

Er fand seine Fassung wieder und blieb erstmal harmlos.

»Und Barth?«

»Die Gegend hier oben kannte ich von Urlauben, gefiel mir schon immer wegen der Insel, also Fischland, der Weststrand, Hiddensee haben es mir angetan. Unberührte Natur, Sandstrände, soweit das Auge reicht, FKK, ab und zu ein altes Schiffswrack und das klare Meer.«

»Ich kann dich gut verstehen. Ich bin hier geboren, weißt du ja. Dein Leben und auch meins waren wie die Ilias, Blut, Tränen, Schreie, Tote, die Jahrzehnte gehen ins Land und nichts wird klarer, immer mehr Nebel, mal geht es da hin, dann dort hin, mal gewinnen die etwas, dann wieder die anderen, selbst Gott weiß keinen Rat mehr. Wir haben getan, was wir tun mussten, und wir dachten, es ist richtig und wir dienten einer gerechten Sache und einem fairen Herrscher. Heute sehe ich das kritischer. Gott wird unser Richter sein an unserem letzten Tag, aber so weit sind wir heute noch nicht. Ich fühle mich auch manchmal wie Wallenstein am Ende des dreißigjährigen Krieges.«

Rambos Hund Ares wurde langsam unruhig. Er nutzte die maximale Länge der Leine und zog in Richtung Fähranleger.

»Willkommen an der Küste, Hans! Schön, dass du da bist.«

Ich nickte in die Sonne und brachte mit Müh und Not ein: »Danke«, hervor.

»Hör mal, ich hätte ein Attentat auf dich vor. Nur, wenn es dir nichts ausmacht.«

Eine Verschwörung, dafür hatte ich nichts übrig, Fakten waren mir lieber, aber ich konnte einem Freund, einem Kameraden auch nichts abschlagen.

»Erzähl schon, was gibt es? Wollen wir einen Kanal zur Nordsee sprengen und Wegezoll verlangen?«

Er schmunzelte etwas.

315

»Wegen meinem Knie, ich soll mich schonen, so drei Wochen, meinte der Arzt, und ich bin noch auf der Suche nach Hundepaten. Würdest du ab und zu mit meinem Ares Gassi gehen, das wäre mega, ich versuche dich so wenig wie möglich in Anspruch zu nehmen. Ich möchte nur, dass es gut verheilt und ich nicht nochmal nach Rostock in die Klinik muss.«

»Alles ok, kein Problem, ich bin ja frei, arbeite nichts.«

Es freute mich, dass ich meinem alten Kamerad Rambo helfen konnte. Ich wusste nicht, dass sein Hund so zog wie ein Vierspänner. Wahrscheinlich hatte er seine Knieprobleme vom Dagegenhalten. Köter gefielen mir gerade auch, weil sie Spiegel ihrer Halter waren.

»Du weißt, es fällt mir schwer, so was zu fragen.«

Ich streichelte Ares über Kopf und Rücken, damit er schon mal positiv von mir angetan war und wir morgen keine Probleme bekamen. Die Töle war unruhig. Vermutlich musste er pissen.

»Vielen Dank, Hansi. Kommst du morgen früh um 9 Uhr zu mir?«

»Ja.«

Wir tauschten Nummern aus und er wollte mir dann noch seine Adresse am Hafen mitteilen. Ich bat ihn, mir eine SMS zu senden, denn meine Handschrift konnte ich oft im Nachhinein nur schwerlich entziffern. Immerhin hatte ich einen weiteren Freund an der Küste gefunden, wenn mich auch dadurch die Arbeit eingeholt hatte. Ich war trotzdem froh.

»Top, dann laufen wir zusammen. Ich freue mich. Schön, dass du hier bist. Ein Glücksfall für mich.«

Er beugte sich etwas zu mir runter und sprach plötzlich wie der Pfarrer in der Kirche.«

»Es ist wichtig, sich nicht gegen das eigene Leben zu stemmen, dazu sollte man sich erkannt haben.«

»Du hast recht, Moin, bis morgen früh. Gerne können wir das noch vertiefen.«

Er wirkte sichtlich erleichtert. Sein Hund Ares blickte mich von unten mit großen, vielsagenden Augen an. Er spürte wohl, um was es ging, denn sein stoischer Blick erinnerte mich an die Eierhandgranaten, schwarze Augen, unscheinbar und tödlich, wenn gewollt. Ares stand im griechischen für den Kriegsgott. Im Wegtrotten wirkte er mächtig und ziemlich bullig. Mir schwante nichts Gutes. Das war kein Schoßhund. Auch keine weiße Friedenstaube. Hoffentlich blieb der Stift morgen drin. Was hatte ich mir da eingebrockt? Rambo hob die Hand zum Gruß und als Antwort und humpelte vorsichtig Richtung Speicherhotel und verschwand im grellen Licht der aufgehenden Sonne – und ich hatte einen *Ritterkreuzauftrag*.

30

Aussteiger war ein Beruf oder nicht und ich kniete mich da jetzt richtig rein? Morgens schlief ich bis 10 oder 12 und wachte dann oft mit Knochenschmerzen vom langen Liegen auf. Das Jahr 2020 neigte sich seinem Ende zu und versank in einem Wust aus *Luckydown*, Hysterie, Panik, Kurzarbeit, Maskenball, der Zunahme der linken Szene, zumindest laut Bundesregierung und ARD, der Züchtung einer neuen Null-Bock-Generation, dem ungelösten Klimawandel, der Abnahme der Feinstaubkonzentration, Gendern, gefühlt immer neuen Notstandsverordnungen, unwürdigem Clickworking und einem unglaublichen Zuwachs der rechten Szene, zumindest, wenn man den Hauptstrom-Medien folgte. Für mich war nur ein kleiner Bruchteil davon real. Wann immer irgendwo eine Demo war, egal gegen oder für was, ging ich hin. Ich traf in der Regel und zum größten Teil besorgte, kritische Bürger und die üblichen Spinner oder rechten und linken Randfiguren. Weshalb jemand, der eine andere demokratische Position als die Regierungstroika vertrat, automatisch ein Märchenerzähler im braunen Bärenfell sein sollte, leuchtete mir nicht ein. Zwischen meiner Ex, Scarlett, und mir gab es manchmal ganz außergewöhnliche Differenzen, aber es wäre mir nicht im Traum eingefallen zu behaupten, sie wäre deshalb rechtsradikal oder links. Es ging uns um die Sache und das Virus ist für mich sächlich, man könnte es anfassen, also kann ich auch darüber diskutieren. Aber das »Killervirus« legte etwas viel tieferes in der Gesellschaft frei, eine Sache, die zuletzt nur von einer Person, einer weiblichen Querdenkerin, das hörte sie nicht gerne, so dargelegt wurde. Hannah Ahrendt erklärte dazu inhaltlich, da wäre etwas verrutscht in der Menschheitsfamilie. Warum das gerade in Deutschland durch einen Österreicher verrutscht werden musste, ist mir bis heute schleierhaft. Wahrscheinlich ist der Bürger hierzulande für verschrobene Theorien und Ideologien zu haben. Unser aller Coronavirus riss uns die Krone der Schöpfung vom Kopf und die Maske gleich mit und zum Vorschein kam eine Fratze wie bei einem Alien, und es zeigte sich, wir sind nicht nur getriebene Wölfe, sondern *xenomorphe* Gestalten in Schafspelzen und immer, aber ausschließlich immer darauf aus, den anderen zu fressen. Unsere Mortalitätsrate liegt bei hundert Prozent und somit sind wir das tödlichste und intelligenteste Bazillus, das mir bekannt ist. Die Natur ist so wundervoll! In Zukunft werden uns wohl aber eher Malware und KI Bots den Rang ablaufen. Covid ist schon Geschichte.

Mit Erstaunen stellte ich aber fest, dass einige um mich rum, Bekannte, Freunde plötzlich aufgewacht waren und eine eigene Meinung hatten. Das freute mich und oft waren die vorgebrachten Argumente interessant und es gab tolle Diskussionen, an deren Ende oft zwei gleichwertige Positionen standen.

Trotzdem gab es auch richtig Gegenwind. Ich durfte erkennen, dass sich von meinem neuen Leben und meiner Haltung als Loser und praktizierendem Buddhist - das sollte so verstanden werden, dass ich von niemandem mehr was wollte - augenblicklich viele negativ angetriggert fühlten. Mein Fazit war für einige zum Brechmittel geworden, wie Rizinus oder Glaubersalz, und ich hielt nicht hinterm Berg. Hingeschmissen hatte ich mein altes, verblendetes Leben. Ich hatte ja nur dieses eine bekommen und es war mir nichts mehr wert. Warum sollte ich warten und auf was? Die Sache war an einem Punkt angekommen, wo es nicht mehr weiterging. Da war plötzlich eine Wand, wie bei Kafka, du wachst morgens auf und bist zwar kein Käfer, aber du stehst vor dieser Klinkerwand, links und rechts gibt es keinen Anfang oder Ende, oben ebenso und unten hat sie einen massiven Betonsockel. Hier und da wächst etwas Gras aus den Ritzen. Du suchst den Schalter und machst das Licht an. Entsetzen! Die hört gar nicht auf. Nach beiden Richtungen unendlich.

Beim Betrachten der Mauer glaubst du zuerst an einen schlechten Scherz, aber mit der Zeit wird dir klar, dass jeder Stein darin für eine Episode, ein Bruchstück deines alten vergammelten, nichtsnutzigen, vergeudeten Daseins steht. Der Sockel ist ein geschüttelter Cocktail deiner Misserfolge und Leichen, die deinen Weg bisher gepflastert haben. Hier kommst du nicht mehr drunter durch. Beim Militär rief Rambo gerne, wenn wir Hindernisse überwinden mussten: »Dran, drauf und drüber, ihr Memmen.«

Aber er war nicht da und ich bin mir ziemlich sicher, auch er hätte es nicht geschafft. Du könntest zwar den Kitt aus den Fugen lecken, dir deine Zunge ruinieren und einen Backstein herauslösen, um durchzukriechen wie ein Wurm, doch das würde dein Schicksal endgültig besiegeln. Das Leben würde dich sofort zertrampeln wie eine Ameise und dein Licht würde so schnell verlöschen wie der Strahl einer Taschenlampe in der dunklen Nacht. Man ist an diesem *Tipping Point* angelangt, wo ein Weiter so zum Untergang, zur Abschaltung des Systems, deines Körpers führt. Die Psyche macht das nicht mehr mit.

»Also weg«, ging es mir durch das Hirn, »von der verfluchten, verkackten Mauer. Später, wenn es nicht klappte oder ich gescheitert war, wollte ich mich mit Semtex mitsamt der Mauer in die Luft jagen, aber davor ließ ich es erstmal gut sein und versuchte hier oben, weiser zu werden. Ich wollte so lange an der großen Mauer entlanggehen, bis etwas geschah, ein Durchgang oder ein Wunder.«

Mein Leben glich einer griechischen Tragödie, wie Rambo treffend darlegte. Wahrscheinlich steht die *Odyssee* von Homer mit ihrem Held Odysseus für jeden einzelnen von uns. Die Abenteuer und Wirren sind unsere Lebensgeschichte. Doch zunächst begann alles mit meinen Eltern. Von Beginn an war ich ein kränkliches Kind. Alle nur bekannten und unbekannten Kinderkrankheiten kamen wie die Plagen über mich, obwohl ich mich doch noch nicht versündigt haben konnte. Manchmal lag ich monatelang im Krankenhaus und die Hoffnung auf vollständige Genesung bezeichneten die behandelnden Ärzte als gering. Meine Eltern waren sehr fleißige Leute, ganz treue Staatsbürger und ohne kritische Position dem Regime gegenüber. Meine Mutter hatte gar keine Haltung, außer mir gegenüber. In ihrem Leben war ich, denn mein Vater ließ mich oft alleine mit ihr zurück, der Boxsack oder der Mülleimer, in den sie alles Üble, ihren Zorn, ihre Wut, ihre Trauer, ihren Hass, ihre Aggressionen, ihren Neid und ihre Bosheit hineinpackte. Als Sahnehäubchen obenauf bekam nur ich ihre Brutalität geschenkt. Ihr Weltbild bestand aus „Ich, ich, ich, ich, ich …"

»Du kommst ins Heim«, war einer ihrer harmlosesten Psycho-Sprüche. Oft setzte meine Mutter, dieses Wort kommt mir nur schlecht aufs Papier, am liebsten würde ich sie Missgeburt taufen, aber da würde ich das Wunder des Lebens verneinen, denn ihr Leben ist genauso ein Wunder wie meines, mich unter starken psychischen Druck, der meine Möglichkeiten überstieg.

Ich bleibe bei den griechischen Göttern und nenne sie Moloch. Wenn ihr danach war, gab es Prügel, nicht mit einem Stock oder so, sondern mit den Händen, von oben herab auf einen am Boden kauernden Kinderkörper. Wenn ich mir das Dasein meiner Eltern in Erinnerung rufe und es reflektiere, im Sinne einer Bewertung oder Einordnung, und mich dabei ausklammere, dann muss ich sagen, total anständige Leute, die taten, was von ihnen verlangt wurde. Teile ich sie in der Mitte und betrachte jeden einzeln, dann sage ich über Moloch, eine kaputte Persönlichkeit, die sich den ganzen Tag um sich selbst drehte, für andere nur etwas machte, um gelobt zu werden und schneller gekränkt war als ein Kind. Von meinem Vater darf ich behaupten, dass er, soweit der maskuline Typ das sein kann, emphatisch war, versuchte, mir Brücken für das Leben zu bauen, mir neue Dinge zeigte, probierte, die Familie voranzubringen und mich meinen eigenen Weg gehen ließ, leider war er kein starker Mann gegenüber seiner Partnerin. Die Weisheit eines Erich Fromm und das Durchsetzungsvermögen ihr gegenüber fehlten, also floh er wie Dr. Kimble und suchte sein Heil in der Arbeit, wie so viele Männer. Bei seinen Wagnissen wurde er meistens von meiner Mutter gebremst. Es gab so ein Phänomen, dass sich Partner ein abenteuerlustiges, wagniserprobtes Gegenstück suchten, sobald sie so einen eingefangen hatten, dann war Schluss damit. Diese Charaktereigenschaft brauchte solche Seefahrer, um sie dann wie eine Trophäe, wie einen Wellensittich in einen Käfig zu sperren und sich an ihrer exotischen, einzigartigen Erscheinung zu erfreuen, anstatt zu partizipieren und einen Schritt auf den anderen zu zugehen.

»Du hast ein Hohlkreuz und einen Entenarsch«, war eine weitere, gerne benutzte Abwertung oder »deine Beine sind nicht schön, man sieht so die Adern.«

Hinzu kommt ein Regelwerk, das sich gefühlt jeden Tag änderte. Überhaupt konnte ich es trotz größter Sorgfalt und größtem Antrieb nicht vermeiden, körperlich gezüchtigt zu werden. Sie war wie ein rauchender Vulkan, ich wusste nie, wann und welches Verhalten von mir den nächsten Ausbruch auslösen würde. Wie ein Leben unter dem Damoklesschwert. Das Perfide an Kindern ist, egal welche Grausamkeiten ihnen durch die Eltern widerfahren, sie lieben sie. Das ist aber keine gesunde, vernünftige Liebe, eher eine zerstörerische, in den seelischen Abgrund führende, fehlgeleitete Liebe ohne Achtsamkeit. Sie will nicht das Beste für ihren Zögling, sondern die Befriedigung eigener Interessen und Neigungen steht im Vordergrund. Heraus kommen dann so Seelenkrüppel wie ich, lebensunfähig, depressiv, fremdgefährdend und nihilistisch. Da war es nicht verwunderlich, dass ich trotz größter Abneigung Soldat wurde. Damals dachte ich, die könnten einen harten Kerl aus mir machen. Mir war überhaupt nicht klar, dass das eigentlich das letzte war, was ich brauchte. Die einzige Konstante für mich als Kind war der ausgeprägte Ordnungssinn meiner Mutter und ihr elsterhaftes Verhalten. Sie brachte es fertig, mehrmals am Tag die Wohnung zu wischen und beim Einkaufen klauten wir regelmäßig Lebensmittel, wobei meine Mutter hier ganz verschlagen war. Sie erzeugte so einen Irrtum, natürlich nur in ihrem Kopf, zum Beispiel ließ sie die Stiege H-MILCH im Einkaufswagen unten bei den Castor-Rollen einfach auf dem Ablagerost stehen, schob den Drahtwagen dann durch. Das klappte zu 90 Prozent, wurde sie ertappt, dann tat sie ganz theatralisch und machte auf vergesslich. Nötig hatten wir das freilich nicht, und natürlich wurde auch anderes Zeug mitgenommen, wie die Handtücher im Urlaub, Besteck, Salz- oder Pfefferstreuer, Geschirr, und Deko-Artikel. Umetickettiert haben wir auch. Dass mein Vater klaute, wüsste ich nicht, ob meine Eltern auch bei ihren Freunden stahlen, ist mir ebenso nicht bekannt. Daddy war eher ein Sammler. Wenn meine Mutter am Tag des Jüngsten Gerichts die Frage gestellt bekommt: »Sehr geehrte Dame, haben Sie gestohlen?«, dann wird sie voller Inbrunst antworten: »Nein, nie!«, dann käme eine kleine Pause, »es könnte sein, dass etwas ohne meine Absicht …«, und niemand wird die Wahrheit auch nur erahnen können. Sie ist die perfekte Actress.

Generell ist es doch so, dass gerade Massenmörder oder große Betrüger ganz charmant und eloquent daherkommen. Das müssen die ja auch, sonst machen sie keinen Streich, so wie bei der Kannenpflanze in Borneo. Sie lockt mit ihrem phänomenalen Duft und süßen Nektar, aber in Wirklichkeit ist es ein Schierlingsbecher. Ein weiteres Highlight meiner *Moloch Mutter* ist ihre totale Zurückhaltung in der Öffentlichkeit, bei Freunden, Nachbarn, Verwandten, bis zur kompletten Realitätsverdrehung, wie ein kleines Lamm oder eine Schmusekatze, und das ständige Nörgeln und Abwerten über dieselben zu Hause.

Hierbei ist das Darbieten des Tagesgrußes zu einer Art Running Gag geworden. Fast niemand grüßt sie korrekt und vollständig. Es ist so schade, dass mein ehrbarer Vater zuerst und so jung verstorben ist. Das war wohl Schicksal? Ich könnte also behaupten, dass mein Samen nicht auf einen fruchtbaren, schönen Acker fiel, sondern eher in der Wüste Gobi landete oder auf dem in Mannheim als Müllberg bekannten Monte Scherbelino. Es dauerte etwa 30 Jahre, bis mich der erste kleine Lichtstrahl meines wahren Kerns erreichte. Danach nochmal fast zwei Jahrzehnte, bis ich im niederen Promillebereich erkannte, wer ich war. Diese Aufgabe werde ich nicht mehr erledigen können, der Müllberg meines Lebens ist zu hoch geworden, ich werde ihn nicht mehr abtragen können, wie *Wall.E*. Ich verlasse mich auf die *Irminsul* und das Göttliche in mir. Leben könnte auch die Hölle sein und der Tod das Paradies? Ohnehin ist meine Mutter für mich an ihrem 80. Geburtstag gestorben. Aus irgendeinem Grund verfiel sie in ein sehr sehr altes Muster, sie tobte wie eine Furie, schrie wie ein jugendlicher Tenor mit kalter metallischer Stimme und hätte gern ihrem Temperament freien Lauf gelassen und drauflos geschlagen. Wie früher dachte ich, mit Liebe war hier nichts auszurichten. Ich spürte den ganzen Hass und ihre Verachtung für mich.

»Was kannst du schon?«, schleuderte sie mir entgegen oder »Was machst du, was ist deine Leistung, ich dagegen arbeite von morgens bis abends, ich mache den Haushalt, kümmere mich hier und dort …« Es war ein nicht enden wollender Schwall an Diffamierungen, Abwertungen, Beleidigungen, Gemeinheiten, Verstümmelungen und Provokationen, als wäre sie allein deswegen gekommen, um wie Achilles Troja einzureißen, wobei ich die Stadt verkörperte. So einen starken Ausbruch durfte ich seit meiner Jugend nicht mehr genießen. Die Dinge aber hatten sich geändert, denn ich wusste, dass ich ein Mensch bin und dass dies der Auslöser für ihren Untergang war, sie hatte sich ihr eigenes Grab gebrüllt. Mutter war gestorben. Das war ein trauriger Moment. Irgendwo stirbt immer jemand. Good Luck!

31

»Willst du da wirklich reingehen?«

«Klar!«, etwas flau war mir schon, aber ich fühlte mich gut, hatte keine Angst. Das war typisch für meine Eltern, anstatt mich aufzubauen und mein mangelndes Selbstwertgefühl zu erhöhen, stellten sie meine Handlungen infrage. Zum Glück hatte ich an der Bar schon einen Apfelwein getrunken. Wir waren in einem Landgasthaus mit sehr großem Festsaal. Erlaubt waren nur Männer. Die Lokalität war fest in unserer Hand, an der Verbindungstür, zwischen dem normalem Schankraum und unserem *Conventus* standen zwei Burschen, die genau beobachteten, wer reindurfte. Der Saalboden war mit langen, von den Jahrzehnten seiner Nutzung verschlissenen, gebeizten Holzbrettern ausgelegt. Der Raum teilte sich von links nach rechts in zwei Gruppen: Zuschauer und Akteure. Bald sollte ich zu der kleineren der beiden zählen. Die Abendsonne drückte durch die Fenster und die Luft war zum Schneiden. Das Spektakel lief schon seit dem Vormittag. Testosteron und beißender Angstschweiß drangen in meine Nase.

»Hallo, Hans«, sagte mein Sekundant, »Du bist gleich dran.«

Mir wurde schwindelig. Es gab aber kein Zurück, die Blamage wäre zu groß gewesen. Ich ärgerte mich, dass ich im total betrunkenen Zustand auf einer Studentenfete in Friedberg mit einem Kommilitonen Mitleid hatte. Den kannte ich nur flüchtig. Er war Bursche bei einer anderen Verbindung. Ihre Hauptfarbe war dunkles lila, das gefiel mir immer, und im Wappen waren so schöne Schwerter und ein Helm.

»Ich habe keinen Mensurpartner bekommen«, erklärte der mir damals total traurig.

»Echt, das tut mir leid«, antwortete ich im Delirium und dann völlig losgelöst von der Realität, »ich zieh das mit dir durch.«

Mehr weiß ich eigentlich nicht mehr von der Sache. Am nächsten Morgen klopfte es vehement an meine Turmbude.

»Moment …«, rief ich, »komme gleich.« Ich lag noch in Trümmern von der Party und mein Kopf dröhnte wie ein Autobus beim Anfahren. Als ich in Unterhosen die Tür öffnete, standen drei Kameraden meiner Burschenschaft vor der Tür und blickten mich entsetzt an.

»Weißt du, was du gestern gerissen hast?«

Natürlich wusste ich das gerade nicht. Ich war frisch erwacht und mein Bewusstsein noch nicht gänzlich eingerichtet. Mein System bootete gerade. Die Defragmentierung war noch nicht abgeschlossen. Ich wusste aber, es war eine schöne Studentenparty gewesen. Feuchtfröhlich wie immer.

»Was meint ihr genau?«, fragte ich unschuldig.

Große Augen und hochrote Gesichter drängten mich etwas zur Zimmermitte. Meine Bude war zu klein für uns alle und lag direkt neben dem Turm einer alten Burg. Insgesamt bewohnte unsere Burschenschaft nur einen kleinen Teil der Anlage, von einem runden Seitenturm über das Burgtor zum nächsten. Wir hatten einen eigenen Festsaal, eine Kneipe, eine Küche, ein Bad, ein Turmzimmer für kleinere Festivitäten, ein Verließ, eine Bücherei oder Studierzimmer und einen richtig geilen Garten, der nicht breit, aber dafür sehr lang war und am linken der beiden Türme endete, der nur noch Ruine war. Der Burggarten wurde an der einen Seite von einer hohen Mauer begrenzt, die zu einem Gebäude gehörte, und an der anderen vom Burggraben und seiner Wehrmauer.

»Du hast eine Fechtpartie ausgemacht.«

Wir waren so naiv und dumm, aber dadurch hatten wir eine geile Zeit. Es dämmerte mir so langsam.

»Ja, kann sein«, erwiderte ich genervt, »ich war noch ziemlich betrunken und …« zu nett, dachte ich, der Alkohol hatte mich weich gemacht, war das nicht schön?

»Das hängt jetzt!«, brüllte irgendeine Stimme heiser hinter den drei Jungs und meinte damit, es ist Schicksal geworden.

»Aha«, dachte ich, sind wohl noch mehr da. Scheint ja ein Riesending zu sein. Mir schwante so langsam, was das bedeutete, doch bei mir war das wie bei den Schweinen. Im Stall fühlte ich mich noch sauwohl, erst wenn's auf den Transporter zum Schlachthof ging, wurde mir mulmig.

»Aus der Nummer kommst du nicht mehr raus«, sagte der Waffenmajor. Er war also auch schon informiert und irgendwo hörte ich auch Tim, den Fuchsmajor.

»Gut, hängt es also«, sagte ich, »bis zum Turnier, sind es ja noch zwei Monate.«

Tim drängte sich nach vorne und meinte: »Das ist ziemlich knapp, du trainierst erst seit zwei Jahren. Der Festmeister kommt heute Mittag, dann trainieren wir jeden Tag bis zur Schlacht.«

Lautes Gelächter, aber ich wusste, das war jetzt so ein Ehrending und es stand viel auf dem Spiel. Eine Wespe flog durch mein Zimmer, obwohl ich das Loch am Fenster doch verschlossen hatte. Ich sollte wohl nachbessern, denn da draußen hing ein großes Nest. Einen Wespenstich konnte ich jetzt nicht gebrauchen. Irgendwann schlug das Entsetzen meiner Bundesbrüder in Bewunderung um. Wahrscheinlich weil ich keine Skrupel aufwies. Ich wurde hofiert wie der Kaiser von China. Der Fechtmeister war richtig teuer, aber den zahlten zum Glück die AHs. Mein Leibbursche war zunächst auch etwas ratlos.

»Hans, da hast du ein Ding rausgehauen. Du weißt, wenn du es nicht hinkriegst, muss ich als dein Leibbursche ran.«

So waren die Regeln, als Fuchs durfte man alles anstellen und die Burschen mussten es ausbaden.

»Mach dir keine Sorgen, ich gebe mir alle Mühe, nicht aus der Reihe zu tanzen. Wie läuft es genau ab?«

»Also, wir treffen uns alle etwas konspirativ, denn wir haben schließlich scharfe Waffen dabei, irgendwo in einem Hinterzimmer. Für den Fall, dass sich einer von euch beiden verletzt, stehen zwei Ärzte bereit.«

»Warum zwei?«, wollte ich wissen.

»Falls ihr beide gleichzeitig getroffen werdet, dann erhält jeder einen Sekundanten, ich lockere dein Handgelenk und desinfiziere nach jedem Gang die Klingen.«

»Wieviel Gänge und wie lang wird es insgesamt dauern?«

»Dreißig Gänge, wenn es keinen Abbruch gibt, das wird schon so 20 Minuten gehen, danach bist du aber auch platt.«

Das war ich jetzt schon. Aber es musste sein, irgendwas trieb mich zur Partie, ich glaubte, es war Eitelkeit und der Alien in mir. In der Folge paukte ich mit dem Festmeister, als ginge es um mein Leben. Er war sehr nett, immer die Ruhe selbst und schon etwas in die Jahre gekommen, mit einem kleinen dunklen Schnurrbart. Mit meiner Verteidigung war er nicht einverstanden. Der rechte Arm wollte einfach nie so richtig über dem Kopf seine schützende Position finden.

Der coole Festmeister meinte zum Schluss: »Hansi, das wird deine Achillesferse sein. Aber es gibt Schlimmeres, wenn du Pech hast, kriegst du ein paar Treffer in den Nacken, aber das ist nicht so schlimm wie im Gesicht.«

Naja, ich sah das genauso. Ändern konnte ich eh nichts mehr. Meine langen Haare würden die Narben schon verdecken. In unserem Kellergewölbe war es feucht und es roch muffig. Wir prügelten auf alte Autoreifen ein und ab und zu in Vollschutz auf uns. Das war anstrengend, aber oft auch ein Heidenspaß, wenn einer mit den stumpfen Übungsdegen einen Treffer abbekam und vor Schmerz johlte.

Der Meister war zuerst nicht so zufrieden mit mir, aber nach einem weiteren Monat war mein Handgelenk locker genug, die Schläge Prime, Quart und Terz saßen gut genug und er entschied, dass mein Tempo und meine Schlagkraft nun besser geworden sind und ich deshalb mit dem anderen Paukanten antreten könnte. Meine Zeit war gekommen, gerade rechtzeitig. Irgendwer holte mich von der Bar, ein letzter Blick zu meinem Vater, ein Gruß, ein gequältes Lächeln, er machte sich Sorgen und man führte mich zum Paukplatz. Der andere war ein Riese, das war mir so nicht mehr bewusst, und wirkte monströs wie der *Marshmallow man*, kurz davor hatte ich erfahren, dass er noch Karate machte. Wie sollte ich das überleben? Sie stellten mich auf ein dickes Brett, damit wir in etwa gleich groß waren. Frontal mit einer Klingenlänge Abstand standen wir uns gegenüber. Jeder trug die Couleur seiner Mannschaft, bei mir war das weiß, schwarz und grün. Stellenweise fühlte ich mich durch die Paukbrille wie ein Pferd mit Scheuklappen, ich sah nur meinen Hünen gegenüber und kam mir vor wie David, das war meine Chance, der Ehrengang war vorüber, jetzt wurde es ernst.

Ich nahm meinen rechten Arm hoch und legte ihn diagonal über meinem Kopf ab, der Korbdegen nahm die Richtung auf und zeigte leicht nach unten. Die Sekundanten tauchten ab und suchten kniend zu unseren Füßen Schutz. Etwa zweihundert Zuschauer warteten angespannt auf das Los der Sekundanten. Die Luft knisterte, Atem wurde angehalten, die Sonne schien noch heller durch die Fenster, blendete und trieb die Temperatur hoch. Fanatische, gierige, sensationslüsterne Augenpaare fixierten uns, mein Herz raste, die Muskeln zitterten, ich sah nur noch Goliath und wollte ihn fertig machen.

Niemandem war es erlaubt, Fotos oder Aufzeichnungen zu fertigen, das verbat der Comment, und überhaupt war es nicht sicher, ob Duelle noch erlaubt waren. Deshalb fand die ganze Aktion unter einer gewissen Geheimhaltung statt. Mein Leibbursche flüsterte mir zu: »Du machst das!«

»Lossss …«, hallte das Kommando durch den Saal und die Säbelschläge prasselten abwechselnd wie Trommelwirbel auf mich ein. Es klang wie wenn auf dem Recyclinghof ein Auto in die Presse kommt. Tiefe dumpfe, manchmal auch helle, reißende und quetschende Töne, die die ganze Kraft der Maschinen verrieten. Die Türen wurden zugehalten, es galt jetzt die ganze Aufmerksamkeit dem Titan und mir. Wie bei einem Hahnenkampf wurde geschrien und angefeuert. Dachte ich am Anfang noch, ich könnte hier was reißen, so war mir nach den ersten Schlägen klar: Das wird nichts, die besten Preise in der Tombola sind bereits weg. Ich verbuchte das unter Lebenserfahrung und Pech gehabt, wie immer. Ein Maschinencode mit dem Namen »Überlebensmodus« wurde abgespult.

»Halt«, brüllte der andere Sekundant. Sofort nahm der Schleppfuchs mir den Schläger aus der Hand, ging mit einem Lappen über die Klinge, desinfizierte und lockerte mein Handgelenk.

»Los, halt, los, halt, los, halt, los, halt, los …« Ich war fertig, der Saft ging mir aus wie den Athenern im Peloponnesischen Krieg, irgendwann ist halt Schluss. Paarmal hatte der mir schon so draufgedroschen, dass sich seine Klinge, durchbog wie eine Schlange – gerade bei den Hoch *Quart* Prügeln - und an meinem Hinterkopf leise anklopfte. Es tat weh, der Arm wurde müde und es machte mir Kopfschmerzen. Wie ein Irrer hieb Goliath auf mich ein, und so brauchte ich meine ganze Energie zum Schutz. Bei den *Quartz* Schlägen drehte in allerletzter Sekunde sein Handgelenk im Uhrzeigersinn ein, sodass die flache Seite der Schmiede auf meinem Degen landete und sich in Richtung meines Nackens krümmte. Immer wieder hieb das Arschloch mir da hinten rein. Es war seine Taktik, eine eigene besaß ich nicht und war nur mäßig drauf vorbereitet. Der gute Herr Fechtmeister mit seinen über 60 Jahren Erfahrung hatte es prophezeit.

»Halt, los, klang, kling, klang, klong, halt, los, halt …« Meine Achseln waren glitschig und nass, Harndrang machte sich breit. Mein Fechtarm wurde schwerer und schwerer. Das könnte mein Todesurteil sein? Er rutschte mir immer weiter ab, der Saft war raus, die Zitrone ausgepresst und meine Deckung wurde dadurch immer offener. Reichte es nicht aus, dass ich während der Mensur keine Akzente setzen konnte, verlangte das Schicksal auch noch Blut, einen Schmiss, eventuell direkt von links nach rechts über die Wange oder diagonal?

Ich könnte ihm einfach in den Fuß stechen oder wie bei David gegen Goliath den Kopf abschlagen, aber dazu hatte ich keine Kraft mehr. Vielleicht sollte ich ihn umarmen, umklammern und dann heulen?

Wie ein zwei Tage gelutschtes Kaugummi kam ich mir vor, es war kein Geschmack mehr da und mit jedem Biss wurde es schlimmer. Es sind diese Momente im Leben, die man eigentlich zu vermeiden suchte, weil das unaufhaltsame Schicksal gesiegt hatte und der Gang der Dinge nicht mehr von einem selbst beeinflusst wurde. In solchen Momenten bekam das Pferd im Western den Gnadenschuss.

»… Ehrengang …«, hörte ich plötzlich und dann, »los, halt, los, halt, los, halt, los, halt.« Verhaltener Applaus kam auf, der Degen war weg und Jeans, mein Leibbursche, brauchte nicht mehr zu flüstern und meinte: »Sehr gute Partie, wir beraten jetzt.« Als das Kettenhemd von mir abfiel, bemerkte ich, dass ich dampfte, der Schweiß rann aus vielen Poren. Ich bedankte mich herzlich bei Goliath und bekam ein Bier mit einer großen Krone.

Jeans redete auf mich ein. »Gut gemacht, die AHs sind begeistert, das war die beste Partie an diesem Tag bisher, ich bin stolz auf dich und so weiter...«

Mir war alles egal. Eine Tüte hätte mir jetzt geholfen. Das Bier lief aus meinen Mundwinkeln über mein Kinn, dann meinem Hals runter, unter das T-Shirt. Ich zitterte zu sehr als dass ich ordentlich saufen konnte. Auf dem Boden lagen Haare und die waren schwarz und deshalb von mir, am Hinterkopf blutete ich leicht, der Arzt sah sich das an. Die Stimmung war sehr ausgelassen, es kamen von überall her Glückwünsche und so langsam musste ich es glauben, unser Fechtkampf kam gut an. Vergessen machte sich breit. Der Kellner in schwarzer Hose und weißem Hemd schaute belustigt und gab mir noch ein Bier zum Verschütten. Am Glas lief der Schaum über den grünen Licher Schriftzug.

«Ruhe im Saal«, brüllte ein älterer Herr mit runder Brille, rundem Kugelbauch und Vollbart, er hatte einen schönen Schmiss am Kinn, nicht sehr groß, aber ansehnlich, das hatte weh getan. Ein Dackel rannte zwischen meinen Beinen in die Meute, schien so, als wüsste er, wo es hingeht.

»Der Mensur Convent hat ein Urteil gefällt«

Es ging jetzt darum, ob wir das Ding anerkannt bekamen oder einer von uns eine Abfuhr. Mein Herz stand still, die Welt hörte sich auf zu drehen, meine letzte Freundin war weg, mein Vater mittlerweile angetrunken und die Polizei hatte von alledem keinen Schimmer. »Einmal lasst etwas geklappt haben, bitte«, seufzte ich.

»Die Partie war regelkonform und wird anerkannt, Glückwunsch an die Paukanten, die beteiligten Burschenschaften und den Convent.«

Jetzt tobte der Saal. Wie beim Touchdown wurde ich von zu vielen gleichzeitig gedrückt, anerkennend geschlagen und das Bier schwappte über. Es war egal. Ich spürte Dankbarkeit, es war das größte, krasseste Ding in meiner Vita und ich konnte es in keinem Lebenslauf schreiben, weil es niemanden interessierte oder interessieren durfte.

»Hansi, du bist nun ein Waffenbruder«, sagte Jeans zu mir und stieß mit mir an. Da in meinem Glas nur noch eine Pfütze war, goss er mir von seinem etwas dazu. Er hatte recht, ich war ein Krieger geworden, obwohl das nicht mein Ziel war, aber es schien meine Natur zu sein. Noch nie hatte ich dieses zutiefst Männliche gespürt. Gefühlt, für was Kerle gemacht sind, nämlich nur für diese eine Sache hat der liebe Gott uns gebastelt. Mir war klar, ich war noch kein Mars, Ares, Wotan oder Odin, aber ich war zum Kämpfen und Töten geboren wie alle Männer, das ist unsere Natur, und je mehr wir töten, desto näher kommen wir unserer Bestimmung. Darum bombten alle westlichen Regierungschefs auch so viel – und dank der Emanzipation taten es jetzt auch die Frauen.

32

Den Exodus hier hoch stemmte ich allein, obwohl ich mir geschworen hatte, nie mehr selbst umzuziehen und auch bei keinem Ein- oder Auszug mehr mitzuhelfen, wo die Kartons randvoll mit Büchern sind und 30 Kilogramm wiegen und nicht genug Helfer kamen. Das wusste man natürlich erst am Umzugsmorgen, deshalb parkte ich immer etwas abseits vom Zielobjekt und sondierte erstmal die Lage. Kam meine Fallanalyse zum Ergebnis, dass zu wenige HiWis da sind, dann brach ich die Selbstaufopferungsmission ab.

Mir erging es ähnlich, Freunde hatte ich fast oder gar keine mehr, Bekannte eine Menge. Aber schlussendlich fand ich niemanden, der bereit war, mir zu helfen, nicht einen Furz, kein Unternehmen und auch keine Leute. Zwei Bekannte sagten zu, aber dann stellten sie plötzlich fest, dass die Ostsee ganz oben im Norden ist und, schwups, gab es kurz davor Ausreden wie »ich bekomme kein frei« oder »gern, aber genau an diesem Tag geht es nicht.« Ich war niemandem dafür böse, das war mein Abenteuer und ich musste das auch allein versuchen.

»Dran, drauf, drüber …«, hätte Rambo gesagt und weiter: »Ihr Memmen, hört auf zu jammern.«

Mit Müh und Not bekam ich ein Fahrzeug für etwa eine Woche zur Miete. Wie ein »Oakie« flüchtete ich vor der hoffnungslosen Lage. Statt eines Ford T Modells mit Blattfedern bekam ich an der Servicestation in Käfertal einen Italiener. Als ich den abholte, staunte ich nicht schlecht. Es war ein weißer Fiat, Modell Irgendwas, komplett zerschossen, verbeult, rostig, demoliert, ich war frustriert, sollte ich mit dieser Schrottlaube die Umsiedlung in ein neues Leben beginnen?

Ich wollte mit einem Rolls Royce in mein neues Glück kutschieren. Überhaupt hatte ich Angst vor dem Umzug, dem Fahren, der Autobahn, dem Kisten Schleppen, den Fahrbahnmarkierungen, den Menschen, dem Einparken vor Ort, dem Müll auf den Rastplätzen, meinem Briefkasten, dem Putzen, der Ostsee, der Waschmaschine, die wir noch nicht besaßen, dem Bretterverschlag, den Pausen, vor den Nachbarn, dem Alleinsein, dem Tanken, dass uns das Geld ausging usw., meine ganze Psyche spielte verrückt. Du verlässt deinen Geburtsort, deine Kellerwohnung, deine verstorbene Mutter, die ab nun allein vor sich hingammelt, was sollen die Nachbarn denken? Am besten hätte ich sie fragen sollen: »Seid ihr alle einverstanden mit dem, was ich tue?«

In mir war eine Entschlossenheit, ein Leidensdruck, der viel viel stärker war als die anderen Sirenen, die mich überhaupt schon mein ganzes Leben betörten wie die schöne Kirke Odysseus oder die Saboteure deiner Entfaltung und die Mobber, und es war an der Zeit, etwas anderes zu machen. Es half nichts! Ich nahm mit dem Mitarbeiter von Europcar zusammen das Fahrzeug ab.

»Das Teil kommt aus Syrien oder Bürgerkrieg ...«

Kein Kommentar. Ich bildete mir ein, Einschusslöcher im Blech zu erkennen. Meine Motivation sank immer tiefer wie ein untergehendes Schiff, dann dachte ich darüber nach, dass ich das Ding einfach nicht will. Bekomme ich keinen Rolls, setze ich den Fiat an den nächsten Brückenpfeiler, das störte in Mannheim niemanden, sind dort doch die meisten Brücken gesperrt oder marode. Ich habe auf alle Fälle was Besseres verdient.

»Die Tür hinten klemmt«, sagte ich ruhig und freundlich, »ich krieg die nicht uff.«

»Das haben wir gleich«, antwortete er, er konnte also sprechen, »Moment.«

Er rüttelte wie blöd an dem Ding, aber es bewegte sich keinen Millimeter. ÄTSCHIBÄTSCH kam es mir in den Sinn.

»Tut sich nichts.«, brummte er, »Brauchen Sie die Tür? Könnten ja nur von der Seite laden.«

»Klar, ohne geht nicht.«

Das saß, ein Totschlagargument, alternativlos in Neudeutsch. Er brach die Übernahme ab und wir gingen wieder rein. Die Chefin meinte, er sollte mir einen Sprinter geben.

»Geil!«, kam es glücklich aus mir heraus.

Das gefiel mir besser. Ich erhalte einen fast neuen, weißen Sprinter mit Kamera und Tempomat. Mein Rad schmiss ich hinten rein und düste, zwar mit flauem Magen, aber frohen Mutes, ab. Läuft, dachte ich, schon irgendwie immer. Mit jedem Kilometer, den wir zwischen uns und unser altes Leben brachten, wurde das Gefühl der Freiheit, ganz nur für sich selbst verantwortlich zu sein, und einer Enge, wie einer Zwangsjacke, entflohen zu sein, größer. Die Grundstimmung blieb mies, aber so schnell konnte sich das auch nicht umstellen.

Eine Woche hatte ich als *alleinstehender* Single gebraucht, unsere paar Habseligkeiten in das 5. Obergeschoss zu tragen. Alles war neu, ein fantastischer Lernprozess, eine Horizonterweiterung unglaublichen Ausmaßes. Was man auch ganz schnell drauf hat und akzeptieren sollte, ist die Wirklichkeit, dass die persönlichen Probleme immer mit auf die Reise gehen. Deinen Rucksack legst du nicht so schnell ab, leider. Sie haben ihn dir mit Sekundenkleber direkt auf die Haut an deinem Rücken gebabbt.

»Da schau«, eröffnete ich Pippi, »der Hausmeister hat schon die Klingelschilder angebracht.« An der grünen Briefkastenanlage mit etwa 20 Klappen prangte als neuester Zugang mein Name in schwarz auf weißem Grund, hinter vergilbtem durchsichtigem Plastik, Hansi Frost. Ich war fassungslos, was ich da abgezogen hatte. Pippi nahm alles ganz gelassen, als wäre es das Normalste der Welt. Wir ergänzten uns gut, was sie aufbockte, entlockte mir nur ein Arschrunzeln und umgekehrt. Sie hatte null Bock, unseren Hausstand rauf zu wuchten, hierbei zu helfen, also tat ich das immer, wenn sie in der Schule war. Wir schimpften uns Minimalisten und trotzdem benötigte ich eine ganze Woche für unseren Krempel.

Ich war gehandicapt. Das hatte mit dem Sturz vom Skateboard meiner Tochter zu tun. Den linken Arm konnte ich lange Zeit fast nicht bewegen.

»Du musst zum Arzt gehen«, riet mir meine Ex-Frau.

»Was soll der machen?«

»Er untersucht das und dann weißt du, ob nichts Schlimmeres ist, gebrochen oder so.«

»Das fühle ich auch so.« Ich hatte eine Sanitätsausbildung und ein funktionierendes Gehirn.

Die Leute machten mich verrückt, wegen jedem Pups rannten sie gleich zum *Dottore*. Wir standen drei Tage vor unserem Abgang an die Küste. Es gab noch so viel zu tun. Ich hatte keine Zeit und keine Lust auf eine Untersuchung. Nachts wachte ich mit großen pochenden Schmerzen im linken Arm auf und ich befand, dass ich in meinem Leben noch nie solche Marter aufgrund eines Unfalls verspürt hatte. Das Alter war gnadenlos. Konnte nicht pennen vor

Pein und warf darum ein paar Ibu 400 ein und der Schmerz ging zeitweise. Die nächsten Tage wurde es nicht besser und die Unkenrufe immer lauter. Ich ärgerte mich nicht, dass ich auf das Skateboard gestiegen war, sondern nur dass ich runterfiel wie ein fauler Apfel.

»Geh doch jetzt zum Arzt«, riet meine Ex erneut, »du kennst den doch. Er wird dich schnell drannehmen.«

»Was soll er machen?«, versuchte ich ihr einzutrichtern, »Alles ist entzündet, der ganze Arm bis rauf zum Schultergelenk geschwollen. Am meisten tut die Hand weh, obwohl ich da gar nicht draufgefallen bin. Er könnte röntgen. Aufgrund der Schwellungen sieht der wenig. Ich kann alles bewegen, es knirscht nichts, nur schmerzen tut´s, kein Punktschmerz, sondern ein globales großes Aua. Ich kann alles drehen wie immer, es tut nur grade höllisch weh.« Ich war mir sicher, und hier kam meine besondere *Sanitöter* Ausbildung beim Barras zu Hilfe, dass der Onkel Doktor nichts anderes machen würde als ich und zu keinem anderen Ergebnis kommen würde. Es könnte nur dumm laufen und die würden irgendeine OP starten, die natürlich nützlich und angebracht erschien und hinterher war alles schlimmer, aber ohne wäre es noch übler gekommen. Blabla …, das übliche wissenschaftliche Gerede. Diese Argumentation kannte ich zur Genüge aus der Politik und von meinem Ex-Arbeitgeber.

Erstmal alles plattbomben und dann behaupten, wir bringen Frieden und ohne uns wäre es übler gekommen. Im Irak gab es jetzt bis zu einer Million Tote und unter Saddam starben etwa 200.000 Menschen. Das eine nennt man Kriegsverbrechen und Verbrechen gegen die Menschlichkeit, das andere Friedensmission oder Kampf gegen den Terror oder so. Die Logik lag wohl in der Verdoppelung der Leichenberge. Es schien bei diesen NATO-Missionen, die ich mitfinanzierte, darum zu gehen, möglichst viele zivile Opfer zu erzeugen. Im Irak sprach man von 200.000, manche von bis zu 1,5 Millionen, das wären zigmal so viele wie 2020 an Covid verstarben. Wieso schieden diese Mitmenschen, wo sie weder Medizin noch Beatmungsgeräte bräuchten, sondern nur etwas Frieden, um weiterleben zu können, dahin? Für mich blieb das immer ein Paradoxon. Und irgendwie hatte ich permanent das Gefühl, dass uns der liebe Gott damit etwas sagen wollte. Das schillernde rote Virus mit seinen putzigen Hörnchen war in Wirklichkeit der Teufel und es hatte eine Botschaft, die aber keiner hörte oder verstand. Es war eine Plage für alle, wie früher die Heuschrecken. Hoffentlich wartet er noch mit der Sintflut, die diesmal wahrscheinlich anders daherkommen würde.

Ich verstand die großen Dinge der Welt nur mäßig und auch die Logik dahinter erschloss sich mir nicht. Rambo meinte dazu immer: »Das ist ein harter Job, ich wollte und könnte das nicht. Die müssen solche Entscheidungen treffen.«

Ja, mussten die das wirklich? Gab es keine wirkliche Freiheit?

War es nicht das Vernünftigste und Naheliegendste, einfach niemals Unschuldige zu töten? Und wer bist du, wenn du Entscheidung trafst, durch die Millionen von armen Kindern, Frauen, Familien ausgelöscht wurden oder unersetzbare Kulturschätze, *austauschbare* Kulturgüter, Wohnhäuser, Omas, Krankenhäuser, Wasserleitungen, Straßen, Plätze, Fußballfelder, Dorfbrunnen, Schulen, Flachbildfernseher, Kinderräder, Einbauküchen, Gotteshäuser, Regierungsgebäude, Moscheen, Kamele, Restaurants und Sanddünen in Schutt und Asche gelegt wurden? Auf alle Fälle kein Friedensengel, soviel schien mir klar.

Die ganze verdammte BOMBEREI in der Welt, die vielen ertrunkenen Frauen im Mittelmeer, dagegen ist der Sturz vom Board eine Lachplatte und das Aufsehen darum irrational. Es ist diese panische Angst vor Verletzungen und Tod oder Krankheit, aber nur bei sich selbst. Ewiges Leben, das eigene Leben so lange verlängern wie es nur geht und bloß nicht krank werden, das ist total doof?

Beim Hochtragen des Gelumpes traf ich sogleich eine Nachbarin. Es war der Typ neugierig. Man erkennt ihn in der Regel am Erstkontakt und einer lockeren ungezwungen Art, weil solche Agenten es geschickt anstellen mussten, waren sie immer total höflich und charmant. Die Dame wollte wissen, was ich hier trieb, und eine der ersten Fragen galt immer dem Einkommen: »Ja und die Arbeit. Wenn man hier einen Job findet?«, Pause, sie wollte es wissen, dann sollte sie es bekommen.

»Wenn ich nur einen PC habe«, gab ich süffisant zurück, »und WLAN, dann kann ich arbeiten.«

Bisher erlebte ich darauf noch keine Nachfrage. Das scheint für jeden plausibel zu sein, Internet, Laptop und Küste, dann rollt der Rubel. Wie blöd waren die eigentlich alle? Am Anfang sagte ich immer, etwas auf die Kacke hauend und angeberisch, ich schreibe. Auch hier kein Nachhaken. War wohl auch total normal, Künstlergegend, hä!? Es interessierte also nicht. Der wahre Kern dieser Sensationslust war nur, ist das noch ein Arbeitsloser mehr, noch ein Schmarotzer hier oben, oder doch kein Penner, wo er doch so aussieht, mit seiner Corona Frisur?

Nach etwa zwei Monaten nahmen meine Qualen rapide ab. Es fühlte sich an wie ein medizinisches Wunder. Meine

Leistungskurve drehte nach oben. Der Arm ist nach einem halben Jahr fast wieder der alte, nur beim Liegestützmachen oder wenn ich etwas Schweres anhebe, dann knirscht es nun doch ganz leise im Schultergelenk. Also ist wohl eher was Kleines kaputtgegangen.

Hätte die Medizin etwas anderes gemacht, würde es dann nicht mehr leise knirschen? So viele total einfache Operationen kannte ich bei Bekannten, die dann hinterher alles nur verschlimmbessert hatten. Neulich erzählte mir eine sehr betagte Hotelbesitzerin, dass ihr Mann kurz vor Weihnachten, wegen einer nicht notwenigen Herz-OP ins Krankenhaus ging. Es war Corona Zeit und das verwunderte die alte Lady noch mehr. Der behandelnde Weißkittel hatte so lange auf ihren Ehegatten eingeredet, bis der glaubte, was dieser predigte, und ich bin mir sicher, dass er es wirklich selbst auch glaubte, dass er der Messias ist. Zu viele denken heute so, und das ist krank und unvernünftig, lebensfremd. Niemandem unterstellte ich hier Absicht oder Umsatzgenerierung. Das Beste, was vonseiten der Rentenkasse und des Staates mit einem alten unproduktiven Mitglied passierte, war dessen Exitus, egal ob durch eine nicht notwendige medizinische Maßnahme, durch Krankheit, durch mangelnde Pflege oder Schutz usw.

Was machten wir, wenn wir einen alten Datensatz auf unserer Festplatte entdeckten, löschen, delete, Ende? Das ist auch der Grund, warum die alten Leute keine Lobby haben, genau wie die Kinder. Ihre Datensätze, und nur so werden sie in der Welt des Geldes wahrgenommen, sind fast oder gänzlich wertlos geworden. Der Tod setzte letztmalig eine gigantische Maschinerie in Gang, ein Förderprogramm ohne Ende, Erbschaftssteuer, Bestatter, Hausverkauf, Haushaltsauflösung, Witwenrente, die Kinder oder der Staat erben und kommen zu Wohlstand etc., den sie in den Finanzkreislauf zurückführen. Ätschibätsch!

Geschieht ihnen auch recht, denn die Alten hingen doch meistens an ihrem Geld und konnten damit überhaupt nichts Sinnvolles mehr anstellen. Eine Lebensobergrenze wäre in Zukunft, wo die Lebenserwartung ins Unendliche geht, angebracht oder zumindest ein Funktionstest. Selbstverständlich nur für die unteren Schichten und möglicherweise noch die demnächst verarmte Mittelschicht. Eines war mir klar, mein Datensatzwert war vor einigen Monaten *gecrasht* und ich musste vorsichtig sein, verdammt vorsichtig. Deshalb keine Krankenhäuser, OPs, Ärzte, geregelte Arbeit, Kantinenfraß, Heilpraktiker, Demos, analog Produkte, Kuren, Ausdauersport, öffentliche Verkehrsmittel und Dauerberieselung, denn das versuchte alles, die schlechten nutzlosen Datensätze zu killen. Aus diesem Grund war ich abgetaucht und auf einem Abenteuer wie die Nautilus.

Meine Payback-Karte hatte ich zerschnitten, alle anderen Sammelkärtchen auch, mein Smartphone lag ohne SIM-Karte zu Hause rum, stattdessen hatte ich mir ein trackingsicheres 15 Euro Rentner-Telefon zugelegt, mit meinem Rechner surfte ich nur über Thor, meine ganzen Social Media Accounts bediente ich nicht mehr. Für einen Datenjäger sah alles nach einem plötzlichen Tod aus. Es ist wie in den alten Mantel-und-Degen-Schinken, der Protagonist, weil verwundet oder einer Übermacht gegenüber, stellt sich mausetot und überlebt so. HALLELUJA WAHN!

33

Unterdessen war Weihnachten zum Sperrfest geworden und gerade vorbei, Oma starb auch allein, für die letzte Ölung kam der örtliche Pfarrer nicht, er wollte sich an die Regeln halten, irgendwie hält sich die Kirche immer an das ausgegebene Motto der Macht, abgesehen davon, dass die Liebenden keine Kondome benutzen sollten, kenne ich nur scheinheiliges Gefasel, irgendwie hatte sich nichts gebessert seit über tausend Jahren.

Der kleine runde stachelige »Covid« machte die Welt für mich etwas angenehmer. Soziale Distanz kam mir gerade recht, denn ich hatte genug von den Wölfen. Mussten sie Abstand halten, dann konnten sie mich nicht beißen.

Die *christliche Sekte* predigte schon Jahrtausende Friede, Liebe, Gottesglaube und die Einhaltung der zehn Gebote, aber nichts hatte sich gewandelt. Sie nahm auch keinen Anstoß daran. Friede, Freude, Eierkuchen hätte wahrscheinlich mehr Erfolg gehabt. Heute sind mehr Familienmitglieder unserer Menschheitsfamilie denn je auf humanitäre Hilfe angewiesen. Jede Firma wäre schon längst pleite, wenn das Programm nicht lief. Die heilige Christenheit nicht. Das war ihre Berechtigung. Die Software war Schrott, aber die Idee top. Wie bei einer Immobilie oder einem Laden, Lage, Lage und nochmals Lage, das ist alles, was zählte. Manche saßen einfach wie die Made im Speck.

Es wäre also möglich, dass meine Skripte hundsmiserabel waren und trotzdem irgendeinen Nerv trafen. Ich wollte damit ausdrücken, es ist vorstellbar, mit Murks erfolgreich zu sein, dazu muss man kein Ganove werden, die Kirche machte es vor. Das alles deprimierte mich und ich flüchtete lieber in eine Fiktion. Wenn nur einer jemals eines meiner Bücher las und begeistert war, dann hatte ich viel erreicht. Einer ist wie Millionen, nur paar mehr, das machte dann keinen Unterschied mehr aus. Es ist dann ausgesprochen in der Welt und verbreitet sich wie die Wellen nach einem Steinwurf. Die zwar bald verschwanden, aber nur, um unsichtbar ihre Botschaft weiterzutragen. Ich schrieb jetzt tatsächlich an meinem vierten Buch und hatte nach wie vor nur Absagen erhalten. Es gibt einfach viel zu viele Autoren und zu wenig Leser, wer will schon die Komfortzone Netflix verlassen. Noch dazu hatte ich nichts Besonderes mitzuteilen, nur aufgewärmten lauwarmen Tee. Gerade hatte ich am Karlstern, bei den Aussichtsbänken, oberhalb vom See, zwischen hunderten von alten Kippen, meinen Laptop zugeklappt und blickte zwischen den Bäumen auf den kleinen still daliegenden Weiher. Es war einer meiner liebsten Schreibplätze im Käfertaler Wald. Ein Eichelhäher krächzte und warnte die anderen, unten schwammen die Stockenten und am Holzsteg fütterte ein kleiner Junge die dicken Karpfen. Manche davon waren gut einen Meter lang und konnten ein ganzes Brötchen verschlingen.

»Servus, Hahaaaa, wir treffen uns aber auch ständig.«

Ein Radler hatte vor mir angehalten und verdeckte die Sonne wie einst Alexander der Große, als er zu Diogenes sprach. Ich erkannte ihn sofort an der Stimme. Es war einer meiner schrägsten Bekannten. Das Wort Bekannter trifft es nicht annähernd, denn wir zwei hatten so manche Schlacht geschlagen. Er war mein liebster und treuester Kamerad. Ich war geradezu ein Fan von ihm, denn ich hatte ihm viel zu verdanken.

»Mein Idol«, flapste ich los, »gehst du Waldbaden? Das ist doch gar nicht deine Gegend.« Er wohnte eigentlich am anderen Ende der Stadt in einem großen Fertighaus mit noch viel größerem Garten. Wir drückten uns innig.

»Ja, war hinten bei dem alten Schießstand. Seit unserem Einsatz zieht es mich immer wieder dorthin. Ich musste nachsehen, ob die Pforten noch verschlossen sind.«

Captain Kirk war wie Mozart. Die Frauen flogen ihm einfach nach, viele Männer auch, und wenn nicht, dann half er äußerst charmant und talentiert ein bisschen nach, doch schon bald merkten manche, dass es bei ihm nicht um große echte Gefühle, sondern um herbeigeredete Emotionen ging und dass das, was er fühlte, zwar echt war, er aber sehr viel davon produzierte, sozusagen Unmengen, wie im Märchen der süße Brei und er den Zauberspruch vergessen hatte und deshalb ständig abgeben musste, um nicht zu platzen, und es deshalb noch viele weitere gab, für die er genauso empfand. Seine eigene Frau übrigens traf es am härtesten. Sie war monogam, soweit ich das beurteilen konnte, und hatte ihre liebe Not, sich die Realität fernzuhalten. Oft gelang das nicht, denn er hausierte mit seinen Affären, meinte dann nur lapidar, ich kann nicht lügen. Vermutlich stimmte es sogar, aber mir brach es jedes Mal das Herz, und Julia fühlte sich gedemütigt, weil er es mir, ihr und anderen mitteilte.

»Und, war der Stand noch zu?«

»Ja.«

»Auch die dicke Eisentür mit der Nummer 1984?«

»Si, neu zugeschweißt, die dicke Eisentür.«

1984 war die Nummer eines alten Munitionsbunkers tief im Wald – jemand hatte die Nummer wahrscheinlich in Anspielung auf Orwells Klassiker da rauf gesprüht. Auf Karten waren die Dinger, es gab etwa 20 Stück, nicht eingezeichnet, und so mancher *Akrobat* öffnete sie irgendwie

347

und hauste dort. So ein Bunker war ein großer, lang gezogener Erdhügel mit Gras und kleinen Bäumen drauf, nur an der Vorderseite war ein Eingang, und oben zwischen den Bäumen gab es einen runden Lüftungsschacht mit Haube. Die Teile waren super, mehrere Meter dicker Beton, total trocken, dunkle Kammern mit gruseliger Akustik, und ich fand es schade, dass jetzt, wo sie schon seit Jahren leerstanden, keine andere Nutzung wie Wohnraum, Konzerte, Unterschlupf für die Tiere, Naturcamp oder so gefunden wurde.

»Was macht die Arbeit?«, wollte ich wissen. Es war jetzt schon über ein Jahr her, dass wir ab und zu zusammen in einem Team Einsätze meisterten.

»Ach«, seufzte er, »wie immer, sie haben mir deinen Job gegeben.«

Darum beneidete ich ihn wirklich nicht. Im Gegenteil, ich hörte das schon von seiner Frau, mit der ich ab und an einen Schoppen trank. Sie meinte, er würde es ganz gut wegstecken, könnte es *handlen*. Er wurde sogar zum Oberkommandeur befördert. Damals pflichtete ich ihr bei, denn ich wollte sie nicht beunruhigen, dachte mir aber, dass es ihn früher oder später hinreißen wird, wie die Content-Moderatoren in dem Film *The Cleaners*.

Ich wollte helfen, machte vorsichtige Andeutungen, malte vage Folgen, aber es ging mir wie Kassandra, nicht dass ich so hübsch bin, aber mir glaubte oft niemand. Meine Weissagungen verpufften, und die Leute dachten, der hat sie doch nicht mehr alle, und dann blockierten sie mich auf WhatsApp.

»Macht es dir Spaß?«

»Ja, es ist anders als bei dir, ich bin dafür meinen alten Kram los. Muss nicht mehr an die Front.«

»Das ist gut, hätte ich mir auch gewünscht, aber du musst aufpassen, mach regelmäßig Pausen und nimm dir frei, die ganze Gewalt, die Brutalität, die Pornografie und der Horror gehen direkt in dein Gehirn und verändern es. Mir war es zu viel. Das weißt du, aber sicher findest du einen Weg, Millionen von Datensätzen zu verarbeiten und mit dem digitalen Müll, dem Bösen im Netz, fertigzuwerden, ohne durchzudrehen.«

»Ich muss ja das andere nicht mehr machen, davon haben sie mich freigestellt. Ich denke, so geht es.«

»Klingt, als hätte ich dableiben können.«

»Ich vermisse dich und unsere schönen Operationen«, sagte Captain Kirk schwermütig.

Ich wusste, was ich ihm mit meinem Abgang angetan hatte. Es bedrückte mich, aber er war dort auch fehl am Platz. Von ihm hatte ich während unserer zehn gemeinsamen Jahre viel gelernt. Er machte mir klar, wie wichtig es war, sich nicht ständig aufzuregen und sein Ding durchzuziehen, und am Ende hatte ich meinen Meister überholt und zog es nicht nur durch, sondern schmiss es weg. Captain Kirk blieb zurück, dabei hatte er so gute Anlagen und Talente, und als Soldat konnte er sie nur rudimentär einsetzen.

»Ja, ich auch. Wir waren die beste Union, das erfolgreichste Geschwader obendrein. Was ist aus dem Bombenleger geworden, den wir zum Schluss verhaftet hatten?«

»Er sitzt nach wie vor und wird nie mehr rauskommen.«

»Das ist gut, er war durch und wird wieder Unheil anrichten. Wenn ich an die Wohnung denke, graust es mich. So eine eklige Bude.« Tatsächlich fühlte ich mich damals bei dem Einsatz wie in den Film *Sieben* teleportiert. Wir bekamen den Auftrag, in einer der übelsten Gegenden einen illegalen Sprengmeister festzunehmen, koste es, was es wolle. Es gab die Befürchtung, dass dieser weitere Anschläge verüben wird. Damals hatte er auf dem Maimarkt eine Bombe platziert und gezündet. Es gab viele Tote und noch mehr Verletzte. Über eine Kippe und DNA kamen wir auf seine Spur. Wir hatten ihn wochenlang observiert und kamen zu dem Ergebnis, dass der Fall zu heiß wird. Es war dieses Abwägen zwischen Hintermänner erkennen, Struktur ermitteln und kleinen Fisch plattmachen. Aber das Risiko stieg von Tag zu Tag, und so entschieden wir uns, das Ding unter Strom zu setzen und den Typen fertigzumachen. Es wurde also elektrisch, unser Zustand glich dem Gefühl, wie wenn man die Zunge an einen neun Volt Block legt – es bitzelte die ganze Zeit und war eigentlich nicht zu ertragen, aber hier konnte man, anders als beim Perlen lecken, nicht aufhören.

Mit einem S.W.A.T.-Team zur Unterstützung stürmten wir morgens seine Burg in Ludwigshafen Hemshof. Die Tür flog dank Ramme mit einem mächtigen Knall bei drei aus den Angeln und in den Flur. In der Wohnung befanden sich mehrere Personen, darunter eine Frau. Als wir dazukamen, hatte das Einsatzteam aus allen hübsche Pakete geschnürt. Wir mussten unseren Mann erstmal suchen. Er machte es uns ganz leicht. er war der dünnste und hatte bei seiner Festnahme einiges abbekommen, denn er leistete *leichten* Widerstand. Als ich damals in der Wohnung stand und das Geschrei um mich herum plötzlich zu einem unerträglichen Getöse wurde, da flüchtete ich in die Küche. Etwas hatte sich bei diesem Einsatz verschoben.

Drüben schien sich die Lage zu beruhigen, das Gezeter wurde moderater. Irgendwo bezog einer Prügel. Doch die Kombüse war auch nicht viel besser, überall Dreck und

Unrat. Es gab so einen Camping Gaskocher mit blauer Kartusche, der stark benutzt war und auf dem Esstisch stand. Daneben lag ein eiserner alter Wok. Alles war überzogen mit einer Schicht aus altem eingebranntem Fett und Speiseresten. Die Küche war alt, eine Standard-Einbauküche im Grundton gelb – oder war das Dreck? Die Hängeschränke waren bis unter die Decke aufgestapelt mit Utensilien. Es war wichtig für mich bei meiner täglichen Arbeit, schnell zu denken, schnell zu reden, superschnell zu handeln und schnell mein Gegenüber in eine Schublade zu packen. Hier bei dieser Familie war es eine Mischung aus dem typischen deutschen Mief, gepaart mit ausländischem *Lese Fair* und fundamentalem Glauben, der alle anderen als unrein und schändlich stigmatisierte. Wie die Schweine, und die würden sich hier pudelwohl fühlen. Es war dieses triebgesteuerte Leben, in das jeder schnell kommen kann, wenn er nur der Masse hinterherläuft. Denn der Geschmack des Verbrauchers wird vom Konsummonster beeinflusst und gelenkt. Glaube hin oder her. Das geht ganz leicht, indem die Konzerne und Staaten einfach mit unserer Urangst spielen. Die in jedem Menschen angelegte, einzigartige, wunderbare Urangst wird gegen uns gerichtet. Diese Furcht nährt sich ursprünglich aus den Parametern der ungefragten Geburt, dem ungefragten Ende und der Zwecklosigkeit unserer Existenz. Der ersten Betäubung und Manipulation dieser Urangst bedienten sich die Kirchen. Sie hatten eine Antwort darauf?

Die Gotteshäuser leeren sich heutzutage aber immer mehr, stattdessen glauben die neuen Jünger an FAANG als einen besseren, gerechteren Gott. Es ist sogar gelungen, und das finde ich richtig geil, diese Urangst hinter einem Nebel zu verbergen, denn den meisten ist ihr schlechter

Geschmack schon morgens nach dem Aufstehen nur ein Instinkt, um ihre Tamagotchi-ähnliche Persönlichkeit mit einem weiteren Bonbon vom Verbrauchsungeheuer zu befriedigen. Das Gehirn wurde durch digitalen Dauerflug so umgebaut, dass das Bewusstsein rudimentär bleibt. Reflexion unmöglich!

Nach kurzer Erholung braucht es was Neues und die Spirale läuft mit der Zeit immer schneller. Bis wir durchdrehen, tot umfallen, sich manche in die Luft sprengen, Unschuldige gleich mit, oder wieder andere auf dem Zauberberg landen, mit Burnout auf der Couch und einem ebenso durchgeknallten Therapeuten unseren durchgeknallten Lebensrhythmus offenbaren und dieser dann als letztes Heilmittel eine Kur oder bunte Pillen empfiehlt, und die Werbung das Wundermittel längst parat hat. Trinken wir einen Liter Coke jeden Tag, dann wird es uns bald besser gehen!

»Ich erinnere mich«, fuhr Captain Kirk fort, »du hattest damals dort so etwas wie eine Erleuchtung. Warst plötzlich in der Küche verschwunden.«

»Ja, das stimmt, aber dass es die Hand Gottes war, die mich bei diesem Einsatz führte und berührte, das wurde mir erst viel viel später klar. Das war auch dann kein normales Esszimmer, sondern eine *Galley* in einem Flugzeug, ich war drüben bei euch ausgecheckt und dort ein, mein Flieger war gestartet. Einfach so, ich musste nur mal kurz spüren und kritisch nachdenken. Ich stand da in dieser verlotterten Sklavenküche, suchte nach Ruhe, denn irgendetwas tief in mir sendete verstörende Signale wie das Notsignal von Zeta Reticuli. Wenn ich sie entziffern wollte, dann war das zum damaligen Zeitpunkt unmöglich.«

»Maradona spürte auch die Hand Gottes.«, er lachte. »Wie hat es sich bei dir angefühlt?«, wollte Kirk wissen.

Damals, direkt nach dem Einsatz, hatten wir nur kurz miteinander geredet. Ich erklärte ihm, was ich gefühlt hatte, aber es war wohl noch zu frisch, als dass ich es korrekt wiedergeben konnte.

»Schrecklich, als wäre ich aus dem Leben gefallen, als wenn mein jetziges Dasein gestorben ist. Ich war im Panik-Modus und wollte abhauen, aber das ging doch nicht, denn wir waren im Einsatz.«

»Erinnere mich, wie du das damals, als wir wieder raus waren und zwischen den Kultur-Trümmern zu unseren Willys gingen, erklärtest. Ich riet dir, es nicht überzubewerten. Das passiert schon mal. Du hattest einen schlechten Tag, einfach Pech gehabt, schlecht geschlafen.«

»Ich hab´s direkt vor mir, du wolltest mir helfen, aber das Gefühl, die Atmosphäre hatte sich mir eingebrannt. Ich kämpfte, ich wollte ja weitermachen, aber dieses Neue Ding war zu mächtig. Ich musste die Truppe verlassen. Dazu brauchte ich aber über ein Jahr und erst heute ist mir klar, dass die Bedeutung dieser Sache damals eine ganz andere war.«

»Ich bin gespannt«, sagte Captain Kirk, »aber dir ist schon klar, dass es nicht immer Wunder sein müssen. Häufig gibt es ganz einfache Erklärungen für den Kram.«

»Klar, wir hatten schon oft Glück gehabt. Wenn ich nur an die Sache mit dem beschissen engen Marder denke. Wie wir das Kanonenrohr reinigen wollten, weil es im Einsatz klemmte, und vergaßen, den Verschluss zu entspannen und das ganze Rohr unter einem lauten Knall einige Meter nach vorne flog. Die Luft durchzog ein kreisendes Surren, das war das 20 mm Vollmantel-Geschoss, das zum Glück noch durch das flatternde Rohr durchging. Wir hatten großen Dusel.«

»Und paar Minuten davor stand noch der Tanklaster direkt vor dem Panzer. Hätte es das Teil nicht mehr durchs Rohr geschafft, wäre es auf dem Panzer explodiert.

»Mega irren Dusel hatten wir«, ergänzte ich. Wir mussten lachen.

Über die Baumkronen flog ein Milan. Er war gut an seinem V-förmigen Schweif zu erkennen, und unten am Weiher fütterte jetzt ein älterer Mann die Karpfen mit Brot.

»Allein der Knall«, warf Captain Kirk noch ein, »und die ungeschützte Druckluft hatten uns damals wie Papierfetzten von der Heckwanne gefegt. Das war ein echtes Wunder!«

»Kann nicht das Gegenteil«, sagte ich, »beweisen. Es kommt aber nicht auf die Größe der Erscheinung an, sondern es ist diese spezielle Mystik, auf der Suche sind so viele. Sie wollen Gott spüren, und das ist es, was mir klar wurde. Er nahm mich bei der Hand, er führte mich in dieses andere Zimmer und zeigte mir: Ende, Junge, das wars.«

»Ok, es gibt Phänomene, die göttlichen Ereignissen gleichen«, gab er zu, »aber ob das eines war, wage ich zu bezweifeln, ich spürte nichts damals, außer den Schlag von der einen entwaffneten ZP.«

»Glaubst du denn, der liebe Gott macht an jedem ein Wunder?«

»Ach, wie meinst du das? Bin ich es nicht wert, dass er mir ein Zeichen gibt?«

»Natürlich bist du das«, antwortete ich zügig, »er vollbringt ständig wundersame Dinge. Es geht darum, sie zu sehen. Viele *Ungläubige* argumentieren damit, dass Gottes letzte Phänomene tausende Jahre alt sind und ihn seither auch niemand mehr gesehen hat. Das ist aber falsch. Die biblischen Sensationen sollte man als Metaphern erkennen, wie das Paradies. Es ist überall auf der Erde, und das mit der göttlichen Fügung ist genauso. Die Wunder sind da, die Menschen sehen sie nur nicht mehr.«

»Warum sollte«, fragte er, »das so sein? Jeder weiß doch heute, dass die Geschichte um Jesus und den Aufstieg der Kirchen mit vielen Erfindungen und Lügen nachgeholfen wurde. Es geht wie immer um Macht und Geld.«

»Das stimmt schon, es geht um Macht, weniger um das andere. Aber, mein lieber Kirk, zuerst mal können die Menschen heute den Herrgott nicht mehr sehen, denn ihr Bewusstsein ist eingeschränkt. Die können nicht mehr selbst denken, aber das merken und wissen sie nicht. Es könnte sich zurückbauen, aber dafür müssten die Jünger für Ruhe sorgen und die richtigen Dinge tun, ein vernünftiges Leben führen. Die Verbundenheit zur Natur ist weg, das Band gerissen. Bei den Kirchen gebe ich dir recht, darüber brauchen wir kein weiteres Wort zu verlieren, das tat schon Kardinal Baronio vor tausenden von Jahren. Nur zu ihrer Ehrenrettung will ich anführen, dass es viele gute Menschen dort gibt, die viele tolle Dinge leisten. Aber in ihrer Gesamtheit wissen sie so viel über das Göttliche wie eine Ameise oder denken, dass »Bild« guten Journalismus betreibt. Die Wahrheit ist doch, dass bei allen Menschen und in allen Völkern und Kulturen von Anbeginn an das Metaphysische, der Glaube an etwas Großes gleich ist. Es ist also in uns ein Stück, nennen wir es einen *Bug*, ein kleines Programm vorinstalliert, das uns nach etwas Größerem suchen lässt. Die Germanen kannten noch kein Konsumungetier und hatten ihren Urbaum, den sie anbeteten.«

»Was soll das für eine Beweisführung sein?«, konterte er, und: »Die Kirchen können das Göttliche nicht interpretieren, denn wie sollte ein Mensch das können, dann wäre er ja ein Gott. Trotzdem bin ich eher dazu geneigt zu glauben, dass es nichts gibt und somit du auch kein spezielles Wunder erfahren hast, denn gäbe es den Lord im Himmel, wie könnte er so viel Unheil zulassen? Ich bin mir ganz sicher, da ist nichts.«

Gerade war ein Karpfen aus dem Wasser gesprungen. Wahrscheinlich hatte er sich eine Fliege oder ein anderes Insekt im Flug geschnappt. Es klang wie eine Arschbombe im Freibad.

»Ha, du kannst nicht beweisen, dass es ihn nicht gibt, und ich nicht das Gegenteil. Wir befinden uns in einem Patt. Wir sind alle eine Menschheitsfamilie, das ist wohl wahr. Aber ich gebe zu bedenken, dass wir eine komplizierte Welt sind, schon immer, und dass die Menschheit schon tausende von Jahren existiert und die Tiere hunderttausende und die Steine Millionen. Das alles soll ein Nichts sein? Es läuft ein Programm ab seit dem Urknall, das zum Nichts führt, der Untergang gewiss ist. Und die zwei großen Gefühle der Menschheit, die Urangst und die Anbetung einer größeren Macht, der wir uns andienen sollen, ins Nichts führen. Das ist mir einfach nicht genug! NICHTS kann ich nicht akzeptieren, dafür scheint mir der Rest zu kompliziert.«

Er stockte und senkte seinen Blick auf die vielen Kippen am Boden.

»Das ist ein interessanter Punkt. Ich bin nicht überzeugt, aber ich will darüber nachdenken. Du hattest also diesen göttlichen Moment und nun? Was machst du daraus? Hat er dir gezeigt, was du stattdessen treiben sollst?

Der Weiher lag jetzt ruhig da. Die Stockenten waren verschwunden oder hatten sich versteckt und die Karpfen schienen satt. Das Wasser schimmerte grünlich und die

Kiefern um seinen Rand spiegelten sich schwarz darin. Die Sonne wollte untergehen. Eine Familie mit zwei Kindern radelte an uns vorbei, irgendwo bellte ein Hund, er wollte den Stock geworfen haben.

Diese Frage hatte ich mir auch schon so oft gestellt, seit ich raus war und noch mehr, seit ich wusste, dass Gott es so wollte.

Ich begann mit *voller* Weisheit: »Das weiß ich leider auch nicht. Es kommt aber auch nicht darauf an. Wenn du eine göttliche Fügung ignorierst, kann das dein Verderben und Siechtum bedeuten. Was ich sicher weiß, der Heiland zeigte mir, hier ist eine Abzweigung für dich und es wäre ratsam und schlau abzubiegen. Genau das tat ich, wenn ich auch ein Jahr brauchte, um es zu blicken.« Ich sah noch immer auf die schwarzen Kiefern und mir fiel auf, dass Captain Kirk sich nicht gesetzt hatte. Wahrscheinlich wollte er gar nicht so lange mit mir quasseln und hatte es eilig, denn er war immer stark eingebunden. Sein Tag hatte zu wenig Minuten. Neben dem Fulltimejob als Soldat mit hunderten von Überstunden war er noch ehrenamtlicher Präsident eines Frauen-Turnvereins und gab regelmäßig Selbstverteidigungskurse für Frauen.

»Du weißt es also nicht?«, bohrte er nach, »Gott zerstört dein komplettes altes Leben, wirft dich ins kalte Wasser, hier in den Weiher, und sagt dir trotzdem nicht, wo du nun langschwimmen sollst, welches Ufer dich rettet. Nicht sehr fair, oder?«

»So funktioniert das auch nicht«, antwortete ich ungeduldig, »sonst wäre es ja wie an der Börse, niemand weiß genau, was passiert. Die Wahrheit liegt also eher im Metaphysischen. Verstehst du, du kannst nichts beweisen. Die Wahrheit liegt darum zwischen den Zeilen.«

Wir blickten zum See. Die Kiefernbilder im Wasser wurden immer dunkler, denn der Tag neigte sich seinem Ende entgegen und nichts würde das aufhalten. Wie bei Schopenhauer waren unsere Argumente fast verschossen. Die Munition aufgebraucht und keiner konnte den anderen überzeugen, die Oberhand gewinnen. Es blieb nur noch die Demütigung, das Diffamieren, Beleidigen, Ausgrenzen, Abwerten oder Betrügen.

Wir schwiegen eine Weile und hofften auf eine Ablenkung, einen Fisch, der aus dem Wasser sprang, oder eine Familie, die vorbeiradelte, aber alles blieb ruhig, wir mussten weitermachen.

»Dann ist das alles Fiktion, Einbildung. Dein Gehirn macht dein Bewusstsein und du siehst es als göttliche Fügung an.«

Das traf es wohl so ziemlich auf den Punkt, unser Leben ist reine Einbildung, es existierte so nur in unserem Kopf. Die Menschen um uns herum nahmen uns nicht zu hundert Prozent so wahr, wie wir das glaubten.

»Schon möglich. Der Kopf, unser Gehirnapparat erschafft eine eigene Welt, das hat zum Beispiel nichts mit der Wirklichkeit deines Partners zu tun. Wie auch, wir sind alle einzigartig. Gottes Hand hat mich auf alle Fälle berührt, und ich habe mich aufgemacht und gehe los, nichts kann mich stoppen, und wir werden sehen, wo ich hängen bleibe, aber das Alte ist vorbei.«

»Schade«, sagte er zerknirscht, »sie hätten dich wieder zurückgenommen hatte ich gehört.«

»Ja, das stimmt, sie gaben mir drei Jahre Bedenkzeit, so lange könnte ich mich wieder zum Dienst melden. Aber das ist durch. Ich bin der festen Überzeugung, dass Gott mich dort hinstellt, wo er mich haben will – vermutlich ins NIRWANA?

LETZTES KAPITEL

Vermisste ich das Soldatenleben, meinen alten Job? Berichte schreiben, telefonieren, Mails, Word, Mobile, HK P2000, WLAN, fünf Bildschirme, USB-Sticks mit Code, externe Festplatten, stumpfe, von der Sonne verbrannte Fenster, Millionen von fremden Datensätzen, Excel-Tabellen, meine geliebte MP 7, doofe Kollegen, liebe Kollegen, karrieregeile Kollegen, stinkende Kollegen, narzisstische Chefs, besetzte Toiletten, arrogante Sekretärinnen, billige schwarze Kopfhörer, eingebildete Kolleginnen, HB Bleistifte in schwarz-gelb, Aktenstecher, schlechte Schnittstellen, unmenschliche Arbeitszeiten, 30 Minuten Mittagspause, den Fahrstuhl, die Tiefgarage, mein Lieblingscafé, unwürdiger Druck, schlampige Putzfrauen, die Heidelberger Altstadt, den Philosophenweg, schicke zivile Dienstwagen, den rückenschonenden Bürostuhl, das Drehregal, die Alcatel Telefonanlage, Staatsanwälte, Oberstaatsanwälte, Anwälte, Rechtsverdreher, das Amtsgericht, das Landgericht, meinen Lieblings-Haftrichter, die Generalbundesanwaltschaft, ComVor, das Tipp-Ex, die Generalstaatsanwaltschaft in Stuttgart, den rot-blauen Faber-Castell Radiergummi, mein Pfefferspray, den tollen Teleskopschlagstock, den Kyocera, die Asservatenkammer, das Einsatztraining, die Betriebsausflüge, die Schießhalle, das volle Gehalt, das iPad, die Kameradschaft, die silberne Acht, Kabelbinder, Büroklammern Kupfer 75 mm, Aktenklammern verzinkt, billige Kugelschreiber ohne Stil, das Nachtsichtgerät, mein Zielfernrohr, College Blöcke, Action Munition, Kampfhunde, Drohnen, Abhörgeräte, *Büro-Affären*, Analyse-Tools, Vorsorge-Kur, Fußball-Einsätze, Friedensdemos, Fortbildungen, Castor Transporte, Vernehmungen, Obduktionen, Pizza Fleischkäse, Filterkaffee und kämpfen, kämpfen, verlieren und langweilige Aktenvermerke tippen, um alles unter den Teppich zu kehren?

Die Antwort ist mir ziemlich klar: »NÖ, das Neue ist ein Wagnis und das machte den Reiz des Lebens aus.« Und diese Klarheit ist eher selten, sie stellt sich aber beim Sprung ins kalte Wasser sofort ein.

Es musste auch gar nicht besser sein. Jetzt schrieb ich für die Restmülltonne und ging am Weststrand spazieren – sammelte Abfall am Strand ein. Es war das gleiche, nur in Ostseeblau, mit etwas Salz, angeschwemmten Fadenalgen, Touristen und fühlte sich trotzdem viel viel besser an, wenn da nicht diese Leere wäre und das kalte Herz. Vielleicht sollte ich versuchen, mir eine fiktive Welt aufzubauen, in der ich der Held bin, ein ganz großer Abenteurer, wie Störtebecker oder Supermann im rot-gelb-blauen Dress, auf den alle fliegen, oder wie den *roten Korsaren*, gespielt von Burt Lancaster, und tatsächlich gammle und schimmle ich am Strand vor mich hin wie angespültes Treibgut, alte Haushaltsabfälle oder vermodertes Holz. Der Herr gab mir noch keine neue Aufgabe, oder?

Meine heile Welt, nur in meinem Kopf. Wenn mich einer blöd anmacht, warum ich nur rumbummle, dann antworte ich, du hast doch keine Ahnung, was ich in Wirklichkeit für ein irrer Pirat bin. Mein Gehirn grübelt den ganzen Tag, es schlägt Millionen von sinnlosen, frustrierenden Ideen in die Flucht und baut mir ein Bühnenbild aus Pappmaschee, in dem ich *grandios* bin. Ich glaube, so könnte es gehen!

Über drei Jahre ist es nun her, dass ich auscheckte und noch immer bin ich ziellos, obwohl ich einmal in meinem Leben glaubte, diesen *Flow* gefunden zu haben. Es ist schon eine Weile her, obwohl ich mich an den genauen Zeitpunkt nicht erinnere. Ich kam gerade vom Yoga Zentrum Mannheim. In meinem Kurs waren nur Frauen. Das war toll, aber keine zeigte Interesse. Unser Trainer war ein sympathischer Buchverleger von der Vogelstang, einem Satelliten-Vorort. Ich wollte ihm einen Ausdruck von *Psychotango mit mir* geben, aber er hatte keine Lust auf mein Geschreibe. Er las noch nicht mal eine Zeile, hatte wohl keinen Bedarf.

Seine Yoga-Lessons waren top. Nach der Stunde fuhr ich mit meinem Rad zufrieden und relaxt nach Hause. Es hatte etwas geregnet. Ein warmer Sommerregen. Fast mein ganzes Leben bestand zu diesem Zeitpunkt aus Ritualen. Jeden Abend las ich vor dem Einschlafen aus der Bibel. Ich lernte beim Sport tolle Frauen kennen und war allerseits beliebt. Es war so ein hedonistischer Lifestyle, ich strengte mich mordsmäßig an, auch auf Arbeit, bekam dann ein paar Gehaltserhöhungen und mehr Verantwortung. Ich war ein Teil der Herde – ein hohler Terrakotta Krieger – und dachte noch, dass ich es irgendwann bis an die Spitze schaffen könnte. Ich wollte die Stampede anführen. Hier musste ich über mich selbst LACHEN!

Erfolgreich ging es steil aufwärts, bis zu jenem verregneten Sommertag in Monnem. Voller positiver Yoga Vibes fuhr ich die alte marode BBC-Brücke runter und musste ein paar angerostete Gleise aus Rohstahl überqueren. Am Fuß der Brücke bog ich links ab Richtung *Auf dem Sand*, die gleiche Straße, wo dieses Arschloch damals seine Lebensgefährtin brutal mit einer Eisenstange abschlachtete. Nach dreißig Jahren Krieg und tausenden von Leichen, Raubüberfällen, Vergewaltigungen, Tötungsdelikten, Unfällen, Morden, nötigen und unnötigen Suiziden, erweiterter Selbstmorde, schweren Arbeitsunfällen, war der Trip durch diese geile Stadt, die manche auch als *Mittelpunkt der Welt* bezeichnen, wie der Gang durch ein Horrorkabinett, überall sah ich die Toten. Wie Zombies ließ meine Erinnerung sie vor meinem geistigen Auge wieder auferstehen. Warum, kleiner Junge, hast du dich mit 5 Jahren in deinem Kleiderschrank mit dem Gürtel erhängt?

Mein Vorderrad rutschte trotz größter Vorsicht in die Gleisfuge. Was nun folgte, war mein bis dato übelster Radsturz. Ich flog und purzelte über die Straße mit solcher Wucht, dass es mir die Schuhe von den Füßen riss. Mein bike rutschte wie ein Curlingstock über den nassen und von Staub und Pollen rutschigen Teer, mich drehte es wie im Schleudergang, und bei jeder Umdrehung sah ich einmal das schliddernde Rad, wie es sich nervös bei jeder Unebenheit der Straße kurz aufbäumte, den Himmel, den rissigen Asphalt, Autos, entsetzte Zuschauer, die grün schimmernde Europcar Station, eine Haltestelle aus Glas, dann stand die Erde wieder still, alles war ruhig, nur der Regen setzte wieder ein. Es bildeten sich kleine Pfützen, in denen sich die Häuserzeilen und die Bäume entlang der Straßenbahngleise spiegelten, in einer davon erkannte ich mein Gesicht – es war verzerrt, schien heile.

Die Hand blutete und meine Hüfte schmerzte, dass ich fast ohnmächtig wurde. Ich kniff die Augen zusammen, biss auf die Zähne, fluchte und sah Sterne und leuchtendes Orange. Irgendwo in der Ferne fand ich suchend meine dunkle Sporttasche, etwas näher lag da mein Rad auf der Seite. Das könnte mein Ende sein, obwohl das Neue noch gar nicht richtig begonnen hatte? Mein Script lag außer Reichweite neben mir. Es musste beim Sturz aus dem Beutel geflogen sein. Es war zum Mäusemelken, da lag ich nun verstümmelt, mein rechter Daumen ragte unnatürlich im 120-Grad-Winkel in die Menschenmasse, die mich entgeistert anstarrte, als wollte er sagen, da schau dir die Arschlöcher an, stecke ihnen den ramponierten Finger einfach in den *Po*, dann hauen die schon ab.

Ein Bus fuhr langsam über meine Zeilen und presste sie in ihre endgültige Form. Fahrgäste blickten voller Erstaunen durch die verregneten Scheiben und zeigten mit ihren Fingern und Handys auf mich. Ich bin ein toller Autor, kam es mir in den Sinn, liege wie ein Mistkäfer zusammen mit meinem Script auf dem dreckigen, nassen, dunklen, und rissigen Asphalt der nur durch die vielen Teerfugen zusammengehalten wird. Und ich bekam als Schriftsteller endlich die Aufmerksamkeit, die ich verdiente. *Monnemer Dreck* halt – und Gaffer!

Mein Buch *Psychotango mit mir* wollte niemand verlegen, es war wie mit meinem Herz, und wenn ich doch einmal im Leben ehrlich zu mir bin, dann sollte ich mir eingestehen, dass mein Script genauso übel ist wie meine Pumpe. Niemand will es! Das war es, was das Universum mir die ganzen Jahrzehnte mitteilen wollte, Hansi, du hast es nicht drauf. Alles was du jemals erreichen wirst, befindet sich auf einem niederen Niveau. Du bist ein Asphalt-Cowboy, ein PENNER TYP, nicht mehr und nicht weniger. Ich hatte verstanden, kleine Regentropfen fielen auf mich nieder und ich hörte die Menschen um mich herum aufgeregt murmeln.

»Dem erging´s wie dem Hanns Guck-in-die-Luft.«

»Geschieht ihm recht.«

»Wie kann man auch freihändig über Gleise fahren?«

»Glaube, er ist oke.«

»Was sind das für Papiere?«

»Die Tasche ... dreckig.«

»Er blutet etwas an der Nase.«

»Die Kette ist runter.«

»Sie mal seinen Daumen, oje.«

»Er soll sich mal kurz ausruhen.«

»Was der für Haare hat?«

Ein junger Mann mit NY-Cap fragte beunruhigt: »Brauchen Sie Hilfe?«

Ich lächelte, biss die Zähne leicht zusammen und schüttelte den Kopf. Langsam stand ich auf. Jemand brachte mir meine Schuhe. Ich bedankte mich. In der Nähe war eine gläserne Bushaltestelle, ich humpelte hin. Die braune Plastik-Bank nahm mich dankbar auf. Die Werbung sagte, ich solle Coke trinken, dann wäre ich glücklich. Ich hatte aber grade keines. Fürchterliche pochende Schmerzen sendete mir die Hüfte, der Daumen der rechten Hand schwoll an wie ein Luftballon, das Schienbein war durch das Pedal aufgeschlagen und blutete etwas.

Jetzt war es raus! Ich war so froh und erleichtert. Das Leben selbst hatte es mir unmissverständlich eingehämmert. Selbst bin ich nicht darauf gekommen. Ich hatte nochmal Glück gehabt, wahrscheinlich unverschämtes Glück. Hatte noch dieses eine wertlose Leben. Regentropfen liefen mir über die Augen und in meinem Kopf spielte Extrabreit *Junge, wir können so heiß sein*. Eine südländisch aussehende jüngere Frau mit rotem Kopftuch, die mich irgendwie an Schneewittchen erinnerte, brachte mir den Drahtesel. »Vielen Dank«, keuchte ich schwer und etwas zu leise. Ich versuchte cool zu wirken. *Psychotango mit mir* verteilte sich auf der Straße, jetzt konnte es jeder lesen – es war sozusagen veröffentlicht. Ich war irgendwie stolz – hatte es endlich geschafft. Mein Vorderrad hatte nun einen grandiosen Achter. Es hatte sich meinem LEBEN angeglichen, wie manche Hundebesitzer und ihre *Viecher*, und EIERTE jetzt.

VON ROBERT MARTIN BEIM REDIROMA-VERLAG
ERSCHIENEN

Total geil(er) Psycho!
ISBN 978-3-96103-747-6
15,95 Euro
398 Seiten

Getäuschter Mann
ISBN 978-3-96103-798-8
10,95 Euro
220 Seiten

Mannheim - Mittelpunkt der Welt
ISBN 978-3-98527-003-3
10,95 Euro
222 Seiten

GENDER DISCLAIMER